100/10000
8256x5504

和席与风在一起的每一分每一秒，
都像在溺水。
可他不是浮木，
他是穿梭在天外的风，本就不该
为任何人停驻。

侍闻

余醒 —— 著
YU CHENG

廣東旅游出版社
GUANGDONG TRAVEL & TOURISM PRESS
中国 · 广州

他看见前方不远处
停着一辆黑色的车。
有点眼熟。
车旁站着一个人，
衬衫黑裤，身材颀长，
一手抄兜，另一只手夹着烟，
猩红火光在昏暗的天色中明灭。

REC
KODAK
125px
10
2
SCENE
TAKE
ROLL
DATE
PROD.CO.
DIRECTOR
SOUND
CAMERAMAN
AUTO

有风从开了一条缝的
窗户里吹了进来，
旁边的龟背竹枝叶扶疏，
窗帘随风摆动。

CONTENTS

目录

他们始终会相遇。

La luna hace girar su rodaje de sueño.

Me miran con tus ojos las estrellas más grandes.

月亮转起它梦的轨迹。

最亮的星星用你的眼睛俯视着我。

第一幕

两个世界

二月春寒，枫城街头到处都是叶子掉光的秃树，以及春节后恢复工作身心疲懒的人们。

傍晚，郊外影视基地，江若领了剧组盒饭，找了处僻静的墙根，管他土豆丝是咸是淡，蛋花汤有没有蛋，“啪”地拆开一次性筷子，拌着白米饭就往嘴里塞。

他昨天拍了场大夜戏，早上跟 A 组拍几场背景板戏，收工的时候又被场务叫住，说群众演员不够，让他来凑数。

想着之后还有戏份，帮个忙也没什么，江若便跟着大伙儿去到剧组包下的宾馆，分到一套看着就经手无数人但质感尚可的西装，穿上到外面吹西北风。

说好的一小时完事，结果导演不满意多拍了几条，耽搁一下午。

这会儿江若的牙齿还在上下打战，一口夹生的米饭都咬不动，掺着汤咽下去，食道都被刮得生疼。

刚才一起出工的群众演员吃了一口，就把盒饭丢到一边，怨道：“这都凉了，怎么吃啊？”

一帮人便商量着一起去影视城外面的饭馆吃小炒，问江若要不要一起，江若摇头：“我赶时间，等下得去趟市里。”

众人便也不强求。临走前还不忘嘱咐江若，下回有活儿记得喊他们，显然把他当群头了。

江若自是应了，心里想的却是：赶紧吃，不吃待会儿没力气讨债。

江若坐上最后一班去往市里的大巴时，天已经黑透。

在临窗的位置看向外面，江若瞧见门口还蹲着乌压压一片等戏的群演。夜戏往往比白天的累，薪水也高些，运气好还能蹭一顿剧组的夜宵。

要不是有任务在身，江若说不定也蹲在其中。毕竟他也是从群众演员走过来的，演司机跟当群众演员的区别并不大，都无名无姓，都是挣钱混口饭吃，哪分什么高低贵贱。

想到昨晚男主角嫌他惹眼，要求造型师将他梳高的头发放下来遮住脸，江若后知后觉地被戳了笑点。

映在车窗上的面孔扬起唇角，似在嘲笑那男主角乌漆墨黑大半夜的，也不怕被头发挡住视线的司机带沟里去。

江若在这部戏里面演男主角的司机，没几句台词，倒是跟着剧组学了不少“上流社会”的规矩。他站在灯火辉煌的酒店门口，先就着光可鉴人的落地窗整理了下着装，这才发现自己把剧组的西装穿来了。

他顺便接了个电话。

江若的手机用了两三年，平时摔打磕碰不少，一条横贯屏幕的裂痕导致接听键都划不顺畅。

好不容易接起来，听到电话里又是安何那畏畏缩缩的声音，江若一个头两个大。

“我人已经在门口了。”江若的语气不由分说地强势，“今天无论如何，我都会给你讨回公道。”

“就，就算他愿意给钱……”电话那头的安何仍是气弱，“也不算什么公道啊。”

江若笑一声：“难不成你更想他跪下向你道歉？”

安何沉默片刻，做出选择：“那，那还是要钱吧。”

挂电话前，他还不忘提醒江若注意安全：“要是他不愿意给就算了，你别跟他纠缠，就当我……我被狗咬了一口。”

江若想：这狗可够狠的，咬完就跑。然后推开门，大步走进酒店。

许是他气势太足，对前台说找 1808 号房的张绍元时，前台服务生犹豫了一瞬，到底还是拿起电话拨过去。

不知对面说了些什么，挂断电话后服务生露出为难的表情：“张先生说不认识您，还请您——”

她刚开头，江若就知道她接下来要说什么，无非几句应付，叫人先走，容后再约。

江若早就想好对策：“告诉他我就在楼下等，等不着就不走了。”说着偏头看向酒店大门，笑了笑，“除非张先生打算纡尊降贵，不走正门。”

他说到做到，交代完就走到大堂正中的休息区，一屁股坐沙发上。有服务生上前倒茶，江若也毫不推让，热茶虽苦，倒有几分驱寒的作用。

这一等，就连着五杯下肚，喝得江若困意上头，倚着沙发柔软的靠背，险些睡过去。

连天的拍摄早令他疲惫不堪，能撑到现在完全是看在钱的分上。

意识还是清醒的，眼睛也只是微微眯着，因而在捕捉到一道与众不同的身影时，江若睫羽一颤，骤然睁眼。

是一个男人，立在大堂西南角的落地窗前，一件铅灰大衣将他的背影衬得修长，落在喧嚣炫目的霓虹中，有种格格不入的孤孑感。

玻璃窗里面的世界，一切都变得安静。

江若怔住好一会儿，直到又来了个人，点头哈腰地把那男人叫走，他才回过神。

看方向是往电梯那边去了。也是，来到这种场合的不是谈生意的就是找乐子的，再不然就是像他一样要债的，俗世俗人，哪有什么遗世独立的风骨可言。

正在此刻，大堂正中的旋转楼梯上，有个微微发福的中年男人逐级而下，东张西望的，像是在躲什么人。

江若掏出手机跟照片一比对，立刻站起来，迎了上去。

锦苑二楼的包厢里，席与风抬手，推开一杯即将送到嘴边的酒。

乐声震耳轰鸣，耳膜都跟着嗡嗡响。这样的场合惹人心烦，他却不得不出席，人家三番五次地邀请，在同一个圈子里抬头不见低头见，总不好一再推拒。

这场的东家品位低俗，挺雅致的一个房间被搞得乌烟瘴气，台上甚至有穿着清凉的女孩在跳舞。

正跳到精彩的部分，场中唯一没往那边看的就是席与风。坐在他身边的女孩见他沉着脸，眼皮都不抬一下，识趣地退了开去，又忍不住盯着他瞧，为这难得一见的好皮囊。

弄得做东的惶恐不已，以为席总眼界高，看不上自己。

做东的敬酒被席与风拦下了。

他站了起来，顺便拿起手机挥了挥，示意有电话要接。

“那您先忙，您先忙。”那做东的满脸堆笑，“正好我再让他们拿几瓶好酒，回来还请席总赏脸品尝。”

门“哐”地关上，噪音戛然而止，席与风才呼出压在肺腑的一口浊气。

接电话是借口，他只想找个地方静一静。

锦苑他常来，枫城拢共这么大，圈子里的人找乐子都爱往这儿跑，来得频繁了，恍惚真以为自己属于这鬼地方。

他行至拐角僻静处，后背靠着墙闭了闭眼睛，还握在手里的手机振动了一下。

是施明煦发来的消息，说“夫人刚才来了趟公司”。

眉心微皱，席与风干脆拨了个电话过去：“她又干什么了？”

“要看和荣盛的项目企划书。”施明煦陈述道，“不过项目经理已经下班了，没看成。”

“父亲和席望尘呢？”

“老席总今天没来公司，二公子没跟来。”

“嗯。”席与风应了声，“如果还有下次，就让她看。”

施明煦罕见地着急：“可是项目是我们做的，投资也——”

“一个项目而已。”虽然打断了对方的话，席与风仍是不急不缓，“让你给她你就给。”

“可是……”

“如果没记错的话，我聘你当助理，只提过一个要求。”

“……”

“不记得了？”

“记得。”

“说来听听。”

“无条件服从上级的指令。”多的话已经不必说，那头的施明煦自觉认错，“对不起，我只是不忍心把大家辛苦熬出来的成果拱手让人。”

项目是席与风谈下的，论付出他不比任何人少。然而眼看就差临门一脚，球却被别人截了去，他倒是没什么不甘，只说：“往后有的是机会。”

又谈了些工作上的事，临挂电话，席与风道：“以后别再称呼萧茵为夫人。”

“那……该如何称呼？”施明煦想问为什么，顾及方才的触雷，话到嘴边还是拐了个弯。

席与风也无意为他解惑：“直呼其名。”

说着，他始终平静的眼底罕见地浮现一抹阴沉：“我的母亲，你的姨母，才配被称作夫人。萧茵不配。”

挂断电话，席与风把手机放回裤兜里的时候顺便摸了摸另一边，空的。

想起烟丢在了包厢里，他眉间的褶皱又深了几分。

不悦在他的脸上停留不过一瞬，很快脸上又恢复成漠然，仿佛这世上没有什么事能真正牵动他的心绪。

锦苑最豪华的包厢与众不同地设在二楼，出门便是走廊，再往前是一道雕花栏杆，站在那儿，大堂以及门外的景色一览无遗。

本不欲逗留，但在听到一段自楼下传来的对话后，席与风停下了往包厢方向前行的脚步。

大堂，江若把张绍元堵在路中间：“张总，还记得我吗？”

张绍元做贼心虚，不敢正眼看他，虚张声势道：“你谁啊？让开，别挡道。”

眼看人闪身要走，江若及时预判对方遁逃的方向，一个侧步拦住他的去路：“昨晚还好好的，今天就翻脸不认人了？”

他说这话时并没有收敛声音，因而引得路过的人频频往这儿看，探究这两人的关系。

张绍元一时慌神，语气不善地说：“有什么话不能私下说，非要在这种地方……”

“我也不想在这种地方。”江若耸肩，“可您贵人事多不接电话，我只好亲自跑一趟。”

说得张绍元脸色更难看，道：“你想怎么样？”

直到此刻，江若才确定这家伙连安何的长相都没记住，自己随口胡诌就让他上了当。

想到安何身上青紫斑驳的伤痕，江若眼神冷了几分，嘴角依旧挂着笑：“我能怎么样？无非想从您这儿讨点应得的报酬。”

“你留个号码，回头我打给——”

“别回头了，现结吧。”

被打断话的张绍元很是惊讶，似乎没想到眼前的人如此恬不知耻。

江若懒得管他怎么想，抬手指指他臂弯下夹着的包：“张总这么阔气，抽几张给我还不是顺手的事？”

张绍元的包里确实有一笔金额不小的现钱。像他们这种出来喝酒又怕家里老婆知道的，都会尽量避免刷卡留下痕迹，用纸钞最方便。

江若也不是白混的：“如果不顺手，我也不介意抽个空亲自去张总家里走一趟。听说张总家庭和睦，有一位贤惠的妻子……”

原本张绍元还有些犹豫，在听了这番无异于威胁的话之后，当即便打开包，从里面抽出几张钞票，环顾四周确认没有熟人，不耐烦地递过去：“拿去拿去。”

——像打发路边的叫花子。

江若并不在乎，接过钱数了数，摆出为难的表情：“我还以为要辆车都不过分呢。”

张绍元眼睛睁得更大，一副不可思议的样子。

到底怕他真跑去家里闹，犹豫片刻，张绍元又抽了一沓出来：“够了吧？”

接过钱，江若麻利地数了两遍，这才露了笑：“张总大方。”

事情解决了，张绍元得空仔细看看面前的人，一瞧才觉得古怪，这人怎么比昨晚更好看了？

哪怕穿着不合身的西装，江若出众的样貌依然叫人没法把他和敲诈勒索的惯犯联系到一起去。

他有一双猫儿般的圆眼，眼尾却微微上挑，此刻弯唇笑着，狡黠中无端透着几分乖巧纯良。

江若数完钱就麻利地揣进口袋，留下一句“后会无期”就要走。

转头的瞬间上掀眼帘，入目一抹纯净的白，江若先是一愣，随后不期然触碰到一道视线。

和白衬衫如出一辙的冷，像山峦之上经年覆盖的积雪。

又很清，仿佛能一眼看透江若昂贵的打扮之下，内里真实的廉价。

脱去大衣，越发显得那人身材颀长，手随意抄在西装裤兜里，让他整个人有种漫不经心的倨傲。

仅是立于二层，却有如站在遥远的山巅，令人不由得飘浮起来。

脚刚悬空，又被身旁人谄媚的声音拽回地面。

张绍元满脸堆笑：“这么巧啊，席少。”

江若看见那男人不甚明显地点了点头，似在应答。

接下来是张绍元一连串的恭维讨好，什么“待会儿开几瓶好酒给席少送去”“下次攒局请席少务必赏脸之类”，一概没有落进江若的耳朵。

江若自顾自地想：他什么时候站在这里，又听到了多少？

待看清楼上那人始终薄唇微抿，神色冷漠，才倏然清醒。

如果栏杆是凿不穿的铁皮，那么隔在中间的空气便是钢筋水泥，将楼上楼下彻底分为两个世界。

迅速收起了无意义的庸人自扰，江若扬眉，冲楼上抛了个挑衅意味的笑——

你们自诩上等人，还不是蠢到被我骗？

也许是错觉，江若看见那人静无波澜的眼神里，一闪而过的轻蔑。

审视都谈不上，充其量看个热闹。

走到门口，江若鬼使神差地回头，正看见那被称作“席少”的男人转身，往锦苑最豪华的包厢行去。

脊背挺拔，姿态却轻慢，身在名利场中却置身事外似的。

感应门打开，外面刺骨的风灌进来，衣着单薄的江若狠狠地打了个哆嗦。

他却没有贪恋室内的温暖，而是甫一出去，就头也不回地钻入寒潮中。

反正这种地方没机会再来。

两个世界的人，也不可能有交集。

回到出租屋的时候，刚好凌晨两点。

左手边的卧房门缝有光漏出，江若上前叩两下门，轻轻推开，就见安何正挣扎着坐起来。

江若赶忙上前按着他的肩让他躺回去，又从西装里层口袋里掏出叠得整整齐齐的钱:“这下放心了吧?”

安何虚弱地摇头:“我是担心你。”

“有什么好担心的?”江若笑，“还是管好你自己吧，后天不是还要出活儿?”

两人算同行，相识于一个剧组。

当时江若是叠在安何上头的一具“尸体”，刚经历了乱哄哄的打斗戏，都累得不想动弹了。饶是如此，江若还是生怕压着下面的人，躺的时候用胳膊肘撑着地面，没叫安何受太多罪。

举手之劳，江若权当练核心力量，安何却因此生了感激之心。

那场戏之后，两人边吃盒饭边聊天，顺便交换了联系方式，后来合租是安何提议的，理由是江若让他有一种似曾相识的感觉。

安何一天没吃东西，江若去厨房给他弄了碗面。

他特地将面煮得烂些，鸡蛋打散，筷子换成勺子。安何歪在床头舀了两口吃，忽而感叹:“有时候觉得，你可能真是我失散多年的哥哥。”

给人“哥哥的感觉”的江若对此嗤之以鼻:“你连自己姓什么都不记得，哥哥八成也是凭空幻想出来的。”

论出身，安何比江若还惨些。他很小就被拐卖，当时年纪太小，又被药迷晕，父母叫什么名、长什么样都忘了个干净，只依稀记得自己来自枫城。买他的人家并不富裕，供他念完初中就打发他出来工作，如今他靠白天在剧组跑堂，晚上在酒吧卖酒为生，一个月七零八碎到手近万,一半以上得寄回家里。

对此江若不知骂过他多少次:“你把他们当家人，他们拿你当提款机，你就不能争口气，跟他们断绝关系?”

每次说到这个话题，安何总是笑嘻嘻的:“哪怕没有血缘关系，这么多年了，打断骨头连着筋。”

多半是怕江若接着骂，后面往往会接一句:“而且，他们对我也挺好的，至少把我养这么大，不容易。”

次数多了，江若也就懒得费口舌。都是成年人，自己选的路自己担着。

倒是这“哥哥”，一当就是两年多。

眼下安何又摆出讨好的憨笑:“不是亲哥胜似亲哥，等我以后发达了，就带你享福去。”

江若大翻白眼:“那倒不必，你照顾好自己，别总吃闷亏，我就谢天谢地了。”

吃面的间隙，两人有一搭没一搭地聊剧组的事。

安何最近跟的剧组除了喜欢攒饭局，别的都说得过去，甚至因为安何懂事听话，还给安排了个有名有姓的角色。

“你呀，别总说我没出息、不争气，你就争气到哪儿去了？”安何吃过饭有了力气，开始反过来教育江若，“老天让你长这样一张脸，是让你拿这个当便利，不是让你去演司机。”

江若斜睨他：“那老天让你长得身娇体弱，就是为了让你挨揍？”

再说下去又要绕回个人选择问题了，安何识相地闭了嘴，放下勺子拿起桌上的钱，抽出几张递给江若：“跑腿辛苦啦，哥。”

江若不客气地接了过去，顺便提醒：“安全第一，以后再出这种事，我不保证不会把人按在地上揍。”

安何是见过江若打人的，回想起当时的场面心有余悸地扁扁嘴，服软道：“知道了，哥。”

走到房间门口，江若忽然停下，扭头说：“要说便利，今天倒是占了个。”

安何支起脑袋：“什么啊？”

“见到了一个人。”

“什么人？”

“一个男的。”

安何来了兴趣：“很帅吗？”

江若犹豫了片刻。

那张冷峻面容再度回到脑海中，仍有种脱离现实的虚幻感。

找不到合适的词形容，江若索性用最通俗易懂的语言描述：“千载难逢的……帅。”

这晚，过了睡觉的点还是睡不着，江若索性起来去阳台吹风。

顺便抬腿伸直搁在栏杆上，压腿拉韧带。前阵子忙，几天没练基本功，身子骨就硬了，稍微抻一下都疼。

为分散注意力，江若摸出手机，忽略了屏幕上方显眼的本月待还款短信，点开浏览器，输入“枫城”“席”两个关键词。

席姓不算常见，范围被无限缩小，用排除法筛完便只剩一家，江若在听到张绍元喊那人“席少”时就猜到了。

意外地没搜出几条花边新闻，几乎都是海外上市、收购融资之类的信息。想来也是，这样根深叶茂的家族，积累了足够多的财富，就要考虑那些世代传承、社会责任了，一举一动都备受关注，自然低调。

不过再低调，还是让江若在某条新闻下面找到了一张照片。

许是偷拍，照片上的男人只露侧脸，轮廓线条深邃利落，堪称完美，就算各花入各眼，也是极招人喜欢的长相。

用圈子里流行的话说，这张脸是老天爷追着喂饭吃。

何况凌驾于相貌之上的还有那浑然天成的气质，一种拒人于千里之外的冷傲感。

照片下方的文字介绍说他是席家的大公子，如今持有集团三分之一的原始股，是集团目前的最高决策者、未来掌权人。

而这些前缀统统没入江若的眼，他只注意到作为姓名的三个字——席与风。

席与风。

江若又默念一遍，心想，竟然会有和名字如此相合的一个人。

不过既是风，必然摸不着，更抓不住。

将屏幕摁灭，江若抬起头，吸进一口混入夜露的沁凉空气。

寒风过境，一些来不及深究的悸动或是别的什么，也一并被吹走了。

令江若意外的是，手机里的搜索痕迹还没消失，他就又见到了那个人。

两周后，还是锦苑，江若所在的剧组给男主角办生日聚会，原本订在影视城附近的餐厅，许是男主角那边的团队有意见，临时改到这儿。

为显慷慨，连江若这种无名无姓的小角色都被邀请了。

江若本不想来，但电话里安何一个劲儿劝他去，让他别得罪人，混个脸熟，人脉就是这么积累的。

“再不济混顿饭也好啊，那可是锦苑。”挂电话前安何说，“我那天刚去就被叫出去了，都没捞着吃。”

于是江若便出现在了锦苑门口，为了替安何尝尝锦苑的饭菜有多美味。

剧组的车座位有限，江若是乘公交来的。

锦苑站靠近停车场南门，走到正门还要绕一段。这一带正在修路，人行道被挖得坑坑洼洼，本就不熟悉方向，江若在各式路障的堵截下左弯右绕，最后成功走错路，把自己送到停车场入口处一片渺无人烟的空地上。

正门的招牌都看不见了，江若叹了口气，认命地拿出手机联系相熟的化妆师姐姐，请人家发个实时位置共享。

这个点，枫城的夜生活刚刚开始，锦苑门口车流不息，忽地一束光线射过来，刺得江若条件反射地闭眼，抬手遮挡。

不知是谁开了大灯，明晃晃地照得天地一片惨白，待强光远离，江若勉强睁开眼睛，下一秒受罪的换成耳朵。

那车不知怎么开的，在入口半进半出的位置踩了急刹，紧接着车窗打开，驾驶座的年轻男人扬声道：“哥，不是让你在这儿等我吗？怎么就走了？”

在这寸土寸金的地段，锦苑建了个能停下百余辆车的露天停车场，东南西北四个进出口，能碰巧在这里遇上的可能性比江若靠演司机一炮而红都低。

手机一振，化妆师姐姐说等她找个信号好的地方，江若回了个“乖巧等待”的表情，等待的空闲便瞧瞧那头的热闹。

两辆车挡道碍事，被守在停车场的泊车门童挪到边上。

挡人的是辆跑车，被挡的是辆商务车，从车标来看贵得不分上下。

从车上下来的人却大不相同。

开跑车的穿着张扬，三个同样打扮显眼的女孩跟着他下车时，江若才注意到这跑车是双门四座的。

而从商务车上下来的……江若瞧着那抹冷白，心说竟然又碰上了。

安何曾评价江若是“思想上的巨人，行动上的矮子”，江若当时不服，如今回想，一点没错。

他非但没敢发出动静，还往石柱后面躲了躲。

那边已经聊上了。

“哥，你怎么回事？短信不回，电话也不接，我都联系不上。”

“没电关机了。”

“施明煦那家伙呢，难道没跟你说我要过来？”

“他给我打过电话，没接到。”

“这事办的，差点就错过了……算了算了，哥，你看这几个怎么样，比上回的质量高吧？”

江若循声望去，那几个女孩背对他站着，瞧不见容貌，也没法通过那个姓席的的反应判断。

因为席与风仍是旁观的态度，语气都无甚起伏：“嗯，你玩吧，我先回去了。”

“别啊，大周末的睡什么睡……”

后面的话江若没听清，因为那人掩唇凑到席与风耳边说的，想来不是什么干净话。

怎么说也当了两年演员，圈子里这种事屡见不鲜，可江若还是为接下来会发生的事感到一阵反胃。

扭身刚要走，一句拒绝的话又把江若拉了回来。

“不了。”

“为什么？”

那男人声音很低，被风托着传到江若耳中的时候，有种掺了寒气的冷冽。

“我不想玩这个。”席与风不急不缓地说。

等进到锦苑，站在电梯口，江若还在恍神。

旁边亲自下来接他的化妆师林晓用胳膊肘撞他："欸，看那边。"

江若机械地转头去看，贵宾专用电梯方向，刚才那人带着女孩们走前面先进，后面跟着席与风。

席与风还是白衬衫西装裤，大衣搭在臂弯，手抄兜，还是漫不经心，像是落了东西回来取，而非半路被人盛情邀请无奈返场。

"席家的大公子。"林晓小声八卦，"之前咱们组的女二和他在一起过。"

江若愣怔了下，然后慢吞吞回神："……女二？"

"嗯啊，就周昕瑶嘛，个子挺高、身材超好的那个，去年在圈里还查无此人，今年好资源拿到手软，前阵子还接了 W 牌护肤品的代言。"说到这里，林晓声音压得更低，"你懂的，分手费。"

江若眨了下眼睛，其实不太懂。

他想了想，问："他……很风流？"

林晓笑道："他们这帮公子哥都是撒开了玩，到年纪跟家里定下的对象结婚，婚后继续在外面玩……这算不算风流？"

"叮"的一声，轿厢抵达一层，电梯门打开。

周遭无人，林晓这才放开了往贵宾通道那边张望。

江若便也跟着看了一眼，又是很远的背影。

他听到林晓感叹："这样的男人，就算没利可图，也有的是人想跟吧。"

对此江若持不认可态度。

美丽的皮囊不过是过眼云烟，强大的经济实力才是永恒的基础。

这是现实给他的教训。

入席后，和江若坐在一起的林晓又八卦了些别的，包括这位席家大公子的亲生母亲去得早，如今席家的夫人是老席总后来娶的一个女明星。以及女明星其实早就在外面给老席总生了个儿子，二公子没比大公子小几岁。

江若光顾着吃东西，还得给安何拍照反馈，咽下一只凤尾虾才得空插嘴："那岂不是子凭母贵，接下来该上演二龙夺嫡了？"

电视剧都这么演的。

林晓被他逗笑："我看你不如别演戏了，去当编剧吧。"

"我今晚就回去写本子，到时候林姐姐记得帮我拉赞助。"

"去去去，给你点颜色你就开染坊。"

"其实吧，我还是喜欢演戏。"

"那还不少吃点，想明天上镜肿成猪头？"

“知道了……林姐你别抢我筷子啊！”

因着中途加了导演讲话、制片人献唱、男主角敬酒和切蛋糕等冗杂环节，一顿饭吃到夜里十点多。

明天还要拍戏，剧组主要人员跟车走了，剩下些虾兵蟹将在初春并不算暖和的夜里蹲在锦苑门口打车。

把醉得不省人事的林晓扶上车后座，拜托同车的工作人员照顾，望着车尾灯明明灭灭直至消失在道路尽头，江若环顾四周，才发现就剩他一个了。

泊车门童说：“下一辆出租车十分钟后到，客人可以先回大堂稍作休息，车到了我叫您。”

江若便回到室内，照着指示牌，往洗手间方向走去。

刚才散场时人太多，场面乱，他还没来得及洗手。

进到里面，江若险些被闪瞎了眼。

锦苑不愧是枫城首屈一指的酒店，服务周到、饭菜美味不说，连卫生间的装修都极尽奢靡，让江若抬脚踩下去，都唯恐破坏了这纸醉金迷的氛围。

江若权当是体验生活，为演戏积累素材，洗个手还哼起了歌。

至此，今天发生的一切都很愉快。

洗完手出来，隔着玻璃门看见泊车门童还在外面站着，出租车没到，江若便趁这机会四下转转。

上回光顾着逮人要钱，都没留心赏景，眼下一看，这锦苑的装修也不全然是土豪的俗气审美，几处安放在拐角的摆饰和廊道墙上的壁画，都看得出经过精心挑选，颇有意境。

拍戏、蹭饭、看帅哥美女……已经很久未得清闲的江若想，这算得上美好的一天，可能有幸能被记录在他长达二十二年的记忆里。

——如果没碰到张绍元的话。

沿着旋转楼梯上到二层，江若追着一幅幅色彩明丽的画来到一条僻静走廊。待他看完转身，正对上张绍元那张笑起来格外油腻的脸。

“没想到啊……”先开口的也是他，“还能在这里碰到你。”

即便从对方不善的语气中听出点什么，江若还是不得不扯了个笑：“巧啊张总，您又来这儿喝酒？”

张绍元浑身酒气，不知喝了多少，脚步虚浮地往前走两步，看着江若的眼神更露骨：“是挺巧的，我找你好久了，江若。”

听到他喊自己的名字，江若便知道，上次那事糊弄不下去了。

果不其然，张绍元直截了当地说：“我打听过了，上回那人叫安……安什么来着，你和他不一样。”

事情来得突然，江若一时没想到如何回应，便听张绍元“嘿嘿”笑了两声，接着说：“你比他有潜力。”

夸赞的话说出了令人汗毛直竖的效果，江若浑身一凛，如同有蛇沿着脊背往上爬。

接下来发生的事便不受控制了。

江若本来就是个刺头，一身反骨藏于人前，人后被触了逆鳞，自然没有不反抗的道理。

何况他上回就想揍这人。

“不如……”

没等张绍元的手伸到跟前，江若就反客为主擒了他的腕。

张绍元痛号一声倒在地上，扭过头来的时候还满脸惊诧。

他喝了酒使不上劲，撑着墙壁站起来又倒下去。

江若冷笑一声，跨步上前，攥着张绍元的衣领将他上半身拎起。

吓得张绍元眼睛都闭上了，等了一会儿，拳头却没落下来。

他听见江若咬牙切齿的声音：“敢再来一次，我决不放过你。”

五分钟后，江若回到洗手间，不过这回是二楼的，更奢靡，也更冷清。

水龙头开到最大，他把手放到水流下拼命冲，像要洗去那如影随形的肮脏油腻。

搓了一阵，他又慢慢停了下来。因为江若意识到，这场面像极了安何从锦苑回来那晚，不先处理伤口也不吃饭喝水，而是打开花洒，站在下面任由自己被水淹没。

空荡的空间里只剩“哗啦啦”的水流声，江若看着镜子里的人自嘲一笑，心说：没想到啊，事到如今你还有自尊，还守底线。

缓了片刻，江若便出来了。

算时间出租车也该到了，从楼上看下去，那泊车门童正推门往里走。

江若不由得加快脚步，却在行至楼梯口时，被暗处一道模糊黑影分走了注意力，正待细瞧，那黑影倏然放大，他的手臂忽地被抓住。

然后被一个大力拽到旁边的幽深走廊里。

刚平复的心脏再度狂跳，江若第一反应是张绍元回来报仇，可那家伙分明醉得厉害，应该没这么快。

慌乱中江若本能地挣扎，抬手去扒对方的胳膊，越过一块质感冰冷的手表，无意触到一片烫得不自然的皮肤，指尖一颤。

响在耳畔的音色很沉：“别出声。”

鬼使神差地，江若就不动了。这选择同样出于本能，因为他知道身后的人不可能害他。

不可能，也没必要。

直到一伙人脚步匆忙地从方才江若经过的那条路走过，聒噪的“我哥呢？还不快去找”话语声飘远，江若才察觉到钳制着他的胳膊渐渐松开，脱力般地从他肩上滑落下去。

深吸一口气平复错乱的呼吸，江若转过身去，借外廊的光看清靠在墙边的人时，心脏还是不由自主地收缩了下。

应是不太舒服的关系，名叫席与风的男人面容略显颓丧，佝着肩借着墙的倚靠才不至于倒下似的，总是梳得一丝不苟的头发掉几缕在额前，随着粗重的喘息颤巍巍摆晃。

吐息也是热的，方才他说话时，江若就察觉到了。

这来势汹汹的症状似是发烧。

即便如此，那双眼睛仍留一线清明。在发觉面前的人凑过来探究时，席与风立刻警惕地低喝道：“滚开。”

江若撇嘴，心想这人脾气挺坏。

不过既然都配合了，还是帮人帮到底吧。

江若上前，不由分说地架起席与风，问：“你住几号房？”

如果提前告诉江若，在某年的二月二十九日，他会进到锦苑的贵宾客房并留宿于此，江若肯定不信。

他住过老旧破烂的平房，也住过十几人一间的群租屋，睡过八面漏风的天桥底，还在拘留所蹲过半个月，往前数二十二年尽是千疮百孔。

没承想有朝一日他也能躺在柔软细腻的真丝床单上。

江若自己都不太确定，刚才进门，把人扶到床边，自己是不是怕他栽下去才没松手。

此刻感知到席与风带着些微酒气的呼吸，江若有片刻的恍惚。

席与风皱眉，语气不悦地问：“看什么？”

想起初见时这个男人看自己的眼神，江若挑眉，报复般地回答：“看热闹。”

——看你们有钱人兄弟阋墙的热闹。

席与风绷着残缺的理智紧咬牙关，江若几乎能看到他下颌至脖颈迸出分明的青筋。

席与风本就低沉的声音更哑了些：“看够了吗？”

江若摇头："还没。"

一时间戾气更盛，扑面而来的压迫有如实体——仅通过眼神和气息。

江若也不是被吓大的。他吞咽一口空气，然后仰起头："还想看看你，是不是真的醉了。"

他的记忆几乎被黑白两种颜色填满，望不到尽头的贫瘠。说他神志不清也好，得了疯病也罢，他不介意趁此刻的不清醒，在上面添上这离经叛道的一笔。

反正他一无所有，亏不到哪儿去。

闻到席与风身上雪松般的清冷。江若不着边际地想，怎么会有人像风又像雪，明明这么近却还是很遥远。

然而走神的表情落在旁人眼里，只能用心不在焉来解释。

次日是个晴天。

枫城今年的冬天格外漫长，春节过去大半个月，气温还在个位数徘徊，难得出太阳，体感仍是湿冷。

从锦苑出来，司机老刘已经等在车旁，席与风上车，让开去城南的家里。

路上席望尘打来电话，席与风没接。紧接着铃声又响起，宿醉正头疼的席与风刚要按掉，瞥见来电显示是孟潮，接了起来。

"敢问席总可知现在几点了？"

"嗯。"

"就'嗯'？"孟潮拔高嗓门，"快十点了，您是忘了咱们九点有约吗？"

席与风对好友的咋呼习以为常，说："出了点状况。"

孟潮脑袋转得快："不会又是你亲爱的弟弟搞的鬼吧？"

席与风听不惯"弟弟"这个称呼，又敷衍地"嗯"了声。

"他干什么了？又带你去喝酒，还是领你去泡妞？"

"总之没干什么好事。"

"……"

孟潮心有猜测，早有预料地说："他们母子俩终于还是做到了这一步……"

对于这件事席与风不愿多谈，他在电话里简单告诉孟潮说要回家一趟，碰面时间改到中午。

孟潮说："不急，晚上也行。"然后犹豫地问，"你不会要回去揍席望尘吧？"

"不会。"席与风答得干脆，"做戏做全套。"

孟潮松了口气："那就好。这个节骨眼上，还是尽量避免节外生枝。"

挂电话之前，孟潮没忍住，顶着被拉黑的风险问："话说……昨晚到底怎么回事？”

席与风果然因为这个问题脸色一沉，但语气还是无甚起伏：“你想听到什么样的回答？”

自知踩雷，孟潮忙收起好奇心，打了个哈哈就将电话挂了。

恰逢前方红灯，等待的时间，席与风抬手按开后排的镜子照了照。

本就阴郁的心情更添烦躁，眼前一闪而过一张过分明艳的脸，席与风眉心微皱，在前方跳绿灯的时候告诉司机：“开快点。”

席家主屋位于枫城南面，依山傍水，闹中取静的地方。

车沿着平坦的水泥路一直开到半山腰，五米高的雕花铁门向两边打开，门口的守卫立在一旁，鞠躬后目送商务车继续上行。

从此处到屋前还有一段距离，席与风歪靠在座椅上休憩，老刘出声说“到了”的时候，他睁开眼，车窗框着一片苍茫绿色，倒显出几分春意。

下车，进屋，席家的早餐刚端上桌，保姆方姨见到席与风，脸上立刻露了笑：“大少爷回来了，正好赶上吃饭。先坐，我去给你弄个蔬菜三明治。”

方姨在席家干了近三十年，看着席与风长大，自是知道他吃不惯馒头、包子这些碳水重的食物。

坐在桌边的萧茵“欸”了一声，方姨急着回厨房没听见，萧茵面色不豫地叫来管家，让他去厨房让方姨炸两根油条，席望尘爱吃。

说话的工夫，就见席成礼从楼上下来，后面跟着哈欠连天的席望尘。

席家早餐一向晚，萧茵母子进门后尤甚。席成礼倒也不一味地惯着，逐级而下的时候扭头训斥道：“明知道今天有重要的会议，昨晚还喝酒？”

“昨天不是周末嘛。”席望尘又打了个哈欠，眼泪都出来了，“又碰到大哥，一高兴就多喝了几杯。”

待走到餐厅看见已经在用餐的席与风，席望尘顿时清醒：“哥，你昨天不是……”

没蠢到把昨晚的所作所为说给父亲听的地步，席望尘话锋一转，险些闪了舌头：“看你昨天那个喝法，我还以为你就睡在锦苑了呢。”

听了这话，萧茵嘴角一扬，接腔道：“别胡说，你大哥怎么会去那种地方？”

锦苑是什么地方？枫城臭名远扬的销金窟，饶是席成礼自己就常去，也耻于接受自己的儿子成天往那儿跑。

席望尘哪听得懂萧茵下的套，直愣愣地交代：“大哥就是去了呀，我是听说他在那儿才去的，刚好让我在停车场门口把他堵到，可巧了。”

“你哥那是去应酬。”席成礼说。

席望尘嘴快道："应什么酬啊，唬我说要回去睡觉，被我一叫就返场，喝得比我还多。"

萧茵的笑容多一分，席成礼的脸色就难看一分。

望向席与风，见他神色如常，亦没有要反驳的意思，失望之余，席成礼却没说重话，只提醒："一个人少去那种地方，常混迹于那边的多是些心怀鬼胎的，当心被缠上。"

席与风面无表情地应了声。

这事就算过去了。萧茵显然对席成礼的轻描淡写十分不满，几次三番把话题引回席与风身上未果，转而说起了公司的事。

"和荣盛的那个项目，小风是不是舍不得撒手？昨天我去公司想把企划书拿给望尘看看，也没——"

"着什么急，项目就在那儿，能跑了不成？"席成礼打断萧茵的话，转头面向席与风，许是因为于心有愧，语气都软了几分，"我知道你在这个项目上投入很多心血，可是说好了给你弟弟一个锻炼的机会——"

席与风也没等席成礼把话说完，态度不咸不淡："等下去公司，就让项目经理上交企划书。"

因着得逞，后半段萧茵没再在餐桌上发难。

席与风没什么胃口，吃了两口三明治就起身离席，方姨跟他到门口，唯恐他没吃饱似的又打包了些小菜。

"这些年你回家的次数越发少了。"方姨叹着气，"每次还没坐多久就要走。"

席与风说："工作忙。"

方姨劝道："再忙也不能忘了吃饭，把身体累垮了，赚那么多钱又有什么用？夫人还在世的时候，也是这么说的。"

听到"夫人"二字，席与风抿唇，垂眼看向摞得整齐的玻璃碗，到底接了过来。

刚要上车，席望尘从屋里追出来，问："昨晚我去你房间敲门没人应，服务生说你带了个人进去？"

席与风回："嗯。"

"嗐，早说嘛。"说着席望尘压低声音，"放心吧大哥，这事我绝对不会告诉父亲。"

席与风扯了下嘴角，稍纵即逝的讥诮，对这母子俩的小伎俩心知肚明。不欲多逗留，他打开后座车门便钻进车里。

席望尘还有话想问，趴在车窗口喋喋不休："是谁啊？锦苑的服务生吗？"

见席与风不理，他也不气，看一眼驾驶座那边，凑近了小声道："昨天的酒怎么样，不错吧？我费了好大劲才弄到手。"

本想邀功，却被席与风投过来的森寒视线吓得一噎，席望尘讷讷地问：“大哥你不会生气了吧？”

“怎么会。”语气却是轻松的，席与风似笑非笑，“只是既然这么难弄，下回还是留给自己，别浪费了。”

一小时后，抵达公司的席与风先召集各部门经理开了个短会，随后叫来助理施明煦，安排项目转交事宜。

换领导人并非小事，项目易手后，之前敲定的方案极有可能被推翻，经理位置都可能易主。而且造成经济损失事小，动摇团队信心事大，席与风预备给项目核心人员批大假，发奖金，不能让辛苦熬夜的员工寒了心。

末了他才得空交代施明煦：“下回席望尘再找我，不要轻易透露我的行踪。”

施明煦这回没多问，只点头说“知道了”。

对于这个姨母家的表弟，席与风有心扶植。一方面施明煦毕业后在华尔街投行干过两年，投资眼光和抗压能力兼备；另一方面，按照目前的局势，席与风最需要的就是不会背叛他的自己人。

忙完已是正午，在电梯里席与风拨电话给孟潮，轿厢抵达一楼时正好接通，电梯门向两边打开的瞬间，听见孟潮的声音从两个方向传来。

“席总披星戴月，日理万机，”还是吊儿郎当的模样，孟潮握着手机笑道，“想见席总一面可真不容易。”

正值饭点，孟潮提前在附近的餐厅订了包间。

进到里面，席与风随意拉了张椅子坐下，摸口袋掏烟，另一只手转动火机砂轮，接着是一阵烟草燃烧的轻响。

“这是憋了多久？”孟潮又笑，“抽烟不是浪荡子标配嘛，你尽可以在公共场合放开了抽。”

席与风回了句“没憋”，薄雾自唇边缓缓逸出，他抬手按太阳穴，疲劳地合眼。

显然是累了，昨天被席望尘搞那么一出，还要起大早回家演戏，孟潮不禁摇头叹息：“这又是何苦，扮猪吃老虎先把自己名声搞臭了。”

席与风笑一声没说话。

“……”孟潮无语片刻，酝酿之后提议道，“依我看，不如让我妹妹早点和你——”

没等说完，便被席与风打断：“你疯了？”

他下巴微抬，烟夹在指间，继续道：“这种时候把人往火坑里推，有你这么当哥的吗？”

“我们家到底能帮你几分，反正商业联姻，婚后你俩个体自由，我妹也没意见。”

面对友人的好意，席与风毫无所动似的：“不必了。真想帮我，离我越远越好。”

这种时候，情分无异于利刃，捅伤对方，更有可能波及自己。

席与风向来理智，因此他面对任何事情，哪怕是旁人眼中的危机，都能游刃有余。

到底相交多年，深知对方脾性，后半段孟潮没再提要帮忙的事。

就是没忍住，聊完公事后又开始旁敲侧击地打听昨晚种种：“话说你今天怎么这么累？”

席与风停了没动几下的筷子，话题便拐了个弯：“你今天话这么多，看来还没吃饱。”

孟潮连连摆手：“饱了饱了，跟你谈公事效率太高，五分钟就撑得胃胀。”

就是在这时候，席与风的手机响了。

席与风拿起手机一看，显示是陌生号码。

稍作迟疑，他的拇指按下接听键。

那头的江若，并没有想到电话会这么容易打通。

他从卫生间出来，看见放在桌子正中的一张显眼名片。

拿起名片，看着上面“席与风”三个字，江若心说：有趣，原来你们上等人也不都像张绍元那样无赖。

既然人家绅士地留了联系方式，自然没有不联系的道理。

江若拨打了名片上的号码。

只“嘟”了两声就接通了。

席与风：“喂，哪位？”

下意识打算自报家门的江若，在开口前想起自己的名字于对方来说只是两个没有意义的汉字，索性换了句直接的：“这就忘了？”

应是问句本身基调的关系，即便以玩笑的口吻说出来，也难免掺杂些许嘲讽揶揄。

倒显得咄咄逼人了。

而落在席与风耳朵里，通过惯性思维转化，便只剩下某种更为直接的意图。

于是江若听到席与风用完全没在开玩笑的语气，把问题抛了回来。

“要多少？”

站在回影视城的大巴车上，江若泄愤般地用手指狠戳开裂的屏幕，给安何发消息：我现在不仅是语言上的巨人，也是行动上的巨人！

江若一朝翻身扬眉吐气，迫不及待要将此事宣扬。

安何兴许在忙，等了半个钟都没回复。

在这短暂又漫长的三十分钟里，江若等到了座位，脑袋抵着玻璃窗发了会儿呆，类似难堪的情绪也逐渐消退。

难堪……重复咀嚼了一遍这个词，江若哂笑。

不过回想几十分钟前的那段对话，江若并没有后悔一口回绝。

“我要什么，席少又知道了？”当时的他没等对面回答，紧接着道，“打个电话就当回访，您不必这么紧张。”

现下想来，紧张的哪是席与风，分明是江若自己。

按照江若锱铢必较的习惯，碰上这种情况早狮子大开口了，就像上回对待张绍元那样。

在维护自身权益和维持基本的生存面前，他向来没有底线。

可没来由地，江若就是不想和电话那头的人扯上这种关系。

好像都是为了钱一样。

明明是为了他的背景嘛——江若如此想着，为自己的反常行为找到合理解释，并在下车后，把从口袋里掏出来的还留有体温的名片扔进了站台旁的垃圾桶。

想起挂电话前，席与风那句不容置喙的“那你想好了打我电话”，笃定他的目的在于碰瓷似的，江若的火气又蹿到脑壳顶，差点把那名片从垃圾桶里翻出来，丢地上踩几脚。

江若到底没这么干，因为快迟到了。

下午有两场戏，虽然没台词但有正脸。

林晓正空闲，溜到给非主要演员用的大化妆间里给江若弄妆发。

在嘈杂的环境中，两人不得不拔高音量对话。正聊到晚上吃什么的话题，化妆间门忽地从外面打开，执行导演赵森领着个面生的男青年走了进来。

“小林，”看见林晓，赵森上前，“给他化个妆，不要太打眼的，他演司机。”

“……司机？”林晓疑惑地确认。

这部剧里只有一个司机角色。

闻言江若也站了起来，赵森注意到他，皱眉道：“你怎么还在这里？”

江若莫名其妙：“我是司机的演员啊。”

“剧务助理没通知你吗？”赵森环视四周，没找到人，转脸面向江若时不耐烦地挥手，做驱赶的架势，“把衣服换下来就走吧，你被解雇了。”

几乎是立刻，江若就猜到是张绍元搞的鬼。

台面上不能直言，他只好表示对这“天降横祸”不理解，希望剧组给个正当理由。

作为统筹剧组上下大小一应工作的重要人物，在打点人际关系方面赵森也全然掌握了看人下菜的基本技能。他瞥了江若一眼，态度玩味："你自己是正当人吗？就跟我要正当理由？这种事，总不能叫我出个文书白纸黑字给你写下来吧？"

心顿时凉了半截，江若迅速分析形势，自知这事没有回旋的余地，不抱希望地问："那之前几场戏的薪水……"

"你还想要钱？"赵森瞪圆眼睛，"之前你的戏份全都要重拍，没向你索赔算客气了。走走走，赶紧走，别耽误我们下午的拍摄。"

到影视城不过半小时，江若就又出来了。

林晓来活儿了，只送他到门口，避开来往的人悄声问他："你得罪了谁啊？连个小角色都保不住。"

江若扯了下嘴角："得罪了一条小肚鸡肠的狗。"

林晓眨眨眼睛："所以是鸡还是狗？"

后来江若又一想，张绍元这浑蛋分明连猪狗都不如，当时就不该保留实力，应该捶烂他那张油腻的脸，把他打进 ICU。

也就想想，半天不到的时间，江若又变回了行动上的矮子，非但没告诉林晓他到底得罪了谁，想到新的月份还没着落的债务，甚至想要不眼一闭心一横，去找张绍元道歉讨饶。

也只能是想想了，如果是这种为五斗米折腰的人，江若何至于熬到现在，活成一只谁都能轻易捏死的蚂蚁。

第二幕

莺飞

江若在回去之前用微信联系了群头，群头说最近没有新戏开机，之前几部群演都已经敲定，让江若过几天再来影视城门口蹲一蹲。

连春节都没休息的江若突然拥有了假期，茫然地坐在车上，窗外尚未褪去萧条的风景呈现一种灰扑扑的冷，江若一瞬不瞬地看着，一个不留神就坐过了站。

终点站，体育中心站。这一带是枫城最东面的郊区，地广人稀，除了体育馆，博览中心、文化艺术展馆，以及枫城最大的剧院都聚集在此处。

少有人知道枫城剧院底下有个直属舞团，还设了个专门的练功房。

更少有人知道练功房里头有个面积不大的舞台，供舞团成员模拟演出情境用。

哪怕近两年来得少，江若对这里的地形还是熟悉，穿过剧院西门沿着石板路往前走一百多米左拐，道路两旁的常青树经年立于此处，走到头再左拐，便能看见一扇有些年代的柚木双开门，再走近些，可瞧清楚门旁挂着的一块木牌，上面写着“星回舞团排练厅”。

练功起早，接近天黑的时候一般是没人的。江若推开虚掩的木门，步入黑暗狭长的甬道。

即便熟悉到无须光线都可辨明方向，江若依旧走得很轻很慢，慢到他的忽然出现于这处空旷之地来说，犹如飘入一粒不起眼的尘埃。

舞台上的灯亮着，许是管理员又忘记关。绕过寥寥两三排观众席上前，双手撑着高一截的地面抬脚爬上去，专属舞台的光束泼洒在头顶的时候，江若忍不住抬头，却又被刺得睁不开眼。

也许是因为太久没有站在这里了。

此时此刻，不跳点什么，算是白来。于是江若转脖子甩胳膊腿，就地来了一组现代舞地面动作——肩倒立空中画圆，手撑顶中段展开，最后地面画圆，来个上身展开，就着仰面的姿势直接躺倒在地板上。

到底有段时间没有系统练习，几个基础动作就开始喘了。

但仍给江若一种从地狱回到天堂的感觉，直视上方的明灯都不再觉得刺眼，好像他本来就该在这里，在灯光下，在掌声中，接受来自四面八方的视线洗礼。

曾经的他认为酣畅淋漓后的急促喘息最动听，甚至超过那些赞美的声音。

曾经的他，亦有站上舞台就能光彩夺目的自信。

即便江若已经很小心，跳舞都没敢发出什么声音，还是在出去的时候碰到了人。

宋诗韵是回来拿包的，今天有外派演出，走得急给忘在舞团了。在门口听见脚步声就觉得奇怪，心说这个点是谁在里面。

待看见推门出来的是江若，宋诗韵先是一愣，好容易反应过来，没头没脑说了句："你怎么来了？"

江若看清来人，松一口气之余更有一种被抓包的窘迫："刚好路过……就进来看看。"

这谎撒得拙劣。远在郊区的位置，谁没事从这儿路过？

宋诗韵没揭穿，停顿须臾，再开口时镇定许多："哦，这么巧啊。"

江若只好硬着头皮"嗯"了声。

老熟人碰面，总归要聊点什么。宋诗韵便问他如今在哪里高就，听说他在当演员，难得露了抹笑："那也算同行，都是表演。"

"混口饭吃罢了。"江若实话实说。

"艺术不分家，在哪里表演都一样。"

江若也问宋诗韵的近况，听说她除了帮团长带团，自己也收了几个学生，过阵子要带他们去首都参加舞蹈比赛，江若由衷地祝福道："希望宋老师的学生们都能取得好成绩。"

接着便是一段长久的沉默。

此处远离喧嚣，任城市里平地起高楼，日夜更迭变化，这里始终岿然不动，阒寂无声，像一幅藏在胶片里的老旧风景画。

仿佛来自远古的问话传来："那个谁，出来了吗？"

"没。"江若深吸一口气，"还有大半年。"

宋诗韵点点头："希望这大半年里老天能开开眼，让他死里面。"

与其说是祝愿，不如说纯粹是个诅咒。江若却听笑了，说："借宋老师吉言。"

就这样一来一回，两人找回了些以往相处的自在。

临分别时，宋诗韵让江若存了自己的手机号。

"有事打我电话……借钱除外。"

学舞费力又烧钱，经济回报也不高，混到上位圈的舞者的收入和娱乐圈明星比起来也是小巫见大巫。

江若自是清楚，笑了声："我是那种人吗？"

宋诗韵白他一眼："嗯，你不是。你是那种出了事唯恐把身边的人拉下水，眨眼就消失得无影无踪，整整两年联系不上的人。"

一时弄不清这是夸他还是骂他，江若轻咳一声，嘀咕道："这前置定语够长的。"

目送江若离开时，宋诗韵在他身后说："如果还想上舞台，可以——"

"不了。"没等她说完，江若扭头道，"平时工作也挺忙的，抽不出空。"

宋诗韵一怔，觉得这场景似曾相识。

三年前，有个少年舞者也在这里回眸，回绝的却是一份高薪兼职的邀请。

理由是："平时练舞准备比赛够忙的了，哪有空接别的活儿。"

类似的话语，意义却大不相同。

眼神也不一样，江若分明笑着，瞳仁却是黯淡的。他向宋诗韵挥挥手，对身后的舞台毫不留恋似的转身："先走了，通告不等人。"

其实哪有什么通告，江若只在急用钱的时候胡乱签了个经纪公司，然后就被放养两年，连所谓的经纪人都没见过几面。

分佣金的时候倒是积极，这两年江若大大小小拍过十几部戏，虽然都不是主演，经纪公司也从他这边分走不小的一笔。

这种情况换谁都不能忍，为此江若自去年底便联合几个和他有一样经历的受害者，把这公司告上了法庭。钱是难要回来了，他们只求解约，恢复自由身。

这种劳务纠纷官司与扯皮无异，费钱费力不好打，律师费即便几人平摊也是个令人咋舌的数字。因此江若近来格外缺钱，接活儿的标准也一再降低。

然而俗话说，屋漏偏逢连夜雨。自因为得罪人被剧组解雇一分薪水都没拿到后，江若接二连三破财，先是房东突然涨房租，并要求整年结清，等东拼西凑把这钱交上，每月的债务扣款又榨干了他身上最后一点存款。

雪上加霜的是，安何住院了。

安何的身体状况一直不好，为了挣钱没等痊愈就回到工作岗位，高负荷工作让他元气大伤，病恹恹的连盘子都端不稳。上回江若给他发消息之所以没回，是因为他不慎打碎了酒吧的两瓶贵价酒，当场吓得脸色发白，晕了过去。

于是江若这几天假期全泡在医院里。为求心安，他出钱给安何做了全面的身体检查，不查不知道，安何竟然有心脏方面的问题，还属于危重疾病，医生嘴里那些学术名词江若听不懂，只知道必须尽快手术，否则任何一次情绪波动都能要了安何的命。

江若不太清楚这个"情绪波动"的程度和范围，转告安何的时候用的是格外轻松的口吻："就一个小手术，大概就是把你这些年缺的心眼补上，以后你就不缺心眼了。"

安何笑得停不下来，然后边抹笑出来的眼泪边问：“要花很多钱吧？”

“不多，你别管。”

“别骗我了，我知道很多。我还没缺心眼到这个地步。”

江若收了强挤出来的笑，看向坐在病床上的人：“你不缺心眼？你不缺心眼能走丢被拐卖？你不缺心眼能养着那一家子白眼狼？你不缺心眼还非要跟我挑明，就不能装作不知道？”

安何本就是个软弱性子，被堵得说不出话，好不容易鼓起勇气开了个头：“可是你也——”

就被江若一把按回枕头上，被子盖到脑袋顶。

“反正我有办法。”江若没好气道，“医生说多休息有利于康复，睡你的觉去。”

等到了病房外面，刚才还气势汹汹的江若背倚墙壁，整个人脱力似的耷拉下来。

这两年他经历过许多次类似的情况，可从没有哪次像眼下，几乎到了穷途末路的地步。

就在回病房前，律师打电话来告知最新进展，说对面也请了律师反告他们，理由是违约，经纪合同签的是五年，这才第三年。

毕竟白纸黑字写着的，从法律效力的角度考虑，这比他们搜罗来的经纪公司不履行义务的所谓“证据”有力得多。

关于结论，律师的原话是：“我会尽力扭转局势，也请诸位做好准备。”

什么准备？无非是钱，输了他要赔偿大笔违约金，赢了也只是不亏。

说白了，愿不愿意用钱换取自由——这一点在打官司之前江若就想过，当时他确实抱有侥幸心理，或者说一腔无畏的孤勇，反正状况不可能更糟了。

事实证明，糟糕的还在后头。

在江若心里，花钱是有优先级的，原本最优先的是还债，接下来是衣食温饱，最后才是精神需求之类的非生活必需品。

安何这一生病，直接打破了他等级森严的花钱计划，筹手术费一步登顶升至第一位。

很难断定应不应该，或者值不值，江若只觉得自己无法眼睁睁看着安何没命。

理由除却安何是他重要的朋友，还来源于一件事——合租后的第一个春节，安何怕他孤单没回老家，留在枫城给他包了顿饺子。

他还记得安何当时说：“我把自己的名字都忘了，只记得枫城，所以这肯定是个好地方，我就算是拼了命也要留下来。”

枫城并非江若的老家，他是为了上学才来到这里，就算待了四五年也谈不上有什么归属感。

他和安何不一样，又有种微妙的相似。

或许人类天然有在相依为命的人身上找补缺失的天性，江若希望安何能守住与这方土地的羁绊，牢牢地，不要像他一样漂泊不定，每当在睡梦中急速下坠时，伸出手连根藤蔓都抓不到。

江若决定将接戏的标准放到最低，只要给钱就干。

如此做好打算，翻通话记录，拨出那个没署名的号码时，江若那点微弱的耻辱难堪几乎消减至零。

他有正当理由，也有担起这份责任的底气，接通后开门见山地说："上回电话里，你让我想好了联系你。"

席与风"嗯"一声。

"现在我想好了。"江若问，"可不可以见面谈？"

没等多久，电话那头的席与风语调沉沉地说："可以。"

即便打过腹稿，自认并不紧张，在听到肯定的回答后，江若还是松了口气。

他接着问："你什么时候有空？"

席与风没有表示异议，挂电话约莫半小时后，通过短信发来一个地址，时间定在后天下午五点。

想来他们这种人是很忙的，分分钟千亿资产的来去，能腾出一时半刻跟"平民"见面，江若合该谢主隆恩，然后乖乖退下。

江若偏不。

他回了条短信过去：撞档期了，六点行不行？

过几分钟，席与风回复：可以。

实际上江若这个咖位的演员，还用不着排档期。

但总归有几件自己的事要忙，比方说这天，他要去一个剧组试镜。

林晓帮他牵线得到的机会，说是新成立的影视公司投拍的，故而没太多陈腐的条框规矩，感兴趣的角色都可以试试。

江若选了男三号，内敛深情人设，暗恋女主，镜头台词少，没什么存在感。

重点是竞争不激烈，成功率较高。

试镜安排在下午，地点在一家酒店。

其他主要角色也在这里试镜，剧组开了几个房间，门口放了指示牌，走道里乌泱泱站满人。

多是年轻鲜嫩的生面孔，江若站在其中最短的队伍里，数了数前面几个房间门口在排队的人数，在心里把胜算又拉高十个百分点。

男一、男二就算削尖脑袋也不一定抢得到，毕竟还有内定这回事。

虽然在试镜这件事上被泼过无数次冷水的江若如今妥妥的是个保守派，但队伍向前经过男二的试镜房间时，他还是没忍住，朝里头看了几眼。

剧本他在医院陪床时抽空看了：男二是名舞者，相较于男一与女主角的感情戏较少，事业线反而颇为丰满。

他和女主是青梅竹马，从小热爱舞蹈，却在登顶的路上因为一场意外跟腱断裂，再无法跳他最爱的芭蕾，也因此在青春最好的几年中变得消极颓废。后来，他在机缘巧合之下被点醒，更换主修舞种，重新回到舞台上发光发热，进而重获新生。

江若对这个角色最感兴趣，连安何翻了几页剧本后，都说这个角色简直是为他量身打造。

可合适又怎么样？江若望向里面在试镜的男演员，显然是来前没做功课，芭蕾基本手位都摆不对，活像只招摇过市的鸭子。

按捺住换个队排的冲动，江若别开视线，强行转移注意力。

试镜过程很顺利，选角导演抽的那段台词正是江若预演过的。

结果怎样不好说，毕竟存在很多不确定因素。选角导演让回去等消息，江若便向评审席鞠躬，退场。

到外面抬头瞧一眼天色，来时还能看见云缝里漏出来的一点阳光，这会儿已然阴云密布，酝酿着一场不知去向的雨。

为省钱，江若还是选择坐公交。

天气变化影响交通，城市主干道部分路段拥堵，导致花在路上的时间拉长，等江若抵达目的地，距离六点已经过去十三分钟。

奔跑着冲进写字楼，对前台说找席与风的时候，江若分明看到那小姑娘眼神中的犹疑，他掏出手机正要自证，就听一道声音从旁传来。

“是江先生吗？”

江若扭头，只见一个西装革履的年轻男人走过来，忙应道：“是的。”

“席总让我来接您。”男青年做了个“请”的手势，“请跟我来。”

江若原以为自己会被带到顶层。按照电视剧的套路，总裁办公室都设在最高处，目的是方便站在落地窗前俯视整座城市。

结果电梯到十五层就停了。江若跟在男青年后头没走几步，到了一间大门虚掩的会议室门口。

进到里面，席与风果然坐在长桌的一头，右手搭在座椅扶手上，左手拿着份文件模样的东西，同一只手，食指和中指间夹了支烟。

听到声音，席与风掀眼，放下文件之后顺手把烟在旁边的烟灰缸里按灭。

窗户是开着的，本就浅淡的烟草味四散开去，江若在离席与风不远不近的一个位子坐下的时候，已经几乎闻不到烟味了。

嗅觉捕捉不到的信息，转而由视觉补上。头一回认真观察这人，江若将眼前的和脑海中的一一对应，让模糊的细节变得具体。

面对来者毫不遮掩的视线，席与风的反应是抬手看腕表，说："你迟到了。"

并非责怪的语气，而是陈述事实。

弄得江若一时愣怔，半晌才给出回应："……路上堵。"

所幸席与风并没有打算同他计较，开门见山道："要什么，想好了吗？"

江若觉得自己有点跟不上对方的节奏。根据他的经验，这种类似敲诈的行为，被敲诈的一方应该竖起十足的戒备，至少先发制人划个范围，告诉他哪些可以要，哪些想都别想。

不过也省去了浪费口舌的麻烦。

江若便也直截了当地说："借钱。"

然后报了"三"打头的六位数，刚够安何的手术费以及后续的治疗开销。

几乎是江若刚收声，席与风就从手边的文件里抽了张纸，反过来空白面朝上，推到江若面前。

"卡号。"

过程快得不可思议，快到江若行走江湖的一套谈判技巧都没派上用场。

拿到卡号，席与风递给身边助理模样的青年，让他去打款。

十分钟不到，江若就收到了到账短信，整整三十万，一分不少。

纸和笔还在手边，江若在卡号下面另起一行，写下自己的姓名和身份证号。

这才是他要求面谈的目的，当面给出承诺显得诚恳许多，不然怎么看都像个拿了钱扭头就玩消失的骗子。

"我叫江若。"他把纸递回去，"这笔钱我今年内一定如数归还，如果您不放心，可以留个——"

"不必。"席与风看都没看那纸一眼，"这是你应得的。"

短短几个字，让江若心口倏地一凉。

是了，初次见面他就在讹钱，旁人不了解他的过去，亦不知他秉性，哪怕那晚他帮了忙，席与风自是先入为主，给他贴上了另有所图的标签。

他口中的"借"字在席与风眼里不过是个幌子，目的在于粉饰，让要钱的理由更冠冕堂皇。

自始至终，席与风都站在高高的金字塔尖上，俯瞰无数个像江若一样为了苟活拼命挣扎的凡人，并不好奇他们为何会沦落至此。

所以连他的名字都不想知道，因为他们之间根本没有互相认识的必要。

不知过去多久，江若听见自己轻笑一声。

似在自嘲，又有几分释然的意味。他把那张纸收了回来，一边对折叠了几道，一边说："既然席总这么大方，那我就不客气了。"

席与风又问江若，还有没有别的想要，显然是不想被他缠上，从此多了个永远填不满的无底洞。

江若问："你觉得我还应该要点什么？"

"您"都省了，什么样的情绪不言而喻。

席与风等了会儿，见对方说不出具体的要求，起身打算离开。

刚走出去两步，听见江若在身后说："差点忘了谢谢席总。"

语气也带着笑意："不过席总可能有所不知，现在的年轻人转账都通过支付软件，幸好我今天带了卡，不然这钱可能都拿不到呢。"

席与风出生在一月末，二十八岁生日刚过去不久，被人拿年龄做文章还是第一次。

谈不上生气，只是多少讶异于这个叫江若的男孩的胆量。

刚才他在纸上写身份证号的时候，席与风不经意扫一眼，正瞧见中间几个数字。

二十二岁，大学刚毕业的年纪，难怪冲动莽撞。以为窥见了一场豪门内斗的局，就可以拿来要挟，以为帮他躲开等着拍他醉酒丑态的狗仔镜头，就可以挟恩图报。

商人解决事情惯用钱作为衡量单位，最好能将所有的危机变现，一次性摆平，省得惹上别的麻烦。

没想到对方不按常理出牌，事情临解决，还敢冒险用言语挑衅，全然不怕他反悔，落个竹篮打水一场空的下场。

离开公司大楼，车从地下停车场开出去的时候，豆大雨点稀稀拉拉地拍在车前窗上。

这部车隔音不错，因此车里的人将视线随意投向窗外的某一处，无端有一种在看默片的错觉。

城市路边，流动的雨，孤零零站着的人。

像是在思考什么，江若静止般地一动不动，有出租车开到他跟前，他也不赶紧上前，任由空车停驻又驶离。

席与风不确定他是否故意为之。

为数不多的几次见面，这人在他面前表现出来的净是算计。容易被看穿，见多了也并不觉得有趣。

不过他还是让司机掉头，让车在路边停了下来。

车窗降下，司机老刘在席与风的授意下对外面道：“江先生去哪儿？送您一程。”

江若先是一怔，待隔着雨幕看清黑色商务车里坐着的人，唇角微扬，神色添了抹玩味。

到底没矫情，他拉开后座车门矮身坐进去。潮气一并涌入车内，席与风通过余光看见江若的头发和肩膀都沾了雨水。

他先抬手用袖子胡乱抹两下，接着不客气地从旁边拽了几张纸巾。

刚把脸擦干，后知后觉意识到什么，江若抬起头，笑容得体：“用您几张纸，不介意吧？”

听语气，已然恢复冷静。

席与风不置可否地移开目光，举起手上的文件接着看。

路面平坦，宽敞的车像一座行驶在风雨中的温房。

报完地址之后，江若就再没发出过声音。

安静到席与风差点忘了车里多了一个人。

翻页的时候视线无意瞥过身侧，入目的是一截白净修长的脖颈，接着是一双大而黑亮的眼睛。

只是那眼睛却茫无焦点，半天都不眨一下，似乎把刚才在雨里没想完的事又捡起来，再度陷入思索。

之后的四十多分钟里，后座的两个人各自忙碌，时间飞速流逝。

抵达江若说的地点附近，是江若主动让老刘靠边停，说再往里巷道路窄，进去就不好出来。

下车前还不忘感谢老刘送他一程，全然忽略了席与风这个人似的，开门下车一气呵成，头也不回。

老刘在后面让他把伞拿上，他也只背着身摆摆手，继续向前走。

这一片聚集了多个年代久远的老小区，低矮楼宇被灰黑色的天空压着，显出摇摇欲坠的破旧。

是出生在枫城的席与风，数不清经过多少次，却从未打算踏足的地方。

那么多年没想过，眼下自然也不会想。席与风对老刘说“走吧”，车子再度发动，在尚且宽敞的路口掉了个头。

方向的变化让席与风坐到了靠近楼群的窗口，因此能够更清晰地看到刚从他车上下去的人，是怎样去而复返的。

地面坑洼不平，匆忙的脚步溅起水花无数，裤腿都湿了大半。江若小跑到车前，敲开窗户。

“刚才您问我，还想不想要别的——”待车窗降下，江若抹一把脸上的雨水，“我现在想到了。”

席与风眉梢微挑，颇有些意外。

面上依旧沉着，他启唇不紧不慢道：“说说看。”

胸膛因为喘息剧烈起伏，江若此刻的模样落在席与风眼里，狼狈是其次，更多的是透过被打湿的清润双眸显现出来的，一种孤注一掷的决然坚定。

以及经历过风雨，仍然不服输、不认命的傲气。

既然已经想好，江若就不会犹豫。

他深吸一口气，说：“我想演《莺飞》的男二号。席总神通广大，想必这对您来说，不算什么难事吧？”

《莺飞》是江若去试镜的那部电视剧的名字。

由枫城本地的一家新影视公司筹拍，一般这种本土项目，都需要当地的知名企业投资支持。

因此江若对席与风能帮上忙这件事很肯定。

这事江若琢磨了一路，眼下说出来了，倒是倍感轻松。

他从不自诩清高，既然他帮了席与风，有和他谈条件的资本，何不索性厚着脸皮，抓住机会为自己谋利？

想通的江若松一口气。

接下来就交给席与风定夺，不管他愿不愿意帮这个忙，江若尽力争取过，就不会留遗憾。

席与风沉吟片刻，开口先是个问句：“帮了你我有什么好处？”

江若一时语塞，他虽未至于丧失斗志，但生活已经磨蚀了他的锐气，而从男二的设定中望见的那一点从前的他的影子，让他蓦地生出一股向席与风提出要求的血气之勇。但至少在开口之前，他还从来没有想过自己可以从这个角色中得到什么。更无从说返还给对方的回报。

寒意让他的大脑迟钝，喉中却如有一团火，迫使他的嘴自作主张：“你投资我，我不会让你失望的。”

席与风目光沉沉地看着他，半晌：“《莺飞》……佳视筹拍的剧？”

江若悬在半空的心落了下去，又想：果然，枫城的大小消息在他们那儿都是互通的，忙点头道：“是的，青春励志题材的电视剧。”

方才还张牙舞爪出言不逊，这会儿瞬间变乖，一双眼睛炯炯有神地盯着车内的人，生怕一眨眼人就跑了似的。

手指在扶手上敲了敲，席与风又问：“为什么不是男一号？”

“按戏份来说，肯定男一号最好，但是……我喜欢男二的设定，想演他。”江若说，“您看这忙是能帮还是不能帮？”

理直气壮的语气，席与风却瞧出了他的局促不安。

既有将自己的命运交到旁人手中的不确定，又难以掩饰强烈的渴望。

这神情席与风觉得熟悉，似乎在哪里见过。

一时想不起，也不好让人一直站着淋雨，席与风告诉窗外的人：“我差人问问，有消息再答复你。”

雨下到半夜才停，次日云销雨霁，江若煲了山药排骨汤送到医院，给安何盛汤的时候，鼻尖一痒，扭过身连打三个喷嚏。

安何接过勺子自己盛：“都提醒你会下雨，让你带伞你偏不带。”

抽了张纸擦鼻子，江若瓮声道：“多麻烦，万一落在哪儿忘了带回来，又要重新买。”

“那你买伞是为了放在家里当摆设吗？”安何不理解。

江若振振有词：“有些东西，可以放着不碰，但一定要拥有。”

安何舀一口汤着急往嘴里送，被烫得直抽气：“就像——咝——就像梦想一样吗？”

听到这个许久不曾提起过的名词，江若愣了下，旋即便笑了：“差不多。”

席与风的办事效率比想象中高，下午三时许，江若接到了来自《莺飞》剧组的电话，通知他明天下午参加复试。

意料之中的结果。

挂电话后，江若拿起手机先给某个号码发了条消息：接到剧组的通知了，谢谢席总。

自认为短信内容真诚礼貌无可挑剔，江若发完就把手机丢到一边，拎起水壶去打热水。

打水回来又送安何去做术前常规身体检查。手术安排在下周，主任医师操刀，江若在网上查过，枫城这家医院尤其是这位医师在心脏疾病治疗方面颇有经验，患者反馈也良好。

但还是迷信地翻了翻黄历，甚至研究了下周的星座运势，确定都是吉象，江若才放心。

检查项目繁多，里里外外忙了一下午，江若回到病房刚坐定，手机响了。

这回是江若之前演司机的那个剧组来的电话，名叫赵森的执行导演带来了一场精彩的川剧“变脸”，光是从声音都能听出讨好谄媚。

“上回那事，是剧组内部传达有误，是个天大的误会。”

“哦，是吗？”

“是是是，我今天打这个电话，是代表剧组来给江老师道个歉，顺便邀请您重返咱们剧组。”

江若头一回被人喊“老师”，险些没憋住笑：“回去干吗？继续演司机？”

赵森忙道：“不不不，司机这个角色没什么发挥空间，我们这里还有几个戏份重的角色——”

“不必了吧。”江若越听越心寒，因而再难保持客气，“上次您赶我走，剧组上下都看着呢，如果我又回去，您觉得他们会怎么看我？”

没等赵森回答，江若接着道：“况且，我没有吃回头草的习惯。”

电话挂断，刚好看见屏幕上的短信提示，席与风发来的。

点进去看，就四个字：走个形式。

江若此刻的心情也只有四个字——非常不爽。

虽然刚才在电话里他扬眉吐气，把对方堵得话都说不出，可等通话结束，那股报复的快意顷刻间消散，唯余泄气后的无力。

他有什么好得意的？得到梦寐以求的机会，被人另眼相待，还不是因为席与风在背后打点？

说不定外面已经传开了——名不见经传的演员江若，搭上了枫城赫赫有名的富豪企业家，有资本撑腰，今后的演艺生涯怕不是要开挂了。

即便在向席与风开口之前，江若已经设想过这样的情况，做足心理准备，眼下当真轮到了，还是难免有种自甘堕落的丧气。

不过他经历得多，自我调节能力锻炼得不错，再度拿起手机时，面上已瞧不出端倪。

他回复短信：谢谢席总。

不知道说什么，把感谢挂在嘴边总不会错。

等了会儿那头没再回复，江若权当这件事就此画下句点。

放下手机时他长舒一口气，卸下重担般的轻松里，掺杂了一股不具名的空虚。

好在时间推着他不停向前，江若翻出剧本，对着用笔标出来的剧情，逐字阅读，很快便沉浸于故事中。

在大人物的安排下，二次试镜自然比第一次还要轻松顺利。

不过传说中的“形式”还是要走。在门口排队的时候，江若扫一眼前后的人，他以为自己多少会产生一种悲悯的心理，其实并没有。

在他蒙受不公平待遇的时候，从来没有人为他可惜，那么同样的状况角色调转，他也不会向这些前路已定的人给予过剩的同情。

试镜过程中有一个小插曲。

江若表演的那段，剧情是男二号，也就是谢方圆，动了重新回到舞台上的念头，过往在眼前闪现，交织着煎熬的内心独白。他独自走在漆黑的路上，月色清朗，周遭唯余风声，他慢慢定住脚步，仰望头顶的月亮，在一片渺无人迹的空地上张开双臂，跳起舞来。

原本这段主要考验的是表情处理和台词功底，到最后江若没忍住，踮起脚做了几个简单的芭蕾动作。

表演完后，作为评审之一的选角导演低头看履历表：“江若是吧，学过跳舞？”

“是的。”江若说，“民族舞转现代舞。”

舞蹈专业的学生各个舞种都会一点，而且有底子在，就算现学也有模有样。

选角导演闻言点头：“好。”

江若见他原本凝重的表情舒展，大有松口气的意思。

显然是以为天降横祸，好好的剧组被塞了个草包进来，这下一看，没想到关系户还有点业务水平，自是谢天谢地。

复试结果当场公布。

江若自此开始更加忙碌，一边是即将手术的安何，另一边是即将进组的拍摄。

新影视公司劲头很足，演员刚一敲定就把接下来的工作排得满满当当：剧本围读，宣传照拍摄，开机仪式……原本以为进组前的二十来天足够照顾安何到出院，结果江若指哪儿打哪儿地跟着剧组跑，每天早出晚归，几乎碰不到醒着的安何。

答应过的事做不到，江若于心有愧，安何劝他放宽心。

“我住院是为了排队等手术，又不是断了腿不能动，不需要你整天待在这儿照顾我，再说……”安何垂眼，“再说你好不容易得来的机会，不能因为我搞砸了。就算看在钱的分上，也是拍摄更重要啊。”

关于手术费，江若告诉安何是跟老同学借的。安何知道江若当年从舞蹈学院辍学时几乎众叛亲离，听说是老同学，差点手术都不想做了，让江若赶紧还回去，别再惹一身腥。

江若只好说是中学同学，交情不错没结过仇的那种。

倒也不是没想过说跟家人借的，可这么说可信度更低，毕竟连安何都知道，他的家人早死光了，一个都没剩下。

好在安何耳根子软又好骗，被江若三言两语糊弄过去。

于是江若在外奔忙的同时心系医院，近几天剧本围读，他都是一结束就拍屁股走人。

这天没跑掉，合上剧本刚站起来，就被导演孙尧喊住："小江啊，先别着急走。"

原来是今晚安排了聚餐，除了在场的剧组成员，还有几位主要的投资商都收到了邀请。

导演发话，江若只好留下。

跟剧组的车前往酒店的路上，江若摸出手机给安何发了条消息。安何表示十分理解社会人的无奈，并叮嘱他敞开肚皮吃，帮他把不能吃的那份也吃了，什么鱼啊虾啊，拣贵的吃。

嘴馋得活灵活现，完全不像一个明天要进手术室的病人。

待到地方下车，入目的赫然是锦苑低调奢华的霓虹招牌，江若顿时有种不好的预感。

进到里面刚坐下，就听见外面走廊上吵嚷声越来越近，一口一个"哥"，莫名熟悉。

接着制片人和导演齐刷刷站起来，江若眼皮一跳，梗着脖子不朝门口看。

掩耳盗铃实属下下策，该发生的还是会发生。

江若听见制片人自以为很懂地安排："席总您要不坐那里，就小江旁边的位子。"

没有听到否定的声音，江若只觉得有一阵寒气逼近，紧接着身旁的座椅被拉开，有人坐了下来。

三度光临锦苑，江若依旧没领略到高级酒店饭菜的美味。

坐都坐不住，仿佛捂住耳朵都能听到关于席与风和他的议论。

无非是说"关系户""资源咖"之类的，江若却还没学会和这一道道既鄙夷又羡慕的眼神和平共处。

临近尾声，江若借去洗手间离席，在隔间里待了二十多分钟。

洗手又花了三分钟，估摸着该散席了，江若大大方方走出去。

然后就碰上了最不想碰到的人。

以及那位打扮很不正经的弟弟。

看清从洗手间出来的就是刚才坐在席与风身边的小演员，席望尘吹了声口哨："哥，这人在这儿呢，刚怎么说他已经走了？"

江若进退两难，正思考是该无视这兄弟俩径直走开，还是硬着头皮上前打个招呼，四处飘忽的视线冷不丁与一道投过来的目光相接，他下意识倒吸一口气。

江若知道自己走不掉了。

没有人能忽略席与风，哪怕他只是站在那里，眼神里既没有恳求也不含温情，只有扫视路人般的平静。

席与风语气一如既往地淡漠："我不知道他还在这里。"

结合之前目睹过的场面迅速分析了形势，江若在心里哀叹，认命般地上前，站到席与风身旁时已然拿出最佳演技。

挤出一个无懈可击的笑容，江若说："原本是要走了的，毕竟马上就进组了，没法经常见面。"

江若瞧见席望尘脸上掩饰不住的窃喜，如同期末考本来毫无翻身可能的差生，偶然听说班上的优等生全部迟到的好消息。

"没想到啊……"又忍不住怀疑，席望尘上下打量江若，带着鉴赏商品似的眼神，"不过既然是个演员，怎么从来没在电视上看到过？"

这话有点扎心，在娱乐圈混了两年还没有姓名的江若，笑容差点挂不住。

刚要说点什么扎回去，被席与风抢先一步："等拍完这部戏，就能看到了。"

席望尘继续泼冷水："哥你有所不知，这剧情跟年代剧似的太正了，又是大女主戏，捧不动男演员……"

江若简直听不下去，心说我要是有这么个没眼力见儿又嘴欠的弟弟，早提棍子揍得他分不清东南西北。

正想着，没注意身边人的动作，席与风向江若走近，雪松的清寒闯入鼻腔，与之相佐的，是淡淡的烟草味。

一副低沉的好嗓音响起。

"那就再投几部，接着捧。"席与风说。

帮人帮到底，打发走了跟屁虫弟弟，江若和席与风一起乘电梯下楼。

去往停车场的路上又遇熟人，《莺飞》剧组的选角导演，姓周，复试时江若见过。

相比醉心艺术的总导演孙尧，周导世故圆滑许多，先满脸堆笑吹捧一番，说席总初涉娱乐行业就很有投资眼光，他们的剧会爆那是板上钉钉的事云云。

接着他看一眼席与风身旁的江若，颇有几分真诚地说："连席总推荐的人都那么优秀，当时江先生一进门，我就觉得谢方圆这个角色，非他莫属。"

江若听得发虚，又觉得好笑，心说周导眼力不行啊，没看出来席总对我避之不及？

这马屁真真拍在了马腿上。

两人一直被送到车旁，还是上次那辆黑色的商务车。

席与风口头答应了酒会邀请，周导才点头哈腰地离开。待人走远了，江若也收了假笑，腮帮子有点僵，抬手掐着脸颊捏了捏。

被席与风看见了，淡淡一眼，喜怒难辨。

两人就这样原地站了约莫一分钟。见席与风没有说点什么的意思，江若心里吐槽这人高冷过头，连句“谢谢”都不会说，面上却没有表现出一丝一毫，冲席与风礼貌地道了别，扭身就走。

走两步又停下了。

江若不吃回头草，但喜欢走回头路。

席与风还站在原地，走到他跟前视线下意识上移，江若才后知后觉自己比他矮半个头。

身高不够，气势来凑。江若抬高下巴，一声“席总”喊出了使唤人的意味。

这回席与风竟然应了，很低的一个“嗯”字，洗耳恭听的态度。

反倒弄得江若不习惯。

但话都到嘴边了，自没有咽回去的道理。

“做不到的事，还请席总悠着点给承诺，知道您在应付，但是……”说着叹了口气，江若摊手，一副“拿你没办法”的样子，“我会当真的。”

等江若的背影消失在电梯间的拐角，席与风忽地自喉间逸出一声轻笑。

像是咂摸出一点有趣的东西。

司机老刘上前：“要不要送这位江先生一程？”

“不用。”不过须臾那笑意就散了，席与风开门上车，“回南山一趟。”

南山便是席家主屋所在地。

席与风特地晚一步回去，想着这会儿席望尘多半已经将他的“光辉事迹”传得举家皆知。

刚进到屋里，方姨就急匆匆走到门口，劝席与风今晚别在这儿留宿。

“老爷刚才发了好大一通火。”她压低声音道，“这种时候还是避一避，别往枪口上撞。”

席与风不听，还是往里走。

第一个发现他回来的还是席望尘。

席望尘发现了，等于全家都发现了。

席成礼还没睡，披着睡袍下楼，脸色极难看。

没等坐下就忍不住开口：“听说你长本事了。”

接过方姨递来的茶，席与风喝一口，甚至没打算出声。

无所谓的态度成功将席成礼惹恼，“哐”的一声，瓷杯拍在桌上。

席成礼怒道："让整个席家都跟着你丢脸？"

席与风扫视在楼上探头探脑的母子二人，眼神出奇的冰冷。

席成礼有一种被挑战权威的诧异。

"你，你……"席成礼指了席与风半天，"他们都说你变了，我原本不信，还以为你是个懂事的……没想到你……"

席与风放下手中的杯子，犹自淡定："人都是会变的。"

"那也不能……你这样怎么对得起孟岚？外面都知道她是你未过门的妻子。"

茶是喝不下去了，席与风懒得解释，站了起来："要说对得起，当年您在外面风流快活，何曾想过家中还有个妻子？"

回到楼上的房间，席与风从柜子里拿出行李箱，将留在这个家的最后几件衣服一股脑丢进去。

方姨跟进来，苦口婆心地劝："老爷说话难听归难听，倒也是真为你好，你不听也就罢了，先应下来服个软，哪怕做做表面功夫，非要跟他吵一架，又是何苦……"

席与风兀自收拾衣服，态度却全然不似在赌气，更像早有安排。

他也有耐心听长串唠叨，等方姨说完，他才开口："没事，迟早的。"

方姨云里雾里没弄懂："迟早什么呀？"

席与风不欲与她多做解释，省得她担心，岔开话题道："以后我就常住我妈留的那套房子，离公司近，更方便。"

说起衣食住行，方姨立马被带跑偏："那你平时怎么吃饭？可不能吃外卖，不健康，要不我每个星期去两趟，给你做点熟食送过去，放在冰箱里，拿出来热热就能吃……"

席与风一一应下，把方姨送出去之后，桌上的手机一振，是孟潮发来的消息。

无非也是打听：听人说你今晚带了一个小演员一起吃饭了？

席与风回复：刚好碰到。

孟潮打了个电话过来："还刚好，你这么老谋深算的人，以为我会信？"

开了免提，席与风把手机放在桌上："随你信不信。"

他还有几件私人物品要拿，边收拾边听孟潮说废话，时不时应一声。

听席与风说要搬出主家，孟潮也不大赞成："至于做到这一步吗？你走了，他们母子岂不是更得意？"

拿起桌面的一个木制相框，目光在照片上的美丽女人身上停留几秒，席与风将它放在行李箱的最上层，然后将箱盖合上。

"让他们得意。"少许的一丝温度仿佛也被关了进去，席与风冷声道，"飘得越高，到时候才摔得越重。"

孟潮一向支持席与风整顿这鸠占鹊巢的母子俩，甚至还嫌他动手太晚，白白让他们多过了好些年快活日子。

关于动手的因由，席与风却是一直没有向任何人说起。他只告诉孟潮，他要用最简单粗暴的方法，让他们母子俩从席家滚出去。他们还不配让他大动干戈，大费脑筋。

现在事情发展尚算顺利，一切都在预设之中。

除了那个人的出现。

电话的结尾，孟潮也拿这个打趣："听说那男孩是个演员，我就去查了，你猜怎么着，我们席总看好的人，连个百科都没有，这怎么行，我叫人连夜给他建去了。"

席与风提着行李箱往外走："那还得谢谢你。"

"自己人，不客气。"孟潮蹬鼻子上脸，"话说你既然看重人家的潜力，想让他帮你赚钱，也不给人家弄个男一号，回头传出去，也不怕别人笑席总小气？"

老刘上前接过行李箱塞到后备厢，席与风上车，关门，将吵闹留在外面，顺便回答："他自己要演男二。"

孟潮啧啧称奇，说这小演员有点意思。

随即在挂电话之后给席与风发来一段视频，让他快看，说有惊喜。

席与风当他闹着玩，加之不喜在车上看手机，没有立刻点开。

等到了住处，把带来的东西归置妥当，在夜风习习的露台上点燃一支烟，另一只手腾出空再去摸手机，才随便点开，按下播放键。

白墙，黑板，课桌椅，教室场景。

四四方方的画面中，一名身量修长的少年走了进来，摄像头也因此找到焦点。

午后斜阳疏懒地落在讲台前的一片空地上，那少年的头顶、肩膀也沾了朦胧余光。

他冲镜头深鞠一躬，直起身时，一双澄亮的眼睛，像在透过镜头向整个世界传递他昭彰的自信，以及与之相匹配的野心。

"各位老师好，我叫江若，今年十七岁，报考的是舞蹈学院的现代舞专业。"

一周后，几十公里外的影视基地，二十二岁的江若走在初春尚且寒冷的夜里，狠狠打了个哆嗦。

明天《莺飞》正式开机，江若搭乘今天最晚一班巴士来到这里，从站台到基地里面尚有一段距离，这个点接驳车已经停运，他只好徒步走去剧组包下的宾馆。

他是从医院直接过来的。安何做完手术身体虚弱，江若亲力亲为照顾他到能下床走路，还不放心，找了个护工看着，这才舍得走。

进组要用的东西都没来得及准备，把在医院陪床用的拾掇带来了，路上盘算了下还差条毛巾，进到影视城里面，先去二十四小时便利店跑一趟。

怎么说也混了两年，江若对这里的熟悉程度和门口的保安大叔比起来也不遑多让。

进门先跟老板娘王姐打个招呼，问她家孩子开学没。

收银的圆脸中年女人说："早开了，哭着喊着不愿意去，上学弄得跟上坟一样。"

江若哈哈笑，从货架上拿了条最便宜的毛巾，又顺了瓶打折的沐浴露，去柜台结账。

深夜客人少，王姐边扫条码边跟江若闲聊："这回拍哪部戏啊？"

"《莺飞》，明天开机。"

"哟，大制作，今天还在门口发红包呢。"

"是吗？这么热闹。"

"你在里面演谁，有名字吗？"

"男二号，您说有没有。"

"嘁，两年前你头一回来这儿，就说演的是主角，我们家小宝还跟你要签名，结果呢？"

"结果呢？"

"他都上小学了，你还没火起来。"

江若又笑："签名千万别丢啊，说不定这回真火了呢。"

王姐当他又说胡话，没往心里去，结完账装袋，拿起柜台旁货架上的一盒创可贴，一并放进购物袋里。

江若刚"欸"了声，就被王姐抢了话："送你的，随身带着。平时拍戏磕磕碰碰多，下回再满脸血跑到我这儿来，我可不给你包扎。"

假装不知道她说的是哪回，江若嬉皮笑脸地应了："好嘞，下回我直接就地躺平，谁让我受伤我就讹谁一笔。"

王姐白眼一翻："出息。"

江若拎着东西走到门口，又听王姐说："你还年轻，有的是时间和机会，这行要是干不下去，试试别的也不是不行。"

脚步顿了顿，面向门外的江若眼中映了远处零星的灯火。

"不了。"江若听见自己说，"经历过不同的人生，哪怕一次，就回不去了。"

好比入戏，一旦全身心沉浸，就再难抽离。

何况曾经那样璀璨过，怎能甘心回归平庸。

走到外面，江若仰头望天，像少年时期无数次做过的那样，伸直拇指和食指，两手比数字八，一正一反指腹相接组成个框，把夜幕中最亮的那颗星星框进去。

好像这样做，光芒就属于他了。

做完不禁自嘲幼稚，江若放下手，呼出一口气，接着大步向前走去。

哪怕这辈子都不可能实现，他也要站在离梦想最近的地方。

第三幕

草长

三月下旬，最后一波寒流悄然离开枫城，草长树木长的葱茏季节，电视剧《莺飞》正式开机。

江若饰演的谢方圆最常出现的地方是排练厅，因此被分到B组。除却重要镜头都是副导演在这边监督，因此拍摄日程不算紧张，每天十到十二个小时的拍摄，偶尔熬个大夜，还没到咖啡泡枸杞的地步。

工作氛围轻松，人自然好相处。连只有三分之一的时间在这边拍摄的女主角唐佳念都喜欢B组，每次来都请大家喝奶茶，空闲时间忙着拉人打牌，美其名曰工作之余享受生活。

她尤其喜欢和江若一块儿玩。江若牌技不错，总悄无声息地站在唐佳念后面，关键时刻指点一二，唐佳念说她从入行就“流窜”于各个剧组的牌桌，从来没赢得这么爽过。

她也会和江若讨论舞蹈。女主程莺这个角色选她很大程度上是因为她也学过舞——拉丁舞，虽然剧里女主跳的是芭蕾，两者在技术层面上鲜少共通，但江若好歹是舞蹈专业出身，基本功扎实，给了她不少指点和建议。

两人偶尔还会一起吃饭。唐佳念是近两年通过一部电影进入观众视线的流量小花，看得出来家境也不错，自是不吃剧组的盒饭，每餐都是助理从外面买了送来。

江若见了也不羡慕，抱着自己的盒饭吃得喷香，弄得唐佳念也想尝尝。

真尝了，第一口她就皱眉：“这哪里好吃啊？”

“那是你没挨过饿。”江若说，“没东西吃的时候，炒鞋垫子都好吃。”

唐佳念想象了下大锅炒鞋垫，条件反射地捏住鼻子：“噫——好恶心。”

一来二去，唐佳念和江若打得火热的事，剧组上下尽人皆知。

起先众人没觉得如何，还经常打趣：“怎么办，咱们的女主要跟男二跑了，赶紧让编剧改剧本去。”

后来不知是谁从隔壁剧组传来的消息，说江若带资进组。

这种事在圈里司空见惯，大家心知肚明就好，本也没什么。奈何江若和唐佳念走得近，被有心人看了去，便添了层“拉着女主炒 CP”的一言难尽。

况且说什么圈外有人照顾他，总不能真是席家的大公子吧？不就开机前剧组请客坐一桌了嘛，全程没有半点交流，听说散席之后也各走各的，这分明是陌生人嘛。

席家大公子是什么人，冷若冰霜，眼高于顶，哪能看得起这种小角色？

而这些流言，远在枫城市中心的席与风也被迫听了一耳朵。

自是孟潮说的。除了他，没人爱管这等闲事。他还不直说，偏要拐弯抹角：“席总可真是只管杀不管埋啊。”

席与风正坐在回去的车上，问对面：“我杀谁了？”

“那位小演员呗。”孟潮在电话里说，“你把人家推到了风口浪尖，鲁迅先生说的‘捧杀’，是这么个意思吧？”

席与风微微蹙眉，道：“发生了什么？你把舌头捋直了说。”

相比外面传得沸沸扬扬，当事人江若的反应堪称事不关己。

这谣言真假参半，况且也造不成实际伤害，任他们在背后说得再难听，抛来再多鄙夷的眼神，也没办法把一个努力工作、从不出错的演员从剧组赶出去。

一天的拍摄结束，被唐佳念喊到休息室，江若还当她又带了什么好吃的要分享，这么神神秘秘。

唐佳念急道：“哎呀，外面把你说成那样了，你还有心思吃。”

江若在沙发上一屁股坐下来，从桌上拣了包坚果拆开：“不吃怎么办，我又堵不住他们的嘴。”

唐佳念在屋里来回走了两圈，跺脚道：“都怪我。”

说着眼圈一红，竟是要哭了。

慌得江若坚果都没顾上吃，忙着又是拉小姑娘坐下又是递纸巾：“别哭啊，法令纹出来了，鱼尾纹也——欸，你是忘了明天好几场哭戏吗，这会儿哭完了到时候怎么办？”

听得唐佳念哭也不是笑也不是，接过纸巾按压眼角：“有你这么哄人的吗？”

江若见她收住了，笑道：“管用就行。”

待平复了心绪，唐佳念将自己最近总往 B 组跑的理由说给江若听。

原来是她正在和剧里的男三，一个名叫苏易的男演员谈恋爱。

唐佳念本人正当红，对方爱豆出身刚踏足影视圈，也正处在事业上升期，自是不打算公开。连双方经纪人都不知道这事，所以也没避嫌，竟然让他俩在一个剧组碰上了。

“所以，”江若有点明白了，“你跟我走得近，是为了分散群众注意力，或者说，拿我当挡箭牌？”

唐佳念连连摆手：“也不完全……起初是有这个想法，但是后来发现你人挺好的，就……”

莫名被发了好人卡，江若举起双手做投降状：“话说在前头，我可没有勾搭你的意思。”

“我知道，我当然知道。”唐佳念怕被误会，忙说，“是我想跟你交朋友，毕竟你人这么好，而且……当时我和苏易吵架了，不想看见他。”

听完前因，轮到江若哭笑不得。敢情他非但是块挡箭牌，关键时刻还能充当避风港。

唐佳念说完还不忘警告江若：“这事不准说出去。”

被迫听完八卦的江若提醒：“既然担心，你就不该跟我讲。”

唐佳念一愣，垂下脑袋，又哽咽起来：“可是我没人可以说啊，就是觉得你，你可靠。”

想到面前只是个刚满十九岁，从小被父母捧在手心惯大，进娱乐圈以来顺风顺水没吃过什么苦的小姑娘，江若到底叹了口气，再度担任起“知心哥哥”的角色：“先向你保证，这事我不会说出去，否则我以后演什么糊什么。

“然后，就算你们俩不想公开这段恋爱关系，分散目标是为了掩人耳目，其实也不必做得这么绝情，反而引人怀疑。

“此地无银三百两，总听过吧？你人缘好，和剧组成员关系都不错，现在他们只看表面，觉得你跟我最亲近，等时间久了就会发现，你跟谁都亲近，独独跟苏易不对付，到时候你觉得他们会怎么揣测你俩的关系？”

经江若提醒，唐佳念猛地一个激灵：“我，我之前没想那么多。”

“旁观者清。”江若说，“有些事，越是身在其中越发觉不到问题。”

唐佳念一脸“受教了”的表情。

话都说开了，两人说好还做朋友，只是不必为了遮掩或者气谁故意亲近。

唐佳念还嘴硬不承认：“我才没故意气他。”

江若笑了：“行，是被我的人格魅力吸引。”

从休息室顺了几袋鸭掌，怕事的江若婉拒了唐佳念共进晚餐的邀请，打算回宾馆再泡碗面，晚餐就算对付过去。

走到门口，他忽然想起什么，转过身去：“那个……”

正捧着手机笑得一脸甜蜜的唐佳念抬头：“什么？”

江若看见她一副沉浸在恋爱中的幸福模样，一些过分清醒的劝告便说不出口了。

也没这个立场。

“没什么。”于是江若把手插回口袋里，“我先走了，你早点睡，别忘了明天有重头戏要拍。”

拍摄场地离剧组包下的宾馆不远，江若难得有闲心，慢悠悠地散步回去。

路上给安何打了个电话，确认他已经出院到家，最新的体检报告显示身体各项机能恢复良好，江若还是警告：“在家休息一个星期再去工作，听到没？”

安何咕哝：“可是我闲不住。”

“那就给我养的花草浇浇水。”

“过了一个冬天，还能活？”

“不知道，你去阳台看看呗。”

一串脚步声之后，电话里的安何惊喜道：“好像都活着，我这就去浇水！”

仿佛看到他喜上眉梢的样子，江若不禁笑了：“少浇点，宁干勿涝。”

“知道啦。”

浇水的过程中，安何没挂电话，两人多聊了几句。

“今天我在医院见到个人。”电话那头有“哗哗”的流水声，安何正在向壶里舀水，“觉得很熟悉。”

“我警告你，别乱认哥啊。”江若立刻提醒，“不是所有人都跟我一样，当心又像上回——”

“我知道。”安何怕听他唠叨，“就是觉得在哪里见过，我看了他好几眼，他也看我。”

江若哼着歌，一路上都颠颠儿的，到酒店跟前趁周遭人少做了几组芭蕾小踢腿动作，接一个二位中跳。

跳远了点，落地猛一抬头，看见前方不远处停着辆黑色的车。

有点眼熟。

车旁站着个人，衬衫黑裤，身材颀长。风衣搭在臂间，一手抄兜，另一只手夹着烟，猩红火光在昏暗的天色中明灭。

愣了半晌，江若才重新启程，抬脚向前。

边走边想——不是吧，这么快就上门要债？

不对，应该是来找周昕瑶的，但人不是在隔壁剧组嘛？

这下安心了，江若不着痕迹地将视线移了开去，佯装投入地欣赏傍晚的风景。

却在一脚踩上宾馆前的台阶时，耳畔响起汽车鸣笛声。

“江先生，”车里的老刘探出身来，招呼道，“这里！”

被点名的江若不得不扭身，先冲老刘笑了笑，再度看向席与风时，很努力地演却还是刻意至极：“这么巧啊，席总，您也来玩？”

泡面没吃成。

没多久，多日未出现在剧组的选角导演风风火火赶来，带着制片、剧务、摄影指导等一帮人。据说总导演已经在过来的路上，堵车耽搁了。

对此席与风表示理解：“你们忙，我随便看看。”

必然是不能随便的。在周导的带领下，大伙儿去拍摄场地逛了一圈。

到B组，摄影指导指着排练厅里的小舞台：“今天江老师就是在那儿跳的舞，聚光灯一打，那效果，绝了。”

周导狂使眼色：“那还不把原片调出来，让席总看看。”

突然又晋升为“老师”的江若一个激灵，忙阻拦：“别了吧，没什么好看的。”

周导请示大老板：“那席总您看咱们是先用餐，还是……”

一路走过来，席与风都没对剧组的安排发表看法，这回亦然。

他看向江若，问：“饿了？”

江若大脑一片空白，下意识地“嗯”了声。

得到答案，席与风传话似的告诉众人：“那就先吃饭。”

等坐到餐桌上，神志回笼，江若才恍然明白，席与风此举是在为他撑场面。

原因也不言而喻，上回自己帮了席与风，这回情势掉转，席与风便顺手帮回来。

也不是没想过他专程为了这事跑这一趟的可能性，不过在桌上周导问“席总今天怎么有空”，席与风回说“和朋友打完高尔夫路过这附近，顺便来看看”，这荒诞的念头瞬间被推翻。

江若莫名松了口气。

这餐饭吃得仍旧没滋没味，到最后江若不禁怀疑，席与风是不是有什么让人食欲不振的超能力。

不过席与风也没怎么动筷，不知是菜不合胃口还是来之前吃过，印象中上回在锦苑他也吃得很少，动作不急不缓，轻易给人一种优雅的感觉。

更像波斯猫了。

饭毕，江若趁领导们还有事要谈，找了个胃不舒服的理由溜之大吉。

回到宾馆房间里，脱鞋跳起来往床上一躺。摸摸口袋，鸭掌还在，撕开包装往嘴里塞，江若狠狠咀嚼，才觉得自己活了过来。

吃完一包再来一包。吃东西的时候也不闲着，江若翻了个身趴在床上，伸手摸到枕头边的剧本，叼着鸭掌翻阅。

明天不只女主有重头戏，男二也有。

是谢方圆在舞台上摔倒，伤了跟腱的那场戏。发生在谢家风雨飘摇的当口，谢父的公司资金周转出现问题，谢母因精神病入院，动荡之际，谢父还不断催促谢方圆去医院做检查，毕竟这种病，有极大的遗传概率。

加上心爱的女孩没有接受自己的告白，谢方圆遭受到多方面的压力，跳舞时一个走神，从台上摔了下去。

再次重温这段剧情，江若还是忍不住叹息——好惨一男的。

所以为什么在关键时刻，爱情总是会成为将人压垮的最后一根稻草？

还不如不要拥有爱人的能力。

在听到门口有动静，偏头看过去，视线与拿着房卡进门的席与风碰个正着时，江若的心脏狂跳了好几下。

江若从床上一跃而起，眼睛瞪得像铜铃，含糊不清道："你，你怎么进来的？"

席与风站在门口没动，神情是罕见的诧异。

但也比江若冷静。他看一眼手中的房卡，再看向屋里的人，便明白了。

"周导给的房卡。"席与风平静地陈述，"我以为是一间空房。"

江若也不傻，消化完这句话，默默坐了回去。

才发现自己怀里抱了只枕头，刚才情急之下随便抄起个家伙当武器。

席与风显然也看见了他这颇为可笑的防御手段，嘴角几不可察地扬了下，问的却是另一件事："胃不舒服？"

江若："……"

无言以对。

在满屋酸辣辛香的泡椒味中，江若快速地动着腮帮子，终于把最后一截鸭掌咽了下去。

然后他舔了舔嘴唇，没什么底气地很小声说："现在……好多了。"

原本打算给席与风另开一间房。

江若以为他当惯了老板，不会干这些杂碎活儿，提议道："不方便的话，我去帮您开？"

站在门口的席与风说："没有不方便。不麻烦他们了，省得说我摆架子。"

江若再度无言。

过了会儿，他问："你怎么知道……"

"听说的。"没有隐瞒的必要，席与风说，"事情因我而起，我帮你摆平。"

《莺飞》剧组给主要演员配的都是双标间，一般情况下一张床睡人，一张床堆东西。

江若行李少，没什么可堆的，另一张床一直空着，倒方便了接待。

十分钟后，江若把新买的毛巾拿出来，忍痛递给席与风："你先洗澡吧。"

许是表情太过沉重，见此状况的席与风不免犹疑："这是……你的毛巾？"

"新的，没用过。"江若干脆扭身，眼不见心不疼，"记得泡一下再上身。"

等人进了洗手间，江若才后知后觉反应过来——什么叫"你的毛巾"？我看起来像是那种把自己的贴身用品强塞给别人的变态吗？

席与风洗澡很快，出来的时候江若板着脸，一副生闷气的表情。

借住而已，席与风管不着那么多。他在双标间那张空着的床上坐了下来，用毛巾擦头发。

不大的空间里潮气四溢，掺杂着甜腻的香精气味。

江若闻出来了，是他上回在王姐的超市买的打折沐浴露。

眼神飘飘忽忽往另一张床移动，江若看见席与风穿着来时的一身衣服，许是因为身上没干透，衬衫纽扣暂未扣齐，湿漉漉的黑发垂在额前，给他那挑不出错处的面孔添了一抹清润的温和，中和掉不少由内散发的冷峻。

正想着，席与风忽然似有所觉地偏过脸，江若状若无事地转开视线。

江若洗完澡出来，看见席与风歪靠床头，腿上放着笔记本电脑，左手在触控板上移动，看样子在处理文件。

不是说去打高尔夫了吗？白天玩晚上工作，这就是霸总的时间管理？

他只在心里悄悄吐槽，没真说出口。江若尚且有几分作为欠债者，或者说受助者的自觉。

他躺到床上，被子盖一半，拿起厚厚的剧本接着看。

没看几行，听见隔壁床电脑里传来说话声。

和席与风视频通话的人兴许是他助理，正在汇报工作。

江若一面感叹打工人好辛苦晚上还要工作，一面瞥向屏幕，上面是个有些眼熟的男青年，好像姓施，江若上回去"谈判"，就是这个人带他上的楼。

"荣盛那边呢？"席与风问。

"下午和他们那边的负责人通话，听口气不太满意新的合作方案。"

“那几个投资方？”

“已经有两家先前谈妥的有撤资意向了。”

“嗯，接着盯。”

江若听了一会儿，便开始打哈欠。

简直比数学课还催眠。

什么时候把剧本丢在枕边的，他自己都搞不清，只依稀记得意识泯灭前，听见席与风说“小点声”。

江若一向好眠，因而醒来的瞬间，他的五感便已归位，立刻察觉到异样。

眼睛刚睁开，余光捕捉到身侧的黑影，江若机敏地一个翻身，伸手迅速够向床头。

按亮床头灯，看见席与风弯腰从堆在床头柜上的矿泉水里拿起一瓶。

江若呆呆地目送他回到隔壁床上，然后扭头看向床头的数字时钟：凌晨一点二十三分。

这个点不睡觉，起床找水喝？

还是视频会议一直开到半夜？

席与风显然没有打算对此进行说明，他拧开瓶盖喝一口，不知是觉得口涩还是因为水太凉，微微皱了皱眉。

说不定用廉价沐浴露的时候，也是这副勉为其难的表情。

只喝了两口就将瓶盖拧回，侧身放回床头时，席与风再度对上那道直勾勾的视线。

接收到“有何贵干”的眼神，江若耸肩：“我之前还以为，你们有钱人只喝当天现采的，纯天然无加工的露水。”

席与风：“……”

大半夜没什么可聊，江若打了个哈欠，掀起被子盖住半张脸。

刚要闭上眼，听见隔壁床的人说：“我没你想的那么可怕。”

无波无澜的语气，说的是刚才似被江若当贼的事。

既然是对方先挑起的话题，江若便不客气，一脸无辜地说：“你怎么知道我把你当成坏人？”

有种得寸进尺的嚣张，是因为他笃定席与风有足够的修养，且没有同他计较的闲心。

果然，席与风不再言语，抬手按灭了最后一盏光源。

次日八点开拍，江若六点就起来，洗漱收拾完去一楼自助餐厅。剧组包了个时段，所有剧组成员都可免费用早餐。

进去就碰到周导，对方像是早就等在这里，见到江若立刻走过来：“起这么早？

快回去再睡会儿，早餐我让人送上去。”

江若说“不用”，周导凑过来压低声音：“席总是不是住不惯？酒店就这个档次没办法，缺什么东西尽管跟剧务助理说，回头我不在这儿了，也不能怠慢席总。”

听得江若在心里狂翻白眼，心说：您还是在吧，席总也在，最好我不在你们都在。

他表面上还是客气：“没有住不惯，我看他住得挺好。”

这下周导放心了。

其实江若醒来的时候，席与风已经不在房里了。

不过笔记本电脑还在床头，江若猜他可能会回来取。

也可能不会，他有助理，还有那么多下属，何必亲自跑一趟。

而且目标已经达成，今天来到拍摄场地，众人看江若的眼神都和善许多，有的甚至带了些好奇。

唐佳念今天也在 B 组，拍摄前把江若拉到一边咬耳朵。

“我听说席总来了，周导今天去 A 组了，逮了剧务问是谁在散播谣言。”

“原来周导不仅负责选角，还负责纪检工作。”

“主要这回传得太离谱了，也不知道是谁嘴这么贱。”

这事江若也觉得怪，按说一点风言风语，不至于发酵到如此地步。

未得空细想，忽闻舞台边的大喇叭喊演员集合。

江若迅速收拾了心情，站起来：“我先过去了。”

“快去吧。”唐佳念用剧里的名字唤他，“方圆哥，加油！”

这边江若投入拍摄，那边席与风刚从医院出来。

孟潮的母亲昨日突发急病住院，作为世交家的小辈，又与孟家有婚约，席与风自当前去探望。

医生说病人需要静养，席与风没进病房，通过门上的透视窗看一眼。孟母平躺在病床上，脸色苍白，正闭眼休息。

被问到怎么了，平日里嬉皮笑脸的孟潮难得显出疲惫：“老毛病，说做了个梦，又梦到……”说到此处顿了顿，到底没明说，“不吃不喝站在家门口，中午就顶不住了。”

对于孟家的陈年旧事，席与风略知一二，却也没追问探究，关心送到便离开。

回到车上给相熟的院长打了个电话，拜托他好好关照朋友的母亲。这种时候能做的只有这些，待在那里反而添乱。

席与风早上接到电话走得匆忙，有东西落在剧组宾馆的房间里。

本打算回去拿了就走，退房卡的时候碰到不知从哪儿蹿出来的周导，说："B 组那边江若在拍一场跳舞的戏，席总要不要去看看？"

正值周末，下午没什么安排，席与风便应了。

到地方时戏正要开拍。内景，三五个机位，无数块打光板，十来个工作人员将不大的舞台团团围住。

周导要给席与风安排靠前的位置，席与风说："不用，就在这里。"

话音刚落，聚光灯唰地亮起，席与风站在人群之外，视线越过众人头顶，落在空荡荡的舞台上。

空白画面很快被填满，一袭白衣的江若游了上来。

用"游"这个字眼，纯粹因为他太过柔软，舞步轻灵得像一尾游鱼。

他没有穿鞋，露一截纤细脚踝，依稀可见脚背上的青筋。他赤脚在地板上踩出旋律，本就白皙的皮肤在强光下变成透明质感。

印象中跳芭蕾的人都有一双结实的腿，江若则不然。

他的腿修长而匀称，线条流畅，因而没有那种过分强壮的笨重感。身上则很瘦，骨骼嶙峋，却能将那些看上去难度颇高的动作完成得干净利落，毫不拖泥带水。

是外强中干的反义词，看似单薄，却足以爆发出惊人的力量。

跳跃，奔跑，呼吸，旋转……用一种浸淫舞台多年的从容和拼尽全力的姿态，挥霍着他用之不竭的精力和热情。

眼前是一个截然不同的江若，在只有他一人的世界里尽情舞蹈。

周遭寂静无声，众人不约而同地屏息。

现场会比视频震撼，席与风早就猜到。

但他没想到十七岁的江若，和现在见到的如此不同。

从张狂骄傲，到豁得出去，像把躯体当作容器，将灵魂注入其中，一种类似自我毁灭的重生。

最后一个类似收尾的大跳跃，江若稳稳落地，却在"咚"的一声后，身体猛地打了个摆子。

如同被抽空了力气，一阵风吹过来就要倒下。

这个预感应验在下一秒。

席与风眼睁睁看着他轻盈得如同一片云，在风中摇晃歪斜，轻轻张开手臂，只一刹那便消失在画面中。

故事结束，全场陷入黑暗。

身体比意识先行，待反应过来，席与风已经不由自主地上前几步。

工作人员们也围拢过去，舞台下方一时人头攒动。

透过狭窄的缝隙，席与风看见白衣少年撑着垫子要站起来，不知怎的又坐了回去。

因为摔倒，头发有些凌乱，他随手拨了拨，仰头和身边的工作人员说了句什么，大概是“没事”或者“没关系”。

再度起身时，江若很慢地转过身，视线越过面前无关紧要的人，落在一处定点。

也正在此刻，导演后知后觉的一声“咔”，将众人彻底拉回现实。

席与风看到江若的嘴唇微微泛白，有一种病态的虚弱。

嘴角却上翘，露了个近乎放肆的笑。

劫后余生般的庆幸，或是酣畅淋漓后的愉悦，谁也说不清。

一场关于人生转折的重头戏，一条过。

上午原本还安排了别的戏，总导演孙尧见江若一时缓不过来，整个人都处在混沌失神的状态里，特地给他批了两小时假，让他吃饭休息调整一下，下午再继续。

向孙尧道完谢，江若去到更衣室，把身上的舞衣换下。

穿上平时穿的毛衣加牛仔裤，简单舒适的搭配，江若换完推门出去，看见站在门口的席与风，先是一怔，而后笑起来：“席总还没走啊。”

席与风单手抄兜，站在几米开外看着江若。

依旧是没有温度的清冷眼神，却多了几分探究意味。也许是看错了，江若不能确定，席与风这个人实在很难懂。

午饭又是周导组织。

一回生二回熟，席间气氛比昨晚融洽许多，江若甚至能坦然接受他人的吹捧夸赞，哪怕出自阿谀奉承。经过上午那场戏，其中多少有几分真心。

关于舞蹈，他还有点自信。

因此胃口也比昨天好，大虾扫了半盘，五花肉也吃了好几块。这家私房菜馆的红烧牛腩炖得软烂，江若停不住筷，连汤都拌进米饭里吃得一干二净。

中华美食下肚，才有种回到凡尘接了地气的踏实感。

制片人是名三十来岁的女性，见江若吃得毫不收敛，羡慕道：“我听说跳舞的人都要严格控制体重，江老师怎么好像都吃不胖？”

“也没有。”江若回说，“大学那会儿有阵子天天吃火锅，半个月胖五斤，都不敢当着老师的面上秤。”

意在说自己并不是吃不胖的体质，可被周导听进去，就有了别的意思。

“瞧把我们江老师饿的。”周导佯作不满质问剧务，“几天不见，我看着人都瘦了一圈，平时是不允许江老师加餐？”

剧务助理是个年轻姑娘，入行没多久，还不知道哪些话能说哪些不能：“允许的，不过江老师不讲究，和大家一样吃剧组盒饭。”

“……盒饭？”

“是啊，统一订的，一荤两素，米饭管够。”

桌上一时静默。

正当周导试图换个话题扭转局面，席与风先他一步问江若：“你的助理呢？”

“我没有……”江若嘴快，反应也快，“我没有让他跟来。”

“为什么？”

“我这么大个人了，哪需要别人照顾。”

席总的办事效率，江若是领教过的。

一顿饭的工夫，从饭店出去，江若就看见席与风身边那个姓施的助理站在路边，身旁还站着个戴眼镜的女孩。

见人出来，施明煦上前道：“席总，人带来了。”

席与风点头，接过女孩递来的简历似的几张纸翻了翻，反手递给江若。

江若莫名其妙：“这什么？给我干吗？”

这种事不消席与风说明，施明煦介绍道：“她叫沈初夏，江先生可以叫她小沈，从今天开始，她就是江先生的生活助理。”

即便席与风再不想开口，这种情况，江若就算用铁锹也得把他的嘴撬开。

当着下属的面，江若笑嘻嘻地请席总借一步说话，待来到只有两个人的僻静处，立马沉了脸：“敢问席总这是什么意思？”

“给你派个助理。”席与风说。

“我说了，不需要助理。”江若不客气道，“况且好像还轮不到你帮我做这种决定。”

席与风看着他。

江若感到不适的点在于，他清醒地站在实际的立场，觉得席与风这种行为属于越界，属于给他增添负担。

而席与风理所当然的态度，来自于他的角色，所有的行为都基于之前江若帮过他，他欠江若一个人情，所以他要帮江若摆脱流言蜚语和为江若安排助理。

想通这一层的江若，有种一拳打在棉花上的泄气感。

到底在人前，江若迅速收拾好情绪，以问代答：“这样一来，我岂不是又欠席总一笔？”

席与风忽略了江若言语中微不足道的嘲讽，道：“或许我还有需要你帮忙的地方。”

江若挑眉：“席总这么厉害，会需要别人帮忙？”

话里更明显的夹枪带棒，席与风仿若不知：“以后的事，说不准。”

或许是错觉，江若从他冷淡的神色中看出一丝笑意。

不能深究，如果真有取笑的意思，江若很难保证自己不会当场发飙。

他从来都不是个好脾气的人。

“那就……先谢过席总了。”

按照流程道完谢，江若猛然意识到自己总是在对席与风说“谢谢”。

好像占了他很多便宜似的。

因而江若刚有所缓和的脸色又变得很差，他翻了下手中的简历，咬紧牙关又松开：“那这位助理，一个月得开多少工资？”

“没多少，我来付。”席与风说，“权当请你帮忙的额外利息。”

下午上工，助理小沈正式上岗。

非常专业的助理，江若这边一条戏刚过，那边小沈就捧着杯子等在场地入口处，他接过来喝了一口，温度刚刚好。

江若甚至在这紫外线逐渐强烈的春日里拥有了属于自己的遮阳伞和摆在伞下的一把躺椅，旁边的桌上放着洗干净的水果以及各色零食。

随手拿起一包发现是鸭掌，江若愣住，一旁的小沈主动说明：“席总说您喜欢吃鸭掌，这个牌子口碑不错，我就自作主张多买了些。”

微妙的尴尬，江若硬着头皮：“……嗯，这个牌子的确很好吃。”

小沈的能力并不止于照顾人。

下午江若接到律师的电话，说开庭时间已定，找个时间碰头聊一下。

江若正在补妆，开的免提，电话挂断后，小沈搭话道：“江老师在打解约官司？”

“嗯。”江若有气无力，“那破公司狮子大开口，麻烦得很。”

“我认识一个专门打这类官司的朋友，可以帮着问问注意事项。”

“真的？”

小沈当即便给她那位朋友打电话，把事情大概说给对方，然后拿出纸笔，在对方的指点下罗列了十几条防对家下套，以及防被律师坑钱的注意点。

接过来一看，条条都踩在江若的知识盲区上，且直切重点，句句箴言。

面对江若发自内心的感谢，小沈不好意思地笑：“为江老师排忧解难是我的分内事。”

江若连连摆手：“不不不，别叫我江老师，我应该叫你沈老师，沈老师全能型人才，待在我这种十八线身边太委屈。”

“其实没区别。”小沈推了推鼻梁上的眼镜，“大牌明星行程多，忙起来经常几天几夜没得休息，而且这边待遇好，能跟着江老师是我的荣幸。”

江若：“……”

不错，是个实在人。

这晚有场雨戏。

枫城的春天本就早晚凉，人工雨浇了多久，江若就淋了多久。下戏的时候江若冻得直哆嗦，被小沈用一张厚毛毯从头到脚裹严实，又塞了个热水袋到怀里，半天才缓过来。

这场戏唐佳念也在，不过她是站在屋檐下，没淋到湿透的程度。

临近收工，在场的工作人员收拾的收拾，打扫的打扫，各自忙碌，倒方便了小情侣在浓稠夜色下偷摸亲热。

江若裹着毛毯，站在避风的角落，看着不远处更逼仄的角落里，借着矮灌木丛的掩护，《莺飞》的男三号苏易拉住了唐佳念的手，被挣开，又锲而不舍地去拉。

烈女怕缠郎，反复几次，唐佳念便依了他，两人脑袋挤着脑袋挨在一起，多半在说什么“你想我我想你”之类的悄悄话。

回到更衣室，江若正把湿得粘在身上的衣服脱下，听到有人在外面轻轻叩门。

“江老师，在里面吗？”

是小沈。

江若应了声。

“席总要走了。”小沈声音压得更低，确保只有屋里的人能听见，“江老师要不要去送送？”

“……他还没走？”

“施助理说席总下午和制片方谈事，晚上又应酬，刚刚才结束。”

这倒不稀奇，毕竟席与风好比一座行走的金库，属家底雄厚的投资方，又是初涉娱乐行业，必然是各大出品方争相拉拢的对象。

江若沉默了会儿：“我必须要去送他吗？”

门外的人也顿了顿，到底只管做好助理的本职工作：“那我就去回一声——”

没等小沈说完，门忽地从里面打开。

江若把外套随手往身上一披，有些烦躁地问：“人在哪儿？”

人自然是在拍摄场地外面，远远瞧见那辆停在路边的黑色商务车，江若不由得加快脚步。

却在十几米开外停了下来。

车前除了席与风，还站着一个身材高挑的女人。两人站在车前说话，中间隔着约莫两米的社交距离，不像是约好在此地，倒像偶然碰到。

江若发誓自己没有听墙脚的癖好，但别人送到他耳边的对话，难不成让他捂住耳朵不听？

不过也没听到什么重点，他来得不巧，两人的聊天已经到了尾声。

江若听到那女人说："还是不敢相信，席总竟然会跑到这种地方来。"

席与风说："换作从前的我自己，也不会信。"

直到高跟鞋踩在地上的脚步声远去，江若才把那人的脸和名字对上号——和席与风对话的女人名叫周昕瑶，在隔壁剧组拍戏。

前不久，他刚从林晓口中得知，这位凭借一部电影跻身二线的女演员，是席与风一手捧起来的明日之星。

思绪混乱，江若一时不确定自己如今的处境。

他没来由地生出了逃避心理，刚扭身，就被一道清冷嗓音定在原地。

"舞蹈家，"席与风在身后喊他，"听墙脚可不是什么好习惯。"

江若只觉耳尖发烫，说不清是因为被抓包的羞耻，还是因为这浮夸的称呼。

转过身时，他已将局促收敛干净。

"我不想听。"江若说，"是你们太大声了。"

"所以，你就偷跑。"

并非问句，而是陈述。

可是什么叫偷？

江若不由得皱眉："你都要走了，我还在这儿干吗？"他忽然想起此行的目的，抬手胡乱挥舞几下，"席总再见，慢走不送。"

他站在十几米开外，望着不远处神情淡漠的席与风，只觉得他们之间的距离有那么远。

冷不丁回想起那天开导完唐佳念之后，打算提醒她的话——

听说苏易出身贫寒，能在短短两年间爬到这个位置，定然不是对外包装的傻白甜男孩。你和他不在一个阶层，天然存在距离，如果他对你格外顺从甚至讨好，先别着急投入，不如考量一下他有几分真心。

当时碍于有挑拨离间之嫌，江若把话吞回去没说，如今看来，倒该先提醒自己——

你和他天然存在距离，如果你对他言听计从、百依百顺，他会如何揣测你的用心？

所以他下意识地不顺从、不讨好，为的是争取不被揣测的可能性，或者说，为了守住他以为早已耗尽，其实还残留的一点自尊心。

想通的江若呼出一口气。

出发前，席与风从口袋里摸出一支烟，转动火机砂轮点上。

刚衔在嘴边，就被江若横空夺走。

“谢谢席总这两天的招待。”这回是真的道别，江若反倒放得开，“我很满意，下次再来啊。”

说着背过身，走向前，脚步比来的时候还要快一些。

江若并不会抽烟，猛吸进一口气，浓烈的烟草味侵袭肺叶，他被呛得一噎，紧接着就是剧烈的咳嗽，眼泪都快咳出来。

远远地闻起来那样勾人的东西，到嘴里竟然这么令人讨厌。

于是已经坐到车里的席与风，在车子掉头时无意往窗外一瞥，正看见江若将只烧了不到三分之一的烟，随手丢进垃圾桶的画面。

跃动的火光瞬间熄灭，瘦削的背影沉入黑暗，瞬间就不见了。

接下来一周，席与风辗转于各个会议桌，经手的文件堆成山，几乎一刻不得闲。

其间席成礼来过公司两趟，一趟替席望尘擦屁股，解决上一场失败的合作留下的烂摊子，还有一趟找席与风，顺便继续替席望尘擦屁股。

工作上席与风向来不掺杂私人感情，父子俩的目标一致，因此一番谈话甚是和谐。

末了，席成礼岔开话题，甚至有点小心翼翼：“今晚要是没应酬，回家吃饭吧。”

“家”指的是南山主屋，自上次不欢而散，席与风已经一月有余没回去了。

今天依然不打算回去，席与风说：“今晚要去孟家，孟伯母刚出院。”

孟潮的母亲住院五天，身体恢复得不错，孟潮便约了席与风一起吃饭，说家中长辈要感谢他找的医院熟人帮忙打点。

听说席与风要去孟家，席成礼点头道：“那就去吧，家可以改天再回。”

至少确定了席与风仍与孟家有往来，大可不必担心两家的关系有什么变化。

结束一天的工作，乘电梯下楼，席与风在地下停车场碰到席望尘。

显然是特地等在这里——席望尘快步来到席与风身侧，跟他一块儿走：“哥，你真是个好人。”

席与风瞥了他一眼。

“今天爸竟然没骂我，我就知道，哥你肯定没在他跟前讲我坏话。”席望尘嬉皮笑脸地说。

席与风问："我为什么要讲你坏话？"

"就拉我垫背呗。爸那个人，当了一辈子领导，每天不找个人骂一骂就难受。"说到这个，席望尘垮了脸，"你是不知道你不在家的这些日子，我被骂得有多惨。"

席与风确实不知道，也不想知道。他这弟弟嘴巴没把门，话里话外总是几分玩笑几分算计，但囿于不够用的智商，使出的手段实在不怎么高明，席与风根本没把他放在眼里。

"是吗？"他敷衍着，"那你不如努努力，做出成绩堵他的嘴。"

"嗐，说起来简单，我要是有哥你一半的能力，也不至于……"席望尘说着就开始挤眉弄眼，明示道，"和荣盛的那个项目，要不哥你回来帮帮我？盈利咱俩对半分。"

就差把"试探"两个字写在脸上。

席与风便配合地思考了一下，说："你让我考虑考虑。本来这事我不该应，但是最近手头紧，能赚一笔是一笔。"

到孟家，将这对话删繁就简说给孟潮听，孟潮笑得直拍大腿："你这谎编得未免离谱，谁不知道你小席总手握百分之二十原始股，加上你母亲留下的，怕是有三成以上了吧？怎么会缺钱花？"

"谁不知道我最近在捧演员？"席与风说。

对此很有经验的孟潮立刻懂了："也是，捧人这事相当烧钱。"

眼前没来由地浮现那道沉入夜色的背影，席与风用食指轻触烟身，将烟灰弹入烟灰缸。

然后没来由地笑了声。

纨绔间的对话自是没带到饭桌上。

孟家早年尚文，祖上几代都是读书人，算上旁支，当过大学教授的都能数出好几个。

许是教书育人积下福泽，后来经商一路顺畅。因而孟家至此虽弃文从商，到底保留了些文人雅气，屋里随处都可看到古文字画，家里的藏书典籍更是多到需要专辟一个房间摆放。

孟母昨日出院，今日瞧着气色尚可，席间笑语晏晏，气氛和睦。

说起席与风小时候总往这里跑，孟母笑道："我们家那些书呀，自己家人不爱看，倒被小风翻了个遍。"

孟潮适时插嘴："说起来我还想问问，你那会儿为什么总是往我家跑？"

席与风答："这里清净。"

"怪不得那时候我找你玩你总是拉着个脸，话也不会好好说，只会叫我闭嘴。"

"那时候的你比现在还吵。"

"好啊你，现在翻脸不认人了？"

…………

一顿家常便饭，所有人都心照不宣地没提和那场变故有关的回忆。

只在即将散席时出了个小插曲，孟岚回来了。

作为孟家唯一的女儿，孟岚除了外貌继承了父母的优点，其他可以说和孟家大相径庭。

进家门，孟岚先蹬掉脚上的细高跟，跑到餐桌前抱住母亲撒个娇，抬头视线扫过全桌，定在席与风身上，才一挑眉："原来你也在啊。"

饭后又坐了会儿，和孟父下完一局棋，席与风上到别墅顶层，熟门熟路地推开露台的门。

没承想栏杆那头站着个人，宝地已被抢先占领。

握着门把手，席与风刚要退出去，就听孟岚说："来呗，这儿怪冷清的。"

席与风便走上前去，站在栏杆的另一端。

偏头瞟一眼两人之间的距离，孟岚扑哧笑了："我错了，你来了反而更冷清。"

孟岚刚洗过澡，将过分招摇的短裙换成柔软舒适的家居服，长发也披散下来，整个人罕见地露出一种恬淡沉静的气质。

她问："我哥呢？"

"出去玩了。"

"你怎么不跟他一起？"

"没兴趣。"

孟岚叹一口气："跟你聊天真的很难。"

席与风掀眼看过去，就见孟岚指着他上下一通比画："瞧瞧，浑身上下哪有一点人气。"

他知道孟岚口中的"人气"并非通俗意义上的受欢迎程度，而是字面意思——由呼吸、温度、心跳组成的，人的气息。

孟岚还怕他听不懂，加以解释："冷冰冰的，刻板又无趣，难怪长成这样都没人敢追你。"

对此席与风无甚反应，身边的人或多或少都向他传达过类似信息，说好听点叫有距离感，说难听点就是冷血无情。

早就习惯了，甚至听得发腻。

那边孟岚点评完毕，收回胳膊撑在栏杆上，托腮望向远处。

“不过你这样也挺好的，什么都不在意，哪怕原本的生活突然天翻地覆，也不会惊慌失措，更不会难过。”

沉默延续片刻，席与风开口道：“已经发生的事，没有回溯的必要。”

“那我应该展望未来？比如幻想一下和你的婚后生活？”

“如果你不愿意，我可以退出这场联姻。”

“然后呢？”

“你可以和席望尘结婚。”

横竖都是利益联姻，婚后个体自由、互不干涉，只要明面上的这层关系，让两个姓氏牢牢绑在一起。

这应当是家族之间心照不宣的事，作为利益的纽带，两人更应该清楚。

可不知为何，孟岚神情骤变，牙根咬紧了又松，再度开口时有种难以言喻的无奈：“你这人，怎么跟乔姨一点都不一样。”

席与风的面色肉眼可见地沉下去。

乔姨指的是他的亲生母亲，乔葭月。

孟岚撑着扶手直起身，面向另一侧时，方才积攒起的一点倾诉欲都蒸发殆尽。

她看着席与风，眸光微颤：“是不是哪怕有人向你示好，说喜欢你，你都只当人家对你另有所图？”

眉心蹙起，席与风正欲问她发什么疯，口袋里手机突然振动。

孟潮打来的，甫一接通便是调笑的语气：“让你跟我一起来吧，你偏不肯。”

席与风没心情跟他绕圈子：“什么事？”

“那个小演员也在这儿呢，跟一大桌子人……欸，被灌酒了，怎么搞的，要不要我去救——”

席与风把电话挂了。

那头的孟潮一脸蒙，赶紧发条信息确认。

还好，发得出去，没被拉黑。

过了一会儿，孟潮又忍不住好奇：你真不过来看看？

五分钟后收到回复：路上。

孟潮看着这两个字，笑着摇头，心说：我就知道。

我就知道这个小演员的潜力不一般。

江若怀疑自己跟锦苑八字不合。

别人来这里享乐，他来这里遭罪。

剧组放假两天，本想趁得来不易的假期赶紧把官司的前期工作处理了，孰料下午谈完事，又爬上了酒桌。

起因是和他一块儿起诉经纪公司的小伙伴中有一位是个交际花，人到齐还没开始谈她就先斩后奏约律师晚上吃饭，说想借此表达对他的感谢。

开庭在即，讨好律师也是人之常情，江若连红包都准备好了，结果被这酷爱交际的姑娘打乱计划，当着那么多人的面骑虎难下，只好应了。

这会儿身在曹营心在汉，江若抱着手机在桌子底下打字，告诉安何今天怕是要很晚回去，让他吃过晚饭早点睡。

——还是担心他的身体。

安何很快回复：我在外面呢。

江若大惊失色：你在哪里？！

安何：路上，很快到锦苑。

江若：……别说你是来接我的。

安何：当然不是，约了人。

江若：谁？

安何：你怎么跟我妈似的。

江若：你妈要有我一半关心你，你也不会被人欺负。

安何：嘿嘿~

江若：嘿什么嘿，还波浪线？！

安何：放心吧，这回的老板靠谱。

江若：这世上哪有靠谱的老板？我拦不住你，麻烦你长点心。

屏幕外的江若叹了一口气。教育别人的前提是自己以身作则，现在可好，两个人半斤八两，谁也别说谁。

许是动静太大，旁边的交际花凑过来："怎么了若若？"

江若哆嗦了下："姐，拜托换个称呼。"

"怎么了，若若难道不是你的小名？"交际花姐姐问，"你家里人都怎么叫你？"

"我家里人都不叫我。"

"为什么？"

江若指指地下，"嘘"了声："因为他们都在下面呢，叫了我也听不见。"

轮到交际花哆嗦了："对不起啊，我不知道。"

"没事。"江若笑笑，"吃饭吧，这一顿可不便宜。"

江若想着吃完赶紧回去，在这地方待久了说不定还会碰到什么邪门怪事。

半个钟头后，江若扶额扼腕，暗骂自己哪壶不开提哪壶。

酒席尚在继续，小伙伴之二的某位男演员忽然问能不能带朋友入席，眼见还有空位，大家都没意见。

谁想到这家伙口中的朋友竟是张绍元。

江若在心里吐了好几轮。

这么想着，江若往那边瞟了好几眼，一手拿筷子一手在桌下按手机，问林晓有没有听说这个男孩近来的动向。

林晓是化妆师，成天游走于各大剧组，对圈里的消息十分灵通。如果能顺藤摸瓜打听到点什么，能给张绍元这浑蛋使个绊子最好。

正问着，忽然听见有人叫他的名字。

“这不是江若吗？”张绍元一脸伪装出来的惊讶，“没想到还能在这儿碰到你。”

江若只觉头皮一麻，放下手机抬头假笑：“是啊，真巧。”

张绍元佯作疑惑状：“听说这里坐着的都是要打官司的，怎么你也跟公司闹解约？”

江若只好应道：“是啊，人多力量大。”

“怎么不叫席少帮你？”张绍元说着，环顾四周，“他那儿一整个律师团队，随便调配一个给你，这官司也用不着这么大费周章。”

说的自然是眼下大费周章的设宴请客。

江若大概知道这家伙此行的目的了。

席与风决定捧他出头这件事再稀罕，也不过是一条只能在某个圈层内传开的新闻，就算剧组上下都知道，最多私下谈论，没人会拿到台面上讲。

这下可好，非但被大喇叭广播，还因为这番合理疑问，走向变得诡异了起来。

桌上人人色变，光眼神交流就精彩到能凑出一段完整的对话。

“这个席少难不成就是那个席少？”

“还能有哪个席少。”

“未必吧，没听张总说嘛，律师都没给他派。”

“难怪他抠抠搜搜的……”

想到来前还在心疼这顿饭的花费，江若生出一种类似不打自招的无奈，心说这可怎么办，上回流言传得慢，席与风尚且来得及跑一趟剧组，眼下这情况，总不能打电话叫他立刻过来。

说不定剧组那边的谣言也是张绍元散播出去的。

江若看见张绍元歪着嘴角笑，幸灾乐祸的嘴脸，十足小人，不由得捏紧手机，想朝他脸上砸。

——没砸，花钱买的，舍不得。

“一起吃顿饭而已，不算费事。”江若皮笑肉不笑，“毕竟没福气，不能像张总这样到处吃白食，怕被报警抓进去。”

含沙射影的一句话，张绍元的脸色登时变了：“你，你……”

“你”了半天，最后他气急败坏选了句最难听的：“说起来，席少怕是还不知道我们之前的瓜葛吧？”

江若抿唇，眼神骤冷，直直看向对面的人。

见他没话说，张绍元再度得意起来：“不过他可看到你跟我要钱了，啧，你说等他转过弯来，会作何感想？”

张绍元得意忘形，越说越过分，江若“噌”地站起身，抓起面前的菜盘，沿着对角线狠狠砸了过去。

快到众人都没看清，江若人已经移动到张绍元跟前，把满脸挂着油汤的男人从座位上拎起来，照着脑袋就是两拳。

场面一时混乱，惊诧过后众人上前拉架，江若瞪大眼睛看着张绍元：“你说什么？你再说一遍！”

张绍元二度挨同一个人打，还是满目惶恐惊讶。上回是私底下，他动手尚且算他胆大，这回大庭广众，他怎么还敢？

或许待事情平息，心绪平复，江若也会为自己的冲动后悔，可当下他根本无法控制。

即便张绍元已经说不出话，江若的耳畔、脑海中，还是一遍遍在重复——

“你啊，是大狐狸精生的小狐狸精。”

“这学的哪是跳舞，是媚术吧？”

…………

时隔多年，这声音还是清晰得让人发怵，江若连呼吸都开始打战。

也正是在这时候，江若的松懈让张绍元钻了空子，后者挣扎着往后退，刚摆脱桎梏就摸到一条凳腿，打算借此反击。

——没抡起来，再使劲，还是不动。

已经面目全非的张绍元转过头去，自下往上，先看见一只抵住凳腿的黑色皮鞋，往上是搭在椅背上，看似随意却不动声色在施力的一只手。

再往上，形状凌厉的一双眼，此刻透着淬了冰似的寒意，仅是不经意的一个对视，就叫张绍元双膝发软，险些跪下。

“张总好雅兴。”席与风说，“我不过晚来几分钟，差点错过一场好戏。”

好像有一个世纪那么漫长，又似乎只过去了短暂的几秒，江若撒完火，泄了气，被一只有力的手从地上拉起来的时候，还处在茫然之中。

别的都记不清，他只记得那个打电话也未必能喊来的人，没说多余的话，只攥着他的胳膊："走吧。"

走去哪里？江若皱眉。

他遮掩了许多年的伤口，在今晚被连皮带肉地撕开，供所有过路人观赏议论，还能躲去什么地方？

无意向无关的人说明，坐进温暖的车里，江若就偏头看向窗外，谁都不想搭理。

似乎听见司机问"江先生去哪里"，没等到回答，车子还是开动了。

一路昏昏沉沉，察觉到车停了，江若才缓慢地睁开眼。

陌生的地方，光线惨白的地下停车场。

转过头，冷峻如常的一张脸。

只看一眼就别开。江若想起了那天这人站在楼上，俯视他时带有几分轻蔑的眼神。

不想再看到。

大约是他的沉默抗拒让对方耐心告罄，过了一会儿，江若听见席与风问："被灌酒了？"

许久，江若呼出一口气："没有。"

他以为对方还有别的要问，毕竟刚才那么热闹，也不知道被听去多少。

然而等了会儿，再入耳的是车门开关的动静。

席与风下车了。

他背靠车门，点燃一支烟。

抽得很慢，从江若这个角度，只能看到他的背影，宽阔的肩，冷白色的衣领。

还是孤独，给人一种很需要人陪的错觉。

烟草即将燃至滤嘴的时候，另一边车门打开，江若走了下来。

席与风偏头，两人对视须臾，谁也没开口。

江若跟在席与风后面走，和他一起进电梯，看着他按开指纹锁，抬脚跨进屋里，一切都仿佛在遵循本能。

在寻求庇护，试图找个安全的地方舔舐伤口。

而这件事太难，没办法一个人完成。

于是门关上的瞬间，江若快步上前。

席与风立在原地半晌，低笑了声："还说没喝酒。"

江若在混沌中回忆，好像是喝了两杯，在刚开席的时候。

"就是没有。"江若心想，两杯而已，哪能算喝酒。

可他解释不了当下的情况。

江若笑了，嘴角上扬，很亮的眼睛也微微眯起。

“都知道了。”他说。

没等席与风发出疑问，江若接着道：“现在所有人，都知道了。”

指的是两人的合作关系，原先只是捕风捉影的猜测，只存在于圈内小范围的闲言碎语，如今叫那么多路人看了去，但凡他在娱乐圈稍微有点知名度，这会儿应该已经闹上热搜。

席与风听完却无甚反应，平淡地反问：“那又如何？”

第四幕

湖泊里的月亮

江若今天有拍摄，席与风家离拍摄地更近，他便借住了一晚。

次日清晨，席与风洗漱后敲响了卧室的房门，江若半晌才来，开了门也不问早，只捧着手机发呆。

听到关门的声音，江若慢吞吞偏过脸："早啊席总，昨晚谢谢你帮忙啊。"

席与风没理会，走到床前，将玻璃水杯放在床头。

江若也不管这杯水是不是给他的，倾身过去拿起来就喝，"咕嘟咕嘟"半杯下肚。

席与风正站在衣柜前选今天要穿的衣服。

江若撇嘴，低头继续摆弄手机。昨晚的交际花姐姐发来消息，大拇指点赞的表情包：若若，你可真是一点都不弱！

不知说的是把张绍元打得"五彩斑斓"这件事，还是什么别的事。

趁人就在眼前，江若顺嘴一问："张绍元怎么样了？"

席与风正在扣衬衫纽扣，只回两个字："没死。"

莫名被戳了笑点，江若闷笑几声，从被子里钻出来。

这是一套顶楼大平层，目测两三百平，每间卧室都配有独立卫浴，主卧三面都是落地窗，除了大衣柜还配备了宽敞的衣帽间。

玻璃推拉门外是长长的阳台，江若沿着绕了一圈走回原地，恍然道："这是一层一户啊。"

阳台连通露天泳池，江若走到跟前，蹲下撩了捧水，清澈的水还散发着淡淡的消毒水味，显然是刚换不久。

江若拍戏的时候见过差不多的房子，剧组租的，据说一天的租金就高达五位数。

那还是位于郊区的楼盘，眼下江若待的这处位于枫城市中心寸土寸金的地界。记得刚来这儿念大学的时候，有回坐出租车被红灯堵在这附近，司机见他是外地人，热心介绍道："这是我们枫城单价最高的楼盘，十年前就是，现在还是。当年就冲这地理位置、这豪横气派，捧着钱都不见得能买到一套。"

当时他没往心里去，想着反正这辈子也没可能在这种地方安家。如今住了一晚，很难不有一种浑身镀了层金的感觉。

可惜没到夏天，清早天气还有点凉，不然他一定下去游两圈。

又玩了会儿水，江若恋恋不舍地站起来，回到屋内。

抬头就看见席与风站在他出去的那扇推拉门附近，背靠吧台边缘，神色淡淡地看着他。

仿佛在问——看够了？

“看够了。”江若干脆地说，然后信步走到吧台前，扫视墙柜里整齐摆放的红酒，“没有吃的吗？我好饿。”

他伸手去够桌上咖啡机模样的机器，却被一只撑向桌沿的手挡住。

席与风换了个方向站，身体微微前倾，偏脸看向江若。

“是不是忘了什么？”他问。

又是那种将问句化为陈述句的下沉语气，听得江若心头一跳。

本就生硬的转移话题技巧在这直截了当的追问下，显得无比拙劣。

还有更拙劣的。

江若眨眨眼睛：“什么？忘了问你昨天为什么会出现在那儿？”

接着是他擅长的自问自答：“这有什么稀奇的，你们公子哥不是总往那儿跑吗？喝酒、打牌……只是刚好昨天我也在那儿，还是公共宴会厅，就被席总瞧见了。”

席与风耐心听完，倒也没反驳，只是眼神冷了几分。

像是看懂了江若的态度，一种“既然你不愿意，我也不勉强”的疏离。

这反而让江若有种被碾压的憋屈感。

于是在席与风背过身，不知要走去哪里的时候，江若在他身后开口：“和你合作，我其实压力很大。”

脚步定住，席与风稍稍侧过头。

江若深吸一口气，不再回避地露了个笑：“毕竟和席总交朋友得有一颗不畏流言的钢铁心，我这人挺脆弱的，小时候被同学嘲笑个子矮都会哭，这么大个事，有点压力，不过分吧？”

许是“脆弱”两个字让人联想到昨天在锦苑见到的场面，反差过于强烈，江若看见席与风勾了下唇角。

“嗯，不过分。”

早上九点，席与风把车停在写字楼的地下停车场，乘电梯上楼，孟潮已经等在十五楼的会议室。

看见他手上拿着车钥匙，孟潮有些诧异：“今天怎么自己开车？”

席与风说："老刘帮我送人去了。"

"那个姓江的演员？"

"嗯。"

孟潮"啧"了声："你可得好好感谢我，要不是我昨晚通风报信……"

"是谎报军情。"席与风说，"根本没人灌他酒。"

"适度夸张嘛，反正他人在那儿总没错吧。"

实际上席与风昨天去锦苑，也有借故脱身的原因。

不欲就此展开讨论，席与风拿起文件往桌上一丢："说正经事。"

再闲下来已经是下午两点多。

孟潮对席与风谈起工作就忘了时间这一点屡次表示不满，这会儿饿得顾不上，助理端上来什么，他看也不看就往嘴里塞。

他边吃边吐槽："照你这么个拼法，哪还需要跟我们家联姻，你一个人就能撑起一个商业帝国。"

席与风却没什么胃口，筷子没怎么动就放下了："本来也没想把你们家拉下水。"

这已经是他第二次当着孟潮的面表达对联姻的态度——他并不想和孟岚结婚，至少现在不想。

孟潮听了直摇头："难怪昨天孟岚闹脾气，大晚上给我打电话问你去哪儿了。"

"你说了？"

"当然没有，我自己也在锦苑呢。"

经他提醒，席与风想起来："你在锦苑，我怎么没看到你？"

"在楼上客房。"孟潮说。

又说起两家合作的项目，席与风自知这场合作是孟家吃亏，付出多，担的风险却和席家均等。

再联系孟岚的态度，席与风说："与其走联姻这条路，你们家不如内部消化，更利于今后的长线发展。"

说的是孟潮和孟岚，两人实际上并没有血缘关系。孟潮是孟家收养的孩子。

这话其实早有人同孟潮说过，横竖图个名分，他又何尝不懂这个道理，只是——

"内部消化？你以为孟家真把我当自己人？"孟潮一贯的嬉皮笑脸，说这话时语气却有几分冷意，"先前我还说你们家那对母子鸠占鹊巢，回头想想，我不也是？"

十七年前，孟家四岁的小儿子失踪，多方寻找未果，自此孟家后代只余领养的长子孟潮和亲生女儿孟岚。

对此席与风无法发表意见。那时候他十二岁，许多事情还不能完全参透。

只依稀记得那阵子孟家闹得很凶，孟伯母全然失了往日的温柔。有一回席与风去孟家，进门就听见孟伯母在喊："是你，一定是你故意把我儿子弄丢的，就是你对不对！"

彼时不过十岁的孟潮站在堂屋正中，面对母亲的歇斯底里，只说了三个字："我没有。"

时过境迁，孟潮竟是心态最好的那个，一副早将过往忘干净的态度，甚至还有闲心调侃席与风："话又说回来，你这一通乱拉郎，也不怕孟岚伤心？"

席与风也从回忆中抽离："伤什么心？"

孟潮又"啧"一声："你是真看不出来还是装傻？她在外头玩了好几年，交往过的每个男的都有几分像你。"

席与风蹙眉："你弄错了，她只是爱玩。"

孟潮哈哈笑起来："你这人啊，明明这么聪明，面对感情却总是少根筋。"

他又说："我敢打赌，只要对方不说出口，你就永远不知道有人在喜欢你。"

几十公里外的影视基地，江若没来由地打了个喷嚏。

小沈赶忙上前："江老师感冒了吗？我给您泡杯冲剂。"

江若摆摆手："不用，就突然鼻子痒。"

B 组中场休息时间，小沈抱着小本本向江若汇报接下来的工作安排。

下个月《莺飞》拍摄结束，他收到两家时尚杂志的拍摄邀请，小沈分析利弊后认为可以二者择一，时尚资源这种东西宁缺毋滥。

江若听完首先考虑的却不是选哪家，而是："我这种咖位，他们确定没请错人？"

"怎么会。"小沈说，"《莺飞》的演员名单已经透露出去，男女一番之后的工作早就排满，这些媒体的嗅觉最灵敏，提前要约也是怕剧播出之后竞争更激烈。"

江若还是疑惑："不会是席总那边……"

未尽的话语小沈自然听得懂，她说："不是。我是江老师的助理，所有工作都围绕您展开，如果真是这样，也没有瞒着您的必要。"

挺有道理，江若点点头，没再追问。

过两天，江若收到林晓发来的消息，说昨天他问的那个男孩最近也在影视城拍戏。

先前是有传言说他有圈外人照顾，不过昨天和他同剧组的演员刚确认过，他说自己是单身，这部戏也是靠自己的实力争取到的，没人在背后帮忙。

按照圈里对关系户讳莫如深的态度，敢这样大方说出来，那必然已经和张绍元没有关系了。

江若松了口气。

林晓还打听到了别的，说张绍元遭报应了，这两天都没出现在圈子里，据说是被他老婆知道，公司又出了问题，回家收拾烂摊子去了。

虽然那天在锦苑事情闹得很大，但还是不排除某种可能。江若问小沈：“张绍元的事，席总不会也插手了吧？”

小沈露出职业微笑：“这个我不清楚，江老师可以直接问席总。”

江若不喜欢被蒙在鼓里的感觉，更不喜欢欠着别人，没怎么犹豫，就给席与风发了条消息。

二十分钟后席与风回复：嗯。

江若：……

过了一会儿，席与风又说：顺手。

江若还是说了“谢谢”，毕竟席与风替他办到了他办不到的事。

席与风没再对此回应，倒说起了别的：听小沈说，你在打解约官司。

看来那天和张绍元的对话他没听到几句，不然也用不着从小沈那边听说。

江若学他回了个“嗯”，刚要调侃一番，譬如——难道席总真想给我拨个律师帮我打赢官司吗？

正输入着，手机一振，席与风紧接着发来一条：我调配了一位专门打这类官司的律师从旁协助，这是他的联系方式。

末尾是一串电话号码。

江若看着屏幕上的号码，愣怔半晌。

他久违地有一种遇到困难或者受了委屈，都用不着说出来，就有人不问前因后果出手保护的安全感。

哪怕这对那人来说，不过只是“顺手”而已。

傍晚时分，江若给席与风打了个电话。

响三声接通，那头很安静，应该在家里或者是会议室之类的地方。

像是知道江若要说什么，面对长久的沉默，席与风也不催促，耐心地等对方开口。

此刻的江若觉得该先问问缘故，比如“为什么是我，为什么不问我把钱用哪里去了”。

可是他问不出口，因为对方什么都不问，不问来路不问归处，只有公事公办的冷静。

仿佛听到一个声音在耳边说，停止吧，就停在这里，可能造成的后果你承担不起。

又有另一个声音对他说，去吧，向前走，至少这一刻你愿意冒险，你根本不想停。

实际上没怎么挣扎，拨出电话的时候江若就已经有了决定。其中一个声音被无限放大，涨潮般迅猛地盖过另一个声音。

“我想看一下你的身份证。”

这是江若开口的第一句。

对面显然被他的不按常理出牌弄得迷惑：“身份证？”

“对啊，身份证。”江若道，“你肯定已经把我的底细摸清了，我没你那么大本事，怕被骗，就想确定一下你是不是本人。这个要求应该还算合理？”

电话那头沉默片刻，继而传来一声轻笑。

挂掉电话，江若根据手机号码加了微信，几乎是通过验证的下一秒，一张图片发了过来。

点开看，寥寥几行文字信息，右上角一张证件照。

过分板正的一张照片，倒是削减了浓颜天然散发的攻击性。视线往下停在那串数字上，江若把两个年份相减，得知他比自己大六岁。

江若看完发出第一条语音：“席总也不打个码，就不怕我拿你身份证复印件去借高利贷？”

许是在忙，席与风没有立刻回复。等江若吃过晚餐拿起手机，才看到文字消息：没那么好借。

江若心说这人真是一点幽默细胞都没有，笑着回复：身份确认完毕，那么合作以后，我该管你叫什么？

得益于不错的适应能力，江若自我身份认知转变很快，想着之前叫过太多次“席总”“席少”，导致这两个称呼一出口就自带嘲讽，既然答应了合作，总不好一直刺挠人家。

席与风回复：随你。

江若正琢磨这个“随你”的范围，倏然一阵风迎面吹来，夹杂着春日暖融融的草木花香，很轻地拂动耳鬓软发。

当晚，席与风发来一份 PDF 文档，江若打开一看，是份协议。

粗扫一眼，江若就笑了：这么严肃，搞得跟几个亿的大项目似的。

用当下流行的话来讲，就很下头。

虽然仔细一看，协议大部分内容都对乙方也就是江若有利，包括保证他协议期内足够多的曝光，精确到每年可获得的影视资源的级别和数量。

江若应该知足，可不知怎么的，他有种说不出的不舒坦。

席与风让他看看有没有什么不合理的，还可以修改，江若想了想，说：“是挺不合理的，每条都是我占便宜。”

收到这条语音消息时，席与风刚到家。

协议是助理拟的，他甚至都没得空看一眼，就给江若发了过去。

酒桌上的乌烟瘴气如影随形地跟到家里，席与风先洗了个澡，换上干净的衣服，才重新拿起手机。

扫一遍协议内容，自觉没什么问题，他有些不解。

他回复江若：“你帮我赚钱，这是你应得的。”

说完席与风想起先前似乎也对江若说过这话，当时他是什么反应？

好像很不高兴，脸色一下子变得很差，把写着名字和身份证号的那张纸也收了回去。

席与风隐约能明白他的心态，无非是自尊心作祟，觉得尊严受到了践踏。

哪怕实际上席与风并无此意。

这回江若倒是没表现得太明显，至少从声音听不出来。

“那你也要点什么呗。”江若语气随意地说，“不然我心里不踏实。”

席与风问他：“我应该要点什么？”

大概是被他的佛系无语到，江若问：“我说，那你图什么呀？”

这个问题让席与风愣了下。

烟夹在指间，白烟袅袅升起，好一阵，他才举起来送到嘴边，慢慢吸了一口。

除了刚涉足娱乐圈，或许还因为生活太过寡淡无聊，娱乐圈需要新鲜的面孔、不同的乐趣。

于是他回复：“图个开心。”

但江若并没有成为开心果的自觉，他每天照常吃饭睡觉拍戏，空闲时间和剧组同事打牌。一部戏拍下来，演技得到锻炼的同时，打牌技术也飞速提升。

这天拍完最后一场戏从舞台上走下来，江若收到以唐佳念为首的一群人送上的鲜花，以及一声声“恭喜江老师杀青”的祝福，紧接着又从小沈那里听说解约官司打得很顺利，当庭宣判的结果于原告方有利，江若深吸一口气，肺腑间暖意充盈，终于有了一种春天到来的实感。

吃完散伙饭赶回市里，进门就听见安何的房间传来窸窸窣窣的声音。

走到门口看见安何坐在床边收拾衣服，地上摊放着行李箱，江若有些茫然地问：“你要去哪里？”

安何闻声抬头，咧开嘴笑：“大明星回来啦，快给我签几个名，等剧播了我挂网上卖。”

江若没理会他的马屁，把还没来得及收拾的行李往地上一扔，走进去："问你话呢，你要去哪里？"

"不去哪里，还在枫城。"安何垂头，有点心虚，"就是我跟你说过的那个人，他想我过去给他帮忙。我想了想，搬去住还省点租金。"

江若反应了会儿："那个姓孟的？"

"嗯啊。"

良久，江若闷声道："那这房子怎么办？就剩我一个人了。"

安何又笑了："我会经常回来的呀。"说着指向阳台，"你那些花花草草，还不都是因为我，才活得好好的。"

听得江若大翻白眼："那你把它们带走。"

安何到底没全带走，留了几盆在原地。

把人送走回到屋里，江若先给花草浇水，再到厨房烧一锅水，放挂面下锅。

煮的时候他频频走神，沸水溢锅两次，捞出来的面软得用筷子一夹就夹断。

吃两口就不想吃了，江若放下筷子，坐在餐桌上撑着下巴继续发呆。

好像能理解那些刚拍完一部戏就无缝衔接下一部戏的演员，习惯忙碌和习惯被需要一样，都是染上就很难戒掉的一种病。

拿出手机翻了翻小沈整理的日程表，杂志拍摄在下周，也就是说之后的五天，江若都无事可做。

未免难熬了点。他手指一点退出日程表，点开手机通信录。

没几个号码，他习惯先拉到最下面，从下往上翻，因此很快出现一个号码，以"席与风"三个字命名。

拇指悬在上方几秒，到底没按下去。

杀青前一天他就给席与风发过一条意在通知的消息，对方只回个"嗯"字，江若便当他忙，懒得揣摩"圣意"。

反正他需要的时候，自然会来找自己。

再往上翻，看到宋诗韵的号码，江若稍稍犹豫，按下拨号键。

次日下午，江若依约来到离星回舞团很近的一家餐厅，刚走进去，就看见宋诗韵在靠窗口的位子冲他招手："江若，这里！"

江若走过去，才发现桌上除了几个舞团的熟面孔，还有两个不认识的人。

宋诗韵拉他在身边的座位坐下，向他介绍："这是芳华剧团的团长，这是副团，最近他们在筹备一出歌舞剧，正缺个男舞蹈演员，我就推荐了你。"

面对陌生人投来的打量视线，江若笑着冲他们颔首，当作打招呼。

这顿饭吃得算不上愉快。江若离开舞蹈圈两年之久，他们讨论的圈内动向，他根本插不上嘴。

宋诗韵瞧出他的不自在，几度把话题往他身上引："我们江若现在厉害了，刚从一个大剧组杀青出来，回头剧播了，还能给咱们的歌舞剧带一波热度。"

江若摆手称"不敢当，就是个男二，演得也不好"。芳华剧团的团长笑道："江老师谦虚了，我们这行算小众，要想走进大众视野，还是要靠你们这些主流演员带一带。"

客套话你来我往说了一箩筐，中途大家都有些乏，纷纷离席出去透气。

江若也站起来，请路过的服务生指了洗手间的方向，便往那边走。

由于地理位置偏，即便周末这家餐厅的客人也寥寥无几。因此哪怕隔着拐角和不短的一段距离，也足够江若听清那位很客气的团长和一位曾经的熟人之间的对话。

"真要让他参与您的剧？"

"我只答应宋老师考虑考虑。"

"那确实得好好考虑。"

"怎么，我听说这个江若曾经是你们舞团的顶梁柱，实力应该不错？"

"谁知道呢，他都两年多没登台了。虽说是舞蹈学院高才生，可中途辍学也能算？"

"辍学？"

"是啊，因为违法乱纪，还蹲过局子呢。"

"有这种事？"

"不止，他作风也坏着呢，当年为了当领舞还走后门……唉，说来话长，反正后来不跳舞了也跟这事有关，您要是真用他，可得当心被人扒出来，给你们剧团抹黑。"

…………

两人聊着，打算去外面抽两根烟。

待脚步声远离，江若转身，发现宋诗韵正站在他身后不到两米处，一脸抱歉地看着他。

回去的公交车上，江若收到几条宋诗韵发来的消息。

无非是前当面说过的那些，"不知道那人会把这事说出去""都是过去的事了你别往心里去"之类，末了还承诺江若，会再推荐他去别的剧团。

江若发了会儿呆，捧起手机回复：不用了，谢谢宋姐。

他这次约宋诗韵，本就只想问问她排练厅有没有空闲时段，他想付租金去那边练舞。

他也知道宋诗韵是出于好心，没想到会弄巧成拙。这事怪不了任何人，但是他心里不痛快，强颜欢笑都做不到，只好借故离开。

晚高峰时段，公交车在车流中左挤右晃，好不容易走完一段路，又被前方的红灯堵在站台前。

江若偏头看向窗外，马路那头有一幢平地而起的高耸建筑，四面露台的玻璃围栏在城市闪烁的霓虹灯之上，反射着溢彩流光。

约莫一刻钟后，"嘀"的一声，做工精良的双开门在面前打开。

江若走进去两步才想起没换鞋，又折回玄关，顺便摸到墙上的开关按下。

顶灯大亮，一室空旷。

想着自己不回出租屋就是嫌那里没人，结果到了这儿更冷清，江若不由得自嘲一笑。

不过既来之则安之，江若拆了双无纺布拖鞋，趿上走了进去。

智能锁密码是席与风给他的，门卫那边也录入了江若的个人信息。当时江若还觉得多此一举，问席与风为什么，席与风回答："按合同，作为老板应该给你安排个住处。何况你欠了我那么多钱，在我眼皮子底下才好监督你好好工作。"

上回因为屋主在没看仔细，这回江若便敞开了逛，从卧室到厨房再到他喜欢极了的阳台，除了关着门的书房，他都走了一遍。

最后停在露天泳池旁，盯着清凌凌泛着波光的水看了会儿，江若纵身一跃，跳了下去。

席与风回来的时候，江若已经从水里出来。

这房子的门锁和他的个人账号关联，但凡他以外的人开门，都会向他手机推送提示。所以早在一个小时前，他就知道江若来了。

厅里的顶灯开着，阳台却没亮灯。从玄关看过去，一抹清瘦的身影立在泳池旁，湿答答的白 T 恤贴在身上，长裤也是湿的，脚下一摊水。

竟是没脱衣服就下去了。

此刻他就这样站着，面朝高空的寂静黑夜，没人知道他在想什么。

忽然，他往侧边跨出半步，顺势打着圈拧胯，紧接着双肩绕环，腰肢随之扭动，整具身体像波浪一样屈伸摆振。

随性悠闲的一串动作，和之前看到过的那两场完全不同。应该属于爵士舞，《莺飞》的男二谢方圆后来改跳的舞种。

一个当下女性跳得多的舞种，江若跳起来却丝毫没有违和感，通过柔韧和力量的结合散发出来的除却慵懒，还有一种别样的性感。

不由自主地，席与风走上前，站在推拉门旁，隔着一扇玻璃接着看。

没看多久就被发现了。

一个甩头的动作让江若视线转向，瞧见人影他先是一惊，待看清面孔确认来人身份，大松一口气。

他甚至笑了出来："你们有钱人，走路都没声音的吗？"

席与风便拉开门，走上前。

江若笑得更明显："好了好了，有声音，是我刚才没听到。"

他晃晃脑袋甩掉头发上的水，扭身去拿泳池边堆放的浴巾。

气氛一时静谧，像风和日丽时海面的波浪，更像晚风掠过湖泊里的月亮。

而江若也想到了同样的意象。

他迎着席与风的视线，那既远又近的眼神落下来，如同窗外清冷的月光。

一道低沉的嗓音响在江若耳畔："你们舞蹈家，都喜欢抬着下巴看人？"

明知是回应他刚才的那句调侃，江若还是很认真地摇了摇头。

回到屋内，江若说饿了，席与风走向厨房。

江若很快跟了过来，当看见打开的冰箱里有好几个装得满当当的玻璃盖碗，大喜过望："这不比点外卖快多了？"

得到允许，江若把玻璃碗挨个取出，荤素搭配选了三样放在微波炉里加热，然后淘米煮饭。

用的高压锅，二十分钟不到就好了。江若一边把米饭往精致的骨瓷碗里盛，一边嘀咕："看着也不像会在家吃饭的人，锅碗瓢盆倒是齐全。"

这房子的装修还是早些年流行的欧式，为显气派，餐桌是长方形实木整板，从这头走到那头都要好几步。

江若觉得这样吃饭太累，就三个菜，难不成要跑着吃？就把菜都放在餐桌的一角，席与风坐长桌的一头，他坐在侧面离他最近的位子。

饿了太久，江若一坐下就大开吃戒。倒也不是完全不顾形象，毕竟在别人家。

他的克制就是吃几口看一眼身边的人，然后就发现席与风几乎没怎么吃。

仔细回想，这人之前在酒桌上也不爱动筷，江若当时还以为他挑剔，吃不惯外面的口味。

"这菜不是你家阿姨做的吗？"江若问。

席与风"嗯"了一声。

“那你不吃？”

“不饿。”

“……你不会在减肥吧？”

席与风掀眼看过去。

江若被这无甚温度的眼神看得一哆嗦，差点举手投降：“好好好，我不问了。”

过了一会儿，他又忍不住打量席与风，似在思考什么：“可是你这身材，也用不着减肥啊。”

席与风再度：“……”

饭毕，江若主动把碗洗了，然后返回主卧，把自己用过的枕头抱在怀里。

“我朋友搬走了，我不想回去。这个枕头我睡过了，你应该不会想用。”他主动向席与风解释。

席与风说：“我不认枕头，但我睡眠一向不好。”

江若不知道他这个“一向”从多久之前开始，想问，又觉得有打探隐私的嫌疑。

玩笑话说一万句都不打紧，正经事却轮不到他多问哪怕一句。

朋友间也不能越界，这是规矩。

于是江若露了个不走心的笑：“我也吵不到你。”

江若选了间离主卧最近的房间，和衣躺到床上，竟感觉到一丝寒冷。

闭眼好一阵没能入睡，江若叹了口气，心说难不成失眠会传染？

不知道一墙之隔的那边，席与风睡着了没？

次日一早，席与风起床时，江若已经在厨房忙开了。

听到脚步声，扭头对上一道探究的视线，江若笑道：“我不太会做饭，千万别抱有期待。”

做的是三明治，鸡蛋、生菜，再切两片番茄夹在热过的吐司里，味道中规中矩。

不过意外的是，这顿算不上精致的早餐，席与风竟赏脸吃了下去。

看着他面前的空盘，江若恍然大悟：“我知道了，你喜欢清淡的。”

席与风拿面巾按压嘴角，不置可否的态度，约等于默认。

江若心说好在刚才偷懒，鸡蛋没用煎的，歪打正着合了他的口味。

两人吃完后坐在桌前，聊了点正经事。

席与风说解约官司那边，被告方不服一审判决，已经提起上诉，不过多半会维持原判，让江若不用担心；又说小沈只是生活助理，已经给他安排了一名经纪人，下周到岗。

斟酌了下措辞，江若发问：“你这样做生意，真的不会亏本吗？”

指的自然是两人之间的合作关系。江若对自己认知清晰，就算把他卖了也不值这些钱。

席与风没抬眼：“投资是为了回报，和你合作也一样。”

换言之，不是为了捧人而投资，两者是互相利用的并行关系。初涉影视行业，投资全凭直觉，不如直接与人合作，参与进去探探虚实，顺便积累经验，就算没有江若，也会有王若、李若、张若站在如今这个位置。

妥妥的商人做派，往江若心口灌了股凉风的同时，又让他如释重负地松一口气。

至少资源拿得没那么烫手。

最后席与风问：“还有没有什么想要的？”

江若整个迷茫住：“我还能要点什么？”

周末的上午总是短暂。

席与风去到书房处理工作，江若无所事事，回房间睡回笼觉。

醒来太阳已有西斜之势，江若伸了个懒腰，趿上拖鞋走到隔壁房间门口，看见席与风在换衣服。

听见动静转过身来，席与风看见江若斜倚门框，眼睛半睁不睁仿佛还没睡醒，原本绷着的表情似有松弛。

江若打了个哈欠，问：“你要出去？”

“嗯。”

“应酬？”

大周末的，又没穿正装，多半是去参加那种推不掉的应酬。

席与风又应了声，恢复那种略显不耐烦的神色。

江若看出来了：“不想去？”

席与风没回答，套上长裤就往外走。

到门口，被江若伸长的一条手臂拦住去路。

“带我一起去呗。”眨了下眼睛，江若说，“无聊的时候，我可以当你的开心果。”

这念头来得突然，缘由也不过是敬业。

虽然席与风说捧他是为了赚钱，但终归拿人家的手短，他也应该为席与风排忧解难。

路上就开始后悔，到地方被服务生引到包厢门口，江若更是下意识屏息，有种即将被丢进没有氧气的世界里的慌张。

好在有人和他一起。自进门起，席与风就开启了生人勿近模式，虽然面上笑着，凛冽寒意却源源不断往外散发，周遭人也因此不太敢过分亲近。

纨绔们的聚会场合，少不得抽烟、喝酒、打牌。

说不尴尬肯定是假的，江若如坐针毡，一杯饮料捧在手上，还没来几分钟就喝掉大半。

听见那边有人在高声谈论："话说孟潮那家伙最近在忙什么？好些日子没见他来。"

"你不知道吗？他看上了一个人。"

"得多好看啊，把他迷成那样。"

"没见过，不知道。"

那边索性把话题转移到江若身上，问他多大了，演过些什么电影。江若说没演过电影，那帮人便哄笑，让他好好卖力，让席少投部电影让他当男一，还不是分分钟的事。

这种场合的特定玩笑话，本不该往心里去，可江若还是不自觉地咬了咬后槽牙。

听见那边席与风说"你们别闹他"，也没缓解几分，江若放下饮料，霍地站起来："刚哪桌三缺一？带我一个。"

整个下午，江若大开杀戒，在牌桌上完美展示了他在《莺飞》剧组三个月的训练成果。

下场的公子哥们几乎被他赢了个遍，一度怀疑他出老千。

越赢越是士气高涨，到后来，江若摸牌、出牌的动作都带了点胜券在握的意味，眉梢上挑，圆眼微微一弯，满桌人就知道又要输了。

富家公子哥们输了一下午难免丧气。

送两人出去的时候，江若走在前面，攒局的那个和席与风并排走在后面，笑道："别人带的朋友多好，席少是带了尊战神回来。"

旁边另一个人插嘴："打个牌那么冲，这是要把咱们一把火烧干净。"

席与风只是笑笑，没说话。

到停车场，快步走在前面的江若忽然转身，看着距他几步之遥的人。

席与风也站定，与他对视。

表情变了又变，牌桌上的嚣张气焰到底收敛几分，江若低垂眼帘："抱歉，给你添麻烦了。"

下午忙着打牌无暇顾及，如今再一想，这种应酬局为的就是让他们这个圈层的人联络感情、互通消息，他还因为一时意气上去“捣乱”。后来席与风特地让服务生开几瓶好酒让输钱的消气，感情是联络上了，就是赔的钱也不少。

这算哪门子开心果。

可席与风说：“不麻烦。”

再平静不过的语气。

即便对此心有愧疚，江若并不觉得自己全然做错。他只不过换了种方式让他们尝点教训，警告他们管好自己的嘴，别人的事少操心。

这么想着，江若理直气不壮地说：“话说在前面，如果有下次，我可能还是……”

下一秒，他听到席与风说：“不会有下次。”

坐上车，离开陌生的环境，江若的话也多了起来。

“晚饭吃点什么？刚那顿也能算吃饭？我都没吃饱……还像昨天那样？不然我给你把菜过遍水，涮掉一些油……话说那么大个房子应该请保洁了吧？要不再请个做饭的，让人按照你的口味做。”

刚合上眼又睁开，席与风看着江若，仿佛在说——你不是会做饭？

江若一愣，然后笑起来：“我那三脚猫厨艺，也就能煮个面卧个蛋，再说我不可能天天待在你那儿，还有工作不是？”

虽然还没到档期排满的时候，但没吃过猪肉也看过猪跑，演艺圈从业人员忙得不着家的情况，江若见得多了。

许是认可他的理由，席与风说：“不喜欢家里有其他人。”

从这段时间的相处中，江若大致摸清了席与风的生活习惯。他确实是个边界感很强的人，这种人通常注重隐私，且反感陌生人闯入他的私人领域。

因此江若摸不准他口中的“其他人”是否包括自己，正欲询问，却见身旁的席与风已经合上眼，在闭目休息。

看样子昨晚也没睡好。

江若便闭了嘴，身体前倾拍了拍驾驶座靠背，示意老刘把音乐声调低。

坐回去摆弄了会儿手机，抬头本想看看窗外，确认下到哪儿了，视线却不由自主地落在身旁的人身上。

歪靠椅背，双手抱臂，疲惫却并不放松的姿势，以及半醒半寐间还微蹙着眉的表情。让江若有种离他近了一点的错觉，仿佛窥见了那些被他藏起来的、不为人知的一面。

新的一周，江若果然忙碌起来。

经纪人周一到岗。被一个电话叫到写字楼的办公室里，看着面前的经纪合同时，江若还有点蒙。

以为他担心其中有诈，姓郑的中年女经纪人说："这合同席总逐条过目了，需要江老师了解的大概是五年约，还有收益三七分，江老师七。"

江若签过经纪合同，因此不可能不知道这待遇对于一个名不见经传的演员来说，实在优厚得过分。

既然是席与风拍板决定的，他便没什么好担心的，只问："对我就没有什么要求吗？"

经纪人笑道："当然有，不过都是不方便写明在合同上的，比如合约期内克己守礼，谨言慎行，以及……不可以谈恋爱。"

江若便跟着笑："那是自然。"

在合同尾页签上名字，经纪人伸出手："我叫郑依婷，以后可以叫我郑姐。"

江若同她握手："我姓江，只要不叫我江老师，别的都行。"

郑依婷又笑了："江先生很幽默，以后可以考虑接几部喜剧片。"

江若无所谓地说："行啊，只要郑姐能帮我接到戏，演乞丐都没问题。"

话是这么说，但作为有十几年从业经验的专业经纪人，郑依婷早给江若拟定了周密的演艺发展计划，并在当天就丢给江若两个剧本，让他选一个去试镜。

一部院线电影的男四番，一部古装电视剧的男二号。两个项目席与风都有参与投资。

江若翻了翻，都不是镜头多的角色，但胜在人设丰满，且都身世悲惨经历曲折，容易给观众留下深刻印象。

足见郑依婷挑剧本的眼光，以及对他职业规划的用心。如果只图眼前利益，大可以让他接时下流行的快餐剧或者参加选秀节目，让他迅速红起来再迅速无人问津，赚一波快钱就撤。

因此江若格外认真，重新翻阅了剧本，问："不能两个都试吗？"

"当然可以。"郑依婷说，"只是如果都试上了，之后的半年会很忙，席总怕是难以照料周全。"

对方坦荡直言，江若便也不再讳莫如深。

"席总比我忙多了，让我闲着反而碍他的眼。"他笑着说，"再说我必须努力，不说大赚一笔，至少不能让他往里头折钱吧？"

郑依婷听明白了，他是真有事业心，席总帮他也不是玩票性质，当即摸出手机："那我跟两位导演打个招呼，都去试试。"

周四，江若来到市郊某摄影棚拍杂志封面。

负责拍摄的工作人员应是提前做过背调，知道江若学过跳舞，给安排的都是设计感较强的服装。

这类时装要么把人裹成粽子，要么往死里省布料。江若不幸被分配到后者，只有一套有正常的衣袖和大小适中的领口，别的不是缺这儿就是露那儿，现场鼓风机一开，登时有种一丝不挂的清凉感。

小沈也不太理解这种审美，趁中场休息问："江老师您觉得怎么样？"

江若挑眉："你想让我点评自己的身体？"

"不是不是。"小沈有点不好意思，"就是这种比较……狂野的风格。"

"时尚这东西不受外界影响，有它自成一套的标准。"江若说，"也就是所谓的品位，所以我喜不喜欢并不重要。"

小沈似懂非懂地"哦"了声，接着发问："那这套照片，要不要发给席总看看？"

江若捧着杯子的手猛一抖，冰水洒了大半。

听小沈说明原委，得知自己的动向会经由小沈传递给席与风身边的施助理，再传到席与风本人耳朵里，江若扶额，心说这种监控下的生活着实有点恐怖。

"不过我只会上报有必要的信息，"小沈补充一句，"这种拿不准的，还是会先征得您的同意。"

到底不想让小姑娘难做，江若道："反正要登杂志，全国人民都能看到，发就发吧。"

等小沈问摄影师把原片拷了一份时，江若又反悔了。

他让小沈把原片发过来，边往手机里存边说："何必转几道手，我自己给他发。"

拍摄从中午一直到傍晚，结束后，江若跟着一起选片，又花了两个多小时。

许是太久没碰到如此配合的艺人，摄影组的工作人员对江若的态度从客气到热情，不过一下午的时间。摄影组组长也夸江若镜头感好，能驾驭的风格多，想跟他约一场个人拍摄。

小沈官方地回答说商业要约得向经纪人报备，还要看档期是否合适，江若在旁听着，恍惚真找到了当明星的感觉。

收工的时候，为首的工作人员邀请江若和大家共进晚餐，江若正犹豫着要不要答应，身边的小沈碰了他一下，冲外面使了个眼色。

江若心领神会，婉拒道："今天还有别的事，反正联系方式我存好了，咱们下次再约。"

之前郑依婷在电话里说有工作上的事要当面谈，江若以为是她过来了，因而走到外面，看见路那头的拐角处停的是一辆黑色的商务车时，颇为意外。

开门上车，江若未语先笑："你怎么来了？"

席与风照例坐在后座右边的位置，闻言抬眼看向左侧的人，不置可否地说："顺便。"

西装革履的打扮，浅淡的烟草味，加上眉宇间一抹颓唐，不消说江若也能猜到他多半刚从会议上下来。

车上开了空调，江若把外套脱掉放在一边，问："去哪儿？"

席与风说："吃饭。"

第五幕

清醒着呢

本以为是跟上次一样的应酬局，江若甚至做了一路的心理建设，以确保自己不会被任何言语刺激到，没想到到地方下车，进入包厢发现是个双人雅间。

真是来吃饭的。

是间日料店，这种不用看就知道人均消费很高的店，江若向来三过其门而不入。好在这种高端日料店每日菜单都由主厨决定，避免了不会点菜的尴尬。

菜品依次端上桌，每道分量都不多，胜在精致可口。

吃到不知道第几道菜时，江若用筷子戳了戳卧在面包片上肝脏模样的东西，听见坐在对面的人问："不合口味？"

江若立刻抬头："没有啊，很好吃。"

席与风问："那怎么不说话？"

"这里太安静了。"江若嗓门都不敢抬高，"我应该说点什么吗？比如像电视里那样，竖着大拇指喊'哦依稀'？"

虽然席与风不知道他是从哪部电视剧里看来的，但不妨碍觉得他有趣，积攒的疲惫也一扫而空。

他说："嗯，也可以。"

江若放松许多，开始漫无目的地找话题："这是什么？猪肝吗？"

"鹅肝。"

"哦，怪不得只给两片……那这是什么动物的舌头？"

"牛舌。"

"怪不得这么硬……"

席与风只轻笑一声，把自己跟前没动过的鹅肝面包推到对面。

倒数第二道菜品是味噌汤，江若不太喝得惯，把里面的鱼片和萝卜挑出来吃掉，就放下筷子。

这时候席与风接到一个电话，不知是谁打来的，讲的似乎不是工作上的事，最后席与风说了句"那就让她来"，便将电话挂断。

回去的路上席与风从身旁的扶手盒里拿出一个方方正正的盒子，递给江若。

待看清是部还没拆封的新款手机时，江若犹豫了下，还是接了过来，语气尽量随意：“你怎么知道我想换手机？”

“看到你手机屏幕裂了。”席与风说。

很正当的理由——并非心血来潮，而是觉得你需要，所以给你买了。

就像带他去吃饭一样，刚才江若想起，上次应酬完回去的路上，自己曾向席与风抱怨没吃饱。

江若心头泛起一阵密密麻麻的酸胀，江若一边拆新手机包装，一边说：“这钱从我片酬里扣。”

“不用。”

“那我也给你买部手机。”

“我的没坏。”

正说着，平稳行驶的车突然急刹，江若的身体猛然前栽又后仰，意识短暂空茫，没说完的话也戛然而止。

扭身刚要去看身边的人怎么样，一阵剧烈的敲窗声从右侧传来，夹杂着女人的叫骂声：“席与风，你给我下来把话说清楚！”

察觉到危险，江若下意识阻止席与风：“别下去。”

相比他的慌乱，席与风镇定极了，“咔嗒”一声把车门打开，抬脚便跨了出去。

江若也跟着下车。

已经到小区门口，保安显然也是怕出什么事，三五成群地围在周边观察动向。

混乱中，江若听到一些诸如“都撤资了项目做不下去了你满意了吧”“我就知道你没安好心”“表面上花天酒地背后跟我玩阴的”之类的尖声叫骂。

面对咄咄逼人的责问，席与风的反应堪称敷衍，“是吗”“有这样的事”“怎么会，您想多了”……一种四两拨千斤的冷漠。

那位姓施的助理也在，江若走过去的时候，他还忙里抽空笑着向他打招呼，江若也冲他颔首，然后找到人群之外一处不碍事的位置站着。

他只是不放心，跟下来看看，没想到那边正在对峙的两人都往他这边看过来。

除席与风以外的另一道视线来自一个女人，瞧着四十上下，裙装，盘发，脚蹬一双细高跟，路灯下最亮眼的是她脖子上那颗堪比“海洋之心”的宝石。

应该是哪家的阔太太。

进到室内，门“砰”地在身后关上，江若无意识地哆嗦了下。

席与风并没有发现，脱了外套挂在衣架上，扭头看见江若还站在门口，说：“等下有事跟你说。”

江若从洗手间出来的时候，席与风左手夹一支烟，笔记本电脑放在餐桌上，里面传来郑依婷的说话声。

听到动静，席与风转头，示意江若过来。

江若走过去，拉开椅子坐下。

郑依婷先道歉，说临时有事出差，没赶得及亲自跑一趟，所以只能通过语音通话的方式，耽误他们二位一点时间。

江若说：“没关系，我有的是时间。”

“正好席总和你在一起，省得两头跑。”郑依婷很快切入正题，“主要是江先生过往留下的案底，我们谈谈怎么处理。”

听到“案底”两个字，江若先是一愣，而后道：“那是误判，我没有——”

话没说完，就被席与风打断。

却不是接江若的话，而是问郑依婷：“依你看，应该怎么处理？”

事情解决得很快。

郑依婷早有准备，席与风一问，她就提出了几种解决方案，最终权衡利弊，选择了隐瞒有案底以及辍学的事。毕竟这种事一般人查不到，就算查到也很难发酵起来，公关部门又不是吃干饭的。

江若全程几乎没插上嘴，听着两个人你来我往间就把一个扎在他心里的事故血淋淋地拔出来，又轻飘飘地捅回去，盖了层杂草就当无事发生。

语音通话挂断，江若还有些茫然：“你是不是早就知道……”

“不是。”席与风说，“先前一直没空，昨天翻了下才发现。”

翻的自然是江若的履历，按席与风的本事，说不定连他祖宗十八代都挖出来查了一遍。

所以立刻联系郑依婷要一个解决方案，因为这是一个可能影响投资收益的变数，必须做好风险预估。

江若还是不理解：“那你怎么不问我？”

“问什么？”

“当然是问……为什么。”

为什么留案底，又为什么辍学——一般人碰到这种事，不是都会先问缘由吗？

席与风没什么表情地说：“为什么要问？”

嘴巴张了张，江若把那些已经到嘴边的过往，那些从未向人倾诉过的故事，尽数吞了回去。

“也是，能解决就好。”挤出一个笑，江若说，“我还怕这事影响我的星途。”

确认刚才从对方脸上捕捉到的失落是错觉，席与风的脸色也松弛些许：“没事，都能解决。”

说着席与风将烟碾灭，合上笔记本电脑站起来，一步还没跨出去，就被叫住了。

席与风扭头，江若坐在原地仰头看他：“把我叫来，就为这个？”

“不然呢？”席与风还是这句。

放在床头的手机一振，江若抬起胳膊摸来看，新手机过分顺畅的解锁功能让他有些不习惯。

是安何发来的消息，分享生活趣事，说那姓孟的母亲也做过心脏手术，简直太有缘分了。

江若回复：你管生同样的病叫缘分？

安何发来大笑的表情包：为什么不算？

江若盯着“为什么”三个字看了半天，思绪又回到不久前的那句——为什么要问？

是啊，为什么要问呢？

至此江若才真正意识到，席与风并没有关心他的义务，关于他的无论是过去的经历还是当下的情绪，都与席与风没有关系。

事实上席与风一直都是这么做的。

说不定那天张绍元说的，席与风也不是完全没听见，只是不好奇、不关心，所以事后不追问、不提起。

深深吸进一口气，再狠狠呼出来，江若有种驶到坡顶的过山车摇摇欲坠地俯冲下来的战栗感。

是一辆本就不该上行的车，如今早早回到地面，倒是为他敲响警钟，避免沦落到摔得粉身碎骨的结局。

这周的最后一个工作日，席与风起来的时候，早餐已经放在桌上，江若坐在餐桌另一头，在翻看文件一样的东西。

“你醒啦。”江若视线落在文件上，“我今天有场试镜，得回去换身衣服。”

席与风反应了会儿，才想起江若有自己的住处这回事，便说：“方便工作，把东西都搬过来。”

江若尽量自然地说：“不了吧，我东西又多又乱，还有好几盆花草，你肯定不想你家阳台遭殃，再说……”

江若抬头，笑容有几分玩味：“我可不想以后被你赶出去后，没地方可去。”

席与风不喜欢他用这样轻佻的语气，眉心微皱：“我为什么要把你赶出去？”

“谁知道呢。”江若胡乱举例，“烦了，心情不好，或者在我身上没赚到钱，嫌我做的早餐不好吃？我总要有个去处吧。”

盯着江若看了一会儿，席与风没再说什么。

用完早餐，看到摆在面前的协议，席与风方察觉，刚才那些只是铺垫，接下来才是正题。

“你说过，有异议的部分可以修改增补。”江若用笔指着画圈的部分，“我想在‘符合协议失效的情况’里加一条。”

“什么？”

“如果甲方与他人缔结合作关系，本协议自动失效。”

“‘他人’指的是？”

“我以外的所有人。”

席与风沉吟片刻：“我暂时还没有找其他合作伙伴的打算。”

江若愣了下，然后又笑了：“可是我心理承受能力很差……所以加上这条吧，反正于你于我，都没什么损失。”

时间一分一秒过去，席与风脸色阴沉地坐在那里，呼吸仿佛都结冰。

对方有备而来，终究找不到拒绝的理由，席与风冷声道：“那你呢，如果是你签入其他公司，这份协议也作废处理？”

“当然不，这样的话，岂不是只有你蒙受损失？”江若亦早拿捏住商人的心理，“如果我先违约，我会赔偿你在我身上的全部投入，或者翻倍、三倍、四倍、五倍，都可以。”

这话听起来难免有夸大之嫌，席与风也从来不相信任何人的口头承诺。然而他还是霎时一怔，而后抬眼看去。

江若始终弯唇笑着，让人判断不出他这些话有几分发自内心。

“这只是假设，事实上，我觉得我不可能和其他人合作，更别说在你之后。”

说着，江若把笔递过去，似在用行动证明——是你选择开始，是你给我机会，所以停在哪里，同样由你决定。

这天之后，一切好像都没变。

席与风照样住在市中心那套大平层，照样早出晚归。江若也搬了些东西过来，包括几盆需要经常浇水的植物。

他们白天各自忙碌，晚上会一起吃饭，同时江若会汇报自己的工作情况。

偶尔也会一起吃早餐。江若做三明治很有一手，番茄切得很薄，蛋也煮得正好，哪怕不抹酱料，味道都很不错。

有时候席与风起得早，会看见江若在厨房，一手拿锅铲一手捧剧本，嘴里念念有词。

听小沈说，给他推的两部戏他都试上了，不全是郑依婷的功劳，和他自己的努力也密不可分。

电视剧六月中旬就进组开拍，那天席与风正好有空，亲自把人送了去。

孟潮来电话的时候，席与风正站在影视城门口，看着不远处的二十四小时便利店里，江若手里举着两瓶饮料，不知说了些什么，逗得收银台里的中年女人笑弯了腰。

“在哪儿呢？”孟潮问。

“影视城。”席与风答。

“送江演员上班？”

“嗯。”

“唉，怎么想约你出来吃个饭都这么难？”

“这话该我问你。”

孟潮在电话那头笑：“我以为你懂的。”

把烟夹在指间，席与风哼笑一声：“如果知道他一心想离开，你还笑得出来？”

孟潮：“啊？”

席与风没把协议的细节告诉孟潮，只说自己的合约迟早会有解除的一天。

对此孟潮很是不解：“为什么？”

这一点席与风也想不明白。不过除此之外，他更搞不懂自己当时为什么会生出类似愤怒的情绪。

可能是被江若的反抗举动激怒，是察觉到主动权即将被夺走的本能警惕。所以江若后来把停止的权利交到他手上，他很快又平静下来。

当时没细究，如今想来，倒像是进了一个专门为他设下的圈套。

不过都是些无足轻重的小事，而且已经过去，席与风没有回顾检讨已经发生的事的习惯。

于是他没理会孟潮的追问，转而扯到工作上：“昨天发你的项目企划书看了？有问题尽快反馈，明天就要分发下去。”

电话里的孟潮哀叹：“你的‘尽快’只有不到二十四小时吗？”

席与风只把人送到宾馆楼下。

车刚停下江若就抱着行李跳下去，留下一声“拜拜”，就跑没了影。

往回开的路上，席与风收到一条微信消息，是张图片，背景是宾馆灰扑扑的墙面，江若半张脸出镜，斜睨着镜头很是不情愿地比“耶”，仿佛在说——看吧，还是差不多的房间。

席与风勾了下唇角，喉头溢出一声轻笑。

前面开车的老刘听到声音，以为有什么吩咐，转头看向后座。

席与风便收敛表情，说：“去公司。”

不错的心情只维持到公司楼下。

刚步入一楼大堂，席望尘就不知从哪里冒了出来，跟在席与风屁股后面，哥长哥短地说废话。

“哥，你最近怎么都不去锦苑了，公司也不怎么来，我都碰不到你。”

“最近都在家。”

“哪个家？哦，我知道了。”

席与风瞥了他一眼：“你怎么知道？”

“嗐，还不是听我妈说的。”说到这个，席望尘有些心虚，“我妈上回去闹你们了吧？我让她别去，都跟她说了荣盛那项目被撤资的事跟你没关系，她偏不信。”

席与风不咸不淡地说：“哦，是吗？”

“是啊！”席望尘忙着为自己洗清嫌疑，“谁不知道哥你把这项目让出来多不容易，先前我邀请你回来一起做，后来也没兑现，已经很对不住你了……”

席与风冷笑，心说我要是没表现出对这项目的垂涎和不舍，你们怎么会打消戒心往坑里跳？嘴上却是另一番话：“没关系，一家人，谁做都一样。”

听了这话，席望尘放心了，搓搓手又想扯别的。

“唉，可惜这些投资商不知道怎么搞的，一个接一个地撤资……眼看项目动工在即，资金还没到位，给我愁的呀，连着几天没睡好觉。”

“那是挺让人着急。”

席望尘露出讨好的表情：“哥，你门路多，能不能帮我想想办法？”

席与风问：“不怕我给你下套？”

“哎呀，那是我妈疑神疑鬼。哥你这么好的人，你要想整我，何必等到现在……”席望尘说，“哥，你放心，这回我绝对不拉你下水，我妈要是再去找你麻烦，我一定把她拦住！”

想起萧茵闹上门来说的那些话，席与风笑意不达眼底：“这可是你说的。”

那边的动荡，在这边拍戏的江若全然不知。

他不是第一次拍古装戏，却是第一次作为有名有姓的角色拍古装戏，待遇不同，承受的压力也不可同日而语。

因此每天拍戏以外的空闲时间，几乎都被江若用来研究剧本，一摞本子因为贴满索引标签变得更厚，翻开也满是着重号和批注笔记。

开机约莫半个月后，郑依婷来了一趟，见他这么用功很是欣慰，说："半路出家的演员我带过很多，像你这样不浮躁肯潜心钻研的倒是罕有。"

随后她问江若拍完这两部戏之后想不想上演技培训班。

"当然想啊，我是学跳舞的，舞台表演和镜头表演总归不一样。"江若说，"不过下半年的话，《莺飞》不是要播了吗？那会儿要配合宣传，应该没有时间吧？"

关于席与风捧他是为了赚钱这一点，他始终不敢忘。

"有那种一周一课的班，到时候我给你预约。"许是看出他的顾虑，郑依婷说，"除了提供机会，经纪人还有挖掘你潜能的责任，江先生也不想总演苦情男二吧？"

听了这话，江若笑道："那肯定不想，如果可以，我甚至想挑战反串苦情女一。"

郑依婷也笑起来。

阳历七月初，枫城的暑热初显威力，裹着厚重戏服还要吊威亚飞来飞去，演员们苦不堪言。

安何来探班的时候，见到的就是刚从十几米的高台上下来，脸色苍白如纸的江若，不由得咋舌："怎么当主角比当群演还惨？"

江若把宽大的衣袖撸起来，露出汗津津的两条胳膊，接过小沈递来的毛巾，边往脸上按边说："看到片酬，你就不会这么觉得了。"

两人到遮阳伞下说话。

捏了把安何的脸颊肉，确认他非但没瘦还胖了，江若点头道："看来你最近过得不错。"

安何嘿嘿笑。

听说安何现在不干群演了，只偶尔去相熟的酒吧帮帮忙，江若认可的同时不免担忧："虽说你的身体情况不适合干重活，但是万一以后……"

安何懂他的意思，又问："你和姓席的合作我可都听说了。"

江若愣了下："哦，这么巧啊。"

到底没忍住，安何问："你愿意被他压榨，是不是为了那三十万？"

"当然不是，都跟你说了钱是跟同学借的。"江若立刻道，"我是为了出名，你知道的，我等这个机会等了很久。"

安何咬了下嘴唇，不知信没信。

“那席少，我曾经见过，在锦苑，剧组酒席的隔壁……”

“安何，你喜欢烟花吗？”

江若突然问了句不相干的，安何愣了下：“喜欢啊，美好的东西，谁不喜欢。”

“是啊，美好的东西。”江若接话道，“哪怕很短暂，哪怕知道过后就是漆黑的永夜，但还是想触碰，想拥有。”

不远处的拍摄场地，导演拿着大喇叭喊演员集合。

江若便站起来，走到伞外，正午的阳光刺得他眯起眼，像在微笑。

“所以我给自己定了期限，在这之前，在不伤害任何人的情况下，只管尽情享受。”说着，江若回头，神情颇有几分骄傲，“这才叫及时行乐，还不快跟你江哥学着点？”

傍晚收工时，导演宣布鉴于明天开始连日高温，剧组临时放假三天。

在满场欢呼声中，江若换下厚重的戏服，和安何一起搭上最后一班去往市区的公交。

到市中心换乘，江若给安何拦了辆出租车送他回去，自己则步行在枫城夏天喧嚣热闹的街道上。

他特地穿了几条小巷，踩着石板路，在烧烤摊、大排档旁稍稍驻足，染一身烟火气，才往那地标建筑似的高楼行去。

推开门，面对的又是一室冷清。要不是今天太累，江若肯定扭头回烧烤摊，先来二十根羊肉串。

以前最多吃十串，现在是有名有姓的演员了，翻个倍不过分。

——也就想想，累都累死了，哪还有力气。

拖着疲惫的身体走进屋里，本打算到房间再躺，经过沙发的时候一个没忍住，江若张开双臂，猛地栽倒下去。

席与风回来的时候，看到的就是江若四仰八叉躺在沙发上睡觉的画面。

看样子中途醒过，丢在旁边的背包拉链半开，从里面拿出来的剧本丢在脚边，茶几上摆着一只玻璃杯，里面的水喝了大半。

江若睡着的时候很安静，眼睛闭得很紧，嘴巴也抿着，完全看不出醒着的时候是那样活泼的一个人。

屋里中央空调二十四小时常开，体感偏凉爽。

席与风从房间里拿来一条薄毯，搭在江若身上，便往书房去。

打开电脑不到半小时，接到一个来自席成礼的电话。

照例问他周末怎么不回家，席与风说忙，席成礼哼一声："忙着胡闹？"

好事不出门，坏事传千里，意料之中的事，席与风说："不然呢，和您一起给席望尘擦屁股？"

许是自知理亏，这回席成礼压着火气没发，说："听望尘说你把刚中标的那块地让给他了，是爸爸和你萧姨先前错怪你。"

后来他甚至好声好气同席与风讲道理："我知道你怨我，可是再怎么说我也是等你母亲走了，才把你萧姨和望尘接到家里的。

"总之很多事情不是你想的那样，那时候你还小，说了你也未必能懂。

"从前你母亲她……算了，人都不在了，还说那些做什么。"

席与风自呛完那句就没再出声，手机放在桌上开了免提，左手捏支点燃的烟，在袅袅白烟中听一场独角戏。

挂断后，他独自一人在安静的房间里坐了一会儿，直到听见很轻的脚步声。

书房门没关严，缝里露出半颗脑袋和一只圆溜溜的眼睛。

是江若。

明明是他突然出现，他反倒被吓着了。

江若抱着毯子站在门口，像个害怕打雷的小孩，懵然道："你回来了，怎么不把我叫醒啊？"

晚餐依旧简单，煮半锅米饭，再把冰箱里的菜热一热。

其间江若告诉席与风剧组放假三天的事，席与风点点头，没作声。

吃饭的时候，江若想到住这儿这么长时间，都没和做菜的见上一面，正想问问这位阿姨都什么时候来，抬头瞧一眼席与风的脸色，到底没问出口。

江若敏锐地察觉到席与风心情不好。和上次见过那个戴"海洋之心"的女人之后的状态差不多，看起来跟平时没什么不同，但江若就是能从他的食量变化、细微的一个皱眉，甚至嘴角的弧度中找出差别。

这就是自我修养吧——江若在心里默默地给自己贴上一朵敬业的小红花，然后蹑手蹑脚地站起来，打算悄悄把碗洗了，再悄悄回房间去。

刚站直，就被席与风叫住。

"别动。"他的声音很沉，其中不止有疲惫，"再坐一会儿。"

晚上九点，从餐厅坐到客厅的沙发上，江若摸了摸屁股底下触感柔软的真皮，不由得开始思考，刚才睡觉的时候有没有把口水流到上面。

席与风以为他在找遥控器，把自己手机递了过去：“用这个。”

这套房子大概刚翻修过，风格没变，只增加了全屋智能系统，一台手机便可操控目所能及的所有电器。

而且一般都支持语音控制——这么想着，江若尝试冲着空气喊：“打开电视。”

静待五秒，面前一百英寸的激光电视毫无反应。

倒是席与风笑了声：“密码忘了？”

江若尴尬地将手机接过来，低头点开屏幕，小声说：“没忘。”

傻坐着也不是个事，江若在影视库里挑了部电影。

1978 年的电影，改编自阿加莎·克里斯蒂的同名小说《尼罗河上的惨案》。江若选它是因为它在悬疑犯罪分类里，而且之前对这部小说有所耳闻，想来口碑不错的小说拍成电影应该不会太糟糕。

事实上，江若完全猜不到席与风会喜欢看什么样的电影。

席与风根本不像是会浪费时间看电影的人。

不过意外的是，席与风看得还算认真，至少整整两小时二十分钟，他一动不动地坐在那儿，姿势都没怎么变。

倒是江若，中途一度打起了瞌睡。因为剧情还没过半的时候，他就猜到凶手是谁，连动机都猜了个七七八八，后半段的剧情对他来说已经没有吸引力。

最后一次睁开迷蒙睡眼，电影正放到侦探解开谜底，真正的凶手道出杀人原因，一切不过源于人性的卑劣、贪婪，以及所谓的爱情。

不知是不是错觉，看完电影，席与风的心情好像更差了。

等江若从洗手间出来，席与风又恢复了平日里的状态，把笔记本电脑置于膝上，像是在处理文件。

江若走到冰箱前，打算给努力“工作”的自己拿瓶冰水。

忽然传来一道声音。

“各位老师好，我叫江若，今年十七岁，报考的是……”

将要碰到瓶身的手剧烈一抖，江若猛然转身，向沙发方向疾步走去。

“你在看什么？”起初还能维持三分理智，江若问，“你怎么会有这个视频？”

可席与风并不理会，而是继续往下看。

曾经听过无数遍、熟悉到闭着眼都忘不掉的旋律响起，江若呼吸一滞，大脑尚未发出指令，身体先扑上去。

他在未经允许的情况下碰了席与风的电脑，拍了几下空格键见视频没暂停，又推开席与风的手，自己摸触控板，企图移动光标将视频关闭。

席与风自是不会任由他胡闹，托着电脑举到身侧，另一只手捉住江若乱动的手："别闹。"

"我没闹。"江若急着关视频，连声道，"不要看，不可以看。"

没有理由的阻止无疑惹怒了席与风，他的声音沉下去："我不能看？"

江若一愣，呼吸还发着抖，手却慢慢卸了力气。

"本人就在这里……"找回一丝神志，江若的笑容却有些勉强，"还看什么视频？"

于是席与风松开手："那你跳视频上这支舞。"

沉默持续几秒，江若才开口："可以不跳吗？很晚了，楼下的邻居会有意见。"

如果放在平时，说不定真就这么算了，可江若忘了席与风骨子里是个极其强势的人。

前不久，江若刚挑战过一次他的权威，逼他在协议书上签字。当时江若就该知道，侥幸逃脱欠下的不会凭空消失，哪怕换作别的形式，也定会如数还回来。

何况他本来就没有拒绝的资格。

席与风看着他，用不容商榷的语气说："现在就跳。"

时针和分针一同指向数字十二，座钟发出旷远而笃实的声响。

稀疏月光透过窗户洒在地板上，江若在空荡的房间里跳了一支舞。

太久没跳，动作和节奏有些许生疏，但随着旋律起舞已经成为刻在骨血里的本能。他甚至曾想过，就算他死了，化作一抔黄土，那土也是会跳舞的，一阵风吹过来就往天上飘。

这支舞曾承载了他关于未来全部的想象，足以支撑他怀着一腔热血，长途跋涉来到这里。

后来他才知道，梦分两种，这里既是梦想起航的码头，也是噩梦开始的地方。

他听见很多声音。

这学的哪是跳舞，是媚术吧……大狐狸精生的小狐狸精……中途辍学也算舞蹈学院的高才生吗……主要是江先生过往留下的案底……他还蹲过局子呢……

渐渐地，耳畔的窃窃私语变成尖锐的叫嚣和嬉笑，最后沸成一锅烧开的滚水。

他逃不开，躲不掉，在众目睽睽之下，先是双脚踩进去，接着是腿、躯干、手臂，以及用来呼救的嘴和用以呼吸的鼻腔……

直至尾声，他整个人没进那锅滚水里，瞬间被吞噬。他睁大眼睛拼命扑腾，在缝隙中寻找氧气，急迫占据全部思绪，五内俱焚，痛如火燎。

被攥着胳膊从地上拽起来的时候，江若的灵魂和身体一起摇晃，有种被从水里打捞上来的迷茫。

席与风让他坐在沙发上，问他怎么了，是不是哪里不舒服。

江若摇头又点头，被扳直了肩膀，又垂低了脑袋，口中咕哝着什么，声音太小，根本听不清。

别无他法，席与风只好拍了拍他。

江若与他对视，或者在透过他看着别的什么人，嗓音破碎地重复：“跳了，我跳了……我跳了。”

终于听清，席与风却怔在那里。

江若做了个梦。

他梦到藏在脑海深处的记忆，画卷般在眼前长长地铺展，紧接着序幕拉开，里面的故事接踵而来。

先是一段模糊的影像，橱窗里一双白色舞鞋，一只属于小朋友的肉手隔着玻璃触摸它，无声的向往。

接着是空荡的练功房，学着开肩、压腿、下腰，有时会摔倒，“砰”的一声响，随后便是嘶声抽气，以及后知后觉的傻笑。

然后是路上、学校，非议声四起，那么多或嘲笑或不解的目光。母亲模样的女人，哭着劝他放弃芭蕾，哪怕跳民族舞，至少不用穿紧身衣，至少没那么“娘”。

后来，女人改嫁，胡子拉碴的继父总用奇怪的眼神看他，他害怕，向女人求助，得到的只有“忍一忍，我们还要靠他养活”这样的话。

再后来，一切就像开了倍速，潜意识里的逃避，让他即便在梦里也不愿想起。

只零零碎碎地，看见一些肮脏的东西，抹布、鲜血……还有伸向他，却并非为了帮他，而是要把他拽入深渊的手。

倏然睁开眼睛，外面天还是黑的。江若没有马上坐起来，而是盯着天花板，慢慢喘匀了呼吸。

那么小心，还是被发现了。

一只微凉的手搭在额头，江若条件反射地哆嗦了下，幸好那手很快撤离，床边的人也走了开去。

江若自己也探了探温度，应该是没发烧。

过了一会儿，那人去而复返，“嗒”的一声，水杯放在床头的动静。

眼看躲不过去，江若在心里叹口气，一边撑着胳膊坐直身体，一边说：“我没事，就太久没跳那支舞，体力跟不上。”

席与风一直没说话，不知听没听进去。

江若实在累极，已经没有闲心管他怎么想。他下床，走到客厅沙发旁捡起地上的剧本，就要返回客房，扭身刚想开口说什么，就见席与风拿起桌上的笔记本电脑。

江若差点又扑上去。

不过这回席与风没有打开的意思，而是举着它示意："是宣传部门做的视频，预备下个月先进行一波造势。"

江若愣了下，等反应过来席与风刚才不过是在审核宣传用的物料，顿时有种无地自处的尴尬。

即便如此，江若仍然记得最重要的事："能不能不用那段视频？"他不问这视频从何而来，只问，"如果可以的话，能不能不用它？"

原因暂时无法诉之于口，而且就算他愿意说，席与风也没兴趣听。因此江若只是试探性地询问，也没有指望对方立刻接受。

孰料话音落下没多久，席与风就应下了："那就不用。"

似是没想到他这么干脆，江若半晌才说："……谢谢。"

高温酷暑的天气，非但人类受不了，植物也熬不过去。

假期第一天，江若就起了个大早，把摆在阳台的几盆花草往屋里搬。

席与风洗漱完出来，看着江若忙进忙出，很难把眼前的人和昨晚跳了支舞就瘫倒在地的人联系到一起。

早餐还是三明治。江若自己做的食物自己嫌弃，咬两口就放下了，捧着牛奶杯慢吞吞地喝。

快喝完的时候，听见席与风问"今天忙吗"，江若顿一下，不太敢确定："问我？"

席与风："嗯。"

"不忙啊，放假三天。"说着江若看向阳台，"外面又这么热，只能在家睡觉了。"

席与风点头，没再说什么。

江若口中的"家"指的是出租屋。

剩下的两天半假期他打算回去待着，一来打理一下那边的植物，二来好好研究剧本揣摩角色。古装剧拍完立马就进电影剧组，虽然角色戏份不多，但毕竟是第一次上大银幕，马虎不得。

在这边他实在没办法静下心。江若拎上背包，打算静悄悄地走。

换个鞋的工夫，书房门从里面打开了。

看着站在门口的江若，席与风问："去哪里？"

"出租屋，那边花草可能也坚持不住。"

江若说着，把挂在一边耳朵上的口罩戴好。从这里到公交站台有一段距离，他可不想两天后变成块炭回到剧组。

盘算着路上找家超市买顶帽子，江若的手已经搭在门把手上，听见身后的席与风说："等一下，我送你去。"

还是那辆商务车，不过是席与风亲自驾驶。

江若习惯性地爬上后座，刚坐下忽然意识到什么，忙下车换到副驾位子。

席与风发动车子的时候看他一眼："不再睡会儿？"

满打满算昨晚只睡了四个小时，江若听到"睡"字就条件反射要打哈欠。

——憋住了，此刻的江若十分庆幸自己戴了口罩："不了，我不困。"

可是口罩遮得住张大的嘴，遮不住泛红的眼。江若全然不知自己此刻的样子落在席与风眼里，像又要哭了。

江若只发现席与风盯着他看了好一会儿，似在确认什么。

江若被他看得发毛，试探地问："要不我来开车，你去后座眯一会儿？"

席与风这才转开视线，踩油门，然后答非所问："你会开车？"

"会啊，大一就把驾照拿了。我还演过司机。"

这么说无非是想让席与风知道他拿驾照有段时间了，是个有四年驾龄的老司机。

不知道席与风怎么理解的，听完竟然评价道："那很厉害。"

很厉害的江若在小区前的窄巷口下车，往前走两步，身后传来脚步声，夸他很厉害的席与风也下车了。

"我自己上去就行。"江若冲他摆手，"你回去吧。"

席与风还是走上前："不是不忙吗？"

江若："啊？"

"有两张歌舞剧的票，下午的场次。"

"……什么剧？"

席与风从手机里调出电子票，递过去。

一眼就看到下方的"芳华剧团"字样，江若心说还挺有缘分："你们公司的员工福利？"

席与风面无表情地点头。

"免费的？"

"嗯。"

"那就去呗。"江若抬头望天，把来前的计划忘了个干净，"反正也没事可做。"

老小区没有电梯，江若没让席与风跟他上去，自己三步并作两步爬上六楼。给阳台的花浇了水，再挪到屋里，前后不过一刻钟，就下来了。

午饭在外面解决，去的是一家广式茶餐厅。

不知是不是想多了，江若发现端上桌的菜品多是荤菜，除此之外就是肉包子……不对，好像应该叫叉烧包。

还有甜味叉烧包，软而不绵，甜而不腻，江若很喜欢，一口气吃了三个。

下午坐到剧场里还在打饱嗝，江若发愁地打开某减肥 App，把吃过的东西挨个录入，计算卡路里。

距开场还有十来分钟，不断有人入场，周围人影攒动。

江若却能精准捕捉到席与风看过来的视线，那眼神仿佛在问——这么严格？

这种事没什么好避讳的，江若答道：“上学的时候更严格，每天都要上秤，有次重了二两，被老师罚跑操场二十圈。”

似是觉得这惩罚过分，席与风皱了皱眉：“现在你是演员，没人罚你跑步。”

“演员更要自觉。”江若隔着口罩捏了捏自己的脸，“观众想看的是仙风道骨，不是发面馒头。”

席与风笑了一声。

歌舞剧本身没毛病，原创剧本结构完整，音乐唯美，服化道也很用心，相比之下演员中规中矩的发挥也没拖太多后腿。

整场下来，江若的注意力几乎都放在舞蹈上，散场后，相比其他观众的意犹未尽，他却有些意兴阑珊。

因为他看见男舞蹈演员出现好几次失误，有两次很明显不是因为体力不支，而是熟练度不够。

换言之——练少了，这是舞蹈行业的大忌，台上一分钟，台下十年功，不是随口说说而已。

如果是他跳，定然不会出现这些问题。

回去的路上，车里放着舒缓的纯音乐，江若脑袋抵着车窗，望着外面快速倒退的城市夜景，忽然开口道：“那支舞，叫《无名》。”

没说是哪支舞，席与风便知道了似的“嗯”一声。

“是我自己编的舞。”江若接着说，“之所以叫《无名》，是因为它没有固定的跳法，不受任何约束，它可以有很多种样子。”

舞蹈是一种肢体语言，而语言是一种表达，既是表达，就与情绪的变化密不可分。

“我靠它被舞蹈学院录取，那天它是彩色的。后来它是蓝色的，红色的，偶尔是灰色。再后来，它被弄脏了，没有了颜色，我就……不想跳它了，也不想别人看到它曾经漂亮的样子，怕被对比，更怕被质疑。”

质疑他为什么放弃，又为什么忘记初心。

但江若没说出口。他觉得说到这里就够了，他不需要理解和怜悯，他只是想告诉席与风：我没有生气，也不怪你。

哪怕对方并没有道歉的意思，只是突然想对他好一点而已。

江若猜席与风应该听懂了，哪怕他自那一声之后，就静静聆听，再没发出声音。

他们回到那套大平层。

进屋深吸一口气，江若有种事情终于解决的轻松感。

闷热夏日的夜晚，就该跳进游泳池，什么都不想，埋头狠狠游上几圈。

怎么想便怎么做了，江若把背包丢在地上，一个前跳扎进水里，世界上便多了一尾畅快的游鱼。

一口气憋了二十多秒，蹿出水面时正离岸边不远，江若看见席与风坐在躺椅上，手边意外地不是烟，而是酒杯。

江若曾在拍戏的时候见过这样的杯子，厚底广口，好像叫古典杯，一般用来喝加了冰块的威士忌。

冰水爱好者江若舔了舔唇，扬声问："好喝吗？"

席与风没有回答，而是起身，走到岸边，把杯子递给他。

靠在岸边的江若配合地扬起脖子，任由玻璃杯口贴上来，冰凉的液体自舌尖滑入喉管。

起初的顺滑口感被紧接着冲上脑门的辛辣取代，江若甚至有一瞬间眼前发黑。

他听见岸边的人低声笑，问他："好喝吗？"

江若一手搭在岸边，一手捂嘴，咳着咳着也笑起来。

他眼里噙着水，仰头看向席与风："好喝啊。"

假期第二天，江若起晚了些。

打着哈欠从客房出来，看见席与风坐在餐桌前，很难不惊讶。

"今天不是周一吗？"江若拿起手机确认，"是周一啊，你不去公司上班？"

席与风看他一眼："谁说上班一定要去公司？"

江若懂了，居家办公。

老板就是任性。

刚撸起袖子要进厨房，听见席与风说："早餐一会儿到。"

江若眨眨眼，不太信的样子："外卖小哥上得来？"

高档住宅安保严格，江若曾经尝试点过一次外卖，送餐小哥被保安拦住不给进，好不容易电话沟通放行，又上不了需要验证身份的电梯。

最后是江若跑下楼去拿的，一顿外卖比自己出去吃还麻烦，让江若自此打消了点外卖的念头。

也因此对席与风口中的送上门的早餐格外好奇，江若洗脸刷牙之后就坐在客厅一门心思等，听到门铃响时一个激灵，开门见是席与风的助理，脑袋又耷拉下去。

等施明煦从身后拿出纸袋放在桌上，江若的眼睛再度亮了起来。

助理是来送文件的，顺便完成上级的指令——去茶餐厅买早餐。

人走之后，江若一面咬着热乎乎的叉烧包，一面问："席总这算不算假公济私？"

好些日子没听他用这带有几分戏谑的称呼，席与风想了想："不算。"

毕竟有开工资，而且今天是工作日。

吃完早餐，江若"深明大义"地推席与风去工作："不是说在家里办公吗？你电脑呢？"

等席与风打开电脑坐下看邮件，江若便坐在旁边，有一搭没一搭地跟他说话：

"这边什么都好，就是外卖小哥没法上来，你们有钱人难道不吃外卖吗？

"话说你怎么知道我喜欢吃肉？不过其实我什么都吃，不挑食。

"新剧组大家都不熟，好久没打牌了……你最近没有应酬吗？就是上回那种聚会。"

席与风把视线从屏幕移到江若身上，见他手指在腿上无意识地敲，好像真的手痒想摸牌，笑一声，说："玩上瘾了？"

江若坦诚道："准确地说，是对赢钱这件事上瘾。"

可惜今天周一，而且这会儿太阳当空照，大白天不好攒局。

江若看了半上午剧本，休息时间拿着好不容易找出来的电视机遥控器盘弄，又想试语音控制。

席与风处理完邮件，正打开一份上午刚送来的文件，见江若一副跃跃欲试的样子，道："语音控制是开启的状态。"

江若立马坐直："是有什么专属口令吗？"

"它会识别声音。"

"哦，我懂了，和 Siri 一样。"

席与风以管理者身份进入后台，让江若对着系统说几句话，将声纹录入。

于是之后的半个小时，江若乐此不疲地和智能系统互动，"打开电视""关闭客厅窗帘""扫个地"，甚至"你叫什么名字""你是男的吗""可是你声音好甜哦"……

回应时有时无，面对系统偶尔的无言以对，江若向席与风提议：“不如给它取个名字吧，不然它都不知道我在喊它。”

席与风但笑不语。

又玩了一阵，江若突发奇想喊：“芝麻开门！”

本是玩闹之举，门真能这么开岂不是早就遭贼了？

谁想话音刚落，大门“嘀”的一声响，应声而开。

手上拎着满满两大袋菜的方姨走进屋，抬头就看见客厅沙发上的两个人满脸诧异地盯着她看，仿佛她是魔术师大变出来的活人。

花了点时间弄明白席与风大周一的为什么不去上班，方姨一面将购物袋里的东西往外拿，一面打量在水池边帮忙洗菜的江若。

“那小伙子你——”

没等她问完，江若自报家门：“我叫江若，阿姨你可以叫我小江，我是席与风的债务人。”

到底只把自己当保姆，方姨很是淡定地点点头，转身打开冰箱，把做好的熟菜往里放。

临近正午，席与风进书房接了通工作电话，又和下属开了个短暂的视频会议，回到客厅的时候，离厨房还老远就听见方姨的笑声。

江若也没想到光是讨论做菜心得，就能将阿姨逗得这么开心。

“小风高中毕业之后就出国了，在外求学那几年都没吃上什么好东西。”

“这不是吃上了吗？虽然至少有一半进到我肚子里。”

“有你在我反而放心，他一个人的时候啊，经常把菜放到变质都想不起来吃。”

“这不暴殄天物吗……阿姨您放心，以后我就算不在这儿，也会提醒他吃冰箱里的菜。”

话题始终围绕着席与风，方姨总是不放心，问江若菜的口味怎么样，哪些席与风伸筷子比较多。

江若想了想，说：“我感觉他不太吃得惯中餐，而且不喜欢重口油腻。”

“怎么会！”方姨惊讶，“他喜欢吃红烧肉，要肥瘦相间的五花肉，还要多放糖，是夫人告诉我的呀。”

关于席家的八卦之前从林晓那儿听过一些，江若拿不准方姨口中的“夫人”指的是哪位。

方姨便解释道：“夫人当然是小风的亲生母亲。她可是个好人哪，只可惜真心错付，那会儿为了老爷，她连小风都能扔下不管……”

说到这里，忽然一阵叩门声，扭头看去，是席与风。

视线相交时，江若一时怔住，因为席与风近乎冰冷的眼神。

“我来倒杯水。”席与风说着，从旁边的碗碟架上拿起一只杯子。

后来江若想起，吧台那边也有水，没必要舍近求远特地跑到厨房。

这么做的原因显而易见——不想让江若继续听。换言之，方姨要说的那些，江若不可以知道。

是一种把他当外人提防的戒备，虽然这样理所当然，但作为被防备的一方，难免有些不适。

午饭后方姨离开，走之前拜托江若盯着席与风好好吃饭。

“这孩子从前受了太多苦。”方姨也不再多说，“现在日子好过了，没那些束缚，我也不希望他总是不开心。”

上了年纪的人总把吃饭当作第一要紧的事，江若曾经也这么认为。

可是他不知道这“苦”是哪种“苦”，更不知道席与风眼中到底有没有真正的要紧事。

江若只感到一种无从下手的茫然。

不过到底只是个小插曲，加上早有心理准备，一场午觉醒来，就算翻篇了。

下午江若去了趟超市，采购吃的喝的及生活用品。

结账的时候拿了几支水果味冰棍，回去先把它们摁进冰箱，摁完江若顺手拆了支塞自己嘴里，关冰箱门的时候，看见席与风正从书房里出来，便问他：“吃冰棍吗？”

席与风看他一眼，说：“你吃吧。”

江若便连吃两支，算上席与风那份。

晚餐前肚子就开始隐隐作痛，多半是胃受了凉。也不能全怪他贪嘴，这两天又是睡沙发又是泳池玩水，跳舞的时候还出了一身冷汗，这会儿的身体不适，反倒让江若有种“病魔终于降临”的落定感。

本没打算告诉席与风，但许是饭量减少得太明显，收拾碗筷的时候，席与风问：“不舒服？”

既然他问了，江若也不瞒着：“冰棍吃多了，胃有点疼。不过没事，一会儿就该好了。”

席与风什么也没说，半个小时后，施助理今天第二次上门，来送药。

江若看着满满一袋的胃药，眼珠子都快掉出来。

“席总没说是什么引起的胃疼，稳妥起见，我就把能买的胃药都买来了。”施明煦说。

人走之后，江若把药盒一个叠一个摞起，再“哗啦啦”地碰倒，感叹道：“这下可真是假公济私了。”又偏头对席与风说，“席总记得给施助涨工资啊。”

席与风没理会，而是走过来，从一堆药盒里翻出对症的递给江若，就两个字：“吃药。”

江若其实没有身体不舒服就吃药或者去医院的习惯，他习惯硬扛，反正人体有自我修复功能，小毛病都能靠时间自愈，还省钱。

因此他从小到大别说进医院，吃药次数都屈指可数。小时候学跳舞难免磕磕碰碰，有一回江若转圈转晕了，停下来的时候腿一软，摔倒前栽时脑袋正好磕到旁边的凳角，霎时飙血。

当时舞蹈老师吓得不敢妄动，忙把他家长叫来，家长为了省钱没带他去医院，就用纱布简单包扎了下，没两天就愈合了。

不过留了疤，在左边耳鬓发际线位置，指甲盖大小，平时有头发挡着看不见。并且江若总是怀疑自己学习成绩一般是因为那次磕坏了脑子，不然当年说不定还要纠结一下到底选华清大学还是去舞院。

就算最后还是当演员，宣传时也可以拿高智商当噱头，难道不比那个十七岁的录取考试视频强？

想到这事，江若一面不情不愿地按照说明书抠出两颗胶囊，一面问：“那个视频……就是那个宣传物料，最后怎么做的？”

席与风就打开笔记本电脑，播放给他看。

看得出来宣传部门尽力了，除了在校时的几段舞台表演，还把江若参与过的影视剧片段几乎都剪了进去。

包括群演龙套。

三分钟不到的视频，最后几十秒江若是闭着眼睛听完的。尴尬到自己不忍心看，还不让席与风看，伸手去捂他眼睛：“别看了别看了，都是黑历史。”

席与风不由分说捉了他的手，移开，坚持看到最后一秒。

进度条终于跑完，江若叹气：“给孩子留条底裤吧……”

晚上，病人江若和席与风聊天。准确地说是他说单口相声，席与风偶尔应一声。

连续好几句没被搭理，江若突发奇想，尝试喊道：“关闭席与风的电脑。”

电脑自是不会听他指挥，倒是席与风听到这指令笑出了声，然后合上手中的笔记本电脑放到床头，躺了下来。

难得什么都不干的晚上，一种空虚感油然而生。

一空虚就想吃东西，江若坐起来，脚还没着地，就被身旁的人叫住。

“去哪儿？”

“拿根冰棍。”江若主动交代，“胃已经不疼了。”

席与风问：“就那么好吃？”

“好吃啊。”江若笑着说，“跟你们有钱人不一样，我们穷人习惯抓住机会一次吃个够。”

沉默片刻，席与风说：“明天再吃，没了再买。”

一时找不到反驳的理由，江若只好放弃。

但还是要走，江若抱起枕头：“行吧，那我去睡了。”

这晚，一向好眠的江若失眠了。

可能是因为明天下午就要回剧组，之后一个多月都没得休息。也有可能是因为吃药了，明天起床得先看看那药的成分表。

城市的夏夜听不到蛙声，耳畔飘着几缕微弱的蝉鸣。

人在睡不着的时候，脑袋里总是控制不住地回想一些近期发生的，却被忽略掉的细节。

比如席与风心情不好的那天，也曾拉住他，让他坐着别动。

原来并不是觉得他有多特别，而是需要陪伴。

这样想着，江若忽然想起“穷人习惯抓住机会一次吃个够”这个没有科学依据的结论。

困意来袭时，江若迷迷糊糊地想，要是陪伴这种事，也能一次要个够，就好了。

第六幕

刺刀还是毒药

假期最后一天，江若和席与风闲聊：“本来想放松一下，结果……”

站在旁边的席与风接话：“结果？”

“结果太忙了。”江若笑起来，“除非你不工作，我去哪里你就跟到哪里。”

“可以是你不工作，待在家里。”

手上动作顿了下，江若兀自笑着：“我可不想每天待在这儿。”

席与风没回应，江若抬头，对上那双淡漠如初的眼睛，不禁松一口气。

“而且，我还要拍戏呢。也是在给你赚钱，你们资本家就知道压榨员工。”

席与风一早就去公司了，安排了车让老刘送江若回剧组。

枫城夏季雨水多，古装剧的外景拍摄一再被耽搁，假是不可能再放了，导演焦头烂额地拉着跟组编剧改场景、补情节，把能放到室内的都改到室内，争取按原计划结束拍摄。毕竟大家之后的档期都安排满了，没有多余的时间在这里耗着。

修改剧本意味着台词也有变动，这些日子江若除了拍戏、吃饭、睡觉，几乎都捧着新剧本。由于看得细、钻得深，还发现了其中几个和原剧本有出入的逻辑漏洞，告诉跟组编剧时，那小姑娘感动得差点拉他转行写剧本。

江若摇头道：“不了不了，这要是给我写，不可能出现男二为了女主牺牲自己的情节。”

跟组编剧好奇：“那要是你，会怎么写？”

江若想了想：“我会让男二遁入魔道，搅弄风云，然后发动战争，把女主从男一那儿抢过来。”

跟组编剧一脸震惊：“没想到江老师柔美的外表下，藏着一颗如此狂野的心。”

江若哈哈大笑。

实际上该剧男二的人设和江若本人相去甚远，演起来不太拿手，也因此江若格外用心，在运用表演技术的基础上，竭尽全力和角色共情。

这天拍一场重头戏，也是男二的高光时刻——在他选择放弃女主，将要前往山中闭关修行之时，恰逢女主被敌人掳走，他以身犯险前往魔界相救，最后女主被随后赶来的男主救下，他却因为起初的寡不敌众受了重伤，未待回到天界就身亡殒命。

咽气前，手中还握着女主小时候送他的一枚铜铃铛。

一场雷雨交加的戏，恰逢外面电闪雷鸣下起暴雨，可谓天时地利。

虽然拍摄不算很顺利，雨一时大到摄影机没办法对焦画面，后来雨势减弱，才重新给演员们收拾造型，断断续续拍完。

收工已是深夜，雨刚停不久，参与拍摄的演职人员都精疲力竭，戏份最重的江若尤其疲惫。浸水的发套和戏服山一样压在江若身上，加上刚才又是舞刀弄剑又是嘶声大喊，这会儿早就没了力气，导演喊“咔”之后，他就瘫倒在地。

小沈抱着毯子挤进人群，一把没把江若拉起来，慌道：“江老师你怎么样？”

最后是演男主的演员上来搭把手，和小沈一起把江若扶了起来。

许是这场戏让众人对江若这个“资源咖”有所改观，男主对江若的态度也比先前好些，告诉小沈说：“他刚才摔了好几次，回去看看有没有哪里受伤。”

等江若从更衣室里换了衣服出来，小沈就要送他去医院。

“哪儿这么严重。”江若脸色煞白，说话有气无力，“就磕了一下，睡一觉就好了。”

小沈不敢懈怠，让他坐下，抬脚，挽了他的裤腿去看。

然后不禁倒抽一口气，只见那小腿上虽未见血，却遍布瘀痕，一双膝盖也因拍了好几遍执剑跪地的戏磕出大片青紫，砂红色的血点密密麻麻分布在皮下，十分触目惊心。

江若坚持不肯去医院，小沈拗不过他，只好从隔壁的药店买了活血化瘀的药膏。

回去的路上，江若见小沈一手扶着他，一手举着手机像要给谁发消息，先一步提醒道：“不要汇报给施助。”

施助知道了，席与风就也知道了。

小沈有些为难：“可是……”

江若说：“没关系，等一觉醒来，我告诉他，绝不让你被记过。”

话虽这么说，其实江若并没打算告诉席与风。

上周听闻席与风近来很忙，连睡觉的时间都被挤压，江若自觉这点小事不该打扰他。

再说他又不是医生，来了也没用，到时候少爷习性上来了往那儿一躺，还得江若伺候他的饮食起居，何苦呢。

于是回到宾馆房间，江若便迫不及待地睡下了，想着一觉醒来伤应该就好得差不多，权当这事没发生过。

这一觉只睡了不到两个小时，半夜倏然醒来，睁眼的那一刻，通过全部感官反馈到大脑的信息都在告诉江若——你太天真了。

腿疼，头疼，甚至连腰都开始疼。

江若撑着胳膊慢吞吞坐直身体，站起来的瞬间只觉天旋地转，要不是扶住墙，怕是已经摔了。

感受到脚踝位置传来的刺痛，江若垂头看去，发现自己的左脚已经肿成馒头。

当时正拍打戏，从高处落地的刹那，江若只察觉着力点不对别到了关节，为了不耽误拍摄他没跟任何人说，没承想竟然真扭伤了。

在这个节骨眼上，他首先想到的是，明天可能没法正常拍摄了。

光坐回床沿的动作，就让他痛到咬紧牙关，后背冒出涔涔冷汗。伸手去够床头的水杯时，看见手臂上几处斑驳见血的擦伤，江若竟苦中作乐般地笑一声，心说这片酬要少了，又是帮改剧本又是受伤，回头得让剧组加钱。

正想着，忽闻几下很轻的叩门声。

江若先是愣了下，然后再次站起来，扶着墙单脚往门口蹦。

他以为是小沈来了，先前江若没胃口不想吃东西，她说晚点把吃的送到他房间。

因此门刚开启一条缝，江若就说："我还是没胃口，你自己吃过早点睡——"

接下来的话语就此消失，因为站在门口的不是江若预想的那个人。

门什么时候打开的，江若也不知道，他只闻到来人身上风尘仆仆的气息。

借着门内的灯光，席与风自上而下扫视站不稳的江若，眉心蹙起："怎么回事？"

顷刻的恍惚，让江若除了"你怎么来了"，说不出别的话。

他有一种置身梦境的不真实感。不是从未设想过这样的场景，只是每每刚起了个头就被他掐断，然后不由分说地碾个粉碎。

席与风在发现江若身上其他伤痕时面色更阴沉。

低头看着江若，席与风又问一遍："怎么回事？"

被这样一双眼睛盯着，任谁都说不出谎话。

江若只好如实交代："就拍戏弄的，下雨看不清路，也不知道磕哪块石头上了。"顿了顿，补充道，"当时没什么感觉，回来才发现肿了。"

"骨折？"

"哪能啊，就扭到了，没看我刚才还走路呢吗？"

怕给小沈招祸，江若尽量轻描淡写，可席与风还是绷着一张脸。

江若试图扯开话题，问他怎么会过来，席与风说："路过。"

弄得江若没忍住笑："席总是要在这儿附近安家吗，怎么总是路过？"

席与风没回答，冷冷一眼瞥过来，仿佛在说——还笑得出来？

江若小声咕哝：“这不是为了不让你的投资打水漂嘛。”

被问到还有哪里受伤，江若压低唇角收了笑，正色道：“比起皮肉上的伤，还有一处伤，更严重。”

席与风问：“哪处？”

“心伤啊。”江若做捧心状，“今天拍的剧情可太虐了，我舍命救女主，女主依然无动于衷，看都不看我一眼，你说伤不伤。”

席与风：“……”

“不过现在好了。”江若弯着眼。

分明是笑模样，席与风却看到他眼角泛红。

以往这种时候，江若都会偷偷躲起来，不让任何人看到。就算实在想找个人倾诉，实在需要安慰，这个人也不该是席与风。

而席与风却在想，原来他也会受伤，原来他并没有看起来那么坚强。

江若听到席与风低沉到近乎温柔的声音：“好了，没事了。”

天边浮起一线暖色调的白。

江若侧身朝里躺在床上，指腹悄悄地在眼角磨蹭，试图藏匿某些痕迹。

即便神志昏聩，他的耳朵也一直竖着，听见席与风在屋子里走动的声音，还有卫生间传来的水流声。

过了一会儿，脚步声再次靠近，江若忙将眼睛闭紧，感觉到一只手探上额头，停两秒移开。

紧接着，他听到将车钥匙从桌上拿起的动静。

江若没忍住，出声问：“你要走了？”

席与风站在门口：“嗯，走了。”

江若半颗脑袋埋在被子里，因此看不到对方的表情。

他闷声说：“哦，那你走吧。”

江若再次睁开眼，听到刷卡开门的动静。

慢吞吞地转过身来，入目一道白衬衫黑西裤的熟悉身影，江若稀里糊涂地嘟哝：“你不是很忙吗？”

席与风没理。

“你是不是回来看看我……是死是活？”

叹了口气，席与风走到床边：“你这张嘴。”

语气里并无责备。

江若接下来这一觉，足足睡到日上三竿。

云收雨霁的天气，拉开窗帘就有大把阳光洒进。江若手忙脚乱地找鞋穿，听到席与风说已经帮他向剧组请了假，直接愣在那里。

“请假……请了多久？”

“三天。”

“拍摄怎么办？我还有好几场戏。”

“延后了，他们先拍别的。”

“那……那这三天，我干点什么？”

这个问题略显多余，席与风还是回答了：“静养。”

可江若闲不住，就一条好腿也要在屋里来回蹦，看着席与风对着电脑屏幕心无旁骛，更有一种就自己无所事事的紧迫感。

江若找碴儿般地问：“那这三天，你干什么？”

席与风抬眼看他，淡淡地说：“我也静养。”

中午小沈来了一趟。

江若去开门，趁席与风在屋里闭目小憩，问小沈昨晚到底怎么回事。小沈如实交代：“您受伤了，我实在不放心，就把这事告诉了施助。”

江若一脸“果然如此”，又问是什么时候告诉施助的，小沈说凌晨两点多。

接着确认了剧组那边的工作安排，江若摆出凶神恶煞脸：“不是说听我的话吗？让你别告诉那边，你偏要先斩后奏！”

小沈自知理亏，垂头道：“可是您不肯去医院，万一有个好歹……”

无非也是担心他的身体。

江若本也没生气，但警示还是要给到。

“那你告诉施助也没用啊。”他耸肩，“就算席总人来了，我也不可能去医院，这世上能管住我的人恐怕还没出生。”

说完发现小沈的眼神似有躲闪，江若后背倏地一凉，转过头去。

就在身后几步之遥的地方，席与风单手抄兜，没什么表情地看着他，嘴角却微微扬起，像在说——哦，是吗？

整整半个下午，江若都安静极了。

他把小沈送来的食物收拾好，按说明书吃了消炎药，然后拆开药膏给自己抹。

烧来得快去得也快，这会儿江若已经恢复了力气，抹药的过程如同完成一套体操动作，摆了好几种一般人做不到的高难度动作，折腰，拧胯，胳膊翻转 360 度……丝般顺滑，尽显身体的柔韧性。

抹完神清气爽。

江若把已经翻烂的剧本又拿起来看，一遍又一遍背诵早已烂熟于心的台词，还不忘分心留意旁边的动静。席与风一直捧着电脑工作，偶尔出去接电话，回来时身上的烟味必浓几分。

晚餐还是小沈送来的。影视城周遭人多嘴杂，为了江若未来的发展，低调行事还是很有必要。

吃的是去过的那家茶餐厅的外送餐点，虽不比堂食新鲜热乎，却也比周围小饭店的粗糙家常菜强得多。

江若却吃得嘴里没味，又开始怀念路边摊的烟火气。

他咬着筷子向席与风提议："我们后天去吃烧烤怎么样？"

席与风发现重点："后天？"

江若当即改主意："算了，还是不去了，吃了又要胖。"

虽然不常见面，但两个人好像都适应了这种相处模式。

天色暗下来，江若打开前不久刚从网上淘的二手投影仪，挑了部电影，点击播放。

这时候就要感谢宾馆的墙壁是简单素净的白墙，不需要幕布投影效果也不错，泛黄的墙壁甚至给电影画面增添了一种老旧的复古感。

和江若挑的电影也很搭，这次看的是《利刃出鞘》，看了开头五分钟席与风就笑了，问江若是不是就喜欢看这种有钱人尔虞我诈、自相残杀的戏码。

江若非常无辜："我哪知道你们有钱人这么会玩？"

这回的线索比上回埋得深，江若看得入神，席与风却靠在床头睡着了。

想必是因为昨夜几乎没睡。小沈说两点多给施助发的消息，席与风三点多到，江若算过时间差，应是接到消息就往这边来了。

把电影声音调小，江若蹑手蹑脚下床，扯起堆在一旁的被子盖到席与风身上。

席与风醒来的时候，电影还在播放。

画面上的黑发女孩看着墙上老人的遗像，口琴声响起，被驱逐出庄园的人们神情一致的木然，抬头往上看。

席与风动了一下，抬眼看见趴在床边的江若冲他做了个"嘘"的手势，再指指电影画面。

席与风就没出声，陪他看到画面出现黑底白字。

电影结束，当江若得知席与风醒来是因为被蚊子咬了手背时，显得有些窘迫。

“这儿蚊子多，开空调都不管用。”他起身找东西，背对着席与风翻地上的行李箱，“刚才看到关键情节，有点紧张。”

抹花露水的时候，江若见他面色不豫，不确定他是起床气没消，还是心情不佳。

后来是席与风自己没忍住，问：“什么味道？”

他罕见地流露出冷漠以外的情绪，江若很是稀奇：“花露水的味道啊，你没用过吗？”

席与风抿唇不语。

江若便明白了——没用过，这是第一次。

想来他们有钱人有更高级的驱蚊方法，犯不着搞得浑身都是刺鼻的香精味。

倒意外地激起了江若的玩心——举着瓶子像放佐料一样淋在他身上。

面对席与风无语的表情，江若笑得直不起腰：“这里蚊子毒着呢，不多用点，明天醒来肯定被咬成筛子。”

可是席与风有着自己独特的味道，也不会轻易沾染别人的，因此半根烟的工夫，那来自花露水的劣质香气就散了。

江若洗完澡出来，就看见白衣黑裤的席与风斜倚床头，跷起一条腿，夹着烟的手搭在膝上。

看起来完全不像会出现在这里的人，有一种与陈旧逼仄的房间格格不入的昂贵感，上次他在这宾馆的双标间时，江若就发现了。

或者更早，在江若认为他可望不可即的时候。

江若怕烟烧到别处，低头去看，被子上果然烧出一个焦黑的洞。

慌里慌张跳下床，按亮顶灯，江若攥着被子仔细瞧，手指伸进去拈出一撮粉屑状棉絮，哀叹道：“完了，破坏公物了。”

席与风看见他愁眉苦脸的样子，反而勾唇：“这不算公物，赔钱就是。”

江若笑了笑。

见他手里捏着一支未点燃的烟，席与风问：“真要学？”

“当然。”江若把烟和打火机一起递给他，“从点火开始。”

大概是第一次收到这样的要求，席与风在床边坐下，接过打火机，单指开盖，滑动几下砂轮。

顶灯已经关掉，火苗在眼前升起，从内焰的深蓝过渡到刺眼的明黄。

说不清在看什么，席与风停顿一会儿，把盖子“啪”地盖上，烟也塞回盒子里。

江若愣住：“干吗收起来……你不打算教我了？”

席与风语气淡淡的：“我什么时候答应要教你？”

“你是不是还把我当小孩？”

“嗯。”

“后天我就二十三了，我——”

江若自己收了声。

他看见席与风侧过身来，意味深长地看他一眼。

难怪说后天去吃烧烤。

像是自觉失言，江若翻个身躺到另一张床上，几乎是同时，听见那人很低的声音：“有什么想要的？”

他说：“我还得在这儿待一个月，你有空的话，给我的花草浇浇水吧。”

席与风的回应也干脆：“说点实际的。”

江若并不认为这个要求不实际，但他也确实想象不出席与风拿着水壶浇花的样子。

于是他又思考了下，说：“那就……当大明星吧。”

席与风低笑一声。

听这口气，好像还挺不情愿。

“想演电影？”

“怎么，席总打算把我送到好莱坞去？”

“看你自己的本事。”

“什么本事？”江若转过脸，看向身边的人。

席与风没回答，抬手按灭床头灯，狭小的空间彻底失去亮光。

黑暗中，江若听到即便没睡着也平稳规律的呼吸声，以及淡到听不出情绪的两个字：“睡吧。”

以往生日的前一个白天怎么过的，江若都记不太清。

这次亦然，他只依稀有印象，席与风开了一上午视频会议，听得他昏昏欲睡。

吃过午餐，面积小到容不下第三个人的房间里当真来了第三个人——席与风请来的医生，检查江若的脚是否真的无碍。

人走后，面对江若“你是不是想做世界上第一个能管住我的人”的疑问，席与风的回应是：“可以不去医院，但我没答应不让医生来。”

对此江若依旧是抬杠，具体怎么说的他自己也忘了，大概不是“我自己的脚自己不清楚吗”，就是“我们舞蹈家扭脚很正常”。

事实上扭伤恢复得确实很快，当天晚上，江若就能一脚高一脚低地下楼去买东西了。

买完东西回去，席与风没在屋里。

许是在处理什么事情，半个小时前他接了个电话就出去了。

江若胡思乱想着，门被敲响，开门见是小沈，又在小沈的指引下绕至宾馆后门，看见一台黑色的SUV，以及背靠车门衔着一支烟的席与风，江若有好几秒定在几步之遥的地方，不确定般地踌躇不前。

直到席与风摘下唇边的烟，踩灭，眼含三分笑意："不是想吃烧烤？"

车子驶出影视城时，江若透过车窗回头看。

从前他只能看到在门口等活儿的群演，今天才发现这地方车水马龙的热闹，有闪烁的霓虹招牌，有游客的欢声笑语，还有蹲守新闻的娱乐记者，以及等待偶像路过的粉丝。

而他们两个，却要远离这里的繁华喧嚣，去往未知的地方。

接下来的几个小时，仿佛游离在现实和虚幻之间。

他们来到距影视城约十公里的一条美食街，像是早就预约好，车直接开进去，停在一家烧烤店对面。

席与风提前表明态度："自己去吃，我在车上等你。"

虽然知道他这样的人不会轻易降低标准、改变原则，哪怕只是一顿饭，江若还是觉得这种把人送来吃东西，自己却连门都不进的行为堪称奇葩。

连带着胃口也变差，江若进店随便点了些东西，直接打包，不出一刻钟，便拎着打包盒回到车上。

面对席与风对飘出的味道做皱眉嫌弃状，江若理由充分："一个人坐那儿吃也太傻了，回去我和小沈分着吃。"

车子再度启动，走的却不是来时的路。

江若问去哪儿，席与风还是那听似疑问却十足笃定的语气："不是喜欢看电影吗？"

他们出来的时候已经晚上八点多，烧烤店兜一圈，再去往最近的商业中心，真正坐到影院里，已近零点。

只有一部国产文艺片可选，工作日的夜晚观众寥寥，他们选坐最后排，前面几对情侣各据一排，头挨着头，说着即便旁人听不见，也大致能猜出内容的悄悄话。

电影内容其实挺有意思，探讨人生、爱情，一些必须摔个狗啃泥才能懂得的道理。

许是体量不够的关系，内容显得有些琐碎，表达也晦涩，稍一走神就脱节了似的错过很多东西。但并不妨碍江若被某些情节打动，并记住了其中一句有意思的台词。

“离别才是真正的永远”——主角念出这句话时，江若不由自主地偏过头，看向身边的人。

席与风这次没睡着，仍然静静坐着。线条锐利的侧脸让他整个人显得极不真实，深褐色的瞳孔中映着银幕上变化万千的画面，像驻足在黑暗中的冷峻神明，俯瞰人间百态，却不受影响，不沾分毫。

散场时，江若摸出手机，看到几条新消息。安何卡点发来生日祝福，祝他新的一岁红遍大江南北，林晓也祝他寿比南山，问他什么时候有空一起去吃火锅。

这提醒了江若，让他开始后悔选了烧烤。听说市中心新开了家有双人雅座的火锅店，没那么吵，或许说几句好听的话，席与风会愿意纡尊赏光。

可是江若一向不会说好听的，因此从零点到现在，连席与风的一句祝福都捞不着。

回去的路上，江若随着车内舒缓的音乐摇头晃脑，叹息道：“时间过得真快。”

席与风则还是那句：“还有什么想要的？”

气氛正好，车内木质调的香氛熏得人喝醉似的发晕，江若哧哧地笑：“其实，我以前总以为你们有钱人平时不吃米饭。”

“那吃什么？”

“像电视里那样，肉眼牛排，鱼子酱，配八二年的拉菲什么的。”

席与风说：“要是喜欢，明天带你去。”

“不喜欢，不要。”江若缓慢地摇头，“又不是什么独一无二的东西，我才不稀罕。”

回去洗了个澡，江若头脑清醒不少。

已经冷掉的烧烤暂存在宾馆楼下的冰箱里，江若趴在床上玩手机，点进安何发来的链接，看到以自己的名字命名的超话，还有那个让他万分羞耻的宣传视频。

总共三个赞，其中两个是安何及其小号点的，还有一个是孟潮点的。

席与风说这只是前期准备，正式的宣发要等《莺飞》播出，郑依婷那边已经有系统的方案。

江若故意夸张地说：“那我就坐等冲上热搜，一炮而红喽。”

席与风没理会，而是不知从哪儿变出一个巴掌大的方盒子，丢到床上。

看着那盒子弹起又落下，正好掉在手边，江若一愣：“给我的？”

“嗯。”

“不会又是手机吧？”

席与风打算去洗澡，弯腰拿浴袍，起身时睨他一眼。

江若便笑：“今天怎么弄得跟断头饭似的，难不成明天就要把我的黑料都公之于众，让我以另类的方式走红？”

将浴袍搭在手臂上，席与风难得有心思同他开玩笑。

“那你打开看看，里面是刺刀还是毒药。”

自然都不是。

席与风洗完澡出来的时候，江若还在摆弄从盒子里拿出来的那条细链子，戴在脖子上好像不太对劲，绕在手腕上一圈太长两圈太短，很是尴尬。

正要问是不是买错长度或者送错了人，席与风上前，从江若手里将淡金色的链子抽走，手指捏两头抻平，接着俯身，屈膝半蹲下来。

江若还懵懵懂懂，不明状况：“我的脚已经好了……”

直到那链子被放置在脚腕上，沿着凸出的腕骨转一圈，恰好在另一侧扣上，江若才眨了下眼睛，总算明了。

轻盈的一根链子，戴了跟没戴差不多，只在晃动时，金属与皮肤摩擦，带来战栗般的细微麻痒。

“很适合你。”席与风说，“生日快乐。”

江若想把顶灯打开，被他阻止。

借着床头柔和的灯光，江若看见他一双冷漠而寂寥的眼睛，仿佛刚才的人并不是他。

江若觉得冷，于是翻身，裹紧被子，假装闻不到烟味，也听不到那平稳到刻意的呼吸声。

清晨，小沈敲开了江若房间的门。

“江老师生日快乐！”先送上祝福，小沈笑着说，“本想卡点送祝福，想着您和席总出去了，肯定不想被打扰。”

江若也笑起来：“没事，我手机过了零点自动静音，你打扰不到我。”

除了早餐，小沈还送来一个六寸大小的蛋糕。

“淡奶油加应季水果，刚做好就拿来了，这个大小两人吃应该正好。”

小沈办事向来妥帖，江若由衷地表示感谢。

走之前，小沈面带职业微笑：“祝二位度过愉快的一天。”

笑容里几分真诚让江若莫名惭愧。

蛋糕席与风只吃了两口，其余都进了江若的肚子。

没到午饭时间，江若又去楼下把昨晚的烧烤取出来热了，分一半给小沈，另一半带到房间吃。

大约是看在他今天生日的分上，席与风没有因为飘散满屋的孜然辣油味表现出太多不满，只问：“今天不算卡路里？”

江若吃得满嘴油："一年三百六十五天，只有今天可以理直气壮地不算。"

席与风笑了声。

下午席与风回去，江若送他到楼下。

上车前，席与风检查了江若膝盖和其他几处较为严重的伤，瘀痕都淡了，想必再有两天就能恢复如初。

接着视线往下，由于今天不用出门，江若穿了条宽松的沙滩裤，脚搭人字拖，这打扮任那链子再细再低调，也不免显眼。

江若也低头看："戴着这么精致的东西，应该给它配身礼服。"

席与风说："不用，这样就很好。"

江若今天难得话少，等人坐上车，才弯腰凑在车窗前："感谢席总百忙之中抽空送温暖，这个生日过得很开心。"

官方套话似的，听得席与风蹙眉："好好说话。"

江若扑哧笑出声："反正开心就是了，欢迎席总下次再来。"

席与风盯着他看了一会儿，像在确认他这话里有几分客气。

冷却也不过须臾，席与风松开胳膊，整了整衣领，说："回去吧，好好拍戏。"

江若很听话，接下来一个月都在认真拍戏。

经过上次拼尽全力拍的那场男二雨中身亡的戏，江若发现剧组上下对他的态度都明显变好。

以前都是见面只打个招呼的疏远客气，如今偶尔也有人问他要不要一起订早餐，或者拼桌吃小炒。

江若自是答应。

很快，众人就发现这个"资源咖"其实很好相处，从不拿自己的背景摆谱不说，人还特别接地气，整天除了戏服就穿 T 恤、大裤衩，天热就喊人运来一车西瓜，在大太阳底下一颗颗抱去洗，再切片分给大家。

还导游似的带着大家去吃周边便宜又大碗的家常菜，被问到怎么对这儿这么熟悉，江若也毫不遮掩："我以前是群演，这一片都被我蹲了个遍，能不熟吗？"

后来在江若的组织下，剧组有了固定的一拨人，每天下了戏就聚在休息室，点几盘蚊香，开两桌麻将，目的不在赢钱，而在于聊天逗趣，放松心情。

一个星期没到，连导演和编剧都加入进来，牌桌放不下干脆摆到外面，支一盏灯，在夏夜微风中插科打诨，倒也惬意。

这天收工后，牌桌刚支起，就见演男主角的演员陈沐新拎着一扎啤酒走过来。

江若和这位人气小生的交流仅在于戏内，以及上回摔倒站不起来时被他扶过一把，因此拿不准他此举的目的。

屋里众人也都看着他，弄得陈沐新面露尴尬，把啤酒放下，挠了挠头："你们这里还有空位吗？我也想学打牌。"

"赌场"来了新面孔，作为组织者，江若亲自下场接待。

本以为陈沐新说不会打牌是在谦虚，没想到上了桌，他摸一张牌就问江若应该放哪儿，弄得江若都没办法好好打牌，于是便喊了跟组编剧顶他的位子，一门心思坐在陈沐新身后教他。

这桌另外两个是导演和女主卫楚琳，见陈沐新当真一点不会打，导演笑道："前阵子还跟你父亲通电话，他让我别把你教坏，我那边答应着，这边就跟你一块儿打牌，你说说，让我怎么向你家人交代？"

陈沐新的父母都是演员，且跟导演多次合作，交情不浅，圈内众人皆知。

"这也不算学坏。"陈沐新平日里都喊导演"叔叔"，和他关系自然不差，"要是我爸再问起来，就说是为了融入集体。毕竟比起学坏，他们更担心我不合群。"

由于来自演艺世家，本身知名度和演技都有保障，陈沐新在剧组的地位天然比其他演员高一等。先前他给江若的感觉就是在演戏方面很有经验的小孩，平时也不跟大家说话，除了拍戏就是窝在休息室里不出来，很符合他出淤泥而不染的正派人设。

也因此听到这番"学坏"和"合群"之间的比较，江若没忍住笑出声。

陈沐新扭头看他，表情罕见地几分局促："江哥，你也笑我。"

说起来陈沐新虽然是老戏骨，却比江若还小一岁。想到先前初次听陈沐新改口叫他"哥"时的震惊，江若推他的肩让他转回去："你好好学，别给我丢脸，我就不笑你。"

陈沐新"嗯"了声，转过去继续苦大仇深地盯手中的牌，像在思考这花型代表什么，应该放在哪里。

之后好一阵子，陈沐新场场都来。

少数时候江若和他一起打，多数时候还是只能坐在他身旁"指点江山"。

某天，和他们坐一桌的女一卫楚琳突然发话："小陈，我看你平时背台词嗖嗖快，怎么麻将规则到现在都记不全？"

话是对陈沐新说的，江若却打了个激灵。

后来即便陈沐新说麻将和台词不一样，他不擅长这些牌类游戏，江若也没再坐在他旁边过，而是到处跑，哪张桌缺人他就去哪儿。

也有避不开的时候，比如这天，江若刚坐下，陈沐新就拖了把椅子过来，说昨天又一输到底，要向他学经验。

还递给江若一瓶冰饮料，江若常喝的那种，连小沈都没注意到他只喝这个牌子这种口味。

江若没接那饮料，正要故技重施起身开溜，忽然听见坐在对面的卫楚琳笑了一声：“跟谁学不一样？小江昨天还输给我了呢。”

趁陈沐新没反应过来，江若如蒙大赦般把他往卫楚琳跟前推：“对对对，跟卫姐学也是一样的。”

陈沐新人坐下了，视线还落在江若身上：“可是——”

卫楚琳适时插嘴：“话说小江你这一手牌技，不会是跟锦苑的那帮公子哥学的吧？”

江若一愣。

手里拈一张牌，卫楚琳偏过头冲他挤眼睛：“我可听说了，席总经常带你往那儿去。”

散场已是半夜。

江若特地落在最后，等人都散了，才去到拍摄场地旁的小路，敲开卫楚琳的保姆车。

卫楚琳在车里卸妆，没等江若道明来意，就开口道：“如果是来骂我的，那慢走不送。”

江若说：“我是来谢您——”

“那也大可不必。”卫楚琳说，“陈沐新太单纯，从不知道圈子里那些事，也从不把人往坏处想，我只是看不惯你这种人。”

一番话说得江若无地自容，但该解释的还是要解释：“我也没想和他做朋友。”

“最好是没有。”

卫楚琳放下手中的卸妆湿巾，视线从镜面转到江若身上，有一种“真不懂他欣赏你什么”的不屑。

“希望你知道，你和他不是一路人。”

后来江若从林晓那里得知，卫楚琳是陈沐新的表姐，只是两家人低调，没有对外宣扬过此事，因此粉丝看客们多不知情。

半个月后，江若的戏份拍摄结束，回程的路上，从包里翻出陈沐新硬塞给他的杀青贺礼——一只跳舞的小人偶，犯愁该如何处理。

不过留给他思考的时间并不充裕，老刘开车载着他回到市区，在一幢江若曾进去过的写字楼下停驻，等了约莫五分钟，后座左边车门打开，一身西装的席与风坐了上来。

一个月不见，他还是老样子，上车先扯松领带，重重地呼出一口气，然后闭上眼睛，掩盖满目疲惫。

江若说："再睡一会儿吧，到了我叫你。"

回到那套大平层，席与风才缓过劲，问江若这阵子拍戏是否顺利。

"不是每天都有给你发微信吗？"江若忍不住翻白眼，"我就知道你没看。"

接过江若递来的水杯，席与风说："看了。"

"那你不回？"

"没时间。"

"不知道是谁，一旷工就是三天。"

席与风笑一声："要不是那三天旷工，也不至于那么忙。"

江若抿唇，立马没了脾气。

晚饭后，江若推着席与风催他去休息，却被席与风带到靠东边的房间里。

印象中这里原先也是客房，衣柜、床铺一应俱全，几个月不见竟然大变样，家具、家电都撤了个干净，欧式复古墙纸也不见踪影，取而代之的是锃亮的镜面，以及贴墙的一排木质扶手。

地板也换了新，踩上去微微发软，是塑胶材质，目的是防滑减震，常用在舞蹈室。

江若愣神的工夫，席与风已经将他带到房间的正中："这已经是最大的房间了，虽然做舞蹈室还是小了点。"

听到"小"字，江若才有反应，迟钝地摇了摇头。

小时候他待过的舞蹈室也不过就这一半大，后来进入舞蹈学院，还得提前预约，挤破头才有机会抢到一间舞蹈室。

并且只是某个时间段的使用权，舞蹈室并不属于他。

而他现在待着的这个房间，是为他创造、为他存在的，他可以在这里尽情跳舞，不用担心抢不到，也不用担心到时间会熄灯打烊。

举目四顾，镜子里映着一张蒙然呆滞的面孔。

此刻江若才有实感——席与风送了他一间舞蹈室，帮他实现了延续十多个生日的愿望。

夜晚，在新舞蹈室里跳完一支舞的江若累得趴在地上喘气，听见席与风问是否满意这个迟到的生日礼物，江若又怔住，半晌才开口："那，那条脚链……"

席与风语气平淡："谁说生日礼物只能送一件？"

"那你怎么知道，我想要一间舞蹈室？"

"猜的。"

"我不信。"

太久没有这样尽情地跳舞，江若兴奋得脸都红了，因此说着与耍赖无异的话，落在席与风眼里，就有一种别样的鲜活。

"因为在发光。"席与风说。

江若没听懂："什么发光？"

"和上次看别人跳舞的时候一样，眼睛里有光。"

离开剧组的第一个凌晨，沉睡的前一刻，江若脑海中没来由地浮现卫楚琳说过的话。

梦里，江若看见自己走向悬崖，原本只是好奇下面究竟有多深，却听到了脚下石块松动的声音。

第七幕

故事推着人向前走

江若第二天日上三竿才醒。

江若起床后先跑到阳台去看他的植物，惊奇地发现非但没死，还都活得生机勃勃，有几盆甚至发了新叶。

正值周末，席与风下午有应酬局，江若露出一种高深莫测的笑容。

席与风知道他在想什么：“你的植物是方姨在照顾，我没管过。”

江若还是弯着嘴角，故意拉长了调：“哦，你——没——管——过——”

席与风：“……”

刚结束长达三个月的拍摄，江若这次不跟席与风一起去。

把人送到门口，江若不忘叮嘱：“如果打牌的话，可以视频连线我。”

“让你把我的生意伙伴得罪光？”

“不，我现在懂事了，可以教你如何不着痕迹地喂牌。”

席与风笑：“要喂也是他们给我喂。”

开门的时候碰到被江若丢在门口还没来得及收拾的背包，敞口处滚出一瓶喝了一半的饮料和一只造型奇特的布偶。

低头看一眼，席与风先一步弯腰将其捡起，拿在手上问：“这什么？”

江若没来由地心虚：“就，就玩偶啊。”

“哪来的？”

“影视城……附近的夜市买的。”

“它在跳舞？”

“应该……是吧。”

和陈沐新有关的事，江若一个字都没跟席与风提，出于他自己都搞不清的心理。

现在想来多半是怕事，而且这种小事席与风哪有闲工夫关心。

果然，随便问两句，席与风就将那玩偶还给江若。

把人送走后，江若关上门，打算先找地方把这棘手的东西处理了。

毕竟是别人送的礼物，丢掉、卖掉都不合适，但放在眼前更不对劲。

再三琢磨，江若决定把玩偶挂在舞蹈室的窗边，偏僻的角落位置，无论窗帘拉开还是合拢，从正面角度都看不见。

也算是没辜负人家的一片好意，收拾完的江若长长舒了口气。

这次古装戏的拍摄周期比预期的要长，本周《莺飞》播出要跟几趟路演，接着无缝对接电影拍摄，满打满算，还有四天休息时间。

次日中午江若约了安何吃饭，听江若讲述完之后的安排，安何受宠若惊："那我岂不是占了你宝贵假期的四分之一？"

江若语气凉凉地说："是八分之一，吃完就得回去。"

安何看到江若脚腕上的那条链子。

"这链子我见过，F 牌的限量款。"安何弯腰凑近了观察，"这是两条手链拼的吧？设计得好巧妙。"

江若往回收左腿，两脚交叉在椅子下方，不甚自然地说："几天不见，你懂的越发多了哦？"

安何直起腰："孟潮有个妹妹，很喜欢这个牌子，给我科普过。"

江若惊："你见过了？"

"嗯，不是亲妹，是比我大三岁的漂亮姐姐，我第一眼瞧她就觉得亲切，后来她也说，总觉得在哪儿见过我。"

"……认哥不够，还要认姐。"

安何笑嘻嘻："当然不是啦，我跟她说，可能上辈子我就认识她。"

江若无语："敢情我今天约你出来，是为了听这个？"

"你也不差啊。"

沉默片刻，江若给自己找补："谁不想出道就拍电影，半年就跻身二线。"

安何附和地点头："是啊，都是为了钱。"

听说席与风送了间舞蹈室给江若，安何叹道："多好的机会，你怎么不趁机问他为什么这么支持你？"

江若回答安何的问题，其实是在说给自己听："我何必想那么多，投桃报李让他开心，不就好了？"

作为不折不扣的行动派，江若当天就去接席与风下班。

晚餐在之前去过的那家日料店。

服务员热情道："二位，这边请。"

江若："……"

回到住处，江若找了个瓶子灌上水，打算把回家路上买的花插上。

席与风从卫生间出来，站在桌旁看了会儿。江若以为他在看自己插花，抬头才发现他视线落在瓶子上。

江若便也去观察那瓶子，花纹繁复的珐琅彩花瓶，从细节能看出有些年代，但考究的做工和扎实的用材，让它直到今日都焕发着细腻夺目的光彩。

完全不像席与风这种书房布置得只有黑白灰三色的人会买的东西。

江若便大胆猜测："这是方姨带来的？"

又看了会儿，席与风说："不是。以前住在这里的人留下的。"

回想当年第一次路过这里，司机说这楼盘十年前就竣工了，再联系林晓给他讲过的关于席家的事，江若几乎能确定，这花瓶曾经的主人是席与风的母亲。

当时作为看客听着那些与他无关的豪门八卦，还能以"二龙夺嫡"打趣一番，如今亲眼见过当事人，靠近过他，见过他隐匿在黑暗中的孤寂，江若便很难再把这种事当成一桩茶余饭后的笑话。

晚些时候，席与风捧着文件坐在沙发上看，江若就削了水果做了果盘放在茶几上，坐在他身边。

几度抬头都撞上那道莫名关切的视线，席与风什么也没问，放下手中文件，转而打开电视，进入影视库，点开《莺飞》第一集。

江若当即抓狂："我不是要看这个！"

今晚《莺飞》在网络视频平台首播，江若本打算一个人躲起来偷偷看，这下直接公开处刑，可以说是极其崩溃。

趁还在播片头曲，江若命令道："关闭电视。"

席与风不动声色地按了下遥控器。

江若不屈不挠："关闭电视，别再打开了！"

席与风再按开机，并一键锁定语音控制功能。

江若被逼急，扑上去捂席与风的眼睛："演贼烂，求别看。"

还没捂上，就被席与风按住手不得动弹。

他用一种"真理来源于实践"的态度道："到底烂不烂，看了才知道。"

于是接下来一个小时，席与风看电视，江若背对电视坐着，看席与风的表情。

像极了上学的时候被老师当面批改作业，尤其是作文那种主观性极强，又极其体现笔者真实水平的作业。

好在席与风这人表情一向不多，对这偶像剧般的男女主感情戏，有种冷眼旁观的漠然。

只有一回不一样，江若看见他勾了下唇角，扭头去看，电视上正放到他饰演的谢方圆出场。

午后蝉鸣的盛夏，风吹动窗帘，少年在树枝间隙投下的斑驳光影中，后腿绷直，抬高手臂，修长脖颈向上扬起，用标准的动作和清澈的眼神，无声地诉说对舞蹈的热爱。

前两集刚播出，江若就收到了来自各界朋友的亲切慰问。

安何夸张地截屏了他出场的片段发到朋友圈，配文“我哥要火了”，并艾特他来看。

林晓也发来贺电，说贡献了十几条夸男二美爆的弹幕，那些问男二是谁的评论她也一个不落地回复。

郑依婷除了恭喜，还告诉他待会儿会短暂地上一下热搜，配合剧组“延续火热夏天”的宣传语，这边给江若准备的词条是“留住清爽男二”。

江若更羞耻了。

弹幕评论什么的他根本不敢看，索性眼不见为净地退出微博和视频软件。

他的微博官方账号一直是小沈在管理，先前发过一些不痛不痒的拍戏日常，想必今天会涨几个粉。

之前待过的群演群里，也有人发江若的剧照，众人三言两语把江若捧成群演之光，玩笑中也不乏真心祝福。江若在群里发了个红包，并答应之后如果还在枫城影视基地拍戏，一定尽力给他们拉活儿。

切出群聊，界面上又冒出一条新消息。

来自在杀青时加了他微信的陈沐新，说的也是恭喜，以及“谢方圆的出场是前两集最惊艳的一幕”。

发自真心的夸赞无疑令人动容，可是江若仍苦于该如何回应。

最后只回了句“谢谢”，切出去后左滑将对话框删除，就当什么都没发生。

看似平凡的一天过去，江若放下手机远离吵闹，缓缓呼出一口气。

“累了？”身旁的席与风问。

江若摇摇头：“没，只是觉得很不真实。”

有种一夕之间回到聚光灯下，被万众瞩目的感觉，暌违多年，仍然心悸。

对此席与风说：“这是你自己努力的成果。”

江若听了笑起来，偏过脸看向席与风：“我固然配得上这份荣耀，但席总您也功不可没啊。”

席与风也转头看他，语气几分玩味：“那你打算怎么报答？”

枫城的初秋只留一缕似有若无的燥热，顶层窗户大开，能听见不远处繁华道路上的汽车鸣笛声，还有模糊的音乐声，让人回想起盛夏时分一波接着一波漫过头顶的热浪。

这晚席与风的话稍多一些，他告诉江若，第一次看他十七岁跳舞的视频，就觉得灵气四溢。

江若则说，其实他喜欢跳舞的感觉，多过喜欢跳舞本身。

路演结束，江若不得不前往位于华国南部的一座小镇，开始为期半月左右的电影拍摄。

此时江若已经是拥有二十多万粉丝的新晋演员，《莺飞》的口碑和热度持续攀升，作为美强惨男二的扮演者，江若吃了观众热衷移情的福利，收割了一波不小的关注。

然而这个圈子向来是流量与危险并行，获得的曝光越多，就越没有隐私可言。

这天小沈刚向江若传达了郑依婷的提醒，让他最近低调行事，尤其注意和席与风的联系。虽然就算被拍到什么也可以花钱摆平，但他的演艺生涯刚有起色，终归多一事不如少一事。

江若当然明白这个道理，平日在剧组也十分小心。

可是这天下了戏，还是收到一个坏消息。

郑依婷急着和公关组开会，没在电话里多讲，只给江若发了条链接，说这条视频被人匿名发到八卦论坛，如今已经转载到微博。

江若点开链接——傍晚，室外，人群开外不到三米的距离，江若看见视频里的自己骑跨在一个人身上，拎着对方的衣领，一拳接着一拳狠狠揍下去。

后来有人拉架，那镜头拧到跟前，江若看见自己要杀人般的凶狠眼神，以及飞溅到脸上的斑斑血迹。

江若知道总会有这么一天，只是没想到会来得这么早。

此刻最庆幸的莫过于他并不怎么红，除非花钱买不然很难上热搜，打开社交网站搜自己的名字，也只看到几个营销号在转发这条视频，评论里大多在问“这是谁”。

讨论声集中在江若本人的超话里。有几个因为《莺飞》粉上他的姑娘在求证真实性，顺便互相安慰说经纪公司很快会发通稿澄清，还有人猜测是对家搞的鬼，然而被问到咱们对家是谁，愣是没人答得上来。

不过出奇一致地，她们都认为江若打人一定事出有因，理由很简单——那么漂亮的哥哥，怎么可能无缘无故打人？

江若是在前几天等戏的时候因为一条关于他的安利视频，无意间点进超话，才知道自己成了许多人的“哥哥”。

他觉得离谱，跑去问安何知不知道这事，安何见怪不怪地说：“这是对你的一种肯定，我另一个小号也是你粉丝，我们还有个群，按进群时间排号，我是你第十三号粉丝。”

江若当时很无语，心说这些小姑娘都怎么回事。

后来看习惯了就麻木了，眼下看到超话有人转发营销号的视频，评论“哥哥好美”被顶到热一，江若甚至没忍住笑了一声。

该面对的还是要面对，今天的拍摄结束，江若回到宾馆房间，微信上告诉郑依婷他这边 OK 了，没过两分钟，他被拉进一个群，紧接着开启群语音。

群里总共就三个人，席与风也在。不过他暂时没进语音，郑依婷说他在工作，回头忙完了来听结果。

江若有作为惹祸者的自觉，大气都不敢出一声。倒是郑依婷和和气气的，上来没有责怪，也没立刻质问他那视频是怎么回事，而是问最近的拍摄怎么样，在刘导的组里习不习惯。

江若如实汇报：“挺好的，就是电影和电视剧拍摄方法不太一样，刘导又比较精益求精，好几个场景都拍了多版本，今天还新加了个路人角色，拍摄周期怕是要延长。”

郑依婷“嗯”一声：“刘导是个会调教演员的导演，而且《悬崖》是他拿来冲奖的野心之作，肯定倾尽全力，你跟着他好好拍，哪怕戏份不多，也能学到不少东西。”

江若应下了。

《悬崖》是电影的名字，悬疑向剧情片，江若在其中饰演男主角身边的跟班，一个阴郁寡言的十九岁少年。

他们又聊了聊几个主演，以及市场动向。

郑依婷认为本片的男主多半会在年底颁奖礼上摘得最佳男主角桂冠，那么明年《悬崖》上映时必被冠上“影帝新作”的美名。这也是她当初看好这部电影的原因，本子好，主演强，哪怕只是个出场镜头加起来不超过十分钟的小角色，但凡表现过关，就有机会崭露头角。

“我听席总说了，你想演电影。”郑依婷说，“那以后咱们就往这方面靠，电视剧精挑细选地少接几部，你觉得怎么样？”

江若没想到席与风把这事都落实了。这是好事，哪有觉得不行的道理。

“行。”江若说，“都听郑姐安排。”

兜一大圈，才说回正题。

郑依婷先问江若有没有得罪什么人，往年的、近期的都算。江若想来想去也就一个张绍元，这个人郑依婷已经查过并排除了，毕竟上次被席与风警告过，还敢找事除非他不想在这个圈子混了。

“那多半是当年的围观群众发的，有些人单纯见不得别人好。”郑依婷说。

一个问题解决，接着下一个。

“你先把当时的情况跟我说一说，起因经过结果，不需要很详细，公关部那边已经出了几份通稿，我们根据情况选最合适的发出去。”

江若有些犹豫：“起因……有点复杂。”

许是发现他难于启齿，郑依婷说：“大致就行，不必太具体。”

又酝酿一会儿，江若才再度开口：“其实也没什么，就是些个人恩怨。郑姐你也知道，我之前留过案底，就是拜这个被我打的人所赐……他吸毒，有一回他把一袋大麻放到我枕头底下，警察搜证的时候搜到，把我带回去拘留了几天。”

按说既然放出来了，就代表洗清了嫌疑，而且行政拘留不会留案底。

不消郑依婷问，江若就继续交代：“半年后他出来了，又来找我。那会儿我好不容易接到戏，怕他散播谣言害我丢工作，又恨他曾经陷害我，气急之下，就打了他。”

“所以，后来你又……”

“对，又进去了，这回是刑事拘留。”

说完江若不禁失笑，普通人终其一生都难有的经历，他不到二十岁就经历了两回。

沉默持续了一阵，郑依婷还想问什么，刚开口，被另一道声音打断。

“既然都弄清楚了，尽快安排澄清吧。”

熟悉的低沉嗓音，是席与风。

江若一怔，这才去看群聊界面。席与风什么时候来的他都不知道。

郑依婷便应下，然后说还有事，先退出了群聊。

剩下两个人，江若一时不知该说点什么，没话找话道：“你忙完啦。”

席与风“嗯”一声。

看不见脸的情况下，很难通过声音判断席与风的心情状态。他一向都很冷静，碰到任何事都可以保持泰山崩于前而色不变的镇定。

这让江若有种想多了的泄气感。听到被爆黑料的消息时，他首先想到的不是自己的星途，而是席与风看到这个视频，会怎么看他。

哪怕经过上次那场完全插不进嘴的三人会议，江若就已经知道，这些对于席与风来说无关紧要，他根本不在意。

到底还是有一些不得不讨论的内容，比如刚才说的那些谁能做证，最好是亲身参与或者目睹过的。

江若列了个知情者名单，包括在打人现场拉架的安何，看着他被警察逮捕的宋诗韵，还有打人之后给他清理伤口的王姐。

听见席与风那头敲击键盘的声音，江若说：“他们并不完全知情，如非必要，最好不要去打扰他们。”

席与风没应声，过了一会儿，问：“那个人呢？”

说的是栽赃江若，后来被江若揍到差点没命的那个人。

几乎没犹豫，江若回答：“他叫彭伟彬，是我之前待过的舞团当时团长的儿子。”

“他现在也在枫城？”

“是的，不过进去了，肇事逃逸。不是拘留是判刑，要找他得去城西监狱，或者等他出来，大概年底。”

江若要么不开口，一开口就一股脑都倒了出来，像是知道迟早要交代，不如一口气说完。

虽然他自己心里清楚，最重要的一点还没提到。

那就是事情的起因——那个人为什么要藏毒栽赃他，又为什么一再纠缠他。并且只是栽赃未遂，视频上的江若何至于那样凶狠，像要活活把人打死。

江若自觉这些与视频本身无关，从头讲起又太过冗长阴暗，他自己都不愿想起，别人怎么会愿意听。

席与风果然没有问，只要走了那人的名字，和刚才那串知情者名单一起发给郑依婷。

江若说：“下次再碰到这种事，我可以自己解决，不麻烦你们。”

“你怎么解决？”席与风问。

“就跟刚才一样，大致讲一下事情经过。”江若说，“反正就算实话实说也会有人不信，不如用最简单的方法处理，然后自由心证。”

这话说完，对面好一阵没出声。

再次开口时，席与风带着几分怀疑地问：“宁愿承担风险，也不寻求帮助？”

这问题有些猝不及防，江若思忖片刻，才说：“没有人可以帮我一辈子，这终究是我的人生。”

席与风说：“但你签了五年合约。别太任性。”

这话像在提醒江若，他这五年的人生属于席与风，属于经纪公司，甚至可以属于娱乐圈，属于粉丝和观众……唯独不属于他自己。

这让江若本就沉甸甸的一颗心霎时往下坠。

然而他学不会示弱，也从来不甘心受人摆布。

“五年而已。”江若深吸一口气，缓解胸口隐约的酸涩，让自己的声音听上去与平时无异，“五年之后，我总有资格随心所欲了吧？”

“说不定更早，到那个时候，我一定不会再给您添麻烦。”

事情平息得比想象中还要快。

郑依婷那边以经纪公司的名义发出一条澄清公告，三言两语说明江若是因为屡遭坑害才一时冲动，并且当年的事已由公安机关介入处理，江若本人也受到了惩罚认识到错误，之后一直谨言慎行做守法公民，今后欢迎广大群众一起监督。

简单道明原委，就事论事没有避重就轻，更没有矫饰伪行把脏水全泼在对方身上，这种勇于承认错误的通稿反而容易让群众接受。

再者事情的影响力并不大，在发出通稿前，公关部那边已经将视频中挨打者的身份调查清楚，并借由营销号放出此人多次违法乱纪，如今还在服刑的消息，粉丝加水军一煽动，风向立马变成了江若勇敢反抗恶势力。

而老百姓对惩恶扬善的戏码向来喜闻乐见，听闻江若因为这次的打人事件蹲了局子，后来还被学校开除，演艺生涯也大受影响，反而心疼起他来。

毕竟江若那会儿才不到二十岁，本该繁花似锦的年纪。

这些江若统统都不知道，事情解决后，他就心无旁骛地投入《悬崖》的拍摄，外界的声音一概屏蔽。

虽然他饰演的王小雨戏份不多，且由于性格原因台词极少，但越是如此越是考验对表情和眼神的把控。江若这些日子都在找情绪，没他的戏他也搬张板凳坐在片场附近的角落里，特地留长的刘海盖住眼睛，猛一抬眼着实有几分瘆人。

这天新加的路人角色进组，江若听见那边欢声笑语，好像来的是刘导的家属，所谓亲情客串。

他没打算凑这热闹，坐在角落里翻了翻剧本，又摸出口袋里的手机。

自那天的语音会议之后，他就没再和席与风联系过。

谈不上赌气，但总归有点堵心。

他点开微信，在输入框里打打删删，从“你吃了吗”到“最近忙吗”再到“今天是席与风不理江若的第四天”，都觉得不对劲。

正犯愁，头顶上方落下一道女声：“江先生你好。”

江若抬头，把对方吓一跳：“老刘怎么给你弄这么吓人的造型？”

待江若站起来，拨开额前刘海确认了来人身份，也是满脸惊讶。

他一时词穷，只好原样套用句式：“周小姐你好。”

“原来你认识我呀。”周昕瑶倒是落落大方，笑着指一指拍摄场地对面的一家店面，“有空一起喝杯咖啡吗？”

电影《悬崖》的故事背景设定在温暖潮湿的南方小镇。

虽然已经入秋，南方的天气依然暖和。周昕瑶穿一条黑色连衣裙，外搭一件薄衫，整个人显得高挑纤细，刚坐下就引得其他桌的男士纷纷往这边看。

江若从随身携带的背包里摸出一只一次性口罩递过去，周昕瑶笑着接过来戴上，说："你一个小男孩，倒是挺细心。"

好久没被人喊小男孩的江若愣了下，说："我不小了。"

"比我小两岁。"

周昕瑶说着竖起两根手指，江若看见她左手无名指上戴着戒指。

他们所在的这间咖啡馆位于剧组租下的筒子楼对面。一般藏在这种深巷里的店铺，要么是老板自信酒香不怕巷子深，要么是老板佛系无所谓生意好坏。

这间咖啡馆的老板大概两者兼备，来这儿的第一天江若就和剧组同事一起来喝过咖啡，因此知道哪些味道好，于是给周昕瑶推荐了这边的卡布奇诺，自己点了杯冰美式。

两杯上得一样快，周昕瑶拿着小勺子在杯中搅和，热气扑面，又开始馋冰饮的清爽。要不是江若认为冷热交替伤身体，她差点再点一杯冰的一起喝。

"弟弟你真的好贴心。"对此周昕瑶感叹道，"要是我家老刘那个臭直男能有你一半，也够用了。"

江若敏感地意识到她口中的老刘指的是《悬崖》的刘导。

不太确定，他试探着问："刘导是您的……"

"未婚夫。"周昕瑶说着亮出手背展示钻戒，"婚期定在明年，到时候请你和席总来喝喜酒。"

这句话信息量有点大，江若一时难以消化。

周昕瑶看到他一言难尽的表情，忍不住又笑起来，摘了半边口罩抿一口咖啡，烫得直吐舌头。

"让我来猜猜，你现在是不是觉得我很奇葩，竟然邀请绯闻对象来参加自己的婚礼？"

虽然有点不礼貌，但是江若确实是这么想的。他不擅说谎，干巴巴地"嗯"一声。

周昕瑶笑得更放肆："你也太坦率了。"

江若也不是对谁都坦率，只是直觉面前的人没有坏心眼，可以说实话。

"其实啊，我跟他的关系……"周昕瑶笑完，凑近压低声音说，"是有名无实的。"

江若眨了眨眼睛。

"就是对外说起来我是他的女朋友，实际上私底下我俩只是见面能打个招呼的关系，我连他家在哪里都不知道。"

江若更迷茫了。

周昕瑶又想笑：“他那种一点烟火气都没有的男人，完全不是我的菜，要不是当初他答应给我资源，我连当他的挡箭牌都懒得当。”

说到这里，江若才大致弄明白，周昕瑶和席与风的那一段，是场彻头彻尾的合作。

疑惑太多，江若挑了个最想问的：“那你们后来……”

“后来我拍电影和老刘好上，他就让我走了。”

“你们事先说好的？”

“没有啊，我说遇到真爱，想结婚了，他就说‘那你走吧’。”

周昕瑶说这句“那你走吧”顶着一张冷漠脸，把席与风那副轻描淡写什么都不在意的样子学了个十足，极具说服力，江若立马就信了。

“那你来找我，是为了……”江若实在不知道该怎么问。

好在周昕瑶听得懂，冲他挤眼睛：“我就是对你好奇。”

某天，江若在小巷门口拍到一只全白波斯猫，蓝黑色的眼睛，垮着两撇小胡子蹲坐在巷口，一脸霸道总裁式的倨傲。

看到这只猫就想到席与风，江若拍下来就给他发过去了，本来想说的是“快看，像不像你？”

发完才想起席与风本来就不太回他信息，现在估计看也不会看一眼。

这么想着，江若几分泄气地把发过去的猫照片又撤回了。

周昕瑶的路人戏份很少，两天就拍完。

走之前，她请全剧组演职人员吃饭。

地点在二十几公里外的广城市区，江若第一次到这座南方城市，很是新奇地走到哪儿拍到哪儿，周昕瑶索性安排他去给大家拍照，说待会儿发微博要用。

江若拍了珠河夜景，拍了古朴典雅的饭店门头，拍了桌上的各色美食，还拍了许多欢声笑语。

尤其是周昕瑶和刘导相处的场景，温馨自然得像是结婚多年的老夫老妻，互相夹菜、添酒，附在对方耳边说悄悄话，每一个微笑和眼神的对视都默契满溢。

旁若无人的，光明正大的。

当得起“真爱”二字，江若忍不住对着他们多拍了几张。

酒席过半，周昕瑶忽然站起来，说出去接个人。

人回来之前，桌上有人打趣刘导：“咱嫂子这么多小鲜肉弟弟，刘导当真一点危机感都没有？”

刘导一改拍摄时的严肃，笑哈哈道：“你嫂子就喜欢我这种老男人，正所谓弟弟千万个，老公是唯一。”

众人：“噫——”

没两分钟，人回来了。

“说什么呢这么开心，大老远就听见你们的笑声。”周昕瑶满面笑容地将跟在后面的人推上前，“陈沐新，大家应该都认识，我就不多介绍了。他老家广城的，就住在这附近。”

众人一番寒暄，陈沐新入座。

江若正低头盘弄手机里的照片，抬眼正好对上陈沐新看过来的视线，微笑着点点头，就算打过招呼。

散席时已是夜里九点多，江若帮着周昕瑶叫出租车，把喝得醉醺醺的人一车一车往回送。

最后周昕瑶跟两名女工作人员乘一辆，目送车子驶离后，路边就剩下江若和陈沐新两个人。

直觉陈沐新有话要说，江若抢先道：“那边有空车过来，我也先走一步。”

“我正好打算去刘导剧组观摩学习。”陈沐新抬臂拦车，“跟你一起。”

一路两人都没交流。

江若全程盯窗外，状似沉醉美景，实则心里在掐表数秒，希望司机开得再快点。

到地方下车，江若指着前面靠近巷口的宾馆：“剧组包下的，你今晚要住这儿的话，联系周姐给你安排。”

说完他转身欲走。

陈沐新在身后喊他：“江哥，我有几句话想跟你说，能耽误你一点时间吗？”

人家这么礼貌，又在一个圈子里混，以后抬头不见低头见，江若没办法地停下脚步，和陈沐新走到路边一处路灯下。

下午刚下过一场雨，夜晚微凉的空气里连风都是湿答答的。

陈沐新开门见山地说：“我后来才知道表姐找过你，想必说了些不好听的话，在这里先替她向你道歉。”

“没关系。”江若的回答十分干脆，“她也没说错什么。”

陈沐新却不能当什么都没发生，神情几分懊丧：“我知道你不是坏人，你拍戏的时候那么认真……”

“因为那是工作，靠它吃饭，不得不认真。”

“外面传的那些事我也听说了一些……你是不是因为那件事，才放弃跳舞？”

江若心头一跳，一种被提及不堪往事的烦躁随之而来。

“是又怎么样？”他语气不太好地说，“这是我自己的事，我不认为有把私事公之于众的必要。”

“我不是这个意思。”陈沐新忙解释，“就是觉得很可惜，你那么有才华，应该在舞台上发光发亮。”

江若笑了声：“这世上没有应该怎样，不应该怎样，都是故事推着人向前走。”

他根本没有掌控自己命运的能力。

陈沐新却说：“我相信你可以。我看过你以前的舞台，那样蓬勃的生命力，那样恣意的自由，怎么会甘心被困在原地？”

江若一怔，转而又笑起来：“你是我粉丝吗？这么关心我。”

“从现在开始我就是了。”陈沐新看着他，露出明朗大男孩独有的清爽阳光的笑容。

没想到他会这样坦直，江若顿了顿，才说：“别随便说这种话，你并不了解我。”

“那么，可以给我了解你的机会吗？”陈沐新说。

忘记是怎样拒绝的了，大概直接丢下一句“可是我不想让你了解”，江若扭头就走。

或许是在黑暗中待了太久，面对这样直白热烈的，如同阳光一样让人无处躲藏的热情，他条件反射地只想逃离。

匆忙的脚步踩在青石板上，在通往巷口爬满绿叶藤蔓的墙边转弯时，一辆停在岔路口的黑色商务车冷不防闯入眼帘。

车灯亮着，旁边站着一个人。

松柏一样颀长挺拔，一贯的白衣黑裤，右手抄兜，左手指间的一点猩红火光在起雾般的潮湿空气中明明灭灭。

江若停了片刻，才走上前：“你怎么来了？”

席与风没有回答，而是轻扫他一眼，然后转身打开后座车门，自己则绕行至另一侧。

坐到车上，江若才有种见到席与风本人的实感。先前不是没想过他会来探班，但这里离枫城太远，席与风又那么忙，江若只敢想想。

席与风在车外站了会儿，把烟抽完才上来。

车门“砰”地关上，些许烟草味灌入车内，中和了过分清冷的氛围。

“这车是租的？还是说你在广城也有车？”这一刻江若已然忘记两人还在“冷战”，“你是坐飞机来的吧，然后开车来这里？下午的航班吗？这么快……”

“不及你快。”席与风忽然说。

江若愣了下，偏头看向身边的人。

席与风也在看他，表情一如既往地淡漠，江若却见他瞳色幽深，里面隐有几分不易察觉的轻蔑。

还没来得及问，耳畔传来席与风沉沉的一声冷笑："没看出来，你这么忙。"

待意识到席与风听到了自己和陈沐新的对话，江若脑中掀起一阵嗡鸣，暂且来不及体味心情，江若就脱口而出道："今天剧组聚餐，我不知道你会来。"

说完他自己先一凛。

果不其然，席与风的神色变得更冷。他又哼笑了声："怎么，我打扰你了？"

江若只觉得彻骨的寒意漫上心头。他不知道席与风听见了多少，眼下也没了再解释的冲动。

因为从没有哪一刻让他如此清晰地明白，自己在席与风眼里不过是一件待价而沽的商品。席与风眼神里隐约的愠怒，不过是因为他花大价钱投资的演员，总是不听话而已。

扭头看了会儿窗外，转过来时，江若面上已然带了笑："也许吧。"

席与风抬眼看过去，江若微笑着，眼神却木然。

像是回到最初，打算用钱将他打发时，一瞬自嘲之后的无悲无喜。

将车门甩上之前，江若看见老刘扭身，似要喊住他说点什么，刚出声就被席与风阻止。

明明刚才都没说话，他的嗓音却似有几分疲惫："走吧。"

目送黑色的车消失在夜色中，江若又在原地站了一会儿。

转身，慢吞吞走进幽深巷道，周遭越发安静，静到能听见自己的呼吸声。

拐个弯，在那遍布藤蔓的墙边，一只在黑暗中格外显眼的白猫蹲在那里，圆溜溜的一双眼睛盯着突然出现的人，毫不畏惧。

江若放慢脚步，然后走上前。

这只波斯猫显然是家养的，皮毛水滑，瞳孔明亮，江若到它面前时，它甩着毛尾巴"喵"一声，似在告诫愚蠢的人类不要打扰它晒月亮。

江若便没再上前，而是抬头。

天空又变成烟青色，宛如溶解了那些不知所起的怒火和无人知晓的苦涩。

秋天的短暂似乎渗透进了每个时间段，一晃五天过去，江若最后一场戏拍完，正式从《悬崖》剧组杀青。

由于只是个配角，而且拍摄工作还在继续，江若婉拒了剧组同事要给他办杀青宴的好意，最后叫一车水果饮料送到剧组，和众人道完别，便背上包离开了。

陈沐新三天前观摩完就走了，倒省了再同他打交道的麻烦。

江若没有立刻回枫城，而是拿着通行证，去与广市一海之隔的港市逛了一圈。

通行证是签经纪约之初就办好的，连同护照一起。郑依婷说以后少不得世界各地到处跑，提前准备总不会错。

起初没打算来，是林晓听说他要去南方拍戏，问他能不能帮忙代购她看中很久的包，国内专柜价格太高，她又太忙抽不出空出境去买。想着就在旁边跑一趟不算麻烦，江若便应了。

来前他把这事告诉过席与风，当时席与风睨他一眼，问："收代购费了吗？"

江若听了这话的反应则是："你竟然还知道代购费？"

江若记得很清楚，当他说没去过港市之后，席与风对那里道路窄、楼宇高的描述，以及随口的一句："以后带你去。"

过了海关，搭乘地铁往中环方向去。

到地方江若下车走到室外，看到这座城市摩登大厦与旧楼巷道并存，路上的人们行色匆匆互不干扰，一句"跟你说的一模一样"到嘴边，才发现身边空荡荡，那个答应和他一起来的人，并不在这里。

或许是还没出戏的关系，向来自诩敢做敢当的江若，时至此刻才从倔强中迟滞地剥离出一点类似后悔的情绪。

他去海港城给林晓买了包，买完在商场里瞎逛，看见卖打火机的柜台，不由得驻足，眼前浮现出某人娴熟地推开金属盖，拇指拨动砂轮的画面。

在昏昧的光线里，性感得像画报上的男模。

站在柜台前看了几款，柜姐问他要不要拿出来看看时，江若才想起这东西没法过海关，而且如果买了，真要送吗？不会被嘲讽"羊毛出在羊身上"吗？

闷闷地丢下一句"不用了"，江若走了开去。

在海港城外面的码头，意外地碰到一名粉丝。

被女孩叫住问是不是江若时，江若好一会儿没反应过来，倒是女孩表现得自然："老远就觉得像你，跟过来一看还真是。"

女孩也是从外地过来玩，说是看了《莺飞》的谢方圆舞蹈剪辑部分入的坑。

那个剪辑江若也看过，虽然没问但能猜到是营销部那边在推，据说还买了热搜，在小范围内火了一把。

江若还是想不通："戴着口罩，你是怎么认出我来的？"

女孩咯咯地笑，说："会跳舞的站在哪里都很显眼啦。"

说的大概是气质之类的东西，江若却莫名想到某人口中的"抬下巴看人"。

被问到之后的作品，江若说："明年会有一部古装玄幻剧，还有一部电影上映，不过不是主角。"

女孩眯起眼睛，露出事业粉的欣慰笑容："那我就等着贡献播放量和票房啦。"

第一次偶遇粉丝，就遇到这样一个理智又有分寸感的，江若也受到不小的鼓舞。

他和女孩合影，给她签名，临分别，女孩指向海港对面的摩天轮："那个一张票可以转三圈，要是玩累了可以去坐坐看，转到高处时的视野特别棒。"

江若接受了她的推荐，从地下通道走到摩天轮跟前。

工作日游客并不多，可他也只是站在下面仰头看了一会儿，没有买票去坐。

他并不想在这仓促的一天内将这里的风景看遍，潜意识里想为以后多保留一些。

从来时的海关回去，江若直接前往机场，乘上了回枫城的飞机。

这次拍摄周期短，宾馆太小住宿也不方便，小沈便没跟来。

下飞机打开手机，小沈的电话第一时间打进来，确认了在哪个航站楼，十分钟后，江若坐上车。

来接的还是老刘，席与风不在，小沈坐副驾。

旅途劳顿让江若打不起精神，他眯眼靠在车后座，听小沈汇报之后几天的安排，冷不丁捕捉到一个关键词，插嘴问："保姆车？"

小沈转头朝向后座，把眼镜往上推了推："是呀，席总那边安排的，应该是觉得两人用一部车不方便。"

可是江若记得，席与风除了这台黑色商务车，还有别的车停在地库。

说不上来是什么心情，江若偏过脸，很轻地笑了一下。

这晚回的是租在老城区的两室一厅。

开门就闻到积攒的尘土憋出的腐朽气味，趁天还不算冷，江若把能开的窗户都开了，拿出扫帚、拖把打扫屋子，顺便打理阳台仅剩的几盆植物。

这会儿好像又有使不完的力气，江若把因为缺水差点挂掉的一盆竹芋拍给安何看，大半夜安何秒回：怎么回去了？

江若没有回复。

放下手机江若发现，自己已经有好些天没有一觉睡到天亮了。

江若回到枫城的第一个行程是某服装品牌的广告照片拍摄。

要约来自上回那家杂志社的摄影团队，那摄影组组长一见到江若就恭维地说：“先前还想着约江先生一套个人拍摄，结果忙了几天，再问就已经是我约不起的价格了。”

江若笑着说：“回头我跟经纪人打声招呼，给您友情价。”

今天拍的是秋季主题，加上该品牌面向年轻男士，衣服多是基础款，也不需要表现太多艺术层次，因而拍得很顺利。

这次来自摄影团队的晚餐邀请，江若没拒绝。

只不过他不擅饮酒，上桌除却起初的敬酒，就低头猛吃菜，最后他吃撑了，其他人喝得烂醉，也算宾主尽欢。

到外面，新来的白色保姆车前停了辆黑色商务车。

小沈在一旁用眼神示意江若上前面那辆，江若没怎么喝酒也醉了似的，歪着脑袋笑：“我懂。”

席与风还是没在车上，老刘说他刚下飞机，应该会在差不多的时间到。

江若一路都没说话，也许是因为窗外的夜色太熟悉。

他甚至可以想象见面之后，自己不提，席与风也不提，那件让两人都不愉快的事，就算过去了。

轻飘飘的，不留任何痕迹的，只在特定的情况下会令心脏隐隐作痛。

幸好这痛并不是纯粹的痛而已，它同时是一只可以把江若从悬崖边上拉回来的手。

然而这回任江若做足心理准备，也没想到走出电梯看到的会是如此混乱的场景。

首先入目的是一只掉在地上的细高跟，再往前，是一身裙装、赤脚站在大理石地板上的女人。

今天她没戴“海洋之心”，许是出门太急，头发都没盘好，显出几分狼狈。

她几次三番地往前冲，像要试图挤进门去，嘴里说着“把证据交出来”之类的话，双目通红，嗓音哽咽。

施明煦在后面一面拉着她，一面打电话联系小区保安。

而她面前，刚下飞机的席与风西装革履，面无表情地站在门口，听到对方问“你为什么不肯放过我们母子俩”，也只是略显嫌弃地皱眉：“是他拜托我帮忙投的标。”

“所以你就怂恿他以十倍的价格拍下那块废地？”女人狠狠地道，“席与风，你是要把我们赶尽杀绝啊！”

席与风面上阴郁更甚，瞥见站在电梯口的江若，先是一愣，然后招手叫他过来。

江若便走上前，席与风一把拉过他的胳膊，另一只手去推门：“你先进去。”

那女人想趁这机会也进去，拼命挣扎，施明煦险些拉不住她，眼看她的手已经伸上来，席与风转身把江若护在身前，顺势推开门让他进去："锁门，别出来。"

而江若尚且来不及问什么，就被无意中触到的一片温度异常的皮肤烫得一个激灵。

江若抵着门不让关："你发烧了？"

席与风罕见地急切，用命令的口吻低喝道："让你先进去！"

与此同时，江若听见女人歇斯底里的喊叫："席与风，要不是当年我看你可怜饶你一命，现在哪轮得到你在这里作威作福，你就是个疯子生的……"

没听完，江若被狠狠一推，倒退几步进到屋内。

紧接着是关门的巨大声响。

可江若还是在门合上的前一刻，从门缝里，看见席与风那寒潭般冷冽，如同遭受外物锤击而出现裂痕的眼睛。

约莫半小时后，紧闭的门再度打开。

那骂骂咧咧的女人已经不在了，连同她扔在地上的高跟鞋。

小区安保负责人正向席与风道歉，表示刚才调过监控，发现这位女士是跟着其他住户溜进来的，因为上不去电梯直接爬的楼梯。并诚恳表示即便如此他们仍有不可推卸的责任，今后会加强小区的安全管理，保证不再出现此类问题。

后续交涉几乎都是施明煦在做，席与风一言不发。只在那负责人请求进屋检查安全状况时，冷声拒绝道："不必了。"

那负责人便也不强求，留了紧急联系方式，便带着几名保安离开了。

进屋前，施明煦担忧道："萧女士行事鲁莽出格，要是下次她又用这种下三烂手段……"

"让她用。"席与风说，"她怎么做，我怎么还回去。"

"那如果老席总再责问起来……"

"那就让萧茵把刚才说过的话，当着席成礼的面再说一遍。"

说着，席与风无甚情绪地笑一声："但凡她有这个胆。"

江若守在门口，看着两人讨论完，又说了些工作上的事。

直到施明煦走了，门关上，江若才上前去，拉着席与风在沙发上坐下。

察觉他的意图，席与风要站起来："我还有事，晚餐你自己吃，冰箱里有——"

"坐好别动。"江若背对着沙发，蹲在电视机柜前翻找什么东西，"我吃过了，不用你操心。"

"……"

等江若拎着药箱返回，从里面翻找出碘酒、棉签和创可贴，席与风忍不住皱眉：

“一点小伤，不用——”

“怎么不用？要是感染了怎么办？”又找出一盒退烧药拍在茶几上，江若拿着碘酒和棉签站起来，按住席与风的肩，“不准乱动。”

席与风再度：“……”

和席与风强硬的态度不同，江若上药的动作堪称小心翼翼。

伤在左边脸侧，被萧茵的长指甲划了一道口子，江若一边用蘸了碘酒的棉签在伤口上轻轻涂抹，一边回想当时席与风反身将自己护住的场景。

从听闻席家的所谓“豪门秘辛”，到席与风的那位好弟弟，江若就猜到他的处境并不乐观。

后来目睹他的继母数次上门挑衅，甚至说出那样不堪入耳的话……作为旁观者，江若心惊的同时尚且觉得扎心，席与风作为当事人，又该作何感想？

或许他也曾愤懑不解过，痛苦挣扎过，然而随着时间不断推进，最后只剩一种无法与世界、与自己和解的固执。

原来不是过剩的防备心，而是自我保护的方式。

江若从未有哪一刻觉得，自己离那个总是在黑暗中孤独地点燃一支烟的男人，这么近。

而席与风，像是知道他在想什么似的，直视他的眼睛，问：“都听到了？”

不知该如何回答，江若选择沉默。

上完药，江若撕开创可贴盖住那张完美到不真实的脸上唯一的伤口，接着抠出两粒胶囊，连同水杯一起递过去。

似曾相识的劝药场面，让席与风有种作为弱者受人照顾的不适感。

他下意识别开脸逃避，又听到江若威胁似的说：“你要是不吃，我现在立刻打120，喊救护车把你拉去医院。”

按往日里江若张扬不羁的行事作风，席与风相信他说得出做得到。

有种被逼上绝路的烦闷，席与风接过江若手中的胶囊，扔进嘴里，一股脑咽了下去。

江若又递水过去，让他润润嗓子，面上终于有了笑意：“这才——就对了嘛。”

虽然临到嘴边改了口，席与风却隐约能猜到，江若想说的是，这才乖。

越发令不适感扩大，等坐在床上，伸手要去够床头的笔记本电脑，被江若阻拦，席与风的脸色已阴霾密布：“你别管我。”

“那你也别管我管你。”江若横竖都有理，“一个晚上不工作，你们公司就要瘫痪？还是今晚少看几份文件，明天地球就不会转了？”

席与风说不过他，索性收回手，躺了下去。

许是听进去这句话，加之还发着烧，席与风暂时摆脱失眠症困扰，这一觉睡得很沉。

甚至做了个梦。

不过与其说是梦，不如说是记忆中片段的重现。

席与风看见一个七八岁的小男孩，独自一人坐在偌大的庭院中央，面向大门方向，眼睛一眨也不眨，像在等什么人。

头顶乌云堆积，大雨忽至，保姆模样的女人撑伞出来喊他进去，他不肯，非要在这里等。

保姆说："夫人去找老爷了，今天恐怕不会回来了。"

"那明天呢？"他问。

保姆露出为难的表情："可能也不会回来。"

"后天呢？"

"后天说不定……小风先进屋，方姨做你最爱吃的甜口红烧肉，咱们边吃边等。"

男孩摇了摇头，继续守着大门。

后来人没等到，男孩因淋雨发起高烧。迷迷糊糊中，他听见方姨的声音："夫人，少爷发烧了，您快去看看吧。"

而那个被称作"夫人"的女人，一心挂念着别的事情。

"发烧了就喊医生，我去看有什么用？"她有一副柔美的嗓音，此刻却因为不耐烦变得尖厉刺耳，"让你做的菜准备好了吗？今晚老爷回来，要是留不住他我唯你是问！"

梦中刺骨的雨漫延到了现实里，睁开眼的刹那，席与风耳边回荡起似有若无的沙沙雨声。

还有来来回回的轻盈脚步声。

江若正穿行于各个房间，一边将连接户外的门窗挨扇关上，一边在心里吐槽：这就是房子大、阳台多的麻烦之处。

来到主卧时，他端着一杯温水，轻手轻脚走到床头，放下杯子时顺势往床上看一眼。

昏朦的环境中，猝不及防的视线相对让江若愣了下，他轻声说："还早呢，再睡会儿吧。"

席与风看着他，很慢地摇了摇头。

江若便走近，拿起枕边的温度计。

探头靠近额头"嘀"一下，迎着窗外透进的微弱灯光观察上面的数字，江若松了口气。

“降下来了，但还是有点低烧。”江若家长般地安排道，“明天请个假别去上班了，再休息一天。”

对此席与风不置可否，他扭头看床头的摆钟，时间刚过零点。

病人饮食宜清淡，江若煮了粥，盛进碗里、摆到桌前又打起退堂鼓：“这卖相……算了，还是点外卖吧。”

坐在旁边的席与风抽走了他的手机，说：“不用。”

言罢用勺子舀粥，送进嘴里。

说实话味道尚可。不知江若从哪儿学的，把蔬菜切丝，虾仁切丁，和米一起下锅煮得软烂，这几种食材混合，即便一点调料都没放，口味也不至于太糟糕。

何况席与风本就不重口腹之欲，全麦面包夹片菜叶子都能面不改色吃下去。

吃完已是后半夜，江若打着哈欠让席与风回房接着休息，却被席与风带回房间。

“碗还没——”

“放着明天洗。”

“剩下的粥还没放冰箱——”

“一个晚上放不坏。”

病气去了大半的席与风，好像瞬间夺回主动权，不由分说让江若睡觉。

然而江若还有话说：“可是你——”

“我去洗个澡。”

席与风答完，就听身后的人轻笑出声。

转身，果然瞧见江若弯着唇角，笑容是他熟悉的明媚灿烂。

两人莫名都没了睡意。

暖黄灯光经过浮雕玻璃的折射，落在身上斑驳如树影。

江若嘴巴闲不住，边玩手机边念 rap：“你不睡，我不睡，你看我俩……”

说一半卡了，席与风转脸看他：“我俩怎么？”

江若没说，而是把手机递过去：“今天拍的宣传照。”

接过来翻阅，照片上的男孩嘴角几分下垂，轻飘飘的视线看向除镜头以外的其他地方，加上清瘦高挑的身材，将款式普通的服装穿出了一种秋冬独有的颓唐感，和他本人的气质既矛盾又契合。

席与风光顾着看，半天没给反应，江若心急：“怎么样？”

“很好。”又往后翻几张，席与风说，“就是看起来不太高兴。”

“品牌方要求的，让我酷一点。”江若耸肩，“而且当时心情不好，笑不出来。”

至于为什么心情不好，不言而喻。

席与风看破不说破，只是很轻地勾了下唇角。

江若又把在剧组拍的猫给席与风看，问出当时没发出去的问题："你看，像不像你？"

席与风看了一会儿："撤回的就是这个？"

江若一愣："你看到了？"

"没来得及点开。"

"你还没回答，那只猫像不像你。"

沉默一阵，席与风在黑暗中说："你觉得像，就像吧。"

第八幕

跳舞吗

今天江若也有行程，又是硬照拍摄。

《莺飞》临近大结局，这波配合电视剧的宣传流程也走到尾声。许是形象气质的关系，除却剧本要约，江若收到最多的就是时尚杂志的拍摄邀请。

两人一起出门，乘席与风常用的那辆黑色商务车。

刚上车，江若就作势要下去：“欸，不行，我坐了这辆，保姆车岂不是要闲置了？”

席与风听出了他的弦外之音：“安排保姆车，是为了方便。”

现在行程慢慢多了起来，难免会有主办方安排不周到，或者条件不允许，没有独立休息室的情况，有辆保姆车就方便多了。

再说……

“大小是个明星。”席与风接着道，“总该有辆自己的车。”

听得江若心里熨帖。

江若先到拍摄场地，下车的时候看见席与风伸手摸裤兜，他眼疾手快地抽走刚拿出来的一包烟：“安分点，病人。”

席与风：“……已经退烧了。”

江若便从盒子里抽出两根递过去，发粮饷似的：“今天白天的份。”

这天收工算早，席与风带江若去锦苑吃晚餐，吃完乘电梯去楼上包厢。

江若心知是应酬局，问：“这回是合作方还是对家？要我不着痕迹地喂牌，还是杀他个片甲不留？”

“今天不打牌。”席与风说，“带你见个朋友。”

进到包厢里才知道，所谓的朋友正是孟潮。

安何也在，看见江若惊喜道：“总是约不到你，别人一叫你就来。”

席与风替江若解释：“他最近行程满，没什么空闲。”

等人和孟潮去那边聊工作，安何说：“你俩关系不错啊，跟其他人说的完全不一样。”

江若好奇："其他人怎么说？"

安何说："上回他正应酬着，看一眼手机就要走，问他出什么事了，他说合作方又闹了，得立刻赶回去。"

江若知道自己又被拿来当挡箭牌使了："那我在外面的名声岂不是……"

安何接话："声名狼藉。"

江若无所谓："那反过来也一样，要声名狼藉，也是我和他一起。"

过一阵，孟潮端着杯酒过来。

开场先是一番吹捧："江先生，百闻不如一见。"

江若的回应是："那我猜你'闻'的都不是什么好事。"

孟潮笑起来："传闻不可尽信，眼见为实。"

"那你看到什么了？"

"多了去了。"孟潮放下杯子，在安何旁边的位子坐下，"我看到席与风这个打娘胎里出来就懒得多管闲事的人，因为你变了；也看到江先生你分明无心应酬，却还是一再跟他到这种地方来。"

"拿钱办事罢了。"江若说，"而且他昨天生病了。"

他全然没有意识到生病和顺从之间并没有必然联系，旁观者则门儿清。

安何笑眯眯："看来以后得让他多病一病。"

孟潮点头："最好一病不起。"

江若："……"

又聊了会儿，席与风还在那边跟人谈事情，安何坐不住，跑去吧台看服务生调酒。

剩下的两个人不熟，没什么可聊，便说了说安何的病情。

孟潮知道安何先前的手术费是江若给的，借此机会想把这钱替安何还掉。

江若自是拒绝："这是我和安何之间的事，就算他愿意接受你的好意，这笔钱也该从他手上还到我手上，跟孟先生你没关系。"

孟潮"啧"一声："有时候有些事，没必要分得太清楚。"

江若先是一愣，然后笑笑："未雨绸缪嘛，你们做生意的不是最懂这套？"

今晚《莺飞》大结局，到家席与风打开电视，从倒数第二集开始播放。

江若知道拦不住，索性掩耳盗铃权当不知道，跑去厨房洗了水果端出来，背对电视坐在地毯上，听声音，看席与风的表情。

即便因为羞耻感不曾细看过成片，江若也大致记得，最后两集除了女主角爱情事业双丰收，男二谢方圆也破茧重生，迎来了属于他的春天。

关于谢方圆的画面最后定格在一场舞会：与昔日青梅竹马的好友冰释前嫌，谢方圆伸出手，邀请女主角与他共舞一曲，明天他就将离开这里，前往国外的舞蹈学院继续深造。

不知为何，江若对这场戏观众的反应格外在意，音乐声响起，他盯着席与风看了又看，没忍住问：“我跳得怎么样？”

也许是故意，席与风不正面回答：“转过去，自己看。”

江若坚决不看，也不让席与风继续看。

席与风让他抬头和自己对视：“跳舞的时候，多少人在看你，你不知道？”

江若不服输地还回去：“那刚才在锦苑，多少人在看你，你就知道了？”

席与风沉默了几秒，问道：“跳舞吗？”

没等江若反应过来，他站了起来。

恍神的瞬间，江若极有仪式感地先坐直身体，然后走到客厅正中的空地。

他稍稍仰头看着席与风，几分郑重地说：“那这支舞……还请多多指教。”

音乐响起，旋律在屋内缓慢流泻。

身体随着节奏摆晃，江若侧过脸，嗅着身侧雪松和烟草融合的味道。

时间过得那样快，快到眨眼间最后一个音符结束，钟声敲响，一切重归宁静。

次日清晨，席与风按时起床，半个小时后穿戴整齐前往公司。

等睡够已近正午，江若伸着懒腰往外走，先是看见餐桌上摆着的购物袋，紧接着闻到厨房传来的饭菜香，他蹑手蹑脚地走近，到门口大喊一声“方姨”，吓得方姨险些把手里的锅铲朝着他脑袋掷。

十分钟后，洗脸刷牙收拾完毕的江若回到厨房，站在水池边帮方姨打下手。做饭他不擅长，洗菜择菜还凑合。

方姨也乐得有人陪她说话，两人从最近的肉价菜价聊到这处房产高昂的物业费，再聊到位于枫城南面的席家主宅。据说那房子建成了好几十年，每年的维护保养费都是天文数字。

“那房子气派归气派，打扫起来太累人啦，他们家的人个顶个的怪脾气，都不喜欢外人进家门，保洁也没法请，全靠我和一名管家撑着。”

敢用“怪脾气”描述主顾家的人，想来与他们关系不错。江若说：“那说明他们把您当自家人，太累的话可以适当降低打扫频率，相信他们会理解的。”

方姨叹了口气：“要是换成前头那位夫人，定然是不会说什么。虽然她有时候脾气坏了点，但心眼是极好的，现在这位女主人就……”

想起和席与风的继母仅有的两面之缘，江若颇有感触：“难怪说他小时候过得不好。”

在这样的后妈手里，怎么可能过得好。

方姨一愣，继而道："小风没同你说吗？他的母亲是在他十九岁，也就是在国外念书的时候去世的，所以小风没在萧夫人那里受太多苦，至少明面上没有，毕竟还有老爷在呢。"

"那……"刚想问，江若忽而想起上回席与风打断他俩聊天时冰冷的态度，忙收了声。

"怎么，你是想问他小时候怎么受的苦？"

"您还是别说了，省得他生气。"江若唯恐方姨嘴快，抢话道，"等他以后愿意说了，自然会告诉我。"

方姨本也没打算细说，听了这番话转头看了江若一眼，很是欣慰的样子。

随后她叹息道："难怪啊，小风那样孤僻惯了的孩子会和你交朋友。"

中午两人一起吃了饭，收拾碗筷的时候，方姨又给江若讲了些席家无关紧要的事。

"二少爷是个不堪用的，老爷心里其实清楚着呢，但是没办法，好歹是席家的种，得把他往正路上领，不然传出去多难听。"

自打确认了方姨是席与风这边的，江若同她说话便没了忌讳："那家伙何止不堪用，用不着谁传，外面都已经说得很不好听了吧。"

"也是。"方姨叹气，"到头来还是苦了小风，不仅要替他弟弟收拾烂摊子，还弄得有家不能回……"

江若眨眨眼睛："这里不就是他的家吗？"

"这处房子是夫人留给他的，城南那套是夫人当年的陪嫁，当然也是他的。"方姨说着替席与风鸣不平，"我早前就劝过老爷别把萧夫人和二少爷往那儿接，毕竟是夫人留下给小风当婚房的，让续弦和私生子住那儿，像什么话。"

听到"婚房"二字，江若愣了一下："他……我说席与风，要结婚了吗？"

方姨也是说完才意识到不妥，面上稍有尴尬："那倒没有，只是当年夫人临终前是这样说的……毕竟小风是长子，立业成家、传宗接代都是他必须肩负的责任。"

席与风回来的时候，方姨已经走了。

他把脱下来的大衣丢在沙发上，循着声音走到舞蹈室门口，傍晚的夕阳透过窗户洒在暖色调的地板上，整个空间漫溢着一种澄亮的昏黄。

而江若，就在那光芒的正中央，向后弯折身体，做着扩胸开肩的伸展动作。

他在心里默默数秒，坚持到半分钟，呼出一口气的同时将身体复原。

江若眯起眼睛笑："你回来啦。"

席与风"嗯"一声，问："今天打算跳哪支舞？"

“还没想好。”江若抬头，“你选一个？”

可惜席与风本身对艺术不感兴趣，想来想去，只说出一个《天鹅湖》。

江若笑起来：“你怎么知道《天鹅湖》有男版？可是我好多年不跳芭蕾了，驾驭不了。”

过了一会儿，他又改口：“如果你想看我跳十七岁的那支《无名》，也不是不行。”

席与风愣了下，垂眸看向江若。

“但是有条件。”江若则冲他挑眉，“拿你过去的事跟我交换。”

这场“生意”必然是做不成的。

让席与风这样防备心极强的人袒露心声，无异于让他自暴弱点，从未有人成功过，江若又哪来的自信当这第一人？

但话已经说出去了，席与风敏锐地察觉到什么，回过头来问江若：“方姨又跟你说什么了？”

“该说的不该说的都说了。”江若反倒悠哉，“怎么，你要把我灭口吗？”

这态度，显然什么都没听说。

席与风浑然不觉自己松了口气：“灭口？”

江若点头：“对啊，因为我知道得太多了。”

席与风笑了声，然后双手轻轻一推，让江若站好：“那今晚的断头饭，多吃点。”

枫城的秋天似乎比其他地方的更短一些，从《悬崖》剧组杀青出来不到两周，温度已经降至个位数。

冬天近在眼前，江若好像也开始怕冷，除却必要的工作外出，大部分时间都待在席与风那套大平层里，等他回来吃饭。

每天如此，如同不断重复着一场主旨明确的演练，不管明天会发生什么，也不问末日什么时候到来。

这天晚上亦然，只是江若放在床头的手机突然开始振动。

本来没打算管，江若甚至把手机挥到了地板上。

可那头不知怎么回事，没人接就不停地打进来，一直打到江若皱眉，一个翻身从床上爬下来，赤脚下床，弯腰捡起手机，一边按下接通键，一边走到窗前。

从席与风这个角度，能看见一道清瘦的背影。

让席与风不由自主地起身，向他走过去。

虽说是在讲电话，可江若并没有怎么出声，“嗯”“哦”的几句应付，语气也淡极了。

电话挂断，席与风的视线越过肩膀看他的脸。

或许江若自己都不知道，这一刻他嘴角抿成一条漠然的线，眼神也是空茫的。

不过就短暂的一刻，下一秒，江若就向席与风道歉："抱歉，打扰了。"

江若却被席与风阻止了接下来的动作。

"怎么了？"席与风看着他，问，"发生了什么事？"

那眼神，让江若不得不承认，席与风是第一个，可能也是这世上唯一一个，仅通过他的神情状态，就知道他好还是不好的人。

此刻的江若有种深深的无力感。

也由此心想，还不如破罐破摔。

"我妈死了。"说完才觉得太像某句脏话，江若很轻地笑一声，扩充说明道，"把我带到这个世界上的女人，去世了。明天我得回一趟老家。"

江若的老家位于华国东部的沿海城市，从枫城起飞两个小时到机场，然后转乘公交前往下辖县区。

到县里还要再转一次车去镇上。破旧的巴士开得摇摇晃晃，鼻间尽是汽油味和各种食物混杂的怪味，江若坐在后排靠窗位置，不顾天冷把车窗打开一条缝，脸凑过去呼吸新鲜空气。

从前完全没觉得这车坐着不舒服，有时候赶去县里学舞，能碰上空座位都高兴得原地欢呼。由此可见由奢入俭当真极难，坐多了席与风那辆百万级的商务车，如今坐回这种车就难受想吐，娇气得连江若自己都觉得好笑。

临到家门口，接到席与风的电话。

看时间估摸着他刚结束上午的工作，江若便自然地问他吃饭没。

席与风没回答，而是问他："到了吗？"

昨晚说到要回老家，席与风先愣了下，然后翻行程表，表示可以腾出空送他回去。

江若拒绝了，理由是说远不远说近也不近，来回一趟一整天就耗在路上了，席总日理万机的，不值当。

况且，他回家奔丧让席与风接送，未免太不识时务。

后面一条理由即便江若没说出口，席与风大概也能意识到。总之最后的结果如江若所愿，席与风让小沈订机票，又安排老刘把江若送到机场，自己则按原计划去公司工作。

这会儿接到电话，江若打起精神道："就快了，拐个弯就到。"

"打车了？"

"不是。我们村交通不便，平时来往全靠牛车。"江若说着学了声牛叫，"哞——"

席与风："……"

见他还有心情开玩笑，席与风放下心，让他有事随时联系。

电话挂断时，巴士正在路口拐弯，前方路边一排排破败的筒子楼越来越近。

江若一面让司机前面停一下，一面伸了个懒腰，心说能有什么事。

最糟糕的不过就是打起来，到时候也该联系 110，而不是席与风嘛。

江若的家——准确地说，是江若继父的家，在沿海小镇某机械厂一幢约有二十年历史的职工宿舍楼里。

据说当年能分到这房子的都是厂里的骨干员工，后来还听说这块就要拆迁了，每户能分得县城里的两套房。

前者无从考证，毕竟江若搬来这儿的时候已经十岁了，那会儿继父赵勇刚是工厂的会计师，不过没两年他就从单位下岗了。后者更没谱，十年前就喊着要拆迁，到现在连个挖掘机的影子都没见着。

绕过砖缝里长满杂草的低矮围墙，走过一段十几年都没人修过的坑洼小路，拐进楼道里时，江若瞥了一眼堆着杂物的墙角，涂料脱落大半的墙面上，用水彩笔画的卡通小人依稀可见。

旁边是长短不一的几条线，江若走过去，用手比画了下最下面那条，心想原来十岁的我，只有这么点高。

二楼最西边那间，在楼下就看见门上挂了白绸。

人已经火化了，堂屋正中的桌子上摆了黑白照片和骨灰盒。屋里人不多，但江若出现的时候还是引起了一阵不小的骚动，亲戚街坊们齐刷刷盯着他看，然后掩唇互相咬耳朵，说的显然不是什么中听的话。

江若恍若未闻，跪在桌前的蒲团上磕了三个头，站起来，转身。

“是小若吗？”里屋走出来一个五十多岁胡子拉碴的男人，叫住了他，“好不容易把你盼回来，这就要走了？”

五分钟后，江若跟着赵勇刚进到里屋，开门见山先问一场丧事下来花了多少钱。

赵勇刚嗤道：“小若现在有钱了，难怪都不稀罕回来。”

江若懒得与他周旋，从旁边的斗柜上拿起账本一样的簿子，翻到记有丧葬费及请客摆酒费用的那一页，手机调出计算机按了下，当场就把钱通过网银转了过去。

收到入账的短信提示，赵勇刚看着手机笑：“果然是有钱了。”

江若不予理会，冷着一张脸把账本放回去。

动作稍慢了些，被赵勇刚捉住手：“小若怎么不理叔叔？果真是当了明星，脾气都变大了，从前你可是听话得很。”

话音尚未落下，就听“啪”的一声，江若抽回手时用力过度，直接甩了赵勇刚一巴掌。

幸而此人皮肤黝黑，褶皱遍布，脸都被打得发麻竟也没留印子，只一双浑浊的眼睛瞪得滚圆，噌地站起来：“你个白眼狼，跟你妈一样，当年要不是我供你学跳舞，你哪有机会——”

江若听见自己的声音在发抖：“是啊，要不是你，我哪有机会碰到彭伟彬，哪有机会见识比你更肮脏的人？”

赵勇刚面上戾色更甚，语气兼有嘲讽：“什么叫脏？我给你学舞的费用叫脏？这当中你敢说你一点好处都没占？”

听到一半，江若的脸色已惨白如纸。

他强撑着一口气，从手机里翻出前两年的转账记录：“欠你的钱我已经还清了。”

见他露出与小时候相似的怯懦，赵勇刚露出得逞的笑：“是啊，已经还清了。叔叔只是关心你，你说你是不是该……”

没说完的话消失在刀锋反射的晃眼亮光中。

江若从口袋里摸出一把水果刀，刀尖正对赵勇刚腹部，再向前一步，便可开膛破肚。

赵勇刚一时吓得不敢动，江若倒是笑了一声，配合着他苍白的脸色，颇有几分诡异的阴森。

声音也冰冷：“你说，我是不是该报警？”

赵勇刚结结巴巴：“你，你没有证据！”

“谁说没有？”江若无甚情绪地挑了下眉。赵勇刚立时面如死灰。

这种人，没脸没皮活了大半辈子，临到头最怕的就是晚节不保。

坐牢是小事，要是让人知道苦心维持多年的形象全是捏造，娶两任妻子也不过为了遮掩，怕是直到咽气，他都没法安心合眼。

想到这里，江若既觉得可笑，又觉得他有点可怜。

其实哪有什么存证，信口胡诌吓唬他罢了。

“不想和彭伟彬落得同样的下场，建议你还是少为非作歹，多给自己积点阴德。”

边说边往后退，到门口把手中的刀丢在地上，江若说：“我和你已经两清了，以后我不会回来，也请你不要以任何理由来找我。”

“否则后果自负。”

回到堂屋，江若又坐了一会儿，缓过劲来才往外走。

他知道自己这次回来，会引起一番讨论，却没想到这些碎嘴街坊如此耐不住，还在人家家门口，就聊得热火朝天。

无非是先感叹骨灰盒里的女人命不好，四十来岁得了癌，据说死的时候都瘦脱了相。

接着干脆带上了江若的妈妈吴萍的大名，说她生前是个怎样风骚的女人，克死了前夫，带着那么大个儿子都能再嫁个当会计师的男人，可见老天是公平的，活该她活不长。

又说江若是大狐狸精生出来的小狐狸精，一脉相承，学什么跳舞，不过是些搔首弄姿勾引人的手段。

可是现在人家出息了，成明星了，前阵子还在电视上看到他呢。

呵，那又如何，也不知傍上了哪个人傻钱多的大款，大款也不怕沾上腥臊气。

…………

这种话江若听多了，小时候听了吴萍的话忍气吞声，如今想来只觉得自己错得离谱。

他大步转弯，一掌拍在楼道口发黄生锈的铁门上，“咣”的一声巨响，把围在一起的几个人吓得差点跳起来。

他站在几级台阶上，居高临下看着他们，似在用眼神说——让开。

那几个人就慌忙退向两边，自发地让开一条道。

江若走出去两步，又停住脚步，转过身来。

“如果没记错的话，上一个骂我的在医院躺了好几天，现在妻离子散整个家都垮了。”他勾唇一笑，无所谓的样子，“你们要是不信，大可以亲自试试看。”

离开筒子楼，江若没有立刻回枫城，而是一个人在镇上瞎溜达。

边走边想，把张绍元打进医院的是我，搞垮他的却是席与风，我有什么好得意的？

倒像狗仗人势了。

路过镇中心小学，江若站在围栏外，看一帮小孩在操场上你追我赶地疯跑，欢笑声响彻云霄。旁边紧挨着的中学则安静许多，偶有学生进出，也都抱着书脚步匆匆，许是赶着回教室温书，不忍蹉跎岁月。

教学楼几经修葺，早已不是江若在时的样子。他还特地绕去后门，看看原本上午用作舞蹈室、下午改作画室的那间活动板房，还在不在。

或许他的形迹太可疑，被门卫大叔当成不法分子叫住。

江若只好告诉他自己曾经在这里念书，想知道现在学校还有没有舞蹈社团。

“舞蹈社团？早两年就取消啦。”大叔回想了下，说，“先前有个从这儿出去，以全国第一的成绩考上枫城舞蹈学院的，学校还把他的名字和那些优等生的一起挂在荣誉墙上。”

“……是吗？”

“是啊，多光荣。不过后来听说那学生辍学了，因为一些不光彩的事，好像还进了局子，荣誉墙上的名字就被撤了，舞蹈社团也跟着没落，渐渐无人问津喽。”

昨晚没睡好，江若在回程的大巴车上打了会儿瞌睡。

如此短的时间里，竟然做了个梦。

空旷的房间，吴萍坐在正中的一把椅子上掩面痛哭。

问她为什么哭，她就抽抽噎噎地说自己命苦，第一任丈夫酗酒家暴，第二任丈夫是个变态。

她从小就是他们那片最漂亮的女孩，人人都说她会嫁个好男人，有个好归宿，谁能想到她的命这么苦。

梦里的江若，和小时候一样，上前拉住妈妈的手，告诉她，那你还有我呀。

谁知上一秒还在哭泣的女人，下一秒突然抬起头，面目狰狞地说：“你算什么东西？我倒宁愿从来没有生下你！”

等到江若害怕得后退，女人又收起了暴怒，摆出可怜至极的模样，轻轻地拉过他的手。

她的语气低微得近乎乞求：“宝贝乖，赵叔叔喜欢你，他会给你钱学跳舞……只要你听话，我们母子俩就有好日子过了。”

醒来时后背爬满冷汗，江若大口喘气，良久才平复一场噩梦带来的恐惧。

这也是他临走前，连母亲遗照都不愿多看一眼的原因。在他年幼弱小需要庇护的时候，被至亲之人推向深渊，那么如今他为她做的也算仁至义尽。

毕竟吴萍卧病在床四年多，医药费几乎都是江若出的。他背上的最后一笔大额借款，是在安何心脏手术的前一个月才还清的。

江若问心无愧，所以不需要回头。

哪怕死去的是他在这世上唯一的亲人。

但是，但是……死去的终究是他唯一的亲人，哪怕他总是半真半假地告诉别人，他的家人早就死了个干净。

江若忘不了她对自己的坏，同样忘不了那双属于母亲柔软的手。

那双手曾经搀着他，带他学会走路，也曾带着他在墙上刻下身高的刻度，为他的每一寸成长欢欣雀跃。

因此直到回到枫城，江若整个人还是茫然的，好像那些支撑着他活下去的爱与恨，如大梦一场，睁开眼的瞬间消失无踪，仿佛从未存在过。

席与风见到的就是这样的江若。

他戴着口罩，一双大而无神的眼睛露在外面，有种形单影只的伶仃感。

等他从航站楼出来，席与风便大步上前。

可是江若迟钝到连确定站在面前的人是谁，都花了些时间。

继而他弯眸笑起来："你来啦。"

回去的车上，被问到后事处理得如何，江若说："我就回去送笔钱，不然哪能这么快回来。"

这态度，怎么看都不像和家人关系融洽。席与风便没再问其他相关，只说："如果需要帮忙的话……"

"你怎么整天尽想着帮人？"江若笑说，"倒真像人傻钱多的大款了。"

席与风问："谁说我人傻钱多？"

江若忙捂自己的嘴："不是我，我就随便揣测一下外界对你出钱投资我的看法。"

对此席与风不置一词。

过了一会儿，江若才说："真的没事，最近下来好几单酬劳，我现在也算脱贫奔小康了。"

"目光放长远，贪心一点也可以。"席与风说，"以后会赚更多。"

江若欣然接受了这个大饼，随即叹息道："弄得我都想去你们公司工作了。"

席与风投来一个疑问的眼神。

"在你这样的老板手下做事，肯定每天都信心满满，元气十足。"

"……"

回到席与风的住处，郑依婷刚好发来消息，问有没有时间开个短会。

五分钟后，三人语音会议开始。江若和席与风共用一个麦。

郑依婷长话短说地总结了下，主要三件事，一是给江若报的演技培训班下周开课，二是收到某网络综艺的要约，三是来了一个不错的电影剧本。

挂断语音通话后，江若把上课地址存好，打开郑依婷发来的电子版剧本，翻了好一会儿，才想起来问席与风："那个和素人约会的综艺，你说我去不去？"

席与风正要去洗澡，闻言斜睨他一眼，像在说——你看着办。

江若立马做出选择："约会哪有拍戏有意思，不去！"

刚看过的剧本里的情节在脑海中有声有色地重现，江若沉沉呼出一口气："这个角色，我要定了。”

随后没等席与风开口，江若抢先道：“你不要插手，让我自己争取。”

席与风确实有追加投资直接把人塞进剧组的打算，闻言顿了顿，问：“这么自信？”

“也不是自信吧，我想看看自己究竟有几分真本事。”江若说着扭头看向身边的人，“要是我不行，席总再出马，反正不能白投资。”

有后门不走是傻瓜，浪费资源最可耻。

席与风笑了声。

沉默一阵，江若没头没脑地问：“那你觉得，我演得怎么样？”

几乎不曾犹豫，席与风说：“你很有天分。”

“未必是天分，可能是经历的累积。”江若转回去看天花板，“有时候我觉得自己，过分地把主观意识投射在角色身上，不像在演戏，反而像在借角色宣泄。”

“只要能演好，方法不重要。”席与风说。

江若笑起来：“欸，席与风，你知不知道你现在特别像一种人？”

“哪种人？”

“像带了滤镜的家长。”

“……”

“不过你说得对，只要能演好，能让更多人看到。”

“嗯。”

“就算我死了，到天堂门口，也会抓住每一个进去的人，问他们有没有看过我的电影。”

虽然席与风不得不承认有时候自己跟不上江若的思维，但是江若对表演的渴望，他能从只言片语中感受得非常具体。

“嗯。”席与风说，“所有人都要去看你的电影。”

分明只是一句哄小孩般的附和，却令江若心神战栗。

或许因为刚经历一场死别，脆弱难以避免，心脏松动得仿佛一碰就要脱落。

休息在家的几天，江若约安何一起吃饭。

听说他母亲去世的消息，安何见他并没有流露悲伤，反而不放心：“要是难受你就说出来，你越是云淡风轻，我就越害怕。”

江若家里的事，安何多少知道一些。江若的性格，安何更是了解，他太要强，越是难过越是不会表现在脸上。

江若听完笑了：“真没事，我已经想通了，爱也好恨也罢，都改变不了她是我的母亲的事实。而她，已经死了。”

小时候最爱刨根问底地较真，等到长大，遇到再多不解的事，也只剩一句——算了吧。

或许这就是所谓的成熟。

吴萍是怎么想的，生前究竟有没有后悔过，已经无从知晓。索性一把火烧了，灰烬撒入大海，被浪花吞噬，被时间掩埋，无论好的坏的，美好的肮脏的，从此都不复存在。

后来换了个愉快点的话题。

这次的地点是安何选的，据说是枫城的网红餐厅，光拿号排队就等了一个多小时。

虽然江若并不觉得这里的菜品口味比沙县小吃强多少。

饮料倒有几分特色，一杯颜色漂亮的鸡尾酒让江若品出了咖啡、烟草和酒精三重味道，尤其是打底的烈酒，让他想起那天晚上泳池边的那口威士忌。

安何见他感兴趣，主动说之前工作过的酒吧里有位调酒师建了自己的酒庄，需要好酒可以找他订。

江若把电话号码要了去，问：“他那边支持定制吗？”

“在那边喝的话应该可以现调，成品酒怕是……”

“我的意思是，能帮忙在瓶身上刻字之类的吗？”

“你要送礼？”

“嗯啊，感谢他的栽培，明年继续努力。”

“……别告诉我你要把这句话刻在酒瓶上。”

“那不至于，我尽量表达得隐晦些。”

为了摸清席与风在饮酒方面的偏好，江若趁方姨过来送食物，特地向她询问。

不过方姨对酒也一知半解，只说席与风平常喝的应该都是苏格兰威士忌，因为他曾在国外念书，多半是那边的同学教坏了他。

和所有正常的长辈一样，方姨对席与风抽烟喝酒的嗜好深恶痛绝，说到这事，甚至想拉拢江若，让他一起帮着劝他戒烟。

“小江你懂事，平时我不在他跟前，你帮我多劝劝他，烟不是好东西，能少抽就少抽点。”

“我觉得他不会听我的，上次我收走一盒烟，他转头又拆了盒新的。”江若摊手，“而且其实我也不算懂事吧……我觉得他抽烟的样子特别帅。”

方姨恨铁不成钢：“这话可千万别在他面前说，回头他抽得更凶。”

江若笑了起来。

总之在演技培训班开课之前，江若把要送席与风的酒定下了。

苏格兰单一麦芽威士忌，二十五年陈酿，江若掐指一算，比自己的年纪还要大。

酒庄那边没现货，说圣诞前后到，所幸江若不急，心说就当新年礼物也挺好。

第一天开课的路上，江若把上回方姨交代的事转述给席与风听：“方姨说最近家里不太平，那谁谁和她儿子天天拉着老爷哭天喊地，让你提防着点，当心着了他们的道。”

席与风听完，看他一眼：“你和方姨相处得不错？”

话里有话，江若怎么会听不出来。

“……这不是重点。”江若几分气闷地说，“反正不该问的，我一个字没乱问。”

“谁说你乱问了？”席与风语气缓和，“回头你告诉她，我自有打算，不用为我操心。”

郑依婷给江若报的培训班由枫城电影学院开设，授课老师也是学院的教授，每周两次课，每次半天。

这种正经学院派的课程干货满满，极其耗费师资，因此不常开设。也正因为难得，听说刚放出招生消息，名额就被抢空。

报名的多是半路出家的艺人，或者相关行业转行过来的新人。比如爱豆转演员——江若看见《莺飞》剧组的男三，也就是女主唐佳念的地下男友苏易，也在其中。

两人不算熟，只隔着人群互相点了点头。

倒是没想到会在这里遇到真正的熟人。被人从背后拍了拍肩膀，扭头见是宋诗韵，江若惊喜道：“宋姐，你怎么在这儿？”

宋诗韵今天穿一件驼色大衣，内搭修身毛呢裙，头戴贝雷帽，俏皮中不乏淑女气息。

她把包放在江若身边的空座上，一屁股坐下来：“我就说艺术不分家，组织上派我来学点镜头表演技术，回头看能不能用在咱们舞台表演上。”

“组织上”指的自然是星回舞团。

江若虽然并不怕生，但有个熟悉的人在身边到底自在些。

一上午的课下来，两人交换笔记查漏补缺，打趣地互相称对方“学姐”和“学弟”，真找到几分念书时赶功课的感觉。

下课两人一起出教室，江若趁机问宋诗韵：“先前有没有人联系你，问起我从前的事？”

“没有啊。”宋诗韵说，“要是有的话，我肯定会告诉你。”

看来席与风只是记录知情者的姓名，并没有真的挨个联系。江若松了口气。

到门口，宋诗韵问江若去哪里，江若指着对面路边停着的保姆车："下午有个拍摄。"

顺着他手指的方向看过去，那辆明显价值不菲的保姆车让宋诗韵有些惊讶，更有微妙的情绪自眼中一闪而过。

看向江若的时候，宋诗韵脸上已换上笑容："本来我还想再介绍新舞团给你，看你这么忙，应该不需要了。"

宋诗韵说着摆摆手："我去那边打车，下堂课再见喽，大明星。"

目送宋诗韵坐上出租车，江若转身，向保姆车走去。

低调起见，江若先前交代过司机不要停在正门口。其他艺人也不乏这样想的，因此穿过马路走近，江若看见好几辆车停在这一片的绿化带旁，借着树荫的掩护。

巧的是，来接苏易的那辆车正停在江若的保姆车后面。

江若落在后面，看到苏易大步走过去，拉开车门。

然后没有立刻上车，而是和从车里探身出来的女人接了个浓情蜜意的吻。

因为离得近，江若看得很清楚，那个女人并不是唐佳念。

坐在保姆车上，江若握着手机几度踌躇，还是决定将刚拍到的照片发给唐佳念。

就在前几天，唐佳念通过微信向他分享男友苏易送她的生日礼物，还说有打算在新年向苏易求婚。

被问到会不会太早，她说："缘分来之不易，不赶紧定下来，我怕他被别人抢走。"

算不算缘分江若不知道，被别人抢走已经是板上钉钉。还是最令人不齿的脚踏两条船，唐佳念显然还被蒙在鼓里。

回想苏易上的那辆车，林晓曾经向他科普过这是富婆专用车，对方的家境多半比唐佳念的还要好。在《莺飞》剧组的担忧一语成谶，江若觉得自己以后要是失业了，可以转行去天桥上摆摊算卦。

思及唐佳念对苏易毫不掩饰的喜欢，以及在剧组目睹的两人偷偷接吻的画面，纵然江若下定决心，也难免不忍。

下手的时候稍一犹豫，竟眼花选错了人，把照片发给了同样是卡通头像的安何。

反应过来之后江若吓出一身冷汗，好在发现及时，安何应该没看到。

孰料风波平地起，刚把照片撤回，安何那边发来一个问号。

江若：……你看到了？

安何：你猜。

江若：看到就看到吧，自己人没关系，别说出去就行。

安何：他们这个圈子里的人都是这样，没有什么忠诚的概念。

这话来得莫名其妙，轮到江若缓缓打了个问号。

安何：先前我以为你知道，毕竟你和他不都签协议了嘛。

江若还是不懂：什么意思？

安何：你不会没看出来吧？其实我也没看清脸，但这车我认识，是孟岚的。

没等江若问，安何紧接着说：或许你只知道这号人，不知道名字？她是孟潮的妹妹，席与风的未婚妻。

今天席与风回来得晚，进门时发现客厅的落地灯亮着，走近一看，江若蜷着身体卧在沙发上，不知睡了多久。

听见脚步声，江若缓慢地睁开眼，抬手揉了揉，视线对焦后才笑起来："你回来啦。"

席与风看了江若一会儿，说："去床上睡。"

江若去洗了个澡，然后没回房间，而是陪席与风在餐桌前坐了一阵。

还有部分公事没处理完，席与风敲着键盘就忘了吃饭。

江若自己跑去厨房盛了一碗汤，只喝两口，就百无聊赖地撑着下巴："你最近怎么都不喝酒了？"

席与风看他一眼："你想喝？"

江若摇头："也不是很想。"

只是有些怀念那时候的任性恣意，无牵无挂。

"那酒太烈。"席与风说，"以后带你去清吧，调一杯适合你的。"

江若笑一声："以后……你知不知道，你已经欠我很多个以后了啊？"

以为他是在抱怨自己总给空头支票，席与风想了想，说："等忙完这阵，一定带你去。"

"哦。"江若点头，"下次一定。"

席与风不知道这个梗，只觉得他的语气有种失去希望的不信任感。

也可能是错觉，席与风将一勺汤送进嘴里，不由得皱了皱眉。

吃完夜宵收拾碗筷，站在水池边的江若忽然扭身："席与风，你是不是快……"

把视线从屏幕上移到江若脸上，席与风问："什么？"

江若也看着他，用一种叫人看不懂的、暗色调的眼神。

"没什么。"不过须臾，江若又恢复平日里的笑模样，"我是想说，你快点去洗澡吧，已经很晚了。"

第九幕

别这样看着我

十一月的枫城应了它的名，道路两旁的枫叶在阳光下透着层林尽染的红，漫步在街道上，如同走在童话世界里。

哪怕江若接下来的行程排得很满，并没有时间驻足欣赏，某天他从试镜地点出来，一脚踩住枯黄的落叶，发出“咔嚓”脆响，抬头仰望的同时深呼吸，也很难不生出“秋天又快结束了”的感慨。

这天的课安排在下午，授课老师提前通知说这堂课会邀请电影学院的优秀毕业生和大家交流经验。

江若特地提前到场，在教室中间靠前处给自己和宋诗韵占了两个位子，结果刚开课就傻眼，因为“优秀毕业生”是陈沐新。

看得出来授课老师非常器重这位得意门生，除了让他上讲台分享学生时期的一些学习经验，还在现场临时设置了舞台，让陈沐新把先前发布的实践课题按照自己的理解进行表演，给台下的同学做示范。

作为演艺世家的独苗，又是电影学院的优秀毕业生，陈沐新的表演是教科书级别的典范，周围许多人都拿出手机拍摄，预备当成资料反复观摩。

宋诗韵也在拍，还问江若为什么不拍。

江若含含糊糊地说：“手机快没电了，回头你发我一份。”

说完将笔记本举高挡住半张脸，唯恐一个不留神和陈沐新对上视线。

好不容易熬到下课，为拖延时间落在最后，江若谎称接他的车还没到，让宋诗韵先走。

等待的时间里，接到经纪人郑依婷的电话。

为的是上回拍到苏易劈腿的事。江若最终还是把照片发给了唐佳念，同时也联系了郑依婷，把这件事和自己的处理方法告诉了她，怎么说也算是圈内的事，他认为有报备的必要。

当时郑依婷不太高兴，除却对他先斩后奏的不满，更认为他的做法并不妥当。毕竟朋友义气固然重要，但身在这个鱼龙混杂的圈子里，适当的圆融是为了自保。

万一唐佳念看了照片不相信，觉得他有心挑拨离间呢？又或者唐佳念冲动之下拿着照片去和苏易对质，那么拍下这张照片的江若，得罪的又何止一个人？

幸而唐佳念虽然恋爱脑，却没有完全失去理智。她收到照片之后对江若说了“谢谢”，过几天又告诉他，自己已经和苏易分手了。

郑依婷在电话里说：“我向她经纪人打听过了，他们俩是和平分手。唐佳念给出的分手理由是家里不同意，苏易攀上高枝正好早有分手的心思，收场也不算难看。”

江若“嗯”一声：“那就好。”

电话那头的郑依婷叹了口气，又嘱咐他两句，让他以后别掺和这些破事，这次运气好，下次可不一定，圈子里因为插手别人感情惹一身腥的前车之鉴，简直多如牛毛。

江若乖乖应下了，说：“郑姐你放心，我下次一定直接禀报您，咱俩一起吃瓜就好，绝不参与。”

郑依婷严肃不到五分钟就笑起来：“你呀。”

这通电话也不全为这件事，后来郑依婷告诉江若，《日月荆山》，也就是上半年他参与拍摄的那部古装玄幻剧，就要播出了。

江若当时的反应是：“这么快！”

“因为原本接档的那部剧，主演近期出了点私德方面的问题不能播了，临时让《日月荆山》顶上。”

对此郑依婷很镇定，只让江若做好准备。微博那边需要配合剧组做的宣传已经交由小沈负责，他要做的就是静待观众的检阅，以及接受流量的洗礼。

按题材来说，《日月荆山》无疑比《莺飞》受众面更广，更容易火。江若心知郑依婷那边定然会进行大规模的宣传造势，期待之余，难免心生不安。

毕竟打人的视频被曝光好像还是昨天的事，越是被推到风口浪尖，要承担的风险也越大。

等教室里的人走光，江若收拾好背包，慢吞吞地往外走。

步行一阵，拐入通往门口的林荫道，抬头不期然撞上一道人影，江若下意识转身欲走。

脚步还没迈开，就被喊住。

“江哥。”陈沐新还是老样子，卫衣、牛仔裤配运动鞋，语气都是阳光的，“我有点事想跟你说。”

两人来到路旁的凉亭里。

这里极安静，偶有风吹树叶的“沙沙”声响，想必天暖的时候会有学生坐在这里看书学习。

此刻江若脚踩一片不知名的落叶，垂眸的样子只透露一种着急想走的心不在焉。

他率先将话题引入正轨："什么事？"

陈沐新也不东拉西扯，说："我正在录制一个综艺，节目组让邀请一位朋友作为飞行嘉宾参与两期的录制，我想请你。"

"我？"江若抬头看他，"我们俩算朋友？"

话里带刺，陈沐新面上却不见尴尬："算吧，为什么不算？"

江若直截了当地告诉他："我们的关系还没到成为朋友的地步。"

陈沐新看着他："我需要一个朋友，你需要曝光的机会，而且正赶上《日月荆山》宣传期，我们各取所需，何乐而不为？"

经过一晚的考虑，翌日一早，江若给郑依婷去了个电话。

郑依婷那边刚收到来自陈沐新工作室的要约，也正要联系江若，加之半月没见，堆积了一些合同需要江若签字，便让江若半小时后下楼，接他来一趟公司。

许是因为收到太多突然的消息，江若今天一大早起来右眼皮就跳个不停。

他是有些迷信的，用老一辈的话说——宁可信其有，不可信其无。

乘电梯下楼，江若一边往外走，一边胡思乱想，难不成先前的试镜黄了？还是《日月荆山》的收视要扑？

为防娱记偷拍，保姆车没在席与风住的小区里登记牌照，只能停在外面。

早高峰路上堵，车来晚了些，江若便戴好口罩，站在门口的墙根下，摸出手机消磨时间。

在众多App之间划拉半天，最终还是停在微信上。

和席与风的交流停在昨天下午，他发的一句"什么时候回"，席与风没回复。

今天江若打算换个问法。

他捧着手机正输入文字，刚打出"今天想吃"四个字，忽闻一阵杂乱而急促的脚步声逼近。

抬头看见两个黑衣黑裤、把脸捂得只剩眼睛的人向他疾步走来，江若心里结结实实地"咯噔"了一下。

想跑已经来不及，两人扬手张开一只麻袋，江若挣扎中被击中后颈，只觉意识一瞬间飘忽，随即沉入黑暗。

约莫两个小时后，施明煦敲开了十五楼会议室的门。

这里正进行一场主管例会，与会众人见施明煦就这样旁若无人地走进来，纷纷表现出讶异。

正听下属汇报的席与风也是如此："不是让你守着门，不要打扰？"

施明煦快步走到他面前，俯身耳语了些什么，只见席与风脸色一沉，紧接着便宣布暂停会议，和施明煦一起走出会议室。

还没到办公室门口，席与风就问："具体什么情况？"

施明煦汇报说："小区门口的监控摄像头拍到车牌，顺藤摸瓜查到行动路线，这辆车最初从二少爷住处附近的停车场出来。根据目前已知的信息，暂不确定这件事是否和萧女士有关。"

席与风眉宇紧蹙："我问的是现场情况。"

"岗亭目击的保安称，那辆车停得突然，两个黑衣人从车上下来，就直奔江先生去了。"施明煦赶紧说，"不过二少爷这样大张旗鼓，显然是故意留下痕迹，为的就是胁迫您将那份对赌协议作废，我猜他不敢把江先生怎么样……"

施明煦自认分析得有条有理，却见席与风的脸色越发阴沉。

"你……猜？"席与风冷声反问，然后掏出手机，拨打江若的电话。

一直等到绵长"嘟"声转为急促忙音，按掉再打，还是没人接。

大步走向电梯，席与风问："他们把人绑去了哪里？"

"那辆车开到市郊的一处摄像头死角，不知道往哪条路拐了。"施明煦咽了口唾沫，"警方那边正在紧急排查，相信很快就会有消息。"

无所适从般地在电梯前站了一会儿，席与风转身返回，在休息室门口吩咐施明煦把那份对赌协议拿过来。

尽管已经在冒冷汗，施明煦还是顶着压力说："事情还没到这个地步，只要再等几天，我们就能——"

"我让你拿来。"席与风说，"如果你还是不服从上级的命令，明天不用来上班了。"

如果刚才仅是语气冷厉，眼下已是愠色昭彰。

这是施明煦入职以来第一次见席与风生气，之前明明被萧茵用那样难听的话辱骂，他也只是事不关己般地冷漠应对。

施明煦离开后，席与风走进空无一人的休息室，站在窗前。

他又打了几遍江若的电话，依然没人接。

退至通信录，翻到席望尘的电话，手指悬在上方，终究没按下去。

这种时候，越是心急主动，越是显得在意，无异于自暴软肋。作为商人，席与风深知这个道理。

他只好放下手机，从裤兜里摸出半盒烟。

食指叩击盒底，几下都没把烟从盒子里敲出来，席与风不得不换了惯用的左手。

好不容易将烟点燃，衔住滤嘴，用力吸一口。

也是在这时候，席与风才发现除了手，他连呼吸都在不住地抖。

从昏迷中醒来，江若首先感觉到的是冷。

他坐在硬质的水泥地面上，双手被捆在身后，腿脚也被缚，嘴巴被夸张地用宽胶带封住，从鼻子里呼出的气呈白雾状。

在脑中迅速判断形势，江若睁大眼睛环顾四周。仓库模样的空旷房间，墙角堆了些废木料，往门方向看的时候和坐在门口的人视线碰个正着。

是江若见过的人，席与风同父异母的弟弟，席望尘。

可是江若不知道他把自己绑来的目的，更不知他将真面目暴露是没脑子还是故意。

如果是故意的话，要么是胆大不在乎，要么就是没打算让自己活着回去。

说不害怕是不可能的，长这么大第一次遭遇绑架，江若狠咽一口唾沫，努力让自己平静。

席望尘注意到他醒了，从折叠椅上站起来，晃悠悠走近。走到跟前时，江若发现他一只手拎着一瓶喝了一半的酒。

以为他至少会先警告自己几句，诸如“不准出声”或者“喊救命也没人听见”之类，没想到席望尘抬手，直接去撕封在江若嘴上的胶带。

这胶带粘得极紧，“唰”的一声，江若有种嘴唇连带腮帮都被撕掉的错觉。

席望尘转过身去，把门口的椅子往这边拖：“闲着也是闲着，陪我聊会儿。”

江若没什么可以跟他聊的，问：“这是什么地方？你把我绑来干什么？”

席望尘没理他，举起酒瓶往嘴里倒酒，“咕嘟咕嘟”咽下去，空酒瓶往地上一扔，碎成好几片。

江若看着玻璃碎片的锋利刃口，恨不得这瓶子是往他身上砸的。

许是喝醉了，席望尘再度抬头时，眼神有种醺然的迷离，说话都开始含糊：“欸，你……你不是那个小演员吗？”

江若丢给他一个明知故问的白眼。

席望尘嘿嘿笑起来：“还挺凶，原来我哥……”

说着，他重复念叨了几遍“我哥”，忽然又笑不出来了。

“我哥，我哥……”席望尘垮着嘴角，表情像要哭了，“我把你当亲哥，你为什么这么对我？！”

江若明白了，大约是席与风收拾了他们这对不省事的母子，难怪上回方姨说席家近来动荡不宁，让席与风多加提防。

想到这里，江若竟松了口气。至少现在，席与风应该是安全的。

“你说！”席望尘自言自语不够，找人附和自己，“你说，席与风这个人，是不是太狠了？他把项目让给我，等我接手，那些投资商就全都撤资了，我去求他帮忙，他先让我一块地，给我尝到甜头，然后让我用高价拍下另一块地，说能以更高的价格卖出去。”

“结果呢……结果那是块根本没人要的废地，我现在……现在身无分文，还欠了一屁股债……我那么信任他，他竟然把我往绝路上逼，竟然想要我死！”

江若不懂生意场上的事，听完这番声泪俱下的控诉，只觉得活该。

“他为什么不能这么对你？”江若冷声道，“你挖坑给他跳的时候，就该想到一旦斗不过他，必会遭到报应。”

席望尘愣了会儿，转而苦笑起来：“是啊，报应。怪我技不如人，还耳根子软容易相信别人……可是之后我就真没想害他。”

“这话我都不信，何况是他？”江若笑一下，牵出几声咳嗽，“就算你没动手，你的好妈妈，又何曾放过他？”

大概是自觉理亏，席望尘摇头晃脑地坐回椅子上：“算了，我跟你说这些做什么。”

过了一会儿，才反应过来似的看向江若，笑容带着几分玩味：“他连这个都告诉你了？”

江若心头一紧：“我不过是撞见过你母亲上门闹事，再结合外面的传言推测的。”

“那你知道他要结婚了吗？”席望尘问。

足有半分钟之久，江若才听见自己用很轻的声音问：“是吗？”

“是啊。”席望尘却起了看热闹的心思，从口袋里摸出手机，“不信你问问他。”

开了免提，响了三四声，那头传来席与风沉稳如常的声音：“喂？”

江若立刻闭紧嘴巴，尽量不发出声音。

“我亲爱的大哥。”席望尘阴阳怪气地喊他，“对赌协议，准备好了吗？”

对面沉默了几秒：“什么协议？”

席望尘笑了：“押上我全部股份的那份协议，你让你的亲信买通资方跟我签的，事到如今，还要继续装傻？”

回答他的是席与风的反问：“有这事？”

“你不知道不要紧。”席望尘站起来，走到江若面前，“不如来猜猜，这个小演员知不知道？”

说着他抬脚，朝着江若狠狠踢过去。

江若早预料到他会动粗，迅速偏过身让腹部受力。对于跳舞的人来说，健全灵活的四肢比什么都重要。

一脚之后又是一脚，席望尘故意把听筒凑近，江若本想忍住，却还是让一声压抑不住的闷哼传入听筒。

几乎是立刻，那头的席与风说："把他放了。"他的语气罕见地急切，"席望尘，你先把他放了，其他事我们见面谈。"

听到这话，江若无奈地闭了闭眼睛，牙齿松开被咬破的唇。

他又不傻，自是知道席与风的镇定是战术。席与风越是表现得焦急，形势于席望尘这边就越有利。

而且江若认识的席与风是个谋定而后动的人，是个从来不知冲动为何物的人。可是他刚才反常了，着急了，做出了那么不"席与风"的举动。

在铺天盖地的，几乎要将意识吞没的疼痛中，江若忽地笑了一声。

他是在乎的。

那就够了。

从一个冬天的尾声，到又一个冬天的开始，哪怕只融化冰山一角，也足够江若扬眉吐气，足够他回味很多年了。

毕竟人这一辈子，能有几个"很多年"呢？

江若卧在地上，半边脸颊贴着冰冷的水泥地面，浑浑噩噩地听席望尘抱怨。

分明已经得偿所愿，他还是哭丧着脸："那你知道，他处心积虑把我和我妈逼上绝路，是为了什么吗？"

江若连睁眼的力气都没有，只很慢地眨了下眼睛。

席望尘便当他想听，自问自答道："因为，他要为他早死的妈报仇啊。"

醉鬼的话多不可信，但是傻醉鬼的话，多少能听一点。

虽然席望尘对当年的事并不完全了解，多是像江若那样，道听途说加上猜测总结。

他说席与风的母亲是名门闺秀，父亲当年娶她是为了巩固势力，后来席与风的母亲知道萧茵和他的存在，抑郁成疾，把自己给气死了。

寥寥几句，让江若本就被寒意浸透的身体又冷几分。

对此席望尘却满不在乎："哪个有钱男人能真的洁身自好？这有什么可气的？"

他像是很久没有找到可以倾诉的对象，对着毫无反抗之力的江若，也能掏心掏肺，倾倒苦水。

"你知道吗？我妈给我取名叫望尘，是希望我……让席与风望尘莫及。"

席望尘说着，自己拍腿大笑起来。

笑着笑着又哭了，席望尘双手抱头："可是我不行，我比不过他，我就是一枚棋子，一个被他耍得团团转的跳梁小丑！

“他这个人，为达目的不择手段，我逃过了这次，下次，他还能留我一条活路吗？

“能吗？”

半个小时后，南山席家。

在接到电话，确认江若活着被解救之后，席与风推开门，大步走进去，示意身后跟着的两名保镖模样的人，见东西就砸。

保镖们毫不手软，挥着铁棍将目及之处的花瓶、挂钟、茶具都砸得七零八落，地面砸出裂缝，实木茶几也被砸得坑坑洼洼，萧茵进门后添置的几样摆件更是无一幸免。

方姨第一个从厨房赶出来，见此场景拍着心口直叫“祖宗”。

接着席成礼和萧茵也闻声从楼上下来，萧茵看见自己的“宝贝”被砸烂，尖叫着冲上去要和席与风拼命，保镖铁棍一挥，她又吓得直往后退。

三人无一能扭转这脱缰的场面，席成礼念了几遍“成何体统”，最后暴喝一声：“你疯了吗，砸自己家？”

席与风的视线扫过躲在席成礼身后的萧茵，眼神狠戾得让席成礼都浑身一凛。

“是啊，自己家。”声线也冷极，“我妈留给我的房子，我想怎么砸，就怎么砸。”

唯恐这样下去，席与风会连房子里的人也一并砸了，席成礼退一步，拿出房子的产权证好言相劝，让席与风和他去书房谈谈。

席望尘绑架江若的事，席成礼刚才已经从萧茵处得知，对此他怒其不争道：“他们俩脑子跟不上野心，你也跟他们一起发疯？”

席与风说：“既然他们不敢跟我硬碰硬，净使些下三烂的手段，我自当配合。”

“先前你们明争暗斗，所幸没有伤及席家的根本，我便懒得插手。”席成礼叹息道，“这回又是为什么？犯得着跑来大闹一场？”

“他是我一手捧起来的演员。”席与风说，“如果我连他都护不住，以后拿什么守住家业？”

后半句席与风说者有心，也的确说到了席成礼心坎上。

毕竟像席成礼这样思想传统，又在生意场浸淫多年的商人，最爱的永远是江山，在维护表面和平的同时，但凡触及到家族利益，也能够狠心做取舍。

席成礼的语气缓和了些：“我一直都知道，你是个懂事的。”然后接着说，“不管你母亲如何，我对你，始终都有亏欠。”

至于亏欠的缘由，既然都不想提起，索性省略。

按照以往的经验，席成礼认为先前用得顺手的怀柔政策，放在席与风面前也同样适用。

“你们小一辈的在外面胡闹，我是管不住也没法管，不过既然还知道回家，和孟岚的婚事就早些落实吧。”席成礼说，“经过这次，你应当知道，如果有孟家支持，你弟弟和萧姨别说付诸行动，怕是连歪脑筋都不敢动一下。”

席与风面色倏然沉敛。

这事老生常谈，哪怕在公司碰面，谈完公事，席成礼也不忘催促几句。并且相比先前的大动干戈坚决反对，如今席成礼对他的私生活睁一只眼闭一只眼的态度，已算退让。

“而且我需要一个由头，将房子名正言顺地转到你名下，连同这让人眼红的位子一起。望尘头脑简单又冲动，难保以后不再挑起事端，我也不想看到你们兄弟阋墙。”

如果前面只是劝告，最后那句便是绵里藏刀，含有明显的告诫意味。

“无论从前如何，至少这件事上，我是全心全意为你打算。”席成礼看着席与风，“你是个聪明的，别让那些无足轻重的人、无关紧要的事，毁了席家，也毁了你自己的前程。”

江若醒来时，已是夜晚。

单人病房，白墙蓝窗帘，头顶的铁架上挂着吊瓶，随着气泡规律地升起，似乎能感受到冰凉的液体一滴接着一滴灌入身体。

茫然没持续多久，江若就被腹部传来的痛感弄得倒抽气，他挺起脖子，试图去看疼痛的来源，却被一只手按住肩膀，又躺了回去。

“别乱动。”是席与风的声音，“我喊医生过来。”

医生很快赶来，检查了江若的伤口，让护士给他打了一针止疼。

药起效很快，一刻钟不到，江若后背的冷汗就退了下去。

席与风还是不让江若坐起来，只把床摇到三十度角的位置，喂他喝水的时候，甚至用手小心地托着他的后颈。

江若只喝两口，就别开脸表示不喝了。席与风便轻轻将他放回枕头上，把床摇平。

明明该有很多话要说，很多事要问，可是两人仿佛达成某种共识，很长一段时间里，都没有发出声音。

后来是席与风打破平静，问始终睁着眼睛的江若：“还疼吗？”

江若摇了下头。

“睡不着？”

江若“嗯”一声。

席与风便按亮床头的灯，暖黄灯光洒下的同时，一双眼睛静静地凝视着江若。

江若不得不咧开嘴角，或许因为唇上的伤口结痂不久，笑容里总有几分挥之不去的滞涩。

再度把床摇高，席与风扶着江若坐起来，顺势去掀他衣服的下摆。

除了腹部的一大片青紫，腰侧、后背都有大小不一的皮下瘀血，在周围白皙皮肤的衬托下，显得格外触目惊心。

由于脖子上也有伤，江若没法大幅度扭头，只从席与风阴沉的表情里猜测，伤处应该不太美观。

“看不见的伤养养就好。”江若豁达地说，“脸没事就行。”

席与风看他一眼。

江若大惊失色：“我不会破相了吧？”

拿到自己的手机，江若打开前置摄像头对着脸仔仔细细照了一遍。

“还好还好，就嘴唇破了。”江若把手机扔旁边，忽然想起什么，对席与风道，“这是你弟用胶带粘的……我还没演过吻戏呢。”

席与风正提着水壶往玻璃杯里倒水，闻言头也没抬：“想演？”

“不想。”顿了顿，江若说，“但……还是想演电影。”

放下水壶，席与风全然没有犹豫：“好。”

江若在心里松了口气。

他能猜到席与风的打算，无非是想给承受无妄之灾的他一些补偿。他也没有理由不接受。

比起拿人家的手软，江若更怕席与风对他心怀愧疚，用不知该拿他怎么办的眼神看他。

可即便如此，后续席与风给予的照顾，仍然超出了江若的预期。

住院的第一晚，江若起夜两趟，都是席与风扶着他去的洗手间。

江若甚至怀疑他根本没睡着，不然为什么每次自己刚撑着胳膊坐起来，他就已经来到床边了？

吃早餐的时候，江若委婉提出这边不需要人照顾，让席与风该忙忙，不用管他。

“不忙。”席与风说，“等下要做身体检查，我带你去。”

上午有好几项检查，血常规，超声检查，还要测量体温和血压。

这让生病后习惯硬扛的江若很不适应，尤其身边还跟着个人，自己无论站起还是坐下，这人总是伸手来扶他，让他有一种自己半身不遂或者命不久矣的错觉。

他分明只是被踹两脚，受了点不算严重的伤，席与风何至于如此上心，亲自守在病房伺候他？

检查完毕，江若又要方便，席与风把他送到洗手间门口，又要跟进去，江若眼疾手快地抬胳膊撑住门框：“我自己来就行。”

席与风盯着他看了会儿，到底还是后退一步："有事叫我。"

关上门，坐在马桶上的江若严肃思考：还能问他要点什么。

再这样下去，估计他伤还没好，人先疯了。

好在下午席与风要去公司，走之前说下午会有访客，如果不想见就让他们回去。

江若指向门口："可以先让这两位大哥回去吗？"

只见病房门外，两边各站着一名身材魁梧的黑人保镖。

"他们不会影响你休息。"席与风说。

"可是我不需要保护。"江若小声说，"其实我觉得你更需要……"

保镖到底留下了。

下午先来的是小沈，她带来一束花，正好插在病房桌子上的花瓶里。

唯恐耽误江若休息，小沈只说工作上的事不要紧，郑依婷那边已经联系合作方调整了时间。

被问到郑姐这阵子是不是很忙，小沈踌躇片刻，如实道："其实昨天事发后，除了在保姆车上的司机和我，郑姐也接受了调查。"

原来是因为席与风认为绑匪出现的时间与江若下楼的时间重合得太过凑巧，本着宁可错杀、不可漏放的原则，把所有涉事人员都揪出来查了一遍，和江若约定见面时间的郑依婷自是不能幸免。

江若听完诧异道："怎么会怀疑你们？绑架我的那辆车应该就埋伏在附近，所以动作那么快。"

小沈说后来经查证监控视频确是如此，那车一大早就在附近的路上来回转圈，看到江若出现，就径直开了过去。

"也怪我们不好，明知早高峰堵车也没换条路走，如果能早点到，说不定就没这事了。"小沈懊恼地说。

"不怪你们啊。"江若说，"对方有备而来，昨天没成，说不定是今天，或者明天、后天，这属于是命中注定有此一劫。"

小沈被他逗笑。

临走前，小沈说："江老师好好休息，工作都不急，席总说了一切以您的身体为先。"

江若应下了。

小沈走后，有警察来做笔录，安何是第二天下午来的。

他一个人，把孟潮的礼品一块儿捎来，一个果篮和一个摸着很厚的红包，江若指着果篮："这个是你准备的。"

安何笑嘻嘻："知我者莫若江哥也。"

两人见过对方最落魄的一面，揭不开锅的时候，经济状况稍好的那个会趁水果摊收摊前打折，买一堆有烂洞的瑕疵水果回来，两个人分着吃，美其名曰"减少碳水摄入的同时，补充身体所需的维生素"。

这会儿不用吃烂水果了，安何边削着水灵灵的红富士，边感叹三十年河东三十年河西，谁能想到有朝一日他俩会在单人病房里吃篮装精品水果，门口还守着俩壮汉保镖。

江若强忍着笑："你可别逗我啊，我一笑就肚子疼。"

安何就换了个下头的话题："你知道我来前听说了些什么吗？"

"什么？"

"说席与风带人去拆家，席家闹得鸡飞狗跳。"

"……"江若沉默了会儿，"为什么事闹？"

安何咬一口苹果，"嘎巴嘎巴"地嚼："外面传的版本有点离谱。"

"怎么个离谱法？"

"说席与风不惜和家里对抗，拒绝联姻。"

这回沉默持续更久，江若再开口时，不那么确定地问："真的？"

安何看着他："可是孟哥……孟潮说，婚期差不多定下来了，明年春节后。"

江若放在被褥上的手一下收拢，攥出几道指印。

自是没能逃过安何的眼睛。他三下五除二把苹果啃完，又拿起一个梨。

江若一时无言。

"是你说的，你清醒着呢。"把削好的梨和水果刀一并放在盘中，安何说，"那就好好想一想。"

由于没把被绑架的事公开，住院的五天内，江若没接待几位探病者。

倒是出院这天来了不少人，郑依婷、小沈、老刘，孟潮也露了脸，说上回忙，没跟安何一起来，还望大明星见谅。

趁席与风走开，江若问他："你是不是也要结婚了？"

孟潮愣了下，一时不知该把重点放在"结婚"上，还是"也"字上。

没等他回答，江若笑着摆摆手："随便问问，你别这么紧张。"

方姨也来了，从住院部楼下到停车场的一小段路，一老一小互相搀扶着走在人群末尾，时而聊两句。

"这回可真是苦了你。"方姨大致听说了来龙去脉，握着江若的手道，"席家这些年都不太平，小风也不容易，你千万不要怪他。”

“我怎么会怪他。”江若说，“这事又不是他做的。”

方姨点头：“说起来，我还是第一次见小风发那么大火。”

江若抿唇笑笑，没说话。

“外面的人都说他像老爷，专横独断，敏感多疑，其实我倒觉得，他骨子里还是像夫人多一些。”

等了一会儿，没听到江若的声音，方姨问：“你不问我，他哪里像他母亲？”

江若说：“这不是我能问的，回头让他知道了，又该不高兴。”

方姨听了这话，拍拍他的手背，叹了口气：“你们两个，真是……”

后来江若琢磨了一路，也没想明白方姨没说完的话是什么。

到医院外面，无关人等都散了，方姨由老刘送回去，席与风和江若一起坐保姆车，司机的位子和后面用隔断分开，车里很安静。

这让江若有些不适应，他拉开窗户遮布，一边看向外面一边问：“事情都处理好了吗？”

指的是席望尘搞出来的事。

席与风“嗯”了声。

“那个什么对赌协议，没让他得逞吧？”

“没有完全废除，我做了一些让步。”

个中曲折，江若就算不懂，也能猜到不容易。这阵子席与风虽然每天都会来医院，但眉宇间浓郁的疲色却作不了假。

过了一会儿，席与风又说：“他对你实施的绑架和暴力行为，已交由警方处理，不日定会判刑。”

江若先是愣了下，意识到席与风是以为他要追究责任，不由得失笑。

“是你主动交代的，我可没问啊。”江若说着，推着席与风往靠背后仰，“还有好久才到呢，你眯会儿吧。”

这一眯，就从车上眯到了家里。

连日积攒的疲累在这场睡眠中得到释放，醒来后的席与风一扫昏沉，视线仿佛也清明几分。

从卧室出来，首先便看到站在餐桌前的一道修长身影，还有笼罩在他周身暖融融的灯光。

没来由地感到安心，席与风走上前。

江若在根据方姨提供的食谱揉面，打算做疙瘩汤，揉着揉着忍不住揪了一小团面，捏了个带尖耳朵的动物。

席与风盯着看了会儿，不甚确定地问：“猫？”

“不对，是你。”

“……”

江若笑弯了眼睛：“来，喵一个听听？”

席与风自是不可能学猫叫，后来反而是江若，叫了好几声。

吃完饭，席与风在阳台抽烟。恍惚地看着他的背影，江若伸出两只手，伸直拇指和食指，两手比数字八，一正一反指腹相接组成个框。

像少年时期无数次做过的那样，像框住夜幕中最亮的那颗星星一样，把席与风框了进去。

好像这样做，时间就可以定格在此刻。

十二月下旬，电视剧《日月荆山》在上星卫视和视频平台同步播出，第一集就迎来了收视开门红，官方微博放出高清剧照庆祝，并艾特几位主演。

小沈一大早就发来贺电，问江若要不要亲自登微博看看，他的粉丝数和超话关注数逐秒暴增，比男女主角的涨粉速度都快。

江若受到关注主要是因为一张动图，图上的他黑发及腰，白衣飘飘，在镜头推近时悠然转身，莞尔一笑。

一个出现在预告片里的片段，不知谁起的头发到网上，被路人和营销号跟风转发，半天工夫，江若就被冠上了“古装第一美人”的称号，配的文案尽是些“美人如画”“明艳不可方物”“这才叫‘回眸一笑百媚生’”之类的形容。

夸张到没眼看，江若点开评论翻了翻，新来的粉丝们满口虎狼之词，江若更羞耻了。

从小到大接收过许多或艳羡或嫉妒的目光洗礼，江若从来都知道自己拥有外貌优势，但是头回面临如此大规模的赞美，总归有点心惊肉跳，唯恐这是捧杀的前兆。

好在除了颜值，他在剧中表现也可圈可点。虽然前两集他的出场镜头不多，但是和剧中的几位科班出身的演员搭戏时毫不怯场，非但不存在拖后腿的情况，甚至有几幕十分亮眼。

江若点进超话，里面一片繁荣景象。几位眼熟的老粉都把头像换成了《日月荆山》里男二的剧照，每当出现新人报到帖，他们就冲上去指路超话置顶，那里放着江若的个人资料，还有参演的电视剧以及一些精彩剪辑。

江若也因此学到了一个新词——按头安利。

和郑依婷见面的时候，江若先问："那个动图——"

"还真不是我们营销部门的手笔。"郑依婷放下手中的文件，说，"我们的宣传安排在第三集出来，配合剧组一起。不过这动图带来的正面效应不错，我们已经追加了一波，趁热度还在。"

江若不懂这些资本的操作，只觉得这事发酵得挺意外。

对此郑依婷说："多的是这种无心插柳柳成荫的事，要不怎么说'小红靠捧，大红靠命'呢？有时候不是能力不够，是缺一阵东风，所以在这个圈子里心态要放平，功利心太强反而容易起反效果。"

江若问："那我算功利心强吗？"

"还行吧，你是艺术家心态，比起那些身外之物，更想获得认可和赞誉。"

"其实我还是挺在乎身外之物的。"

"那趁早把那文艺片推了，片酬太少，还不如拍两集电视剧挣得多。"

"别啊郑姐，我刚又想了想，名和钱两手都要抓，两手都要硬。"

郑依婷笑起来。

这次见面主要为了签合同。

江若上回的试镜成功了，一部外籍华裔导演的文艺片，题材比较边缘，郑依婷说可以借这部片去冲一冲国外的奖，给自己的演艺生涯镀层金。

江若倒没想那么多，他单纯喜欢那个角色，想把他演好。

听说这次试镜席与风没有帮忙，江若不太信："你们不会是在忽悠我吧？"

"有必要吗？"郑依婷边翻文件边说，"导演你也见过了，多醉心艺术的一个人，花钱买角色这件事，在他的组里绝对不可能发生。"

江若安心的同时笑了："这才是真正的艺术家。"

两人聊完电影聊综艺。

被问到陈沐新那边的要约考虑得怎么样，江若又犯了难。

"我个人是建议去。"郑依婷说，"一来《日月荆山》在播，综艺作为剧宣辅助很合理，二来陈沐新形象好、人气高，人都把大腿伸过来了，不抱白不抱。"

道理江若都懂，可是他没法把陈沐新和他的尴尬情况让旁人知道。

江若问："那边的答复期限是这个月底？"

"是的。"

"再让我考虑两天吧。"

郑依婷应下了。

后来说到上次的绑架，郑依婷说自己只是配合警方接受了调查，没有被当成怀疑对象。

对此江若还是感到抱歉："一定吓着你了吧，郑姐？"

郑依婷说："可不嘛，你要是出事了，我成为金牌经纪人的梦想也就破灭了。"

江若听了又笑："郑姐手下还有好几个呢，少我一个不少。"

他这话仿佛是提醒，签完手里的合同，郑依婷正色道："虽然为时尚早，但我还是先问问你，如果……我是说如果，将来你和席总分道扬镳，和我这边的经纪约，是否有继续的打算？"

听到"分道扬镳"这个词，江若的心骤然下沉。

那把悬在他头顶的刀，在随着时间的推进，一寸一寸落下来。

花了点时间平复心绪，江若尽量镇定地开口："回答这个问题之前，我想知道，我和席总的合作关系，是不是影响经纪约的因素？"

"起初是，现在不是。"郑依婷直言道，"你的演艺道路已经铺展开，也早已为公司盈利，今后就算继续往你身上砸资源，回报也将远高于投入，席总作为投资方并不直接插手运作，所以这是互不影响的两码事。"

江若点头："也就是说，就算和他结束合约，我们也可以保持合作？"

"当然可以。"

"那为什么不继续？"江若身体后仰，呼出一口气，"能碰到郑姐你这样优秀的经纪人是我的运气，而且我自认足够努力，配得上这份运气。"

而且，生活也要继续。

年末席与风比平时更忙碌，前阵子席望尘的事刚平息，这阵子又陀螺似的转个不停，酒会应酬也多了起来，好几次回来时醉醺醺的，顾不上洗澡倒头就睡。

两人的交流变少，对江若来说反而是好事。

他想安静地过完所剩无几的时光。

圣诞前一天，有同城快递送到，是江若上个月月初订的那瓶酒。

玻璃瓶瓶身剔透，里面的液体是清澈的橙黄色，用定制的柚木盒子装着。酒庄附送了绸缎扎带，江若用它在盒身上扎了个蝴蝶结，颇有几分节日礼物的样子。

手指触到瓶身下方的一行不起眼的字母，江若不禁失笑。

当时的自己多么天真。

当天傍晚，江若接到席与风的电话，问他晚上有什么安排。

江若说："吃饭，睡觉……"

席与风在电话那头笑一声："听说今天收到了赞助商的礼物？"

“嗯。”江若正坐在沙发上，看向身旁的纸袋，“一套西服，休闲款。”

“穿上，出来。”

“嗯？”

“我这边脱不开身。”席与风说，“和你一起吃晚餐。”

江若把新衣服穿上，对着镜子照了又照确保着装得体，行至客厅时，看一眼摆在桌上的酒，还是走过去，把它带上。

反正没人会注意到那行字。

正如那种觥筹交错的名利场，没人会注意到他送出的是一瓶酒，还是别的什么。

到锦苑，在服务员的引领下进到包厢，扑面而来的并非嘈杂吵闹，而是幽谧的爵士乐，江若才知道这是一个并没有太多人参与的小型社交场合。

席与风姿态有几分疏懒地坐在靠里的沙发，见人来了，抬手招一招。

周围的人便让出一个位子，让江若坐到席与风身边。

西装是量身定做，衬得江若腰细腿长，且颜色银灰，和席与风穿着的深灰相得益彰。

假装没察觉到席与风眼神里的欣赏，江若把手中的酒递过去。

席与风挑了下眉：“给我的？”

“嗯。”

“不是说方姨不让我喝酒吗？”

“今天过节。”

或许觉得过平安夜是小孩子的习惯，席与风接过酒，没细看就放在面前的茶几上，转而问江若：“想要点什么？”

“我想今天早点回去。”江若笑着说，“你和我一起。”

可是有些愿望看似简单，实现起来却那么难。

江若坐下没多久，就有人捧着酒杯过来攀谈。

来来去去无非一些场面话，“大明星”“一表人才”“前途无量”之类。不过最近《日月荆山》的热播显而易见地让江若知名度提升，至少在场的几位公子哥带来的女孩中，不乏看过这部剧的，甚至有两位羞答答地来找他要签名。

江若没有理由拒绝，问服务生要了支笔，在印有锦苑标识的面巾纸上写名字。

其间有个女孩趁席与风和旁边的人谈事情，小声问：“你和席少是怎么认识的呀？”

这种场合江若不是第一次来，也大概知道席与风在这帮人当中的地位。一般来说，想要攀上这个级别的公子哥，大多需要下一级，也就是这几个女孩跟的那些家伙的引荐，才可能有机会。

江若心觉好笑，倒也没表现在脸上。

两个姑娘对视一眼，接着又问："听说你跟席少关系不好，真的假的啊？"

想必听了不少他的传言，江若反问："你觉得呢？"

女孩讪笑："我看你们俩挺好的。"

最后还不忘套近乎："听说你们演员拍戏很忙，下次有空的话我们一起——"

"没有下次。"江若说着，把签好名的纸巾递过去，神色和语气一样平静，"这是我最后一次跟他来这里。"

江若原本以为，即便厌恶这样的场合，他也能凭借演技，将体面维持到底。

可他高估了自己。

酒过三巡，当服务生来敲门，说隔壁包厢的孟岚小姐想和这边的朋友拼桌一起过平安夜时，江若的手不由得握紧。

席与风显然不知孟岚就在隔壁，面对众人或揶揄或玩味的眼神，皱眉道："这边人多，不方便。"

五分钟不到，服务生去而复返，说："孟岚小姐说今天是她的生日，既然没办法拼桌，她想向席先生讨样东西。"

席与风问是什么，服务生回答："一瓶装在木盒里的酒。"

几乎是立刻，江若看向茶几上的酒。

一句"不行"已经到嘴边，他听见席与风用极其随意的口吻道："那就拿给她。"

"再捎句话，祝她生日快乐，生日礼物我择日送过去。"

而这屋里唯一用木盒装的酒，就是江若带来的这瓶。

大概也察觉到过于巧合，席与风看向那服务生，服务生立刻道："是孟小姐要求的，我只是听差办事。"

停顿片刻，席与风伸手去拿那瓶酒，江若抢先一步，手掌按在木盒上方。

"这是我送给你的。"江若说。

他的表情很淡，叫人辨不出情绪，手却按得很紧，一副动物护食般的姿态。

席与风眉间褶皱更深："一瓶酒而已。"

"是啊，一瓶酒而已。"江若转脸看他，"可它是我送给你的。"

空气一时凝滞，包厢里静得落针可闻。

当着这么多人的面违抗他的命令，江若知道自己此刻的行为称得上不懂事，可他顾不得那么多。

贫穷贯穿了他人生的前半段，这是他拼命压榨自己，耗竭勇气，能拿出来的最宝贵的东西。

可席与风只会认为他不懂事。

“既然是送给我的东西，那我应该有处置的权利。”

席与风声音低沉，隐含愠怒，手上一使力，将装着酒的木盒从江若手中抽了出去。

席与风随后递给服务生，转身时，神色已恢复平静。

因而类似安抚的话语落到江若耳朵里，只剩下雪一样的冰冷。

“再买就是了。”席与风说。

江若不知道自己是怎么来到包厢外面，又是怎样背靠墙壁，身体慢慢下滑，直到颓然蹲下。

他猜自己现在的样子一定狼狈极了。

可他算什么东西？有谁会在意他的不愿意，体谅他的不开心？

江若深吸一口气，告诫自己再忍耐一会儿，再坚持一会儿，都会过去的，那个叫孟岚的女人也不一定能发现那行字，毕竟它那么不起眼。

和自己要给席与风的东西一样，那么不值钱。

做了几个深呼吸，刚站起来，隔壁包厢的门突然打开，从里面走出一个打扮靓丽招摇的女人。

照面的瞬间，两人俱是一愣，而后江若扭头欲走，被女人叫住。

“江若是吧？”孟岚双手抱臂，上前两步，“席与风叫你来的？”

这种时候本该思考如何应对，江若心里却不合时宜地想——原来不止我一个人叫他“席与风”。

不过片刻，江若转身，对孟岚笑了笑：“是啊。”

没必要掩饰，他太清楚自己在旁人眼里，不过是席与风召之即来挥之即去的小角色。

似是把他的态度理解为挑衅，孟岚脸色沉肃几分，而后又笑起来：“也是，就凭你，不可能在这种场合出入自由。”

江若不置可否地“嗯”了声，猜测对方没什么要说的了，转身又要走。

“听了外面那些传闻，我还以为你是个人物。”孟岚说，“现在看来，不过如此。”

毕竟那酒转手之后，都不算一件正经礼物，至多算添个彩头，席与风说生日礼物会择日另送。

江若背对孟岚，什么都没说。

“谢谢你的酒，味道很不错。”

孟岚说着，目视着那背影消失在一扇门后，没有看到想象中的失魂落魄，或者崩溃抓狂，颇有些遗憾地撇了撇嘴。

转身走到栏杆前，手撑在上面往下看，乐声喧沸，灯影缭乱，孟岚的眼神却黯淡下来。

忽地嗤笑一声，她自言自语般地咕哝道：“真没劲。”

回到包厢里的江若，收到了特地为他调制的一杯酒。

席与风正和身边的人谈公事，腾出空对他说：“上次说好的，给你调适合你的酒。”

还真是信守承诺。

江若盯着那杯浅蓝色的鸡尾酒看了好一会儿，伸手拿起来，仰头一饮而尽。

旁边有人鼓掌吹口哨：“江大明星好酒量。”

江若脸上泛着一层极浅的红，像是酒刚下肚就醉了。

醉了就可以将一切都忘记。

于是江若举起空酒杯，朝着吧台方向：“再来一杯。”

幸而那酒不算烈，江若连饮几杯，还能逻辑清晰地与人交谈，站起来时脚步也不显虚浮。

时间来到十二月二十五日零点，隔壁送来几块孟岚的生日蛋糕，在场众人都吃饱喝足，便拿这蛋糕当道具，抠一指奶油就往身边的人脸上抹。

欢声笑语中，只有江若格格不入。他走到桌前，弯腰也拿起一块切好的蛋糕，却往嘴里塞。

面对投来的诧异目光，江若边嚼蛋糕边笑：“蛋糕是用来吃的，你们有钱人却拿来抹脸，多可惜。”

后来众人围坐在沙发前打牌聊天，有个公子哥说到前阵子发生的糗事，说那天自己身上带了一沓用来给小费的现金，没想上个厕所裤子一脱掉马桶里了，整整五十张红票子，“哗啦”一声，一瓢水冲了个干净。

大家都在笑，说这是一个有味道的笑话，江若却颇有几分认真地对那讲笑话的人说：“下次可以叫我，我来帮你捡啊。”

说着他就掏出手机，要和那人加微信。

被席与风横空将手机夺走，江若也丝毫未觉哪里不妥，干脆不要手机了，站起来走到包厢中间的小舞台上，对着立式麦克风说：“在座各位兴许听说过，我以前是跳舞的。我不会讲笑话，今天这么好的日子，就给大家跳支舞吧。”

在周遭掀起的起哄声中，江若脑中嗡鸣，仿佛也找到了一种今宵有酒今宵醉的豁出去。

反正是最后一次，反正都已经这样了。

不会有更糟糕的了。

被席与风带到洗手间，门“砰”地关上的巨大声响，将沉浸在醉生梦死中的江若震得浑身一颤。

席与风强迫他抬头：“你在发什么疯？”

江若眼神迷离，凑近半晌才找到焦点，一瞬不瞬地看着席与风。

“没发疯啊。”他说，“放得开，玩得嗨，不好吗？”

随着他开口，酒气扑面而来。确认了这一点，席与风皱了皱眉，语气却沉缓下来：“你喝多了。”

“是啊。”江若垂低眼帘，低声重复，“喝多了。”

席与风松开手，又去拉他的胳膊：“走吧，我们回去。”

江若却不肯走了，摇头道：“我不走，今天过节，我还要在这里玩。”

他的手握着门把借力，几次没把人拉动，席与风忍无可忍道：“江若！”

这一声让江若怔住，手也随之一松。

席与风顺势连拽带扯把人从门板上扒下来，空出地方把门打开。

转身时，轮到他愣在原地。

因为他看见一双通红的眼，以及眼眶里盛着的水液。

很薄的一汪，在顶灯的照射下泛着细微的光，却让席与风觉得刺眼。

今天老刘告假，席与风开出来的是另一辆越野车。

行到半路，两人都没说话。

像是累极，江若歪在副驾座椅上眯了会儿，睁眼时有一瞬的恍神，搞不清自己身在何处似的，扭头发现席与风，才扬唇笑问：“现在回去？”

席与风偏过视线看他，见他眼中的红已经消失，很低地“嗯”了声。

过了一会儿，江若问：“刚才，我是不是给你丢脸了？”

席与风双手搭在方向盘上，不说话。

江若便当他默认：“没办法，我们缺惯了穷怕了的人，听到你们有钱人说点什么，都觉得在影射自己，都觉得扎心。”

这话有些熟悉，江若想起很久之前，他曾给席与风讲过一些穷人习惯，比如得到好吃的东西都会一次吃个够，唯恐以后再没机会。

好像并不是很久之前，他们认识才几天。

可究竟是什么时候说的，江若想不起来了。

酒精果然误事。

他便给席与风讲还记得的那些：“你听过外面关于我们俩的那些传闻吗？”

席与风不出声，江若继续说：“有说你把我捧上天的，要什么给什么。有说你跟我关系很差，说我总是当面给你难堪……可能就跟刚才在锦苑那样，说你忍我很久了。

“还有说你要结婚了，家里安排的……但是你拒绝了。”

江若的声音很轻，口吻平淡得有种娓娓道来的感觉，却让席与风握着方向盘的手倏地收紧。

沉默持续几秒，江若听见席与风问：“听谁说的？”

“需要有人向我提起，我才能知道吗？”江若面上的笑容也很浅，“正好我也有事要告诉你。”

席与风被动地沉默着，听江若说将要作为陈沐新的圈内朋友，去参加某档综艺的录制。

被问到原因，江若说：“稳赚不赔的买卖，为什么不去？”

“如果我没记错的话，公司给你安排的资源并不少。”

“资源哪有嫌多的？而且从你这边拿的话，还要麻烦你投资……”

“所以你嫌麻烦？”席与风冷声问，“还是说，开口求我，比求他要难？”

一个“求”字，让江若顿时哑口无言，喉咙里像被塞了团棉花，吐不出也咽不下，胀得胸口都发闷发疼。

同时一记警钟敲响在脑海里，震耳欲聋地提醒他，席与风终究看不起他们这些蝼蚁一样在尘世间挣扎苟活的人。

他们好像回到了第一次见面的地方，江若在楼下仰望，席与风在楼上俯视。

他们之间从来没有平等过。

车行到市中心主干道，节假日出行的人多，导航显示前方至少三个红绿灯内都是拥堵状态。

驾驶座旁的车窗降下，席与风摸出一支烟衔在唇边，拢火点上，只吸一口，就将烟夹在指间，手肘搭在窗框上，目视前方的车流，有些不耐烦地弹了弹烟灰。

这是江若第一次看到席与风在车里抽烟，于是盯着多看了会儿。

然后江若不由自主地倾身去够，要抢他手里的烟。

等红灯的间隙，两人玩了一场你抢我躲的“游戏”。

最后虽然没抢到，倒让僵持的气氛缓和了些许。席与风把烟按灭在车载烟灰缸里，眉宇紧蹙，不悦又无奈的模样，问江若：“闹够了吗？”

“还没。”

“又想要什么？”

江若笑得粲然，并没有说什么，他却懂了。

直到回到那空旷的大平层里，席与风也没有继续之前的话题。

江若忽然想起那天躺在仓库冰冷的地面上，听落魄潦倒的人哭诉心声，诠释望尘莫及的含义。

没有告诉任何人，当时的他，曾有一刹那能与那浑蛋共情。

或许同样是穷途末路的人被逼到绝境，或许同样身为棋子，又一同失去存在的意义。

冷不丁又想起，席与风曾经说过，我没你想的那么可怕。

江若忍不住想笑，这还不可怕？

第十幕

不会再回来

年关在即，席与风抽出时间，去孟潮那边走了一趟。

孟潮也罕见地在公司待着没乱跑，席与风敲门进去的时候他正看着一份文件发呆，人走到跟前他才反应过来，胡乱把文件反过来丢在桌角。

瞥一眼，看见那纸上明显的某医院标志，席与风问：“伯母身体不舒服？”

“没。”孟潮说，“就一份体检报告。”

席与风便没再多问，两人坐下谈公事。

孟家和席家又有合作的打算，这回的项目由席与风本人主导推进，孟家主要负责投标和招商。

对此孟潮开玩笑说：“你也知道，我们家做生意向来稳扎稳打，这次冒这么大风险，完全是看在你的面子上。”

席与风当然知道。

之前本想借那份对赌协议一举将席望尘和萧茵扳倒，拿回他们母子俩手中的股份，谁想竟出现意外。做出让步之后，对他们的打击变得十分有限，加上席成礼有意平衡两边，甚至维护那母子俩，小惩大戒就让这事过去了。

席与风也明白这样做是为了向他施压，从而推进他和孟家的联姻。而且目前看来，也确实只有这一个办法，可以在获得孟家支持的同时，打消席成礼的戒备，让他放松警惕。

“嗯。”席与风淡声说，“我不会让孟家吃亏。”

“谁说这个了。”孟潮笑，“我的意思是，咱们现在不仅是一条船上的人，很快也是一家人了，互相帮助是应该的，不用分得那么清楚。”

席与风笑一声：“就走个形式，也算一家人？”

前两天席与风跑了趟孟家，当着二位长辈的面签下以婚前协议为名目的合作协议。其中的条目已然挑明这是一份为了让合作双方都安心的协议，讲明了婚姻的有效期、财产的归属，以及婚内需要遵守的规则，唯独没有讲普遍意义上的婚姻责任，比如保持忠贞。

“怎么不算？”孟潮说，“生在这种家庭，你应该早有婚姻不能自主的觉悟。但与之相对的是可以获得灵魂上的自由，就像孟岚，天天在交男朋友，前阵子还跟一个男爱豆打得火热，这两天据说又换了一个。”

席与风对这种事不感兴趣：“她开心就好。”

“听听，这是即将为人夫的人能说出来的话？”

“我从来没打算成为谁的夫。”

“可她未必不想做你的妻。”

席与风微微皱眉：“你想说什么？”

“我想说，你这波操作虽然只是公事公办，并且我们家确实需要一段关系来制约你，但是吧……”孟潮卖了好半天关子，“你有没有想过，弄不好一下子伤了两个人的心？”

让席与风想起了那天在锦苑，把江若送给他的酒送给孟岚的事。

并非不知道伤了江若的心，但就算再给一次机会，他还是会这么做。

孟岚是他名义上的未婚妻，并且他还需要孟家的支持和帮助，因此当着那么多人的面，无论如何也该给足孟家面子，哪怕他已经察觉到孟岚的动机不单纯，至少不仅仅是为了要一瓶酒。

沉默几秒，席与风说：“我无路可选。”

自十九岁那年起，黑云压城，暴雨将倾，他的面前就只剩下一条路。

除了踏上去，走到底，他别无选择。

临走前，看到孟潮办公室窗边摆着的一盆植物，席与风抬抬下巴：“这是什么？”

“龟背竹。”孟潮也看过去，颇有些得意，“一个合作方送的，说是什么巴西白龟，上面的白斑叫‘锦’，是龟背竹里罕见的变异品种。”

席与风说：“让他再送一盆。”

“为什么？”

“这盆我要了。”

“……”

江若是在一月末的某天收到的这盆白锦龟背竹。

作为飞行嘉宾参加的两期综艺在海市录制，最后一天收工时已是半夜，他还是坚持当天赶回枫城。

陈沐新送他到拍摄地点——当地一座公园的门口，笑说：“江哥你不用躲着我，这么多人在呢。”

拍摄一共进行了三天，陈沐新确实表现良好。

江若只好解释："我没躲着你，赶回去是因为……有急事。"

陈沐新笑着点点头，不知信没信："那江哥你忙吧，我也回去了。"

"……嗯。"

"那年后见。"

"年后见。"

飞机在枫城落地已是凌晨，老刘开车来接，路上告诉江若，今天席总要去隔壁市出趟短差，多半要迟些回来。

事实上也并没有很晚，江若到席与风住处后先睡了会儿，正午时分全副武装出门采购。回来时天色已暗，前脚在网上订的蛋糕刚送来，后脚席与风就打来电话，说刚下飞机，问他在哪儿。

"还能在哪儿？"江若把手机夹在颈窝里，手上盘弄着刚买回来的菜，"在你那儿呗。"

席与风到家的时候，江若已经在把炒好的菜往盘里盛。

他不善烹饪，想着桌上总不能只放蛋糕，勉强做了两道家常菜撑场面。

倒是席与风，看到餐桌正中的蛋糕愣了下，半晌才想起今天是自己的生日。

"你怎么知道的？"席与风问。

江若笑着说："你是不是忘了，我差点拿你的身份证复印件去借高利贷？"

两人久违地坐在一起吃饭。

被问到综艺拍得怎么样，江若说："有两位贴身保镖在，自然是极安全的。"

席与风："你知道我问的不是这个。"

江若装傻："那你是想知道好不好玩？都是二十出头的年轻人在一起，当然好玩。"

正在过二十九岁生日的席与风不置可否地轻笑一声。

跟上回江若过生日时一样，蛋糕几乎都进了江若的肚子，席与风舟车劳顿胃口不佳，筷子都没动几下。

吃完收拾碗筷，眼看江若要把没吃完的菜倒掉，席与风阻止道："放冰箱吧，明天热一热还能吃。"

端着盘子的手一顿，江若迟疑片刻，还是给菜封上保鲜膜，放进了冰箱。

接着，席与风就带着江若到舞蹈室，看摆在窗口的植物。

在门口确认半天，江若慢腾腾地走进去，弯腰去观察那盆白龟，伸出手小心翼翼地触碰叶片，半天才叹息出声："这个很贵的。"

从锦化程度和生长年份来看，他在阳台上养的那些植物加起来，也抵不上这盆的零头。

席与风走过来，停在他身旁：“喜欢？”

江若这才有空抬头看他，弯起眼睛笑：“嗯，喜欢。”

他的喜欢不是说说而已，当即就摸盆土探湿度，跑去厨房舀了瓢水来浇。

还用打湿的面巾纸擦叶子，一片一片地擦，正反面都不放过。

他一面擦一面说：“我不在的时候，你记得等它盆土干了，给它浇一波透水。”

席与风光看他打理植物都嫌累，说：“送你的，你自己管。”

江若撇嘴：“那我去拜托方姨。”

打理完，江若把植物挪到一个光照合适的位置，忽然想到什么，问：“你过生日，干吗给我送礼物？”

席与风背靠舞蹈室的镜面，一手后撑木质扶手，一手夹着一支未点燃的烟：“你不是送我一瓶酒吗？”

“……”

可惜那酒只有一瓶，江若不会再随便买一瓶来作为送给任何人的礼物。

既然到了舞蹈室，江若便拉着席与风跳舞，说这次拍综艺有双人舞环节，他特地跟交谊舞老师学了几个舞步。

席与风听了却皱眉：“不会是跟——”

“跟其他组的女孩子一起跳的。”江若笑着拍他肩膀。

本想反驳，见江若笑得那样开怀，席与风什么都没说。

自那天之后，江若变得很乖，连张牙舞爪的小性子都极少在他面前暴露。

似乎，已经很久没有看到他这样发自内心地笑了。

这支舞他们跳了很久。

久到江若身上微微冒汗，手心却冰凉，有一种快要融化的迫切感。

动作却是矛盾的，舞步踏得极慢，随着身体的轻轻摇晃，江若连呼吸都刻意放缓。

某个转身，他看到窗外幢幢的灯影，听到隐约的车流声。让他想起那个类似盛夏的初秋夜晚，他沉浸在重新回到聚光灯下的恍惚中，席与风半真半假地问他打算怎么报答，他什么也没说。

或许此刻，他该做些什么。

可是江若舍不得，舍不得眼下的美好时刻。

哪怕他知道是镜花水月，是他妄想出来的假象，只要伸手去碰，一切都会在顷刻间碎裂。

可是最终，钟声还是敲响，分针毫不留情地跨过零点。

深吸一口气，让属于席与风的味道最后一次钻进鼻腔。

江若猝然间停止摇摆，如同从梦中回到现实。

席与风垂首看他："不跳了？"

江若"嗯"一声，松开手，后退一步。

身影正好落在窗前的一片清辉里。

"就停在这里。"他在似乎很遥远的地方，也看着席与风，"我们的合作，就停在这里吧。"

漫长的沉默，足够令掷地有声的心跳回归黑夜一样的死寂。

良久，席与风才找回声音般地开口："什么意思？"

"字面意思。"江若平静地说，"我们……结束合约吧。"

"为什么？"席与风问。

江若："你知道的。"

说完这些，江若只觉得累极，全身的力气都被抽空一般。

事实上他也确实空了。

人果然不能抱有侥幸心理，江若想，现在连最后的尊严都丢了个干净，席与风冷静到近乎冷血的反应，就是最大的报应。

静默还在持续，而江若已经无法等待下去。

他用最后的力气说："我要独自发展了。"

不久之后，席与风知道了，这瞬间心脏被揪紧的感觉叫作恐惧。

可是当下，他只觉心头火起，甚至有一种被背叛的恼羞成怒，大脑自动跳过理智的分析，身体先行，抬手一把攥住江若的手腕。

"不行。"席与风用不容拒绝的语气，"我不允许。"

大概没料到席与风会是这样的反应，江若一时愣住："可是我们说好了的。"

江若摇头："我不需要你了——"

"不需要"三个字令席与风眼神骤暗，他的脸色和他的声音一样冷："我给你戏拍，把你捧红，你利用完就不需要，就想跑？"

江若以为不会有比剖心更痛的了，但席与风的一句"利用"又给他迎面一击，让他摆正自己的位置，告诉他所谓的公平在这段关系里是多么不值一提。

最后一点弥留的温度也彻底散去，江若颓然地放弃挣扎："你想怎么样？"

形势在悄无声息中扭转，那种即将失去什么的恐惧感越来越强。

席与风像一个在黑夜里行走的人，双手胡乱地在空气中挥舞，手被路两旁的树枝划开无数道伤口，却还是什么都抓不到。

他甚至不知道自己究竟想抓住什么。

唯独没有来由的怒火节节攀升，最终将理智尽数吞灭。

“不准走。”席与风还是那一句，“我不准你现在独自发展。”

江若笑一声：“那席总是要强留？也不怕传出去被人笑话。”

可惜这种程度的挑衅，于席与风来说不过是不痛不痒的毛毛雨。

他冷笑一声：“我的出生就是一场笑话，我有什么好怕的？”

外面好像下起了雨。

也许是冰雹，砸在窗户玻璃上发出响声，好像世界末日的前奏。

江若僵立着，头一回觉得寒意刺骨。

等雨声小了些，江若用哑得不成样子的嗓音说：“我的亲生父亲，死在我七岁那年。

“那年我刚上小学，一年级，以为自己什么都懂，其实什么都不懂的年纪，抱着我爸的遗照上灵车的时候，看到同学向我招手，我还笑着跟他打招呼，说把我爸接回来就去找他玩。后来到地方看见满屋子人都在哭，才知道，我爸再也不会跟我一起回家了。

“我妈她，一直都不赞成我学舞，觉得男孩子不该穿紧身裤，不该扭腰摆臀，周围的大多数人也这么觉得，同龄的小孩没主见，大人说什么他们都信，一传十十传百地，我就成了他们口中的娘娘腔。随着我长大，风言风语越来越离谱，后来竟然传成了我学跳舞是为了勾引别人，说我是大狐狸精生的小狐狸精。

“这话听多了，连我妈都信了。”

江若察觉到身边的人动了一下。他知道席与风不好奇他的过往，不愿意听，可他必须要说。

思绪凌乱，江若想到哪里说到哪里：“也不全怪我妈。她一个女人，带着我不容易，后来她改嫁，没想到那男的看起来人模人样，其实是个……变态。”

即便江若刻意将这段令人毛骨悚然的经历简略，三言两语带过，席与风作为听众，仍是感到一阵心悸般的恶寒。

他无法想象，一个在念小学、手无缚鸡之力的孩子，该如何学会在恶劣的环境中自保。

说到这里，江若深深吸进一口气，隔了很久才呼出来，像在借此给自己勇气。

再开口时他的声音不那么颤抖，但还是低哑：“他用糖果、用学费、用我母亲的眼泪，逼迫我替他做事。幸好，幸好他胆子小，怕事情闹大，不敢真的违法犯罪，至多不过是……让我替他偷东西。”

席与风让他别说了。

江若却没打算停，笑了声：“这才到哪儿。”

接着，他说起后来的事。

他以第一名的成绩考进枫城舞蹈学院，以为终于可以摆脱束缚，可以自在高飞。他在学校很努力，总是第一个到练舞室，最后一个离开。他还被枫城剧院的直属舞团录取，不到半年就成为台柱一样的存在，每次只要是他主演的剧目，总是一票难求。

他以为自己终于从噩梦中走了出来，以为一切都在往好的方向发展。

“可能命该如此吧。”对此，江若像无数怀才不遇的人一样，用“命运作弄”四个字将那段晦暗往事轻描淡写，“彭伟彬，还记得这个人吗？现在应该已经出来了。

“他是舞团老团长的儿子，我刚进舞团的时候他很照顾我，加上他是舞蹈学院的师兄，我跟他很快就熟悉起来，可能是太缺关心，有段时间我几乎以为，他对我好……是因为把我当弟弟。

“事实证明，是我自作多情了。”江若停顿一会儿，才继续说，“后来，他开始频繁给我介绍所谓的机会，今天和这个会长吃饭，明天和那个院长小酌，每天都是不同的大人物，唯一不变的是助兴节目，永远是我自己编的那支《无名》。

“我不愿意跳，他就拿舞团的兴衰存亡求我，给我分析利弊。我心软了，一再心软，他就变本加厉，后来我跳到脚腕受伤，他不顾我的意愿，还是让我一场接着一场跳。”

“别说了。”席与风再度开口，“江若，别说了。”

江若却还是笑，哪怕笑容惨白如纸：“有一次我忍无可忍地拒绝了，付出的代价是被舞团开除。后来的事你大概都知道了，彭伟彬恶人先告状，到处散播我为了当领舞送礼走后门的事，弄得我在圈子里混不下去。为了逼我就范，他在我宿舍的枕头底下放违禁品……被警察带走的时候，我在学校已经身败名裂，曾经器重我的老师，连我的电话都不愿意接。

“接下来就是那段黑料视频了。我的生活费都靠自己挣，没了舞台就等于没了收入来源，好不容易在影视城找到工作，彭伟彬还跑来闹事，想故技重施把我名声搞臭……我实在太怕失去工作，一气之下就打了他，结果是他进医院，我被刑事拘留，出来的时候接到学校的开除通知，彻底没了去处。”

外面雨声渐渐停息，江若睁开眼，望着玻璃上残留的水滴，再透过它们看远处的零星灯火。

“再后来，我遇到了你。”

江若能听到席与风略显粗重的呼吸声。

“你照顾我，关心我……还给我一个，像极了家的地方。”

说到这里，江若哽咽了下，视野又变得迷离，什么都看不清。

真奇怪啊，刚才把伤口一层层撕开，那么疼，他都忍着没有掉眼泪。

他听见席与风说：“这里就是你的家。”

江若摇头：“不，这里不是我的家，是另一个牢笼，是禁锢我的地方。

“从头至尾，你都把自己放在老板的位置上，把我当成工具……这么做本也没错，合作本来就是各取所需的关系。”

“不是……”

江若没给席与风机会，坚持要把话说完：“你总问我要什么，可是我要了，你又没法给。你现在这样，和随意践踏我的那些人，有什么区别？我好不容易摆脱那些流言蜚语，你又要把我拉回去继续承受，你和他们，又有什么区别？”

江若吸了吸鼻子，眼泪却更汹涌。

最后的最后，江若还是将他们最后一点联系分开。

“现在，梦该醒了。”

天快亮的时候，躺在床上的席与风闭着眼睛，听到一些声音。

有人没穿鞋，赤脚踩在地板上，脚步轻盈如同舞步。

接着是窸窸窣窣穿衣服的动静，中途“嗒啦”一声轻响，某种金属链条解开搭扣，掉落在地上的声音。

让席与风更加用力闭紧眼睛，唯恐看见什么，又控制不住自己，想要改变主意。

随着那道沉甸甸的双开门在身后关上，江若呼吸一口外面的空气，按电梯下楼。

电梯轿厢里有一整面镜子，江若看着镜子里狼狈得像个逃犯的自己。

再痛苦的记忆终究会消失，好比曾经戴在他脚腕的链子，在应声落地的那一刻，是妄想的收束，也预示着自由的开始。

雨过天晴的早晨，江若站在车水马龙的路边，仰头望天。

稀松平常的一天，和昨天没什么不同，虽然天空好像没昨天那么蓝了，但是有太阳。

我是可以堂堂正正站在阳光底下的——江若睁大眼睛，这样告诉自己。

哪怕脚踝空落落的不习惯，心口好像也空了，弄丢了什么重要的东西。

春节前两天，江若回了一趟市中心的大平层，把自己的东西打包搬走。

提前从方姨那边套话确认过，特地挑了席与风不在的时间段。

用指纹开锁的时候，里面还维持着他走之前的样子。江若盯着玄关处自己的拖鞋看了一会儿，从口袋里掏出一次性鞋套。

好在他的东西不多，半个小时足以收拾完。

为了方便，江若从门卫那边借了辆小推车，把不方便装袋的比如阳台那几盆花，都摆在推车上。

临走前还踩着拖布把地板擦了一遍，唯恐留下车辙之类的痕迹。

经过主卧门口，江若看见床头的地面干干净净，那条脚链已经不知去向。

没给自己留深究此刻心情的时间，江若匆匆瞥一眼就移开目光，然后大步向门口走去。

自以为这番动作足够悄无声息，没想到还是在电梯口碰到了不该碰到的人。

席与风一副工作日西装革履的打扮，大衣搭在手臂，电梯门开照面的瞬间，他好像也愣了一下。

接着视线往下，看到江若手里拎着的包，还有满推车的植物，抿唇半晌没出声。

意料之外的碰面让江若霎时身体僵硬，握着包带的手都差点松开。

最后是电梯即将关门的警报声打破了宁静，江若腾出握着推车把手的手，去挡电梯门，却慢了一拍，席与风先他半秒抬臂，撑在一边门框上。

电梯门再度敞开到最大，席与风缓步走出来，绕行至江若身后，接过他手中的包。

声音一如既往地平淡："送你到楼下。"

说是楼下，实际上送到了小区门口。

江若在网上约的面包车就停在正门，后备厢打开，江若弯腰又直起重复几次，把花花草草都塞进去，转头去接装衣服的包，伸手接了个空，席与风越过他，直接帮他把包也放了进去。

随着"哐"的一声，后备厢关上，驾驶座上的司机发动车子，车轮下尘土飞扬，年久失修的车发出"嗡嗡"轰响。

也是在这时候，江若才想起，他们俩还没有正式告别。

可他没有准备，无话可说，只垂了眼，用几乎被噪音盖过的音量说："那我走了。"

他好像听见席与风"嗯"了一声，又好像没有。

在副驾坐稳系好安全带，江若从旁边后视镜里看见席与风还站在那里。

一贯平静无波的神情，仿佛被冻结在原地。

却让江若有种被灼烧的刺痛感。

这年的春节，江若在出租屋过。

除夕那天他起大早去超市买了足够吃半个月的食材，打算过年期间就待在屋里钻研剧本，不出门凑任何热闹。

然而他无心去凑，不代表热闹不会找上门。

傍晚听到敲门声时，江若正在厨房里处理食材，忙擦干净手去开门，入眼的先是一只被束着爪倒着拎的鸡，紧接着就是从竖着的翅膀旁冒出的一张脸。

“过年好啊。”安何笑眯眯，“我不白蹭饭，我带了鸡。”

半个小时后，江若一面研究网上的步骤，一面磕磕绊绊地给鸡拔毛。

刚才杀鸡放血的时候，安何躲到门外不敢看，这会儿倒是话多，捧着手机指导：“在给鸡拔毛前，可以先给它灌入一两白酒，喝了白酒的鸡血液流通快，毛比较容易拔……”

听得江若大翻白眼：“刚才让你掰开鸡的嘴，我来灌，你又不敢。”

安何讪笑着把手机收起来，撸袖子上前：“真有这么难拔吗？我来试试。”

虽然遇到无数困难，年夜饭还是在八点前上了桌。

落座前安何跑去打开客厅的电视，这电视机前年坏过一次，修过之后就不太给力，调到最大音量也不过能在饭厅听个响。

虽然两人都不擅饮酒，但都认为大好的日子必须喝点，就拿了烧菜用的白酒，各自倒了小半玻璃杯。

闲下来，江若才得空问：“今年过年怎么没回老家？”

说的是安何养父母的家，在中部某山区的农村。

“他们没喊我回去过年。”安何说，“反正钱打回去了。”

江若又问：“那你怎么没找姓孟的？怎么有空跑我这儿？别是偷溜出来的吧？”

“不是，他今晚有应酬。”

“怎么不跟他一起去？”

“不想去，而且他应该也不想我去。”

“为什么？之前你俩不是经常一起去锦苑玩？”

“那是之前。”安何夹了块鸡腿肉塞嘴里，边嚼边说，“他现在可能更希望我消失。”

电视机里锣鼓喧天，江若没听清后半句：“什么？”

安何摇头：“没什么。就当我想你了，想陪你过年，行不行？”

当然行。

江若隐约察觉到安何的状态有异，可安何这人虽说性子绵软好拿捏，但也不是一根硬骨头都没有，一旦倔起来，谁也别想撬开他的嘴。

江若只能猜测他和孟潮闹了矛盾，跑到自己这儿来找安慰。

吃完饭才九点多，两人瘫在客厅那张已经凹陷的布艺沙发上，看春节联欢晚会。

电视上正演到一个寡淡无味的小品，安何没头没脑地起了个话题：“你和席与风，真不联系了？”

沉默几秒，江若“嗯”了声。

“早点也好。”对此安何的评价是，“如果分道扬镳的话。”

两人在沙发上瘫到零点钟声敲响。

枫城禁放烟花爆竹，少了点老一辈口中的“年味”，江若却觉得电视机里这帮人已经够吵的了。

明明也没什么值得开心的事。

大概和他想到一块儿去了，安何拿起遥控器，按了关机。

然后回到饭厅，从餐桌上拿来两杯没喝完的酒。

“来，许个新年愿望吧。”

到底不想扫了对方的兴，江若坐起来，接过酒杯，仰头一饮而尽。

喝完就蒙住，江若捧着空酒杯发呆半晌，才说：“你先许。”

安何哈哈大笑，也把剩下的酒喝完：“那就祝我们新的一年，谁都不要管，只为自己活。”

“好。”江若也笑起来，“只为自己活。”

论酒量，安何比三杯倒的江若还差一点。

把刚许下新年愿望就醉倒的安何扶到床上，退出房间后，江若不由自主地走向阳台，推开半扇窗户。

顷刻间冷风灌入，江若狠狠打了个激灵。

许是太久没站在这里的缘故，外面的夜景都觉得陌生。

但是踏实、安心，不用害怕突然天降大雨，而他无处躲避。

既然肉眼看不分明，江若索性闭上眼睛，在心里默念不希望任何人听见的一句——新年快乐。

与普通百姓不同，春节之于生意场上的人来说，大概只是社交应酬、人情往来这些枯燥虚浮，却又不得不面对的场面。

席家的家宴放在年初一中午，为的就是腾出跨年夜向相熟的合作伙伴拜年走动，为来年的顺风顺水打下坚实的基础。

作为席家的接班人，席与风再厌烦这种场合，也不得不赏脸出席。忙完扫尾工作，他前脚刚从公司出来，后脚就上了酒桌。

觥筹交错到半夜，拒绝了合作伙伴提出的“今晚就开间房睡这儿”的建议，席与风坚持要回去。

等他回到市中心那套平层，用指纹开锁，大门在眼前敞开，面对一室死寂与空旷，良久，席与风才抬脚走进去。

打开落地灯，旁边的沙发上空空如也。去厨房时经过舞蹈室，里面也没亮灯，有风从开了一条缝的窗户里吹进来，旁边的龟背竹枝叶扶疏，窗帘随风摆动。

原本只想从冰箱里拿瓶水，看到上周的某一天被用保鲜膜封好放在里面的两盘菜，席与风把它们端出来，放进微波炉加热。

隔了好几夜的菜几乎吃不出原来的味道，况且没热透，筷子一捣，里面还是冻硬的状态。

还是把剩菜吃完才放筷，刚灌了满肚的酒，又吃下没化冻的食物，胃里的不适让席与风皱了皱眉。

方姨的电话适时打进来，问他应酬结束没。

眼看快到零点，席与风说：“您早点睡，别守夜了。”

“要守的。”方姨在电话里说，“明年还要去庙里进香，求菩萨保佑你来年顺顺利利，无病无灾。”

方姨的儿子早夭，后来她来到席家，一待就是近三十年，哪怕嘴上没说，行动上也早就把席与风当作亲骨肉关心疼爱，也因此最见不得他孤身一人。这回在电话里，她还是问：“那小江呢？”

席与风沉默不言，方姨便叹了口气，说：“多好的孩子，走前给家里添了好些常用药，还发消息让我保重身体……年轻人有矛盾是常有的事，坐下来好好把话说清楚，再道个歉，不就好啦？”

江若把东西搬走的第二天，方姨上门来送食物顺便打扫屋子，打开次卧衣柜看到空了，吓得忙给席与风打电话，以为家里遭了贼。

席与风疲于解释，只说江若走了，方姨回头一琢磨，就以为两人吵架了，这些天没少支招儿给席与风，让他把误会解释清楚。

为免以后麻烦，这次席与风直接在电话里说：“他走了，不会回来了。”

大约从他不留余地的语气中察觉到什么，方姨到底没再多说，让席与风趁年节好好休息，就挂断电话。

又在餐桌前坐了一会儿，席与风往客厅走去，在落地灯旁的沙发上坐了下来。

过去很多个夜晚，江若就是坐在这里，身边亮一盏灯。

而他已经不记得是出于什么心理，从来没有告诉过江若，他已经习惯置身黑暗，不需要任何人给予等待。

可是习惯这个东西，会变，会在不知不觉中面目全非。

挂钟规律的嘀嗒声莫名令人烦躁，胃里翻腾的不适感也蔓延至全身。

浑然未觉似的，席与风站起来，点一支烟，虚咬在唇边，而后抬脚，有目的地又走向舞蹈室。

在门口停下脚步。

此刻无风，窗帘停止摆动，地上参差的影子却仍有种形同鬼魅的寂寥感。

席与风双手抄兜，面沉如水。

他站在那里一动不动，任由那要将他吞没的烟雾肆意弥漫。

也是此刻，开始回顾过往，细究刚才。

——他走了，不会再回来了。

并非敷衍。他走了是真，不会再回来也是真。

他走了。

他没有说再见。

他不会再回来。

第十一幕

世界这么小

年初一正午，席家家宴。

因着很快就要结为亲家，孟家也来了人。

座次有讲究，长辈坐一边，小辈坐一边。刚入席，孟岚就朝席与风看了好几眼，到底没忍住，压低声音问：“你怎么了，脸色这么差？”

席与风似在走神，闻言一怔，说：“没事。”

只不过昨晚从酒桌上下来，又吃了没热透的食物，闹了一宿胃疼。

孟岚又瞧了一会儿，见他嘴唇白得吓人，本就沉默寡言的一个人，眼下更是一点精气神都没有，扭头便喊服务生。

服务生来到跟前，孟岚指挥道：“把这酒撤了，给他换一杯温水。”

席与风淡声说：“不用。”

孟岚不由分说拿起他面前的酒杯递给服务生，交代道：“要50摄氏度正好能喝的温水，别太烫也别太凉。”

服务生应下，转身离开包厢。

本就是一个小插曲，却被有心人看在眼里，借题发挥。

“我瞧着两个孩子感情不错啊。”萧茵皮笑肉不笑地说，“何苦弄那些划清界限的婚前协议，多伤感情。”

毕竟是家宴，没有女主人不合适，因而萧茵得以坐在席成礼的旁边。只是她前段时间受了刺激，亲生儿子因绑架罪入狱还没放出来，整个人都显得极其憔悴，说话也阴恻恻的。

婚前协议的事在座众人都心知肚明，只是该走的过场还是要走，和睦客气总好过假意逢迎，因而被当面戳破那层虚伪的皮，几位长辈的脸立马拉了下来。

席成礼忙打圆场：“现在哪有结婚不签婚前协议的？人家宝贝女儿嫁到我们席家，合该给个保障。”

此话一出，孟父和孟母的脸色稍霁。

萧茵却还是笑：“保障？真想给人家保障，不如问问你的好儿子，究竟喜不喜欢她——”

没等她说完，席成礼招手唤助手过来：“夫人今天不舒服，扶她回去休息。”

萧茵几乎是被强行拖走的。

走之前还指着席与风骂骂咧咧，听得席成礼火冒三丈，问她是不是拐着弯骂自己。

场面一时难看极了，幸而在场的人不多，孟家父母又是心平气和的，席成礼回过头来把话题扯到来年的合作上，就算糊弄过去了。

中途席与风被席成礼喊出去说话，孟母拉过孟岚的手，问：“你当真不喜欢小风？”

孟岚先是一怔，而后笑开了：“当然，他那么无聊的一个人，我喜欢他什么？”

孟母仍是忧心忡忡：“怕就怕这婚事真落实了，日久生情……”

“情哪那么容易生？”孟岚浑不在意，“您看我交了那么多男朋友，有哪个到最后难舍难分？”

孟母叹了口气：“我都不知道同意你和小风结婚这事，是对还是错。”

“必然是对的。您也知道，我是个不婚主义者，既然都选择结婚了，为什么不找个对自家有利的？”

“而且，现在单身。”孟岚说着看向门口，席与风正推开门往里走，“面子和里子，我都要。”

一顿饭下来，两家拍板敲定了具体婚期。

孟岚怕天冷穿礼服不好看，说要等开春，于是婚期定在三月初六，阳历四月份，万物复苏的好时候。

日子敲定，各项准备工作也被提上日程。

年初三，大部分商场已经恢复正常运营。下午两点半，席与风在助理的提醒下，驱车前往某购物中心。

上回家宴席上，孟岚点名要在这里的一家店定做礼服，今天来选款式、量尺寸。

春节期间，商场里热闹非凡，楼下灯笼挂在门口，彩色气球飞在半空，楼上影院更是人挤人，到处都是捧着爆米花和饮料成双成对的情侣。

孟岚换上一件礼服出来，就看到席与风站在店外的走廊，一只胳膊撑在玻璃护栏上，另一只手夹着根没点燃的烟，侧身，仰面朝上看。

眼神有种忧郁的沉静，仿佛游离在热闹之外。

孟岚走过去，顺着他的视线往上看：“怎么，想看电影？”

席与风微微低头，目光也收回来：“没。”

男性礼服无非那些固定款式，进店不到五分钟，席与风就选好了。

于是剩下的时间都留给孟岚试礼服，她先挑了条蓬型白纱裙，在席与风面前转了一圈，问他怎么样。

席与风只当孟岚爱美，走个形式也要艳惊四座，看了一眼，说："挺好。"

孟岚兴致颇高，很快又换了条显身材的鱼尾裙。

这回席与风没腾出空，接了个电话，就说有事要先走。

孟岚提着裙角，不太笑得出来，勉强点头说："那你去忙吧，我自己慢慢选。"

目送男人的背影离去，孟岚忽然觉得没意思。她转身回去，看见店员端来的茶饮，刚想坐下休息会儿，听见背后响起一阵脚步声。

席与风去而复返，孟岚的眼睛霎时亮起来，嘴角也不由得上扬。

却听席与风问她："上次送你的那瓶酒，还在吗？"

笑容僵在脸上，孟岚问："什么？"

"平安夜，在锦苑，你从我这里要走的那瓶酒。"

"哦，那个啊……不是给我的生日礼物吗？"

"后来补了其他礼物给你。如果那瓶酒还在的话，麻烦把它还给我。"

见孟岚迟迟不语，似有犹豫，席与风补充："或者我从你手里买回来，你开个价。"

而此刻，被唐佳念一个电话喊出来的江若，因为来早半小时，正漫无目的地在商场里闲逛。

因而逛到这间婚纱馆附近，目睹一位穿着婚纱的女士将手中的茶饮泼在面前的男士身上时，和周遭的路人一样，江若吓了一跳。

等到辨认出当事双方的身份，尤其是席与风那张任谁看一眼都忘不了的脸，江若的心脏霎时狂跳，慌不择路地转身就跑。

躲在楼梯间的拐角，江若慢吞吞地探出半颗脑袋，确认没有人注意到他，才拍着胸口呼出一口气。

既然都到这儿了，索性走楼梯下去。

江若心想枫城可真是小，这样都能遇到。

到楼下，把口罩往上扯了扯，江若抬头时，发现那两人已经不在走廊上，徒留婚纱礼服设计馆的招牌独自闪耀。

江若不禁自嘲一笑，心说枫城再小，能有他碰到席与风和他的未婚妻来试婚纱的概率小？

和唐佳念碰面的时候，江若把关于枫城很小的感慨同她说了，得到百分百赞同。

"可不嘛，年前我还在剧组酒桌上碰到苏易了。"唐佳念说，"他待的剧组也在聚餐，两边互相敬了圈酒，你说尴不尴尬。”

江若没把苏易劈腿的富婆就是席与风的未婚妻这事跟唐佳念说，怕毁了小姑娘的三观。如今只觉得这个决定无比英明，不然眼下的尴尬也有他一份。

附和完，江若问：“那你和他现在……”

“就形同陌路，假装不认识呗。”唐佳念接话，“同一个圈子抬头不见低头见的，没办法。不过啊……”

说着，唐佳念凑过来，八卦地小声说：“听说那个富婆，把他给甩了。”

江若还记得孟岚和苏易接吻的腻歪画面，直接愣住：“啊？”

“他们那些个豪门公子啊小姐的，哪有什么长性？”唐佳念倒是很看得开，“我算是弄明白了，只有努力往上爬，站到睥睨众生的位置，不然身体和感情，总有一样要被人玩弄。”

江若哭笑不得：“这话说的，你头部演员要真是这样，我们这些腰部演员岂不是只有被踩在脚底下的下场？”

“所以要努力啊，落后就要挨打！”

看得出来，经历过一次失恋，唐佳念的心态比从前成熟不少。

这次约江若一起吃饭，也是为了感谢他先前的“通风报信”。

毕竟稍微动点脑子就知道，当时处在江若的位置上，最稳妥的做法是假装没看到，什么也不说。但是江若冒着风险告诉了她，说明真把她当朋友。

唐佳念也是直来直去的豪爽性格，当即拍胸脯义气道：“以后但凡有我唐佳念能帮上忙的事，一定万死不辞！”

给江若逗笑了：“你上部剧该不会是古装？勇敢闯江湖的女侠人设？”

“你怎么知道？！”

吃完饭，唐佳念拉着江若去美容院做脸。

江若本不想去，奈何实在不想陪唐佳念逛商场，生怕又来一场惊魂偶遇。思来想去，美容院这种地方，某人这辈子都不可能进。

等到躺下，任由美容师在脸上拍打揉捏，耳边流淌着舒缓的音乐，鼻间萦绕着恬淡的香薰气味，江若闭上眼睛，好像能明白女明星们总往这里跑的原因。

不过女明星们来这里，不可能只为放松。

唐佳念躺在他旁边的床上，小嘴叭叭不停地科普诸如超声刀、热玛吉之类的医美项目，劝他抗老要趁早。

江若不以为意，认为男演员没那么多讲究，唐佳念就给他举例：“你看《皮囊》这电影选你当男主角，还不是看你年轻颜又好？”

《皮囊》就是年前江若去试镜的那部边缘题材的文艺电影。据郑依婷说，拿到这个角色全凭他自己的本事，没有人在背后使力。

对此江若是信的，他“嗯”了声：“也是。但我天生就长这样，要是动了哪儿反而破坏和谐。”

唐佳念有被他凡尔赛到：“你够了啊，之前《莺飞》播出，弹幕里好多说男二比女主还美的，小心我嫉妒心起把你暗杀了。”

江若笑：“有娱乐圈争番位撕破脸那味了。”

从商场出来已是傍晚。

唐佳念自己开车来的，小姑娘刚拿驾照新鲜得很，非要送江若回去。盛情难却，江若让她送到老城区的主干道旁，唯恐她把车开进巷子里没法掉头。

下车，到驾驶座旁感谢唐佳念送他回家，唐佳念往他身后看一眼，说：“你和席……真不联系了？”

江若发现所有人都尽量避免在他面前提到席与风这个名字。

他便顺水推舟：“嗯。”

唐佳念拿出手机，给他微信上推了条“亲测有用”的链接，点开一看——《如何快速走出心理阴影》。

江若看了发笑：“哪有什么阴影。”

唐佳念盯着他看了会儿，老神在在地叹了口气：“但愿不是装出来的吧。”

从路口到楼下还有一段距离。

走到巷道拐角前的空地，江若没来由地停下脚步，偏头看去。

矮墙边停着一辆黑色的SUV，但不是熟悉的那辆，也不会有一个白衣黑裤、身材颀长的男人从车上下来，背靠车门点一支烟，火星明灭，像在等一个人。

席与风。

江若在心中默念，席与风。

他想，再多念几遍，总会脱敏。

总有一天，江若能在偶遇席与风的时候波澜不惊，甚至能气定神闲地同他打招呼，喊他一声“席总”。

而不是像个打了败仗的士兵，扭头就跑，然后埋怨世界怎么这么小。

只是当下，他还做不到。

口袋里的手机突然振动，拿出来，看到屏幕上的名字，江若手猛地一颤，呼吸也滞住。

是一条微信消息，就一行字——你有东西落下了。

微信上没聊几句。

江若问落下的是什么，席与风说剧本，江若这才想起之前把《皮囊》的剧本多印了两份，其中一份放在茶几下面的隔板上，方便坐沙发时随手拿出来研读。

没想到搬走时给忘了，江若只好硬着头皮问：能不能麻烦你寄给我？

过了几分钟，席与风回复：不太方便。

想来也是，他住的那地方门禁森严，外卖小哥都进不去，自己落下的东西，总不好让人家特地跑一趟快递收发点。

江若便说：那我去拿吧，到时候提前联系你，给我一个临时开门密码。

席与风住处用的是智能锁，之前录入过江若的指纹，现在应该已经删除了。

但实际上江若说这话主要想表达的是：我会自己悄悄去拿，希望不要碰到你。

席与风显然也领会了他的意思：你的信息没删。我白天都不在。

后面一句话无疑给了江若一针强心剂，可是前面那句话更难被忽略。

不过江若没多想，说不定人家只是太忙了没时间删呢。

抱着这样的想法，江若挑了个年后复工的星期一上午，独自前往市中心。

到地方果然畅通无阻，门卫处登记的信息还在，电梯也能顺利乘坐，输入指纹开门，连他那双拖鞋都摆在玄关原来的位置，好像自打他离开就再没挪过地。

不过意料之外的，屋里有人。

方姨听到声音从厨房出来，看见江若正在往脚上套鞋套，忙道：“直接进来吧，我下午会大扫除。”

见到方姨，江若先是惊诧，而后往书房方向看一眼。

书房只有席与风一个人用，无论里面有没有人门都常关，这会儿同样紧闭着。

“小风不在家。”方姨像是知道他在看什么，“他先前跟我说你会过来。”

江若松了口气，然后还是把鞋套穿上：“那就好，我还怕突然出现吓着您。”

既然碰上了，不免要聊几句。

刚进屋，方姨就拉着他去到餐厅：“来得正好，帮我尝尝新煲的莲藕排骨汤。”

江若本想拒绝，然而方姨兴致勃勃，很快就把汤端上桌。想着老人家先前待自己不错，平时也确实找不到人说话，江若还是坐下了。

拿起汤勺喝一口，江若在满含期待的注视下点头道：“好喝。”

方姨笑得眼睛都眯成缝：“真的？那就好啊，小风近来工作忙，睡眠又不好，听说这汤有安神健脑的功效。”

拿着勺子的手微微一顿，江若垂低眼帘，没说话。

接着方姨问到工作，说过年那阵子在电视上看到他了，演一个在天上飞来飞去的神仙。

想必看的是《日月荆山》，这部剧正好卡在年关收尾。

被问到电视上的那些是不是真飞，江若说：“算是吧，绑上钢丝，把人吊起来。”

听得方姨直喊老天爷：“好好的人哪能那么吊哇，是不是很疼？”

“还好，就一点点。”

“下次别拍这种飞来飞去的啦，多危险。”

“这是工作，而且有保护措施，不危险的。”

“又不是只有这种可演，去演那种穿得漂漂亮亮的，在高楼大厦里拍的，轻松又体面。”

江若笑起来：“以我现在的咖位，还是戏挑我，不是我挑戏。”

“让小风给你挑哇。”方姨说，“他有门路，认识的人也多，让他给你找个既轻松又招人喜欢的电视剧拍，何苦遭那些罪。”

这话又让江若没法接，他抿唇半晌，说：“我和他不联系了，今天是来拿东西的。”

“唉，我知道。我就是觉得可惜。”停顿片刻，方姨还是没忍住，“真没有商量的余地啦？”

“没有了。”江若接话。

方姨深深地叹了口气。

“那罢了，是我自作主张，说胡话了。”方姨说，“不过我看得出来，小风是真的拿你当朋友，他只是太孤僻，不善于表达。如果先前他有什么做得不对的地方，小江你千万别生他的气。”

江若笑了：“我怎么会生他的气？”

后来话题重新回到烹饪上，江若把过年杀鸡的事讲给方姨听。

方姨听他细说了步骤，指出好几处错误操作，并给他重新梳理了一遍活禽的处理方法，江若怕记不住，甚至拿出手机记录在备忘录里。

聊着聊着，一碗汤就见了底，江若起身告辞。

拿起茶几上的剧本，江若又跑了趟舞蹈室，把挂在窗帘后的跳舞娃娃摘下来。

上回把这东西也忘了，好在席与风没看见，顺道带走——神不知鬼不觉。

把娃娃揣进口袋的时候，余光似乎瞥到了什么，江若不允许自己驻足细看，扭头快步离开房间。

方姨送他到门口，许是想到以后没机会见面，颇为遗憾地叹息道：“以后没人陪我这个老太婆说话了。”

江若心里发软：“您要是愿意，以后我有空就给您打电话。”

“真的？”

“当然，您还没教我怎么杀鱼呢，我也能给您讲讲剧组里有趣的事。”

方姨笑开了：“那就这么说定了。”

等人走了，大门关上，书房门忽然从里面打开。

算时间江若这会儿差不多到楼下，自书房出来后，席与风就走到面向小区正门的阳台，垂首往下看。

方姨收拾完桌子也跟过来，手上抱一件大衣：“天还凉着呢，别感冒了。”

席与风没吱声，接过衣服随意搭在臂弯，眼睛一瞬不瞬地盯着楼下。

他看见江若从楼道里出来，往小区门口行去。离得太远，只能看清他穿着一件米灰色的短款羽绒服，里面黄色的卫衣兜帽扣在头上，双手插在衣兜里，步子迈得很急。

像是怕冷，更像着急离开。

方姨也问：“这孩子赶着去哪儿啊？”

想到早上小沈那边传来的消息，席与风说：“他去拍戏，下午出发。”

方姨点点头，转脸见席与风仍目不转睛地盯着那远到几乎看不见的人，心里不由得发酸。

“干吗不去送送，跟他说两句话？”

席与风就一动不动地站在那里，面无表情，异常安静。

良久，直到那芝麻大的背影也消失在视野中，席与风也没说话。

方姨走之前，交代席与风记得喝汤，席与风应下了，她稍显宽慰地说：“今晚应该能睡个好觉了。”

可惜事与愿违，席与风喝了汤，吃了助眠药，短暂地陷入浅眠，却又在半夜醒了过来，再无法入睡。

放在平日里，他就算睁着眼睛也能躺到天亮，今天不知怎么，心里积着一团化解不开的躁郁，躺着反而淤积，索性从床上起来，随便披件浴袍，走向客厅。

打开落地灯，摸到电视遥控器打开电视，首页就挂着江若去当飞行嘉宾的那档综艺，点开最新的一期，欢快的音乐在空旷的房间里响起。

席与风坐在沙发上，身体后仰，屏幕上不停变幻的画面映在他瞳孔里，也蒙上一层死水般的沉寂。

这期正好有江若出场，但是镜头不多，快进几次才等到他出现在画面中央，回答MC的问题。

应该是游戏结束后的中场休息环节，看背景在绿荫浓密的公园，江若坐在凉亭的一角，抱着瓶饮料喝得起劲，被 MC 抓到时一脸蒙："非常驻嘉宾也要接受采访吗？"

答案是要的。

问题很简单——你给人送礼物的时候会如何写祝福？

这期拍在席与风生日之前，彼时的江若听到这个问题，第一反应便是犹豫："啊……这个不太方便说吧，万一人家看到这期节目，岂不是没有惊喜了？"

旁边插进一道男声，是那个名叫陈沐新的男演员："飞行嘉宾的采访片段一般没机会播出去。"

MC 也笑盈盈："所以不用怕，大胆说出来！"

而江若全然不知是个套路，又踌躇片刻，才说："祝福的话，会用一首诗吧。"

"原来小江老师还有读诗的习惯。"

"并没有。学舞的时候，为了辅助肢体的情感表达，在老师的推荐下读过一些。"

"那会用哪首诗呢？"

江若略显羞赧地笑："这就真不能说了。"

MC 大呼吊胃口，缠着他讲，旁边有一位上了年纪的嘉宾则笑道："没想到小江这么年轻，居然会跟我们老一辈的人一样，用诗来言志。"

江若被他们打趣得脸颊都泛红，憋了半天才说："不会很直接。"

他说他会掐掉带有"祝福"的那一句。

"就不怕对方看不懂吗？"有人问。

对此江若笑着说："他想懂，自然能懂。不想懂的话，对着他耳朵喊，也没用啊。"

节目在欢声笑语中结束，喧哗声停息时，席与风在漆黑的屏幕里看到自己。

又坐了一会儿，他起身走向舞蹈室，去到窗边，抬手掀起窗帘——什么都没有，挂在窗边的玩偶已经不见踪影。

他知道那个玩偶是谁的手笔——先前还不确定，刚才节目里镜头一晃，拍到陈沐新的背包，侧边挂着一模一样的东西。

而被他放在下方窗台的一只酒瓶，还好端端地在那里。

仿佛被扼住喉咙，一股让人喘不上气的闷窒让席与风眉心隆起。

修长手指抚上瓶身，将它拿起时，大拇指指腹下的细密凸起，让这陌生的不适感无限放大，好像握着的不是酒瓶，而是一柄尖锐的刀，稍不留神，就会被捅得鲜血淋漓。

实际上，为了把这瓶酒要回来，席与风付出了一些代价。

但都不值一提，自他看到瓶身底部的那行字母起。

多半是故意的，这行字刻得极小，若不是细心摩挲，根本发现不了。并且多半藏了让人看不懂的心思，这句诗用的是西班牙语的原版。

然而江若大概不知道，席与风在国外念商科的时候，辅修的就是西语。

并且当时为了迅速掌握一门语言，他正好读过这本著名的诗集。

瓶身上刻的是前半句——

La luna hace girar su rodaje de sueño.

Me miran con tus ojos las estrellas más grandes.

月亮转动它梦的圆盘。

最大的那些星星借你的眼睛望着我。

此刻，随着回忆堆积到顶，席与风洞彻了那支《无名》之于江若的意义。

那是他的心血，同时象征着他耀眼灿烂却脆弱如斯的生命力。

可我做了些什么——席与风问自己。

回到阳台，站在白天站过的位置，席与风闭上眼睛，脑海中依然是江若那道茕茕孑立却傲然的背影。

电影《皮囊》在元宵节这天正式开机，导演携剧组演职人员在取景地摆桌烧香，祈求拍摄顺利，人气口碑双丰收。

外景取景地在海市，海滩、江景、小洋楼，正合故事背景里动乱年代，掩映在硝烟战火底下的纸醉金迷。

导演姓庄，美籍华裔，去年曾凭一部讲述边缘题材的电影获得纳城最佳影片奖提名，因此无论他自己还是业内人士，甚至是观众影迷，都对今年这部《皮囊》寄予厚望。

不过自打公开演员名单起，关于庄导眼神有问题的讨论声就没停过。

原因无他，本片定下的男主角江若是个新人，就演过两部电视剧的男二号，另有一部还未上映的电影《悬崖》，也只在里面饰演一个小角色。他甚至不是科班出身，纵有再多困难隐情，舞蹈学院辍学的经历，也实在难让人对他抱有信心。

这声音自然也传到了剧组内部。开拍伊始，江若就察觉到周围人对自己的态度有种微妙的异样，看似对他很客气，但客气过头就显得虚，说白了就是不认可他，觉得他这个男一号拿得不光彩。

对此江若早有心理准备，他权当不知道那些关于他的谣言，一门心思扑在表演上。毕竟能为他正名的，只有他的戏。

所幸关于他带资进组的传言，开机后不到半个月就不攻自破。因为这部电影的执行导演家中有急事要离组，为不耽误拍摄，剧组聘请了另外一位执行导演，姓赵名森。

近一年未见，江若差点记不起这号人，倒是这赵森，进组第一天主动上前同他打招呼：“江老师，好久不见。”

油腻而虚伪的笑容，让江若瞬间梦回演司机的那些日子。

想到当时莫名其妙被开除，最后一分钱都没拿到，江若勉强伸出手回握：“好久不见。”

而赵森想到的却是当时听说江若傍上席与风，于是战战兢兢打电话给江若道歉，邀请他回剧组，却得到一顿奚落的“耻辱”。

“没想到啊，没了席总，江老师还能混到这里来。”赵森皮笑肉不笑，“看来还是有几分真本事。”

从那之后，周围人对待江若，就没了那份很虚的客气。

反而让江若觉得轻松，拍戏之余也能敞开了和大家打成一片，没几天，剧组上下到处都有他的熟人，凑堆玩桌游，也只有他能够一呼百应。

那赵森偷鸡不成蚀把米，心气不顺，想尽办法在其他地方给江若使绊子。

比如制作通告单故意将江若的时间写错，导致江若迟到被庄导问责。或者做拍摄计划时故意将场次颠倒，江若以为今天拍这场戏，临开拍前才知道拍的是那场戏，台词他早已背完不要紧，只是白瞎了酝酿一整晚的情绪，拍摄时总是找不准感觉。

江若吃过不少一时冲动的教训，想着这个角色得来不易，不如息事宁人，能忍则忍。

然而那赵森见他忍气吞声，反而变本加厉、公报私仇。有一回拍重头戏，竟把那部分剧情的地点和人物分解错位，致使江若跑错地方，险些耽误拍摄。

这是一场需要结合天气进行拍摄的外景戏，江若迟到一个半小时，太阳差点就落山了。庄导大发雷霆，江若当着众人的面低头挨骂，回头下了戏越想越窝火，噌地站起来要去找庄导说明情况。

小沈拦他：“江老师别去，这事咱们没证据。况且庄导就是懒得管这些琐事才招的执行导演，去告状，他多半会认为您不懂事，把私人恩怨带到工作中来。”

江若濒临抓狂：“那继续忍着，一直忍到拍摄结束？”

“应该不用。”小沈说，“会有人收拾他的，咱们再等一等。”

本以为小沈是在安慰他，没想到不到两天工夫，赵森就从《皮囊》剧组消失了，走前连声招呼都没打。

另换的一位执行导演是名中年女性，性情温和，做事谨慎，上班第一天就把先前被赵森排错的通告挑出来重新整理一遍，看得庄导直皱眉：“那个姓赵的瞎排什么呢，成心捣乱来的？”

事情得以解决，江若总算能继续安心拍戏。

当然他也不傻，这天下了戏进到保姆车里，江若直接问小沈：“赵森的事，是不是席总在背后打点？”

小沈为人耿直，撒不了谎，在江若看透一切般的眼神的注视下，没顶多久就招了：“是席总问您在剧组怎么样，我就把这事告诉他了。”

江若听完无甚反应，撑着下巴发了几分钟呆，忽然开口问：“我确实已经开始为公司盈利了吗？”

“从年底的报表来看，是的。”

“那么投资方那边，至少回本了？”

“截至目前运营的所有项目都没听说亏损，不过具体赚多少我也不清楚。”

江若点头：“把施助的联系方式给我。”

小沈犹豫：“施助是为席总办事的，您可以直接联系席总。”

“那你为谁办事？”江若借机发问，“到底听他的还是听我的？”

小沈顿时不知所措：“对不起，江老师，我……”

江若心乱如麻，示意她别说了：“我知道，毕竟是他雇的你。”

接着他掏出手机，点开通信录：“我打个电话，麻烦你下车回避。”

是打给席与风的。

绵长的“嘟”声传入耳中，江若才恍惚想起，他和席与风几乎没通过电话。虽说多数时候交流靠微信，可实际上都是他在发，席与风很少回复。

当时身在局中尚且没什么感觉，如今跳出来回望才发现，他和他的关系，从最初就是一个仰望一个俯视，壁垒分明。

响了四五声就接通了，许是在酒桌上，对面的环境有些吵闹，但人声还是很清晰：“等一下，我换个地方。”

约莫半分钟后，嘈杂的背景音消失，席与风说：“好了。”

接下来轮到江若说他打来这通电话的原因。

他索性开门见山：“赵森，是你处理的吧？”

对面并没有隐瞒的打算，很快“嗯”了一声。

江若说：“请问你是以什么样的立场介入这件事的？”

席与风说：“我只是想帮你。”

江若笑了声：“哦，那谢谢你。”

一时沉默。

江若做了个深呼吸，再开口时已恢复平静："你只是想帮我，所以不问我的意愿，不由分说就伸出援手。那么以后每次遇到这种情况，你都要帮我吗？你能帮我一辈子吗？"

"我——"

"你不能，你有你的路要走。"江若没让他说完，"我不想妨碍你，也不再需要你的帮助……我也有我自己的路要走。"

话里话外的意思已经很清楚——我和你不是一路人。

这通电话是怎么挂断的，江若都搞不清。

半小时后，江若的微信上收到小沈的劳务关系终止合同，和一份新的劳务关系合同，甲乙双方姓名栏都空着。

小沈已经回到车上，江若把合同给她看，问她愿不愿意为他所雇用。

"愿意，当然愿意。"小沈猛点头。

两人商量着第二天就去把合同打印出来，以后小沈的工资由江若发，成为完全听命于江若的助理。

有种身上最后一道枷锁也解开的轻松感，江若在微信上给席与风发了句由衷的"谢谢"。

兴许又回到酒桌上，席与风没回复。

江若便趁机做了断：以后别再联系了。

然后不等席与风回复，就点开信息界面，将备注为"风"的联系人删除。

电话号码也一并删除。做完这些，江若放下手机，呼出长长的一口气。

小沈坐在对面的位子，正在翻电子合同，碰到有疑问的条款，把手机递过去："江老师，这里……"

"嘘——"江若脱力似的靠在椅背上，食指虚放在唇边，面向窗外的茫茫夜色，"先别出声，让我一个人缓一缓。"

江若这边已经干净利索地完成了切割，而席与风那边，是在几天后发现微信消息发不出去，才知道自己被删除好友了。

这种事头一遭经历，席与风看着屏幕上的红色惊叹号，很是不解地蹙眉，思索了一会儿，还是拿着手机问身边的助理这是什么情况。

施明煦凑过去看一眼，又抬头观察席与风的表情，踌躇着说："应该是对方把您拉黑了。"

席与风本就阴沉的脸色顿时变得极其难看。

他冷声问:“那三十万的入账是怎么回事？你把我的卡号给他了？”

施明煦打了个激灵:“没有，前阵子江先生联系我要您的卡号，我说不知道您的私人卡号。”

可是这笔钱还是打了过来，或者说是原路返回。连时间都差不离，去年也是在开春的时候，两人经由一场意外认识，后来江若约席与风见面，席与风二话不说给他打了三十万。

当时江若还写下了自己的姓名和身份证号，说会尽快还上这笔钱。

一年工夫，果然很快。

这三十万见证了两人合约的开始，如今又见证了两人合约的结束，它的意义早就不仅仅是一笔钱款，或者一个数字。

席与风明白江若的意思。

可是人与人之间的缘分纠葛，哪是借多少还多少这么简单。

阳历三月二十三，周昕瑶和刘导的婚礼在枫城举行，收到请柬的时候席与风没当回事，这种场合他一般能不去则不去，礼送到就行。

可后来接到一通电话，他却改变主意，让施明煦推掉了周六晚上的应酬。

即便如此，那天席与风还是迟到了。

近来公司里事多，又因他前段时间把手头股份的五分之一转让给孟岚，几个和席成礼一起打江山的元老颇有微词，都在商讨着要开股东大会，明确委任谁为集团的执行总裁，对此席成礼没有表示反对。

越是动荡的时期，越是要谨慎行事。席与风这些日子几乎不曾休息，除却处理公事，还要拉拢人心。

周六下午和高层领导们打几圈牌，天就黑了。

坐车前往举行婚宴的酒店，被司仪引到宴会厅时，偌大的场地，三十来张圆桌，几乎坐满人。

也几乎是在踏进去的那一刻，席与风一眼看到了江若。

他坐在中间靠边的位子，穿一身裁剪合体的银灰色西装，面前的杯子里装的是有色饮料。

想来是因为还在拍戏，宴席结束之后就要赶回剧组，所以不能饮酒。

两个月不见，他的头发长了些，也有可能是拍摄需要，毕竟他演的是一个万人迷。

席与风翻看过《皮囊》的剧本，讲述的是动乱年代，一个从小锦衣玉食的少年因为家道中落，父母离散，变得孤苦无依，加之身无长物无法养活自己，只好出卖皮囊，寻求一处安生之所。

先前，席与风并不觉得江若适合这个角色，让他去试也只抱着放任的态度，想看看他光凭自己能走多远。

而眼下，席与风发现自己错了。

结束合作不过两个月时间，江若就仿佛完成了一场蜕变。他从一个每当去到人多的场合都紧张得手心冒汗的男孩，变成了一个置身名利场中也能面带微笑、从容应对的青年。

那么多人在看他，他也丝毫不露怯，有人举着酒杯跟他搭话，他便举起饮料与对方交流。陈沐新坐在他左手边，间或凑近和他耳语，不知说了些什么，江若嘴角上扬，笑得犹如春花般明艳。

而当视线不经意扫进人群，撞上那道存在感极强的、始终落在他身上的目光，江若先是一愣，然后冲席与风所在的方向点了点头。

脸上笑容浅淡，是一种礼貌的疏离，和对那些同他搭话的人，全然没有区别。

没人说得准这改变有多少是由那个角色带来的，又有多少是因为身心解放，灵魂自由。

婚宴流程无非那些，新郎新娘交换戒指，双方父母发表讲话，再播放一段煽情VCR。

刘导准备的是一段以周昕瑶为主角的短片，由许多个场景拼凑剪辑而成：有周昕瑶在走红毯的，吃冰激凌的，蹲在教堂外喂鸽子的，在片场的折叠椅上打瞌睡的，被求婚时掩面而泣的……甚至有她刚起床顶着惺忪睡眼刷牙的片段。

短短五分钟，仿佛呈现了两人在一起的每分每秒，温馨又感人。台下众人无不感叹，新郎不愧是当导演的，简单的一个短片也能玩出花来。

江若也颇为动容，为这种通过“追随着你的镜头”默默诉说，一个“爱”字都没提，却情意满溢的浪漫示爱而感动。

而作为当事人的新娘周昕瑶直接哭成了泪人，婚宴结束之后眼圈还是红的。就这样还不肯早些回去休息，非要拉着江若来参加她的单身派对。

两人在《悬崖》剧组相识，熟起来是在近两个月。周昕瑶模特出身，经常枫城、海市两头跑，江若在海市拍戏，两人约着一起吃过几顿饭。

起初江若很不理解：“别人的单身派对都安排在婚礼前一天。”

“我和老刘不守那些破规矩。”周昕瑶手一挥，“我说今天就今天。”

她带着江若来到宴会厅后面的休息室，上台前新娘就是在这里化妆、候场。

环视一圈没看到其他人，江若疑惑道：“不是单身派对吗？”

“是啊，全场单身的就没几个，还都去了老刘那边。”

说着，周昕瑶努努嘴，指向一门之隔的隔壁休息室。

江若黑线：“……敢情姐你喊我来是凑数的。”

周昕瑶笑起来：“哎呀，也不是啦，酒席上人多嘴杂的，都没机会跟你好好说两句。”

既来之则安之，江若拖把椅子在门边坐下：“那行吧，就陪你唠五毛钱的。”

听说江若今晚就要走，明天上午还排了戏，周昕瑶咋舌道：“先前就听说庄导不近人情，剧组成员奔丧都只给一天假。”

“也没那么夸张。”江若说，“庄导很专业，拍摄进度已经比预期快不少，他只是怕我离组太久脱离状态。”

从江若口中听说庄导为了让他尽快入戏，让全剧组的演职人员在非拍摄期间看到他就围着他转，眼神越露骨越好，周昕瑶惊讶之余更是了然：“难怪我感觉你气场都不一样了，应付那些来搭讪的也游刃有余。”

江若无奈道：“完全是条件反射，其实心里还是慌的。”

“看到席总的时候心里也慌吗？”周昕瑶对着镜子把沉重的中式头冠摘下来，状似不经意地问，“其实我就随便送个请柬，也没想到他会来。”

沉默须臾，江若说：“还好，没有想象中那么……”

那么惊涛骇浪。

好像在剧组的“锻炼”当真起了效果，他也能像个在名利场中浸淫多年的成熟大人，不动声色地、足够冷静地朝对方颔首打招呼。

又聊了一阵，不知怎么的说到陈沐新，周昕瑶说：“我这个弟弟还蛮不错的，当合作伙伴太嫩了点，当朋友再合适不过。”

江若笑笑，没有说话。

周昕瑶抽一张卸妆湿巾盖在眼皮上：“再有一阵子《悬崖》上映，你估计得跟路演。”

《悬崖》已经过审拿到发行证，将会在暑假期间上映。

之前会举办一场试映会，邀请剧组演职人员、影片的投资方和部分媒体参与。

江若算了下时间，说：“那会儿庄导的电影肯定杀青了，不过我接了档综艺，和试映会的时间可能有冲突。”

周昕瑶问是什么综艺，江若回说：“《演员的花路》，甜橙卫视的一档演技类竞技节目。”

“我知道这个，先前他们有邀请老刘去当评审，档期冲突就没考虑。”周昕瑶沉吟了会儿，“可是据我所知，参与的大多是接不到戏的演员，你现在发展势头正好，何苦上这种吃力不讨好的综艺？”

江若说：“这种场合很锻炼人，我需要一个机会证明自己。”

“在片场不是一样锻炼？”周昕瑶还是疑惑，“难不成是因为席总那边断了你的资源……”

“不是。”江若立刻解释，“他把能给的都给我了，包括经纪约，还有跟了我很久的助理，现在都归我管理。”

周昕瑶卸完妆转过身，跷起长腿看着他：“你还替他说话？”

沉默持续一阵，江若方才开口：“他有他的难处，能为我做到这个地步，我很感激，也很满足。”

刹那间被勾起的回忆那么多，桩桩深刻，件件汹涌。最鲜明的仍然是故事的最初，他从席与风的车上下来，站在巷口的暴雨中，极短的时间里想了很多事情。

江若笑了笑：“再说，我也不图谋什么。”

三月末的枫城，拂面的晚风仍有些微凉意。

席与风自酒店正门走出时，老刘正把车开到门口。他没有着急上车，而是让老刘把车开到边上不碍事的位置，自己则站在廊下，点一支烟，不紧不慢地吸了两口。

不多时，江若自深夜行人寥寥的门内出来，看见等在喷泉旁显眼处的年轻男人，快步走了过去。

隔着一段距离，听不清两人说了什么，只觉江若和在酒桌上一样，状态轻松，身体微微抖动，似乎在笑。

忽然一阵风吹过来，远远看见个子高一些的陈沐新抬手将一顶鸭舌帽扣在江若头上。

直到看着江若坐上一辆前往机场的出租车，陈沐新也走向地下停车场，席与风才将手里的烟熄灭，走向等候多时的黑色商务车。

车内很暗，只有副驾开了盏阅读灯，微弱的光线自上方沉甸甸压下，空气仿佛都有了重量。

今晚原本安排的是和某司长的应酬，席与风已经忙到好几天没在公司出现。施明煦一直等在车上，此刻才找到机会汇报工作，他说着，席与风听着，偶尔出声给出意见，施明煦便立刻敲键盘批注修改。

说完公事，施明煦开始按重要程度逐一请示其他事情。

“洛城那边来电话了，和去年一样，还是惯例询问。”

坐在后座的席与风闻言，抬腕看表盘上的日期。

时间过得这样快，转眼又到一年中的这个时候。

视线放回窗外，席与风缓缓开口："席望尘，出狱了？"

"是的。"施明煦回答，"上回老爷做东请几人吃了顿饭，应是打点过了。"

所以才能这么快放出来。

席与风对此不置一词，转而问起了别的："那股东大会呢？"

"按照目前的状况，势在必行。"顿了顿，施明煦接着说，"不过形势仍对我们有利，毕竟有孟家的支持……"

"如果没有呢？"席与风说，"如果因为某些原因，孟家不再支持我，能有几成胜算？"

施明煦霎时愣住，像是听懂了话里的意思。

某些原因，还能是什么原因？

如此一来，便没人敢轻易判断形势。

毕竟席成礼虽器重席与风，但也因为他死去的母亲心存忌惮，嘴上说着放权，明里暗里却一直在行约束之实。包括让他与孟家联姻，看似为他铺路，其实是在无形中削弱他个人的实力，让他受多方制约，只能甘心为席家所用。

施明煦不敢妄下论断，试探着问："您的意思是……"

所幸席与风并没有打算听谁的意见，放下刚才的问题，说："洛城那边，代我说一声，祝他老人家身体健康，外孙择日登门拜访。另外——"

施明煦的手悬在键盘上，等了许久不见下文，扭身看向后座。

席与风靠在椅背上，稍稍侧头，似乎在看窗外的风景。

可眼神没有焦点，灰暗，恍惚，掺杂类似颓然的冷寂。

好像放弃前的最后一刻挣扎，或是要抓住什么之前最后的一点犹豫。

在无人看得见的地方，席与风满脑子只有一个声音——

我也不图谋什么。

他几乎能想到江若说这话时的表情。

席与风自认不是一个冲动的人，从不做没有把握的事。他的字典里有"慎终如始"，有"徐徐图之"，有"洞若观火"，唯独没有"兵行险着"这个词。

可是他等不及。

于是下一秒，席与风目光聚拢，施明煦从中感受到了更森寒的冷意，一种冰刃出鞘般的锐利决心。

"告诉那边，他们之间的恩怨，本也轮不到我插手。"席与风用沉冷的嗓音接着说，"所以外公想怎么做便怎么做，不必再顾及我。"

一个半月后，江若从《皮囊》剧组杀青，刚回到枫城，就听闻两件大事。

第一件与他切身相关，安何在出租屋的桌上留了张字条，说要离开一段时间，让他不要担心。

第二件事与他没什么关系，奈何圈里到处都在讨论，江若屏蔽了部分友人的朋友圈动态，还是被林晓甩过来的一条微信消息杀了个措手不及。

林晓：听说了吗？席家大公子的爹出车祸住院了，据说到现在都还没脱离危险。

江若盯着这条消息看了会儿，实在不知该怎么回，随手点了个假笑男孩的表情包回了过去。

林晓：啊……你应该不想听到关于他的消息吧？

江若不想让人觉得他小气，于是他故作淡然地回复：没有啊。

林晓会错意，以为江若也想吃席与风的瓜，又接连发来两条——

我还听说，因为这事，他和那个孟小姐的婚事推迟了。

但是他们做生意的不都相信冲喜这些迷信的吗？所以懂自懂，推迟什么的是幌子，这婚怕是结不成喽。

这事江若听过就算，没往心里去。

只是回忆了下，印象中席与风从来没有提过他的父亲，倒是方姨提过两嘴，说这位老爷明知席望尘不堪用，还不遗余力要把他往“正路”上领。

可见这老爷是个偏心的，席与风那么优秀他不重视，席望尘那么废物他却捧在手心，无非看席与风没有母亲护着好欺负。

江若在无意识的情况下开始愤愤不平，给安何打视频电话的时候还拉着张脸，接通后把对面的安何吓得不敢吱声。

两人通过屏幕对视半晌，到底是安何憋不住：“哥，你……生气啦？”

江若冷哼一声：“你玩离家出走，我有什么好生气的？”

安何挠头：“也不算离家出走吧，不是给你留了字条吗？而且你随时都能联系到我……”

江若翻白眼：“那我还得谢谢你和我保持联系。”

“其实我本来打算直接关机，”安何瞧着江若不善的脸色，小声道，“就怕你去报警……”

“我确实会报警，如果这电话没打通的话。”江若刚回到枫城就接受消息轰炸，这会儿才松口气，在沙发上坐下，“说说吧，怎么回事？”

“就，就是在大城市待够了，想呼吸一下农村的新鲜空气。”

“你在老家？”

“嗯啊。”安何举起手中的一捧种子，“春耕呢，等到夏天，请你吃又大又甜的西瓜。”

“别转移话题。”江若喝道，“到底怎么了？春节那会儿你就不对劲。”

抬手压了压草帽的帽檐，安何咕哝道：“也没什么，就是觉得与其干耗着，等一个不知道会是什么样的结果，不如功成身退。”

江若叹气：“可不可以讲点我能听懂的话？”

某种程度上说，安何和江若的性格有相似之处，都是遇强则强，遇弱则弱。

因而江若越是追问，安何越是倔着不肯明说，捂着镜头说乡下信号不好，又说该去忙农活儿了，末了不忘提醒江若不要把他的行踪告诉别人，就把视频挂断。

再打过去，干脆不接了。

把江若给气得，差点买张车票奔安何老家，把人逮住了问清楚。

这边气还没顺，那边门被敲响。

问了两声“是谁”都没人答，自上回被绑架后就很注意人身安全的江若，蹑手蹑脚走到门边，从猫眼里往外看。

然后他怀着疑惑把门打开一条缝，问外面站着的人：“你来干吗？”

孟潮没回答，抬手将门一推，侧身挤进去，客厅厨房逛了一圈，便大步往房间去。

“喂，谁让你进来的？”江若忙跟上，“你站住！再往里走我报警了啊！”

房子不大，很快就搜完一遍。孟潮不死心地打开衣柜，弯腰看床底，连桌子下面都翻了，站直的时候脸色比进门时更阴沉。

“他人呢？”

“谁？”

“安何。”

江若哼道：“我还想问你呢，把他藏哪儿去了？”

孟潮看着江若，似乎想从表情判断他是否说谎。江若也回瞪他，一副理直气壮毫不心虚的模样。

两人互瞪了半天，孟潮先败下阵来，沉一口气，问：“安何他……没有回来吗？”

“没有。”江若说。

“那他有没有和你联系？”

想到安何的叮嘱，江若说：“这话该我问你。”

孟潮抿唇，不说话了。

江若追问：“到底出什么事了？”

像是没听进去，孟潮看向安何房间墙上的年历，表情里多了一种无可奈何的颓丧。

他无视了江若的问题，默默转身，朝外面走去。

孟潮又在快到门口时停下脚步，扭头对江若说："把你的卡号发给我。"

江若什么都没问出来，已经很烦躁："要卡号干吗，给我打钱？"

孟潮"嗯"了声："三十万，安何的心脏手术费用。"

江若有种只有他一个人被蒙在鼓里的不爽，语气就不怎么客气："不是说了吗？这是我和安何之间的事，跟你没关系。"

"跟我没关系？"孟潮忽然笑了，"他可是我弟弟啊。"

江若嘴角一抽："倒也不必——"

"难道他没跟你说吗？"孟潮打断他的话，"你们关系那么好，他当真什么都没告诉你？"

江若心头不由得一跳："告诉我什么？"

孟潮转过身，目光深沉，平日里的玩世不恭收敛得一干二净。

他的声音也透着沉重："告诉你，他原名叫孟泽。

"他是孟家流落在外的真少爷，也是我……法律层面上的弟弟。"

第十二幕

保护是有温度的

五月的枫城已有入夏之势，正午烈日当空，不少路人已经打起了遮阳伞。

与之相比，医院的走廊里则冷清得过分，偶有探病者往来，脚步很轻，说话声都刻意压低，唯恐惊扰了在此休息的病人。

顶层单人病房，席与风坐在外间的沙发上，腿上放一台笔记本电脑，右手肘撑着扶手，左手在触控板上滑动，似在处理文件。

施明煦打来电话，说公司又有几个高层要来医院看席成礼，席与风说："让他们来吧。不过事先提醒一句，老席总还没醒，就算带着文件来，也没人给他们签。"

施明煦应下了。

放下手机，没安静多久，外面隐约传来喧哗声。

"我来看我老公都不行？你们是不是也被席与风买通了？让开，让我进去！"

席与风抬手捏了捏眉心，把笔记本电脑放在面前的矮几上，起身走到门口。

门打开时，正对上挺胸叉腰要踹门的萧茵。席与风眉宇微蹙，问："吵什么？"

旁边负责登记访客的护士无措道："这位女士说要进来看席先生，我没拦住……"

"席先生？"萧茵瞪圆眼睛，"你口中的席先生是我的合法丈夫，凭什么拦着不让我看？"

尖厉的声音在空荡的走廊里无限放大，隔壁病房已经有人探身出来看怎么回事。

席与风沉声道："你的合法丈夫刚从 ICU 转到普通病房，要是想他早点咽气，你尽管大声喊。"

听了这话，萧茵才闭上嘴，瞪着席与风的眼神依旧凶狠，像要把他剥皮抽筋一般。

等进到病房里，她又换了副凄惨柔弱的面孔。握着席成礼扎着输液针的手，萧茵哭道："我的命怎么这么苦，好不容易盼到儿子回家了，你又进了医院。

"你说那大货车是真没长眼，还是明目张胆冲你来的啊，周围那么多车，怎么就偏偏撞了你坐的那辆？

"快些醒来，差人好好查查这事吧，我实在有心无力，插不上手啊！世道险恶，人心叵测，我们娘俩不能没有你啊！"

席与风在外间原来的位子坐下，听着萧茵这番意有所指的哭丧，唇角一勾，露出一个讥诮的笑。

把得了失心疯似的女人送走之后，席与风去到这层的前台查看这几天的探视者名单，交代护士有人想探访必须经过他的同意。

回去路过楼梯间，看见一个人背靠墙壁，似在这里站了有段时间。

孟潮面带薄笑："那我要来探视，是不是也得经过席总批准？"

两人去到这层的公共休息室说话。

"我本来懒得走这一趟。"孟潮说，"家里都闹翻天了，实在待不住。"

沉吟片刻，席与风说："抱歉。"

"欸，我可受不起，这话还是留着对孟岚说吧。她那臭脾气啊，这些天快把家里能砸的都砸干净了。"

"你可以去我那儿住。"

"那晚上你给我留个门。"

"嗯。"

安静一阵，孟潮问："话说，伯父车祸，真跟你没关系？"

席与风抬眼，无甚意义地看过去，孟潮当即一凛："我就问问。不就是不想结婚吗？不至于铤而走险做到这一步。"

他接着又问："都到这地步了，你们集团内部，应该没人能与你抗衡了吧？"

"不一定。"席与风说，"他们如果团结起来，不容小觑。"

孟潮点头："难怪你要守在这里，这种时候谁先得到伯父的支持，形势上就越有利。"

两人谈了会儿公事。

总之席家和孟家的合作项目还在推进，没有人会和钱过不去。

送人出去的时候，孟潮说："对了，我今天见到江大明星了。"

席与风一怔："在哪里？"

"他的住处。"孟潮说，"我去找安何，顺便把那三十万还给他。"

"三十万？"

"嗯，去年安何做心脏手术，钱是江大明星出的。"

去年……席与风蹙眉，似是想到了什么。

"不过他没收，因为——"孟潮说着自己卡壳了，笑一声，说，"算了，这事以后有机会再说吧，你这里已经够乱的了。"

回到病房，席与风难得有空发了会儿呆。

又坐了一阵，席与风起身，打算去洗把脸，忽闻病床方向传来细微的动静。

绕进里间，走到床边，已经昏迷半月有余的席成礼眼皮颤动，缓慢地睁开眼，竟是醒了过来。

看一眼旁边的监测仪，一切正常，席与风没有立刻叫医生，而是拿起床头的水壶，往玻璃杯里倒水。

倒了半杯温水，他举着杯子，问躺在床上的人："喝吗？"

席成礼还戴着氧气罩，嘴唇翕张，胸膛也跟着起伏。

他盯着席与风看，眼神里有种无能为力的惊惧。

席与风见他这反应，却觉得好笑："不会连您也认为，这场车祸是我的手笔吧？"

他慢条斯理地把水喝了，空杯子碰到桌板发出清脆的声响。

席成礼在这段时间里缓了口气，隔着氧气罩的说话声发闷，席与风要凑过去才能听清。

经历一场严重车祸的人，醒来后说的第一句话是"别伤害你弟弟"。

瞳色猛然暗下去，如同乌云聚拢。席与风直起腰，冷声道："我怎么不记得，我还有个弟弟？"

呼吸像是急促了几分，席成礼竭力道："你……你想要什么？"

原以为还要兜圈子打太极，没想到老头子这么沉不住气。

倒省得费口舌，席与风从床头的抽屉里拿出几张纸："婚我不结了，这协议也就没有存在的必要。"

席成礼喘着粗气，眼神里流露几分犹疑，像是在疑惑——如此大动干戈，就为了不结婚？

他甚至开始怀疑自己猜测有误，那车祸兴许真是一场意外。

而此刻的席与风，无暇顾及他在想什么。

"孟家那边我自会给交代，您只要签个字，同意取消这门婚事。"

孟家老宅坐落于城东，依山傍水，也是块宝地，素有紫气东来的美名。

席与风到的时候，客厅里没人在。过了一阵，孟母才从楼上下来，招呼家里的阿姨沏茶。

两人坐下聊了几句。

见席与风把婚前协议拿出来，孟母就没了好脸色，只勉强维持客气："这婚是非退不可了？"

席与风说："与其耗着，不如趁早解决，也不耽误孟岚另觅良缘。"

孟母抿了抿唇，道：“其实我本就不赞成这门婚事，岚岚玩心太重，你又……”

顿了顿，孟母接着道：“但想着不过是个形式，你们俩没意见，我们当长辈的也没什么可说的。谁想这婚期定下，请柬都发出去了，你偏又改了主意。”

“是我思虑不周，给您添麻烦了。”席与风说，“此事因我而起，若有人谈论，就说是孟岚瞧不上我，将我甩了，以免损害孟家名声。”

听了这话，孟母面色稍霁，轻叹一口气：“也是难为你了，你父亲出了那么大的事，里外都需要你操持，很不容易吧。”

席与风见情势尚可，提了一句股东大会的事，孟母思忖片刻，说：“生意上的事都是你伯父在管，我一向是不参与的。不过既然有股份在岚岚手上，自是不希望看到你们集团内部动荡不定，想来就算碍于身份不能站在你这边，也不会与你对立为敌。”

话说得很明白——你都不跟我女儿结婚了，我没理由再帮你。但是既然你家有股份在我这边，我也不希望它出状况，因此多半会站中立和稀泥，不让事情闹大。

席与风本也没奢望退婚之后孟家还能帮自己，得到这样的承诺已经足够。

又说了些取消婚礼后的收尾事宜，席与风将准备好的笔递过去，指着协议后面新增的一页，席成礼签名旁的空白处：“没有异议的话，麻烦伯母在这里签名。”

孟母仔细阅读了关于协议取消的相关内容，又叹了口气。

“你们这些年轻人啊，一个个的把婚姻当儿戏。”她无奈道，“孟潮也是，去年相亲遇到一个各方面都很合适的女孩，本来答应得好好的，后来不知怎么的又反悔了。”

这事席与风略有耳闻，不过那会儿正赶上萧茵母子发难，绑架了江若，他实在无暇关心。

“孟潮还年轻，”席与风说，“当下应该以事业为重。”

孟母笑了：“倒也不必安慰我，他在外面有多乱来，我也不是没听说过。”

说着正要落笔，楼上忽然传来一串急促的脚步声。

孟岚站在楼梯拐角处：“妈，先别给他签。”接着视线落在席与风身上，几分嘲讽，“别光顾着哄长辈啊，你对我，就没什么要说的了？”

顶层露台，孟岚站在栏杆旁的一片建筑阴影下，任由风吹着裙摆鼓动。

沿楼梯上行时，席与风已然目睹满地狼藉，证实孟潮说的“能砸的都砸了”所言非虚。

他站在孟岚身侧，静默半晌，忽听孟岚问：“敢跟上来，不怕我抄家伙砸你？”

扫一眼四周，除了铁艺桌椅，墙根旁的几盆绿植也可以成为武器。席与风并没有退却之意：“该来的总会来，怕也没用。”

孟岚笑一声：“好大的决心啊，不知道的还以为我孟岚是什么洪水猛兽，席少宁愿损失惨重也要躲。”

席与风说：“不是。”

孟岚转过头看向他：“那你为什么要退婚？”

“我们不适合结婚。我给不了你想要的。”

“你知道我想要什么？”

这回席与风没回答，而孟岚却能从他清明的眼神中明白，自己的心意已然暴露。

她想笑，张开嘴却笑不出来。

只好转过脸去，面向前方苍茫的天际时，孟岚冷不丁想起，在同样的地方，她曾断言席与风是个冷血动物，就算别人向他示好，他也只当别人对他另有所图。

现在，她倒宁愿自己的判断不曾失误，宁愿席与风以为她想和他结婚，是对他有所图。

她也知道这是最后一次机会。

“那你能不能，就当什么都不知道？”孟岚问。

“不能。”席与风答。

这一瞬间，孟岚好像看到了历史重演。

她喉咙发苦：“你们这些人，真的很擅长把别人的生活搅得天翻地覆，再拍屁股走人。”

她想到二十二年前，母亲生下弟弟孟泽。她的弟弟笑起来那么可爱，即便他分走了父母的关注，她依然接受了他，并下定决心做一个好姐姐。

可是孟泽失踪了，之后的许多年，家里都寂静得像一座监狱，她不敢大声说话，不敢放肆大笑，但凡待在家里，总是要面对母亲的眼泪和父亲无止境的叹息。

后来，她的生命里出现一名少年。

他总往家里跑，说是孟潮的朋友，却和孟潮一点都不一样。他总是坐在楼梯下的隔间里，捧一本书，连续几个小时一言不发，却总能吸引孟岚往那边看，看他在读什么书，看他今天有没有穿校服。

次数多了，难免有视线相交的时候。少年面容清隽，眼神是一种冰川雪融的清冷，却能让她面颊发烫，迅速别开脸，过了一会儿，又忍不住转动脖子，偷偷去瞄。

就是这样一个把她的心搅乱的人，现在也要离开她。

孟岚听见席与风说：“这件事错在我，所以给了你股份作为补偿。”

“补偿”两个字，让孟岚的眼睛霎时瞪圆。

“原来，你早就在计划要退婚了？”她有几分难以置信，“单独给我怕我不收，所以借着要酒的名义……”

难怪给这么多，如果当时没收还好，收下了，无疑等于她也默认这份高昂的股份馈赠是退婚补偿。

今后这事一旦传出去，外人也只当两家已经达成一致，再闹只显得孟家得寸进尺。

这会儿孟岚才是真的想大笑，笑自己蠢，还以为那股份代表诚意，还以为只要结了婚，假以时日总能得到他的心。

到头来，自己不过是进了他的圈套，面子里子，自己一样没占到，倒让他占了个齐全。

愤怒与悲伤，一时分不清哪个更甚。

孟岚只觉全身的血液往头顶冲，等反应过来，她已经抄起一旁的花盆高高举起，像平日里生气时那样。

而作为预备挨砸的对象，席与风站在原地一动不动，仿佛早已做好准备。

眼圈顿时通红，孟岚提着嗓门，恐吓般地喊："为什么不躲？你别以为我喜欢你，就不舍得打你！"

席与风犹自镇定，目光淡淡地看着她："想打就打，但这不是喜欢。你只是享受碾压我、超越我的快感。"

这些年，但凡席与风沾染的嗜好她都要学，席与风和女明星传绯闻，她就和男明星彻夜不归，席与风捧小演员，她就换男友比换衣服还勤，为的就是证明给别人，也给自己看——我根本不在乎他，我比他还会玩。

直到此刻，孟岚才恍然明白，从一开始就是错的。

她选错了人，亦用错了方法。

席与风并非冷血无情，他藏在心底的温柔只会给同样对他温柔的人。

而她那些自以为是的小把戏，只会将他越推越远。

花盆"哐啷"摔在地上，只碎了一个角。

席与风躬身将花盆扶正，把蜷曲的叶片拨开，然后直起腰，转身便走。

步子迈出去两三步，席与风听见孟岚微弱的声音："你现在，需要婚姻帮你巩固势力吧？我可以帮你……"

几乎没有犹豫，席与风说："不了，我想要的，自己会去争取。"

席与风甚至没回头。

七月伊始，枫城上流圈层又传出两件大事。

第一件是席与风拿下了一个并购案，集团内部大洗牌，股东大会高票通过由席家长子席与风担任执行总裁的决议。自此集团最终的决策权归属尘埃落定，纵有少量不满的声音，也势单力薄，短期内掀不起什么风浪。

第二件还和席家有关，席与风这边刚为自己正了名，那边和孟家的婚事就宣布取消。众人惊讶的同时又有意料之中的落定感，转而开始猜测内情，究竟是孟家小姐想开了，不想在一个风流的男人身上吊死，还是席家大少没玩够，索性先不给自己套上枷锁？

而这些吵闹的声音，统统没进席与风的耳朵。

等公司的事料理停当，他抽空飞了趟洛城。外公乔望鹤已在此处郊区的一幢宅子里，住了三十年不止。

从机场前往外公家的路上，道路渐愈宽阔，两旁浓荫匝地。

乔望鹤算准时间站在门口迎接，亲自指挥司机将车停在院子里，看着席与风从车上下来，头发花白的老人面容慈祥，拐杖在地面一敲，让他快进来。

房子不大，上下两层，住一位老人加两名护工绰绰有余。

乔望鹤带席与风去到书房，亲自泡茶给他喝。

作为小辈，席与风自是不能干坐着。乔望鹤端茶过来，他起身双手去接，老人趁机比画他的身高。

“都长这么高了。”乔望鹤把手放到胸口比画，“上次见面，你才到我这儿。”

席与风还能清晰记得上次见面的情形。

实际上，他自小就对外公很陌生。

当年母亲不顾外公反对，执意要嫁给席成礼，据说当时外公气得连婚礼都没参加，默不作声搬到洛城，在这里一住就是三十多年。

其间的接触大概只有小学的某两个暑假，席与风出国游学，母亲总会安排他提早几天到洛城，去陪外公。

许是心里仍有怨怼，那两次会面并不算愉快。乔望鹤始终没给席与风好脸色，在饭桌上也没同他说话，饭后爷孙俩在书房各据一角，一个处理文件一个看书，时间就这样悄然流逝。

而现在，席与风知道了，当年的外公并非有心冷落他，也想起在这里吃的两顿饭都有薯条、冰激凌，这些小孩子会喜欢吃的东西。

人与人之间，有些话不需要挂在嘴边，也可以被对方洞悉。

因此乔望鹤没提那些陈年旧事，只问席与风这次能待几天，听说他明天就要回去，了然道：“这个节骨眼上，忙是一定的。但是再忙也要注意休息，身体健康比什么都重要。”

席与风应下了。

窗外蝉鸣阵阵，屋内茶香袅袅。

临近正午，乔望鹤坐在书桌旁的藤椅上，拉家常般地问：“你父亲，怎么样了？”

席与风放下手中的杯子：“已经脱离生命危险，但是伤在脊椎，以后怕是离不开轮椅。”

乔望鹤哼一声：“便宜他了。”

谁也没提那场车祸，却又都心知肚明。

“这茶是你母亲生前最喜欢的。”乔望鹤看着杯中漂浮的茶叶，“原本她也可以喝到我泡的茶，原本她也应该在这里，和我们爷孙一起……”

席与风看着他，心中涩然。

脱去商界巨贾的外皮，眼前的人也不过是一个思念女儿的普通父亲。

乔望鹤说：“你父亲能多活这么多年，完全是因为你，不然在你十九岁那年，他就已经不在人世。你千万不要因此背负压力。”

闻此言，席与风又不禁一凛。

“我没事。”他说，“既然他从未把我当作亲人，我也不再将他放在眼里。”

乔望鹤似有犹豫：“那些年你母亲偏执成性，对你疏于照顾，你父亲是不是对你……”

这回席与风没说“没事”。

他垂眼，复又抬起，眸底是浸霜般的冷郁：“太久了，我已经记不清。”

留在宅子里吃了顿饭，下午席与风要赶一场贸易峰会。

乔望鹤拄着拐杖把人送到门口，忽然想到什么，问：“说起来，先前那么多年，我每年都在你母亲忌日前联系你，你都没答应，为什么今年突然……”

听到这个问题，席与风先是愣了下。

像是没想到这个问题出自他没见过几面的外公之口，而该发问的人，比如席成礼，竟只字未提。

不过稍一想便能明白，不问是因为不关心。他们只在意自己，哪管他有什么原因。

如今有人在意他的行事动机，反而叫他不习惯。

但这原因并不难于启齿。

席与风侧过身，沉声答道：“为了一个人。”

次日，去机场的路上，席与风收到周昕瑶发来的《悬崖》试映会电子入场券，时间在下周六。

附留言一条：随你来不来，反正江若会来。

和上回发出婚礼邀请后如出一辙的口吻。

席与风没回复，点击二维码保存到相册。

半个小时后，在《演员的花路》录制现场探班的周昕瑶大叫一声："啊！"

把正在补妆的江若吓得一哆嗦，化妆师也跟着手抖，口红都画出去了。

"姐，你小点声。"江若无奈道，"待会儿我要上台演个聋哑人，让我找找安静的感觉。"

"这没法安静啊！"

周昕瑶把手机举到江若面前，微信停留在和"席总"的聊天界面，刚看到"席"字，江若就慌忙别开眼："干吗给我看这个……"

"快看快看！"

周昕瑶点开席与风的头像放大，并按住江若的脑袋逼他直视屏幕。

在这近乎强迫的动作下，除非瞎了，不然不可能看不到——

席与风现在的微信头像，正是从《悬崖》电影海报上截取的，一个侧脸。

《演员的花路》第二轮录制现场，江若选的竞演主题是"沉默的爱"。

剧本由节目组的特邀编剧撰写，描述的是一名先天聋哑的青年面对心上人时的反应——那些细节里压抑着掩饰不住的喜欢。

这是一场没有台词的表演，由于上场前江若已经排演无数遍，无论是看着女孩和其他男孩有说有笑时羡慕又落寞的眼神，还是看见女孩失恋痛哭时手足无措安慰她的生涩反应，江若都拿捏得相当到位。

最后得到五位评委中四位的高分，江若悬了许久的心这才落回原地。

其中一位导演出身的评委问："你是原本就会手语吗？"

江若摇头："不是，现学的。"

"我看你的表演经历，以前是舞蹈演员？"

"是的，所以肢体动作掌握比较快。"

评委点头："戏也不错，比上一轮更自然了，期待你下一轮的精彩表现。"

江若道了谢，冲台下深深鞠一躬，在掌声中退场。

到后台，周昕瑶迎上来眉飞色舞道："许导夸你了欸，你再表现好点，他下部戏说不定会找你演男主角。"

江若刚从台上下来，有种情绪爆发之后的虚脱感："不会吧，许导的电影偏爱硬汉型男一号，我的形象气质不符合。"

"我听说许导最近想转型拍文艺片了，这不就需要你这张画报似的脸了吗？"周昕瑶盘算道，"到时候如果需要花瓶女配，记得找我，我最喜欢没几句台词、只要美美地站在那儿的角色了。”

“想拍这种角色，可以让你家刘导给你量身定制。”

“那多没劲，而且他成天就喜欢拍那些神神道道的悬疑片，这种片子完全体现不出花瓶的价值。”

“……”

“话说，刚才你在台上的表现还挺自然。”周昕瑶话锋一转，“我还以为看了那个头像，你会……”

江若心头一跳，下意识转移话题：“其实我在台上还满脑袋杂念。”

“什么杂念？”

“在想关于我一个朋友的事。”

“我警告你，别无中生‘友’。”

“我说真的，他的人生经历太离奇了，我消化了一个多月还是很震惊。”

“什么样的人生经历？说来听听。”

“不行，这是他的隐私。”

“那就不要说出来吊人胃口啊！”

…………

在后台看了之后几组的演出，收工之前，作为本季评审团成员的陈沐新才得空来到江若的休息室，评价道：“演得很好，评审团的均分也很高，进入第三轮不成问题。”

江若听了很高兴：“多亏你眼光好，这剧本感情细腻又不落俗套，换谁演都出彩。”

一旁扮演聋哑青年心上人的卫楚琳嗤道：“这儿没有摄像机，你俩差不多行了，别商业互吹了啊。”

不知《演员的花路》节目组是否故意，在定下评委团和参演嘉宾后，又增加一组评审团，出了一套新的打分标准，并邀请陈沐新担任评审团团长。

年初的一档室外综艺，江若作为陈沐新的圈内友人参与了两期节目的录制，自此年龄相仿、互动十足默契的两人被网友调侃。由于讨论度高，CP 超话一度冲到前三，如今《演员的花路》节目组把他俩请来，可以说是成功掌握了流量密码。

为了给江若助阵，陈沐新还请来了他的表姐——《日月荆山》的女主角卫楚琳和江若搭戏。

大约是对江若心存偏见，排演起初明显能看出卫楚琳的不情愿。后来许是听陈沐新说了不少好话，又或许被江若起早贪黑的拼命劲头打动，渐渐地，卫楚琳收起了“我倒要看看你能演出个啥”的不屑，也开始主动配合。

包括最出彩的一幕——女孩摔倒男孩去扶，也是她主动提出加的，哪怕光是排练就够她把膝盖磕出一片瘀青。

因此江若也很感激卫楚琳，谢完陈沐新赶紧道："我还不够专业，要不是有卫姐带着，都进入不了角色。"

卫楚琳听了这话很是受用，嘴巴却一如既往地毒："知道自己不专业就多花心思学，总有别人需要你带着入戏的时候。"

"欸。"江若笑着应下，"多谢卫姐指点。"

晚上四人一起吃饭。

周昕瑶和卫楚琳两个娱乐圈小花先前只互闻其名，席间一聊发现性格投契，连爱好都差不多，饭吃一半就撂下筷子，手挽着手去做指甲了。

留下江若和陈沐新各据餐桌一头，面对一桌子菜犯愁不已。

后来是陈沐新提出解决方案："没关系，吃不完可以打包。"

江若刚想问打包给谁，陈沐新接着说："我俩一人一半，正好我最近常住枫城，一个人懒得做饭。"

两人虽说私下来往不密切，但也一直没有断了联系，加上同在一个圈子经常有行程重叠，一来二去，就真成了圈内友人。

江若笑问："你不会就是那种，点份外卖宅家一整天的人吧？"

"你怎么知道？"陈沐新也笑，"不过我还是会出门的，每天都要去健身房。"

"外卖油大，确实该增加锻炼，消耗多余脂肪。"

"听说市中心最近开了一家主打清淡素食的餐馆，口碑也不错。"陈沐新看着江若，"我正想去试试，听说那边的双人套餐能尝到的菜品比较齐全，可是我怕浪费，不知道你有没有兴趣和我一起？"

江若拿着筷子的手一顿。

单独邀请某人共进晚餐的原因可能有很多，目的却只有一个，就是拉近距离。

江若已经逃避了许多次这样的邀约，甚至形成了一种拒绝的条件反射。

然而这一瞬间，江若低头戳了戳碗里的肉片，抬起头时笑着说："好啊。"

由刘睿执导的电影《悬崖》，将于八月初上线各大影院，公映前的试映会则安排在七月中，地点在枫城的一所小型剧院。

据说该剧院在新中国成立初期就已建成，当时除了承映电影，还会接一些规模不大的话剧演出。

后经多次升级修缮，在保留了古朴质感的设施的同时，剧院的影音设备也跟上了时代的发展。厅内一排排木质的座椅充满岁月雕琢的痕迹，银幕前的舞台两旁各搭一块朱红色幕布，散发着来自那个年代而历久弥新的复古气息。

江若一进到厅内，就明白了刘导将试映会地点定在这里的原因。

这种老旧的、狭小的、潮湿中带一点腐坏气息的氛围，与《悬崖》几乎完全贴合，一脚踏进来，仿佛就来到细雨绵绵的南方，钻入寂静幽深的老巷。

地方小，座位也不多，第一排留给各大投资方，第二排开始才是演员的座位。

江若根据电子门票上的编号，找到位于第二排靠边的位子，刚坐下不久，一袭修身裙装的周昕瑶也来了，位子在他左边。

被问到为什么作为导演的家属也只能坐边上，周昕瑶耸肩："我们家老刘大公无私呗，毕竟我只是亲情客串，戏份还不到你这个男四番的一半。"

江若听笑了："那刘导呢，怎么没看见他？"

周昕瑶指后面："他坚持要在放映室守着。"

江若点头："懂了，导演的情怀。"

等差不多坐满，刘导走到台上，为不破坏气氛，简单寒暄后只说"我想要表达的东西都在电影里了"，便宣布试映正式开始。

所有的灯光顷刻熄灭，眼前的银幕亮了起来。

胶片质感的画面配着时起时落的钢琴伴奏，"悬崖"两个朦胧的字出现在正中央时，江若察觉到自己因为某些可能会发生的事而躁动的心，慢慢平复。

尤其当看到作为被抛弃的"野孩子"长大的王小雨出场时，江若终于能将自己剥离出来，作为一个旁观者，看另一个自己在平行时空里发生的故事。

沉浸总在不知不觉中，江若将所有感官集中到电影里，连身旁的周昕瑶什么时候走的，又是什么时候换了个人填补空位，都不知道。

然而故事的发展离不开波折，好比外面突如其来的骤雨闪电。

一切都发生得那么突然，江若只听到类似打雷的动静，紧接着眼前的银幕猝然黑下去，随着唯一的光源消失，整个影厅一片漆黑。

与受惊吓的人们发出的呼叫声并行的，是一道声音。

那样迅速，那样准确。

江若本来不怕黑，但他宁愿相信这一刹那的心慌是因为害怕。

在四周嘈杂的人声中，他亦能准确将那道低沉的嗓音捕捉。

"先坐着，"席与风说，"别着急走。"

事实证明，席与风的判断是正确的。

黑暗中视线受阻，好几个站起来想看看怎么回事的人，不是没走两步被台阶绊倒，就是你推我搡地互相牵绊。要不是工作人员及时拿大喇叭喊话让大家少安毋躁坐下别动，恐怕已经发生踩踏事件。

后来又有工作人员喊话说，剧院线路老化，没扛住恶劣的天气，目前正在抓紧时间抢修，预计二十分钟后可恢复放映，众人才安静下来，各回各位。

出于对影片内容的绝对保密，在座所有人的手机等电子设备都在入场前上交工作人员保管，眼下停电，只有刚拿来的一盏充电灯支在角落，苍白灯光穿过人群缝隙，落到江若这边的只留聊胜于无的一小缕。

却让他觉得安心，至少什么都看不清。

这时大喇叭被刘导抢了去，他开玩笑说："各位别趁黑灯瞎火干坏事啊，这里的摄像头有夜视功能，而且 24 小时不断电。"

笑声四起，江若却像是终于反应过来，轻轻动了下手腕。

这种情况下，或许应该说点什么。

可是距离刚才席与风出声已经过去很久，现在接话显得刻意又奇怪。

幸而抢修速度够快，不到一刻钟，银幕亮起，电影继续播放。

江若把注意力集中到剧情上，一点余光都没有给身边的人。

影片最后，收到男主在被追捕的途中坠崖身亡的消息，王小雨回到生他养他的那片土地，站在雨后潮湿的小巷中，缓慢地仰起头，视线越过滴水的青灰瓦片向上看，在夹缝中寻找天空。

与此同时，旁白响起男主的声音——看见那幢破楼了吗？那是我们的命，摇摇欲坠，不知道有没有明天。就像站在悬崖边上，稍不留神就栽下去，摔得渣都不剩。

所以回去吧，回去，就不会怕了。

声音和画面一同消失，短暂的沉寂后，掌声响起，黑色的幕布上开始滚动报幕。

看到"江若 饰 王小雨"的字样，江若彻底从这场梦境中挣脱，站起来，顺着人潮往外走。

一直到外面，他都没有回头。

也走不远，因为下雨了。枫城夏天常见的暴雨，来得措手不及，把人困在原地。

小沈通过电话告诉江若，司机已经在把车从停车场往剧场门口挪了，但是这会儿人多，得多等一阵。

江若说知道了，把手机揣回裤兜，在门廊下找了个不碍事的角落站着等。

剧场外面灯光很足，因此这回那人是什么时候站到他身边的，他能十分清楚地感知到。

毕竟那人无论到哪里都是最引人注目的存在，众星捧月的男主角在他面前，光芒也要暗淡几分。

后来是周昕瑶的及时出现，打破了这尴尬的局面。

她是和刘导一起来的，先递给席与风一把长柄伞，然后看见江若两手空空，问：“你怎么也没带伞？”

江若说：“有车来接我。”

一番寒暄后，江若察觉到周围的视线都在往这边聚拢。

想来这种前女友带着她的现任老公，和前男友以及他捧过的艺人聊天的画面，百年也难得一见。

所幸他们聊的都与投资相关，江若插不上嘴，就站在一旁当透明人。

远远地看到保姆车开过来，江若如蒙大赦般向众人道别，扭头走下台阶，闯入雨中。

奇怪的是没淋到几滴雨。察觉到头顶有黑色压下来，江若偏头，看见席与风走在他侧后方，撑着一柄黑色的伞，伞面前倾，将他整个人笼罩其下。

脚步顿了一顿，江若说：“不用。”

许是两个字太短，又或许声音不够响亮，总之席与风没因为他的拒绝离开，而是越发跟紧了，一路把江若护送到保姆车旁。

车门是开着的，江若抬脚上去，小沈说：“江老师怎么自己跑过来了，不是让您等我带伞去接——”

话音停止在看到江若身后的人的那一刻。

天色昏暗，小沈不太确定似的探身出去看，接着喊了声：“席总。”

席与风很低地“嗯”了声。

也是在这时候，江若才不得不抬眼，望向站在车外的人。

雨幕中，席与风仍是白衣黑裤，外套搭在臂弯，像是刚从会议上下来。

他左手撑伞，肩背乃至手臂外侧已被雨淋湿，衬衫变成半透明，水汽仿佛蔓延至发梢、眉眼，冲淡了他过分深刻的五官线条，透出一种沉敛的清隽。

他抿起的唇微微张开，似乎想说什么。

江若抢在他前面说了“谢谢”，然后收回目光。

他甚至不确定席与风是否听见，就拍驾驶座的靠背，示意司机开车。

短暂的犹豫后，席与风还是后退一步，看着车门在眼前关上，再看着车子在滂沱大雨中驶远。

回到住处，进门看到墙上的年历，江若找回意识后的第一个反应是，原来已经过去半年了。

他换上拖鞋，去房间拿睡衣，进卫生间洗澡，洗完从冰箱里拿水，边喝边用手机翻看之后的行程安排。

好像今天是再寻常不过的一天。

《悬崖》正式公映之前，还安排了几个城市的点映，主要面向媒体和影评人，不需要演员出场。

为腾出时间跟下个月的路演，江若在参加《演员的花路》录制时格外拼命。第三轮的主题是硝烟战火，江若演的是一名士兵，为了贴合形象，他在排演的同时增加运动量，但时间还是不够，肌肉没练出几块，人先瘦了一圈。

对此卫楚琳笑道："要不别演士兵了，去演难民吧。"

陈沐新则表示："增肌需要技巧……不过你现在这身材刚刚好，能适配的角色也多，没必要刻意去改变。"

忘了从什么时候开始，陈沐新不再管江若叫"江哥"。

江若大概能明白。

也懒得去纠正。

不过两人约的饭一时半会儿没吃上。陈沐新上半年拍的一部剧临时需要补拍镜头，还都是外景，节目只录到一半，就被召回大西北了。

他上飞机前还在给江若发消息，站起来快一米九的大男孩用着小熊哭泣的表情包，让江若等他一个月，回来再一起去吃饭探店。

江若被他这仿佛生离死别的可怜劲儿弄得哭笑不得，回复说：别哭了，西北干旱，小心脸蛋裂开。

陈沐新立刻发来一个小熊笑脸。

第三期紧张录制的同时，《演员的花路》一、二两期正式上线。

第一期没什么好说的，主要介绍嘉宾和竞演规则，然后由评委进行示范表演。

第二期播到江若的那场《沉默的爱》，与竞演时的顺序不同，他的出场被剪辑到最后。

江若回看这一期是在某天排演结束后的深夜，经过三天的发酵，弹幕数量已经极其可观。

前面几场表演，弹幕只占了屏幕的一半，大多是"他怎么也来参加这个节目了""没戏拍了吧怜爱了""这破演技没戏拍挺正常的"之类看热闹的，轮到他的时候，弹幕一下子多了起来。

起初大家都惊讶于江若竟然能请到卫楚琳和他搭戏，后来有人科普：这俩在《日月荆山》里就有一段情，不过剧里男二为救女主死了，这次《沉默的爱》相当于平行时空发糖了吧。

此话一出，立马有人跳出来反对——要说《日月荆山》，男一和女一才是真爱！

接下来的弹幕，开始围绕三个人剧里剧外的关系展开。站女一男一的认为官配不可拆，站女一男二的坚持 BE 才是爱情的真谛，而站其他 CP 的，不遗余力地指路让大家去看陈沐新邀请江若作为友人参加的那两期综艺，说——戏里都是假的，真人秀才是真！

各说各话一片混乱，看得江若一个头两个大。

刚想把弹幕关闭，忽然看见一条——快闭嘴吧你们，这场太棒了，谁不看谁亏！

自这条之后，弹幕逐渐少下去，好像观众纷纷把注意力集中到了剧情上，无关话题的讨论渐渐止息。

约莫五分钟后，弹幕再度肉眼可见地多起来。这回几乎都是关于表演的讨论，夸编剧厉害的，赞灯光布景专业的，夸卫楚琳稳得一如既往的。

自然也有点评江若的——

“身段真漂亮啊，不愧是舞蹈学院出身。”

“我要是这个女孩，肯定跟哑巴弟弟在一起，多养眼啊！”

“我记得他，演过《莺飞》的男二，跳舞贼厉害。”

“他叫江若？庄导冲纳城的电影是不是他演男主？”

“是欸，之前还以为他带资进组，这么看还是有两把刷子。”

“何止两把，我一刷的时候哭成狗。”

“用手语说我爱你这段，太虐了吧，我的眼泪不值钱。”

“欢迎来江若超话获取更多物料，新电影《悬崖》八月上映，请大家多多支持！”

…………

江若主要看自己的表现，弹幕只是顺带瞅两眼。

表演快结束的时候，一条弹幕吸引了他的注意——

“能把无法诉之于口的爱演绎得这么真实，一定亲身经历过吧。”

江若愣了一会儿，点开输入框，打出“没有”两个字。

感觉说服力不够，又添一句：他应该是体验派，将自己融入了角色的经历中。

发出去之后，才觉得自己这番“澄清”不仅无意义，还有点好笑。

总之这档综艺又为江若收割了一拨粉丝，并给《悬崖》的宣传带来了正面效应。

八月初在枫城举办的首映礼，江若作为配角本不打算参与，周昕瑶三番五次跑到录制现场探班，带来的零食都快堆成山，就为劝他参加首映礼。

理由也很充分："你都在这录影棚里憋大半个月了，就不想出去走走？"

江若说："就算想，好玩的地方那么多，干吗要去那种应酬场合遭罪？"

"不是应酬，就剧组成员聚一聚。"周昕瑶说，"上回试映会中途出状况，散得匆忙，后来人总是到不齐，老刘只是想请大家吃个饭。"

江若明白了，庆功宴。

不去的话非但有端架子之嫌，还显得不合群。

江若还是疑虑："只有剧组成员吗？"

周昕瑶一看有戏，忙趁热打铁："当然，一个包厢就一张圆桌，你觉得能坐下几个人？"

众所周知，酒店常用的圆桌尺寸，最多坐二十个人。

但江若忽略了一种情况，即剧组成员占一个单独的包厢，隔壁另开两桌，分别给金主爸爸和记者们坐。

首映会结束跟车来到锦苑的江若大呼上当，扭头就要走，被周昕瑶拦住："两个包厢中间隔着堵墙呢，你别往那儿跑，不就行了？"

江若有被安抚到，点点头，又猛地抬头："你怎么知道我不想碰到他？"

"这不明摆着吗？你就差把'不想碰到席与风'六个字写在脑门上了。"周昕瑶摊手，"虽然我觉得你俩绝交挺可惜的。"

"可惜"这个词，让江若有片刻的恍惚。

看他的表情，周昕瑶轻轻拍了拍他的肩。

江若亦配合地叹了口气，深沉道："虽然但是，那是七个字啊。"

"……"

周昕瑶险些动了杀人灭口的念头。

一顿饭吃得甚是和谐，剧组同僚们闲聊近况，插科打诨，再举杯共祝票房大卖，两个小时就过去了。

散席后，江若落在最后出去，往洗手间去之前，余光瞥一眼隔壁包厢。

灯没开，看来也已经散席。

周昕瑶在楼梯口喊他："快点快点，楼下停着好几辆空车。"

"你们先走吧。"江若说，"我喊保姆车来接。"

"好吧，那你一个人注意安全。"

"嗯。"

进到洗手间，打开水龙头，江若后知后觉刚才周昕瑶让他注意安全。

不禁失笑，他一个大男人，有什么不安全的？

总不至于走得好好的，又被从拐角冒出来的人擒住，那人还正好喝醉了，需要他的帮助吧？

如此离奇的事，发生过一次就够了。

洗完手出去，江若一面走着一面掏出手机，快到楼梯口时，忽然听到有人喊他。

“江若。”

低沉的声音，宛如来自梦中，却令江若的脚步顿住，他蒙然地偏头看过去。

楼梯拐角，熟悉的暗处，个子很高的男人站在那里，单手抄兜，另一只手夹着一支快烧到尾部的烟。

身影孤孑，仿佛已经在这里等了很久。

不记得自己是什么时候走上前的，江若想，权当是正常交际，总不能听到人家喊自己的名字，扭头就跑。

他选了句最不容易出错的开场白：“席总也来这里吃饭？”

席与风侧过身，把烟按灭在墙边的烟灰缸里，再丢进垃圾桶。

然后他转过来，看着江若，“嗯”了一声。

他们之间隔着标准的社交距离，理应难以发生三句以上的交流，然而出乎意料地，席与风反过来问：“你呢？”

江若愣了下，片刻后答：“跟剧组同僚一起吃饭，就《悬崖》剧组。”

说完才觉得后半句多余，江若略带几分懊恼地抿了抿唇。

幸好环境昏暗，谁也看不清对方的表情。

也因为暗，对方的声音显得格外清晰。

“我还以为这种场合，你不会来。”

“……必要的交际，难免的。”

“上回，你就没出现。”

江若迷茫了一瞬，等搞清楚上回可能指的是试映会后刘导攒的几场局，越发感到困惑。

那几场都向他发出了邀请，而他都以工作忙为由拒绝了。

难道席与风去了？

他不是很讨厌这种场合吗？又不是关乎生意的交际，无关紧要的局而已，为什么不索性推掉？

江若说：“工作忙，抽不出时间。”

“嗯。”席与风说，“看到你参加的节目了。”

“是吗？”

“方姨爱看，我也跟着看了。演得很好。”

“谢谢……方姨最近怎么样？我有段时间没跟她联系了。”

“挺好的，就是一个人孤单，总念叨你。”

…………

这样看似寻常的对话，让江若有种如坐针毡之感。

好像一望无际的海面，平静之下，潜伏着伺机而动的巨浪，一个猝不及防就掀起来，搅得天地一团混沌。

为尽快结束这场交谈，江若推说还要赶回排演现场。

席与风似乎皱了皱眉：“这么晚，还要回去？”

“嗯。”江若说，“下一场后天进棚录制，时间很赶。”

席与风抬腕看时间：“那我送你。”

“不了，小沈在楼下等我。”

说完不等对方回应，江若转身便走。

有脚步声跟上来，促使江若不由得加快步伐，试图将这恼人的声音甩掉。

却又听到他喊自己的名。

“江若。”席与风说，“电梯在这边。”

脚步一顿，仿佛在这很短的几秒钟里，算好了走楼梯和乘电梯各需要花费的时间，江若还是妥协了，硬着头皮往电梯方向走去。

本想赌一把，没承想到了楼下，席与风并没有往停车场方向去，而是站在江若身侧，似在等他先行。

这让江若有些尴尬：“车可能在马路对面，你先走吧。”

席与风还是那句：“我送你过去。”

“不用。”

席与风恍若未闻似的，还是跟上来。

江若心中迟滞地升起一股烦躁。

这个人总是这样。上次在雨中也是这样，不由分说地要为他撑伞。

“我说不用。”江若抬高音量，“是听不懂吗？”

空气霎时静默，连夏夜微弱的风声都清晰可闻。

他们所处的位置是锦苑大厅外的门廊，四周嘈杂，这边的动静全然没有引起往来路人的注意。

此刻头顶有灯，亮如白昼。

江若听见席与风的语气有几分无奈："可是想见你一面，不容易。"

这句话和江若抛出的问题并无必然联系，因此江若一时没反应过来。

席与风接着说："你什么时候有空？我去找你。"

无须对视，江若的心绪总算平复些许。为避免语气太冲，他没问"找我干什么？"，而是说："你不是也很忙吗？"

哪来的时间到处跑？

听见席与风低笑一声，江若才惊觉，自己又把话题绕了回去。

毕竟这个问题之后还可以接另一句——你不是也很忙吗，为什么出现在这里？

"忙，也不忙。"

第十三幕

摇摇欲坠

八月五日，电影《悬崖》正式公映。

有先前的试映和点映打底，数名影评人给出的高平均分和赞赏，已经将观众的期待值拉到最高。

因此首日票房就相当给力，口碑也持续叫好，豆瓣评分开盘 8.5 分，妥妥超过大部分国产电影。上映五天后，有业内专家预测，最终的票房必定过十亿。

刘导为此又开了场庆功宴，并准备了数字形状的巨型冰雕，打算在宴席上砸碎，寓意打破纪录。

江若自然也在受邀之列，不过他以要排练为借口没去。

事实上也的确没时间，《演员的花路》第三轮录制完毕，江若成功闯入半决赛。

要准备的东西太多，熬了几个通宵和编剧敲定了剧本，江若立刻投入到排演中去。

这次的舞台穿插了舞蹈，因此格外耗费体力。

这天从排练室出来，江若烂泥一样瘫坐在车上，听见小沈说到电影包场，才勉强支起脑袋："什么包场？"

小沈说："郑姐那边联系粉丝团组织的，在城东时代广场的电影院包了个厅，在官博中奖的粉丝都可以免费去看《悬崖》。"

"需要我出席吗？"

"当时抽奖规则里没说您会参与，但是既然郑姐让我来问问，应该是希望您去，给粉丝们一个惊喜。不过这个不急，时间定在明晚，可以再考虑考虑。"

江若抬手狠狠搓了一把脸，强迫自己打起精神，然后喊口号般地道："不用考虑了，去！"

次日，前往电影院的路上，江若听说了另一件事。

"其实也不是什么大事，就是又有不法分子在网上散布不实传言。"小沈说，"不过很快就被压下去了，都没来得及发酵，转发造谣的营销号也都删博道歉了，您不用担心。"

所谓的"传言"，无非江若刚有点名气时冒出来的那段打人视频，以及由此引发的关于他从舞蹈学院辍学，有过案底之类的后续。

江若用小号登微博搜索了下，果然没有搜到关于自己的任何负面内容，连先前从《皮囊》剧组传出去的，关于他带资进组的少许讨论，也不见踪影。

放下手机，江若问："是郑姐处理的吗？"

小沈说："应该是吧，不然还能有谁？"

江若点头，没再追问。

包场观影活动进行得很顺利。

粉丝们没想到江若本人会到场，爆发出的欢呼声险些将房顶掀翻。

"嘘——"食指竖在唇边，江若对众人道，"我是从节目录制现场偷偷跑来的，大家小点声，我不想太早被抓回去。"

粉丝们听话地点头，捂着嘴无声地笑。

看完电影，江若又耐着性子，给到场的粉丝挨个签名。

其中有个女孩让他觉得面熟，忍不住多看了几眼。女孩冲他眨眨眼，江若想起来了，是去年在港市码头碰到的那名粉丝。

"真巧。"女孩笑着说，"在这儿也能碰到你。"

江若也笑起来："是啊，真巧。"

女孩说她已经兑现过贡献票房的诺言了，这回中奖她也没想到。

江若说："这说明我糊，参与抽奖的人少。"

女孩连连摇头："不，这说明我注定要当你的粉丝。能看见你在大屏幕上发光发亮，真好。"

朴实而真诚的话语，轻易戳中了江若的心。

"那我继续努力。"江若说，"让你们在人群中一眼就能看到我。"

散场后，江若留下，和郑依婷确认接下来的行程。

核对完没什么问题，江若喊住将要离去的郑依婷："郑姐，我问你个事。"

郑依婷合上笔记本，揣进包里："你说。"

"这次电影包场，不是公司安排的吧？"

"怎么这么问？"

见郑依婷没有立马肯定或者否定，江若心里就有了数。

"我又不是主演，区区一个男四番，何至于这么大阵仗。"江若笑了笑，"而且包场进行得这么低调，显然不是为了宣传，公司没道理砸钱却不求回报。"

他都这么说了，郑依婷也瞒不下去："是有投资方匿名出资，包的这个场。"

“前两天关于我的黑料，也是这个人帮忙压下去的？”

“这我就不清楚了。不过据我所知，公关部那边刚收到消息打算着手处理，那边事情已经平息得差不多了。”

停顿片刻，江若说：“谢谢姐，我知道了。”

如果说这两件事在江若的心里埋下了怀疑的种子，那么后来发生的一件事，则无疑证实了他的猜测。

约莫两周后的某天，江若接到来自老家的电话。

给他打电话的自称是住在隔壁的邻居，说赵勇刚被警察抓起来了，能联系上的家属只有继子江若，问他要不要回来一趟，给赵勇刚请个辩护律师。

回是不可能回的，江若只对赵勇刚被警察抓起来的原因感到好奇。

邻居大婶对此知之甚少，只语焉不详地说“肯定是有人要搞他”“老底都被掀了”，还有“怕是要蹲好多年”。

一通电话下来，赵勇刚怎么被抓进去的依然是个谜，唯一能确定的是，除了那个人，没有谁有这通天的本事，办成江若十几年都办不成的事。

每逢周一，方姨都会去到席与风的住所，添置食材，顺便打扫屋子。

这个周一也是如此，不同的大概是席与风正好回来送东西，而江若也正好在这段时间里给她打来电话。

“方姨，是我，小江。”江若语气含笑，“好些日子没联系您了，最近好吗？”

方姨听到他的声音就高兴：“好，当然好。你呢？拍戏还忙吗？”

“还行吧，瞎忙，混口饭吃。”

“吃饭这事可不兴混的，吃饱吃好，才有力气工作。”

“是是是，我这就去买好吃的犒赏努力工作的自己。”

…………

两人聊了会儿闲话，江若问：“方姨，您知道席与……席总最近在忙什么吗？”

方姨用的是老人机，即便不开免提，声音也能传到几米开外。

于是方姨和站在不远处窗边的席与风对视一眼，略显尴尬地说：“他人就在旁边，不如你直接问他？”

电话的那一头，本想打听情况的江若没想到事情会这样发展。

短暂的静默后，电话那头响起席与风的声音：“喂。”

挂电话的合适时机已经错过，江若骑虎难下，只好“嗯”一声。

“我最近在忙一个城投项目。”席与风淡声说，“大概还需要一个月时间。”

握着手机的手顿时收紧，面对这汇报工作似的态度，江若只觉无言。

但电话都打了，索性把想问的都问了。

江若定了定神：“包场，还有压黑料，是你的手笔？”

几乎没有犹豫，席与风应道：“嗯。”

“赵勇刚……就是我继父，也是你处理的？”

“是。”

片刻后，江若说：“谢谢。”顿了顿，又问，“我该怎么感谢你？”

“我做这些，不是为了让你感谢我。”席与风说。

那种被牵着走的感觉再次袭来，江若心知这一遭躲不过去，做了个深呼吸：“那我请你吃顿饭吧，正好关于赵勇刚，有些事想问。”

仿佛就在等他发出见面邀请，话音刚落，席与风就应道：“好。”

这顿饭原本定在周末晚上，中午留给刚从大西北回来的陈沐新。

两人来到上次说好的素食餐厅，刚坐下不久，江若接到方姨的电话，问他这会儿能不能来一趟。

“现在吗？”江若问，“发生什么事了？”

“也没什么，就是小风病了，晚上恐怕没办法赴约。”

“……病了？”

“他啊，总不把自己的身体当回事，天天忙得不着家，前两天我就见他脸色不好，今天就发烧了，幸好我闲着没事跑来看看。”

江若想了想，说：“那我请他吃饭的事，改天吧。”

方姨犹豫道：“小风还在睡，不知道我给你打电话，等他晚些醒了，说不定会怪我自作主张……”

江若不想让方姨为难，也迫切想把事情问清楚，思忖片刻，说：“那我晚点过去一趟，让他在家待着别出门了。”

“好，你肯来就好。”方姨高兴道，“我这就去准备晚上的菜。”

因着这通电话，一顿午饭，江若吃得心不在焉。

最后一道菜是豆腐片，江若夹了一片到碗里，边用筷子戳边发呆，后来是陈沐新喊他，他才回神。

“是不合胃口吗？”陈沐新问。

“不是，这里的菜很好吃。”江若把戳成马蜂窝的豆腐塞进嘴里，嚼两下就咽下去，

“早餐吃多了，现在还不是很饿。”

饭毕，陈沐新说想在附近逛逛，问江若有没有时间，江若拒绝道：“我还有别的事，得先走一步。”

陈沐新似乎还有话要说，欲言又止一会儿，到底没说什么。

“那你先去忙。”他笑着说，“我们下次再约。”

江若从饭店直接赶往席与风在市中心的住处。

从小区门口到楼上都畅通无阻，他的信息似乎还没有被删除。

来迎接的是方姨，指了指主卧方向，声音压得很低：“他还在睡呢，你先进来。”

大半年没来，屋子里的陈设几乎没变。

江若轻手轻脚地走进去，视线不由得往左手边飘。被改成舞蹈室的房间门开着——镜子，防滑地板，木质扶手，还保持着他走之前的状态。

方姨在厨房烧菜，江若本想帮忙，方姨说：“你难得来一趟，坐着等吃就行。”

江若一琢磨，觉得有道理。现在他充其量是个客人，应当客随主便。

他便在沙发上坐了下来，随手拿起桌上的一本杂志，翻开才发现不是杂志，是他留在这里的《皮囊》剧本。

准确地说，是剧本的复印件。

看着上面自己勾画的痕迹和密密麻麻的批注，江若刚放松的心又是一紧。

犹记当初席与风以“不太方便”为由让他回来拿剧本的事，难不成有空拿去复印装订，没空把剧本寄给他？

不能深想。

江若把剧本放回原位，站起来，向窗边走去。

下午四点，席与风醒来，推开房门出去，看到的就是江若立在落地窗前的背影。

没有行程的日子，他的穿着总是舒适随意，一件白 T 恤，一条水洗蓝牛仔裤，头发好像刚剪过，边缘整齐，露出白净修长的脖颈。

跳舞的人站姿总是端正挺拔，江若也不例外，修长的身材配合一身清爽的打扮，像是刚从校园里走出来的学生，落进了盛夏的黄昏里。

席与风站在不远处，一时没有上前。

只是静静看着。

而城市的高楼大厦实在算不上什么风景，江若站在窗前，目光逐渐失焦，思绪不知飞向了哪里。

因而没听到靠近的脚步声，哪怕对方走得很慢，唯恐把他吓跑似的。

不知从什么时候起，席与风也习惯唤他的名。

“江若，”他用不同于去年今日的口吻，说着同样的话语，“生日快乐。”

这声音里仿佛钻出一只无形的手，把江若拉回一年前的这个时候——席与风连夜赶来，他们一起去吃烧烤，看电影。

同时这一声，也让他确定——今天来到这里，并不是意外，而是一场早已部署好的计划。

而他，明知可能是个陷阱，还是丢了魂似的来到这里。

实在很难保持微笑，江若淡声问：“席总这是干什么？”

席与风先是一愣，而后很快反应过来：“是方姨叫你来的？”

“难道不是席总授意的吗？”

“不是。”

江若看他一眼，没说不信，但意思差不离。

席与风皱了皱眉，似乎想要解释什么，或许意识到并无充分证据，还是没说。

他转而换了个话题：“最近怎么样？”

“席总不是看到了吗？挺好的。”

“听说《皮囊》的粗剪出来了。”

“是吗？我还没接到通知。”

“应该快了。”

“嗯。”

…………

随着每句话长度的缩短，日常话题也在江若的刻意抗拒下，一度进行不下去。

但他并没有忘记此行的目的。于是在席与风打完一个电话回来后，江若直截了当地问：“关于赵勇刚入狱的事……”

“今天你生日。”席与风说，“何必说那些扫兴的？”

“这些对我来说，比生日重要。”江若说，“如果席总今天不方便，那我改天再登门拜访。”

席与风看了他一会儿，像是被他的倔脾气弄得没办法，说：“没有不方便。”

两人往书房去的时候，正碰上方姨端着水果从厨房出来。

“怎么不多睡会儿？”她担心地看着席与风，“快测下体温看看还烧不烧。”

“没事了。”席与风接过玻璃碗，“我和江若说点事。”

“欸，好，我就在厨房。”

进到书房，席与风把水果放在书桌边上，待江若坐定，又把碗往他那边推了推。

这让江若想起往常两人一起吃饭的时候，席与风总是会不动声色地把他爱吃的东西推到他面前。

而这种状况下被勾起回忆，实在令人堵心。

江若别开视线，勉强抽离："现在可以说了吧？"

席与风"嗯"了声。

接着就把事情经过大致讲述一遍。

原来是那赵勇刚，自年轻时起就不是个本分人，在家他敢做坏事，在外面也不可能手脚干净。

早在半年前，席与风就派人盯他，顺便打听从前的事，不放过任何蛛丝马迹。在听说赵勇刚这两年经常会去当地的福利机构做义工后，席与风便往那边多拨了些人手。

为拿到确凿证据，他还向该福利院捐了钱款，以此取得院长的信任，在院内多个隐蔽角落安装摄像头。

在这样天罗地网般的监视下，赵勇刚很快就露出马脚。

听到这里，江若心头一紧："他把福利院的孩子怎么了？"

沉默片刻，席与风说："摄像头拍到他指使孩子们偷福利院的物资……院长看到监控后及时赶到，没有造成严重后果。"

"后续福利院给孩子们组织了体检，我也安排了专家去给那边的孩子做心理疏导，相信多少有一些作用。"

沉默持续了两三分钟，江若才找回自己的声音："谢谢你。"

见他终于说话，席与风松了口气："在电话里，你已经说过了。"

"不，这次是替孩子们。"

稍作停顿，他又重复一遍："这次真的很感谢你。"

语气诚恳极了，却让席与风心里不是滋味。

抬起的手放回去，伸进裤兜里没摸到烟，那种抓不住的空虚感再度来袭。

好在江若只是眼眶微红，并没有哭。

他其实是个很坚强的人。

聊完事情，江若在书房里独自待了会儿。

出来的时候已然平复许多，方姨正把菜往桌上端，招呼他道："可以吃饭了。"

入席之前，门被敲响。

席与风去开门，看着他拎回来的蛋糕盒，方姨一脸愕然地问谁过生日，席与风抬下巴指了指江若。

“小江你过生日怎么也不早说……”方姨慌忙琢磨补救措施，猛一拍手，“等下我给你煮碗面！”

江若说“不用这么麻烦”，随后看了席与风一眼。

或许方姨打来电话，的确不是他授意。

晚餐吃得还算融洽。

主要因为有方姨在，她以血糖高为由全程几乎没动筷，光顾着两个年轻人，一会儿说江若瘦了让他多吃肉，一会儿又让席与风吃完早点休息，还病着呢。

“我没事。”席与风接话道，“已经退烧了。”

“你说退烧不算。”

“谁说才算？”

“温度计。”

席与风脸色一沉。

方姨憋着笑冲江若使眼色——看吧，面子比天大，就爱逞强。

江若秒懂，忍不住弯了弯唇角。

吃完饭，江若本想早点走，奈何方姨非要给他做碗长寿面，让他在外面玩一会儿，马上就好。

江若只好在客厅里晃悠。饭后半小时不坐，是他作为舞者维持了十几年的习惯，可是室内也就这么大，转一圈就到了舞蹈室前。

要说活动身体，还是这里最合适。

席与风在身后问：“不进去看看？”

江若犹豫了下，为显洒脱，还是抬脚走了进去。

席与风随后跟了进来，看见江若在窗前的那盆白龟前驻足，道：“有在浇水。我浇的。”

江若不知道该说点什么。要是放在以前，听了这无异于妥协的话，他肯定极为感动。

然而时过境迁，江若只好坦然自若地提醒：“龟背竹耐旱不耐涝，土干透再浇。”

“嗯。”

舞蹈室内安静空旷，是一个比书房还适合对话的环境，但最终只有沉默。

不多时，席与风转过身去，从窗帘后拿出一个酒瓶。

棕色瓶身，瓶底刻着一圈字母，很熟悉。

“我把它找回来了。”席与风说。

他用了“找”这个字，仿佛不是被他送出去的，而是弄丢的。

现在，他找回来了。

“既然送出去了，何苦再要回来？”江若听见自己问。

他的声音很轻，好像连自己都不愿意听。

席与风却听得很清楚，他说：“要找回来的。”

“所以，我现在应该感谢你把它要回来？”

将压在胸口的浊气缓缓呼出，江若终于能够抬头直视席与风：“今天我生日，那我送个生日愿望给你。祝你早日找到能让你放下防备的那个人。”

许是察觉到两人之间的气氛不对，江若走的时候，方姨没有送到门口。

席与风的烧应该是退了，通过手心的温度能感觉到。

虽然他的脸色还是不好，把一个长方体的纸袋递给江若时，嗓音有种疲惫的低沉：“生日礼物。”

江若垂眼看过去，看见硬币大小的金属瓶盖，似乎是一瓶酒。

“不是你送我的那瓶。”席与风补充道，“是新的。”

可江若仍然不打算收下。

“不用了，我不喝酒。”江若说，“今天留下吃饭，也是因为答应了方姨。”

——不是为了向你讨礼物。

固执地举了一会儿，席与风到底没有强求，把那瓶酒收了回去，轻轻放在玄关的柜子上。

江若受不了这类似临别前的安静，故作轻松地说：“总之，这几件事，谢谢你。以后如果有我能够帮忙的地方，尽管开口。”

——即便你可能并不需要。

想起之前的承诺，江若接着道：“我还欠你一顿饭，等你什么时候有空再吃吧。”

回节目组的路上，江若久违地乘了公交车，脑袋抵着车窗，听着汽车喇叭里播放的支离破碎的乐曲，想起电影里的台词——

看见那幢破楼了吗？那是我们的命，摇摇欲坠，不知道有没有明天。

被一股没来由的冲动驱使着，江若弯腰去摸自己的左脚踝。

什么都没有，是空的。

如果空荡荡的孤独，就是换取自尊和自由的代价，江若想，刚才至少有三个瞬间，

他不知道有没有明天。

原来并不坚定。

他是摇摇欲坠的。

夏天的尾声，电影《皮囊》的粗剪版释出，导演订了个小型放映厅，邀请主演以

及几名业内人士前来先睹为快。

江若作为男一号，自是必须出席。

《演员的花路》上个月刚录完，几乎等同于“闭关”的拍摄，让从录影棚出来的江若，像只被放回大自然的鸟，辗转于各个聚会饭局。

唐佳念约他一起做脸，周昕瑶约他去农家乐，林晓让他来试她新研究出来的妆容，连卫楚琳都给他打电话，问他有没有空客串一部舞台剧。

从《日月荆山》热播，到《悬崖》收获高口碑，再到《演员的花路》闯入决赛，江若稳扎稳打，演技与日俱增的同时，人气也水涨船高。

娱记们闻风而动，接连曝光了好几拨江若和女孩一起吃饭的照片，大呼“你究竟有几个好妹妹”。

对此郑依婷认为无须澄清，又不是被拍到出入酒店，正常交朋友不行吗？

再说，以江若现在的流量，谁蹭谁热度还不好说呢。

和卫楚琳约在咖啡厅聊舞台剧的时候，江若提出了这个顾虑。

卫楚琳很是无所谓地说：“这有什么，他们这些狗仔看到谁跟谁并排走，都能把通稿写得好像两个人已经谈了恋爱，难道我们女明星这辈子都不能跟男人坐在一张桌子上吃饭了？”

江若一听，觉得挺有道理，感叹道：“当女明星真不容易。”

“是啊，还要做好身材管理，不然就被说年老色衰。”卫楚琳皱着眉端起黑咖啡，喝毒药一样往嘴里灌，“我看你们跳舞的都瘦，回头我也去练练。”

接下来，两人聊起了舞台剧的事。

是枫城本地的一个口碑不错的老剧团，卫楚琳自电影学院毕业后，在这剧团磨炼了两年。

本子是新写的，江若粗略翻了下，剧情很有意思。

“缺的是男舞者，挺重要的角色。”卫楚琳在剧本上指给他看，“对技术要求也很高，回头我把示范视频发你看看。”

江若点头：“不过我很久没有上舞台了，就是这种现场表演，不像镜头表演容错率高，出问题还能重新拍，这个就……”

“拜托你自信点，未来的纳城影帝。”卫楚琳道，“如果你答应了，是他们剧团的福气。本子再好，没人给热度也是白搭。”

江若笑道：“还没入围怎么就影帝了，卫姐是在给我画饼吗？”

“饼还是留着庄导给你画吧。反正就是个还蛮不错的角色，我顺手牵个线，去不去由你。”

“嗯，谢谢卫姐，我会好好考虑的。”

陈沐新是在聊得差不多的时候到的，卫楚琳一看到他就瞪他：“你着急过来干吗？不知道的还以为我要把小江吃了呢。”

“不是我急。”陈沐新指了指墙上的挂钟，“时间快到了，江大明星还要赶下一场。”

“敢情你是他经纪人。”卫楚琳笑着拎起包，“那我就先走一步了。”

这次约陈沐新一起去看《皮囊》的粗剪，是因为庄导提出让演员们带圈内朋友来观影，期望得到一些建议，以便再调整剪辑。

圈内的，又比较专业的朋友，江若只能想到陈沐新和卫楚琳。

卫楚琳一早就拒绝了，说不想跟未来影帝传绯闻，热度也不稀罕蹭。于是只剩下陈沐新。

实际上，江若带上陈沐新还存了其他私心。

路上有点堵车，两人到放映厅的时候，里面几乎已经坐满。

而乌泱泱的人群中，江若一眼就看到了坐在位于中间靠右位置的席与风。

并不惊奇他会出现在这里，毕竟除了投资方，他还是这部电影的出品人之一，自然要参与影片的制作。

他依旧是衬衫西裤的打扮，不过这回穿的是黑色衬衫，整个人仿佛与昏暗的环境融为一体。

这回江若的座位被安排在前面，从走道里穿行而过时，视线交会的瞬间，江若和之前一样，冲席与风颔首微笑，与面对其他人别无二致。

而席与风，面无表情地看着他和他身边的陈沐新，目睹二人在前排坐下，两个后脑勺挨得很近。

紧接着灯光暗下去，电影开始了。

观影过程两个小时，什么事都没发生。

随着影片结束，江若松了口气的同时，在心里笑自己大惊小怪。上回已经把话说得那么清楚，后来的一个多月，他也没再来找过自己，想必已经接受了这样的结果。

散场后，江若和陈沐新去到附近的餐厅吃饭。

“上次走得匆忙，没来得及结账。”江若豪气地把菜单拍在桌上，“这回我请客，想吃什么随便点。”

陈沐新笑道：“那我就敞开肚皮，不客气了啊。”

话是这么说，其实也没点几个菜，怕两个都需要保持体形的人吃不完。

提到减肥，陈沐新说："你最近好像又瘦了，电影里那样刚刚好。"

《皮囊》是一部讲述人性欲望的电影，其中不乏一些裸露身体的镜头，江若听得头皮一紧："快别说了，我又想到在庄导的剧组里，他让所有人都用垂涎欲滴的眼神看我的那些日子了。"

"我猜那是面对美丽事物的真实反应。"陈沐新说，"想靠近，是不需要谁来教的。"

江若笑了笑："是吗？那我就当你在夸我演得好喽。"

也不是没考虑过选择另一条路。

然而这次还是出现了变故。菜刚上桌，江若的手机响了，来电显示是一串有些眼熟的数字。

接起来才知道是谁。

"江先生您好，我是席总的助理。"

江若愣了好一会儿："施助？你找我是有什么事吗？"

"是这样的，席总告诉我您和他有约定一起吃饭，问您现在有没有时间。"

"我是说过要请他吃饭，但是现在已经过了饭点。"

"席总最近很忙，只有今天能腾出空，您看您要是方便……"

江若握着手机，有种进退两难之感。

可请吃饭是他承诺的，而且这顿饭已经拖了很久，到了不得不兑现的地步。

他也想尽快兑现。

他便对着电话说："我在和朋友吃饭，晚一点行吗？"

电话那头静默一阵，是施助请示去了。

过了一会儿，施明煦的声音再度传来："席总说可以，他等你们吃完。"

"……你们现在在哪里？"

"就在江先生用餐的餐厅外。"

闻言江若望向门口，席与风常坐的商务车果然停在那里。

通话结束把手机塞进口袋，一旁的陈沐新问："怎么了？"

"没什么。"江若招呼道，"吃啊，这鱼趁热才好吃。"

作为一个善于观察的演员，陈沐新对他人的情绪变化也很敏感。

他顺着江若的视线往外看，问："是席与风吗？"

江若愣了下。

表情说明了一切，陈沐新笑了笑。

等吃得差不多，陈沐新放下筷子："既然有人在等你，那我们这顿早点结束吧。"

江若有些无措："没关系的，我只是欠他一顿饭。"

“应该我说没关系，既然你和他有约，那我没有理由让你为难。”

陈沐新又看一眼外面那辆黑色的车：“不过他这样，实在过于强势，上次也是……你和他，一直都是这样相处的吗？”

因着这句话，坐到车上，江若还在发蒙。

席与风也坐后座，车子开到路上的时候，他问：“想吃什么？”

江若回过神来，说：“我吃过了。而且我请你吃饭，应该问你想吃什么。”

“想吃你做的菜。”席与风不假思索道。

“……你认真的？”

“当然。”

江若思索了下：“去我那儿吧，锅具、食材都有。”

席与风看他一眼，说：“好。”

车子开进老城区的破旧小路，停在巷口的矮墙边。

江若下车后，走两步，又扭头往停车的位置看过去。

席与风当他担心被打扰，说：“老刘和施明煦就在车上。”

江若却摇摇头，什么都没说，继续往巷子深处走。

他猜席与风是第一次进这种老式居民楼，第一次走这种仅够一人通过的楼梯。

拐角处邻居们堆放的杂物，让本就狭窄的道路更显逼仄。听到东西倒地的声音，江若回头，席与风冷着脸站在那里，脚边是不知从哪里掉下来的废旧纸箱。

进到屋里反而宽敞。江若让席与风不用换鞋直接进来，席与风不甚习惯地在门口的地垫上蹭了蹭鞋底，才走进里屋。

非常普通的两室两厅格局，和建筑外立面一样，无论是松动的地砖，还是剥落的墙皮，到处都透着一种饱经风雨的沧桑。

却收拾得很干净，破旧的沙发上盖了蓝灰色的沙发巾，上面摆着两个方形抱枕。餐桌上的垫板和下面压着的桌布明显也是后来添置的，黄色条纹活泼又清新。

阳台则摆满各式各样的花草，窗户上贴着的“福”字微微褪色，算来距离上一个春节，已经过去大半年之久。

席与风正打量着屋内的陈设，忽然听见厨房传来的声音。

席与风偏头看去，江若不知什么时候已经穿上围裙，问：“要点菜吗？”

“不用。”席与风说。

江若点头：“那就有什么吃什么了啊。”

做饭这件事对于江若来说不算拿手，但也并不陌生。

当年父亲去世，母亲还没改嫁的那段时间，由于母亲经常上夜班，为了不饿肚子，不到十岁的他学会了自己煮挂面。

后来到枫城求学，离开学校之后在外面租房子住，很长一段时间经济拮据，为省钱他不得不自己做饭，有时候炒两个菜，有时候方便面里卧个鸡蛋，也算营养丰盛的一餐。

再后来，他与席与风合作，偶尔因为工作便利借宿他家，自打做过一次三明治后，准备早餐的任务就莫名其妙落在了他身上。

还有分别前的那顿晚餐，印象中只吃了一半，不知道剩下放冰箱的那些……

江若正想着，厨房门忽然被打开。

思绪被打断，正在择菜的江若头也不回地说："要喝水吗？在冰箱里，你自己拿。"

等了一会儿，没听到回应，江若才扭头去看。

席与风不知什么时候已经走进厨房，站在灶台前，许是好奇砂锅里在煮什么，伸手去碰锅盖。

江若霎时瞪圆眼睛，喊着"小心烫"，一个箭步冲过去，将席与风推开。

自己却不小心碰到锅盖，烫得手背皮肤登时红了一片。

席与风先是给施明煦打电话，但对方似乎没听清楚，他决定亲自跑一趟药店。

一刻钟后，席与风从外面返回，手里拎着一大袋烫伤药，仿佛把药店里所有的品种都买了个遍。

江若坐下，本想自己来，奈何席与风不由分说地看着并无大碍的一片红，眉头深锁。

把药膏往伤处抹时，席与风还在喘。他平时有锻炼的习惯，大概只有来回都用跑的，才会喘得这样厉害。

说不清心里的滋味，江若觉得事情似乎又没有朝着自己期望的方向发展。

他想尽快把这顿饭请了。

可是抹完药之后，他们坐在餐桌的两边，江若味蕾好似失灵，全然尝不出饭菜的味道。

不过好在，这是他们之间的最后一顿饭。

这样想着，江若倍感轻松地收拾碗筷，听到席与风问可不可以在这里休息一会儿，也没有拒绝。

就做了三个菜，很快就收拾完。

回到客厅发现没人，江若走近自己的房间，房门虚掩着，从一尺宽的门缝中可以看到席与风斜靠在床头，一只脚撑在地面，双眼紧闭，像是睡着了。

还以为他要在沙发上休息，没想到这么不认生。

江若在心里吐槽，脚步却放轻，进到房里把手机插上充电，回过身来看见床上的人，不由得驻足。

质感高级的衬衫，因为逆光显得深邃的面容，无论怎么看，他都不像该出现在这个破旧小屋里的人。

走两步上前，江若稍稍倾身，看见席与风眼下两片淡青，想到他说自己睡眠一向不好。

那么多个清醒着的寂静黑夜，他是怎样熬过来的？

为什么现在，靠在这张破旧的床上，却能睡得如此安稳？

后半个下午，江若的灵魂好像一分为二，一半有着自己坚定的意识，另一半已经脱离身体，完全不受控制。

刚从节目组出来，江若有一周左右的休整期，下午没事，就在沙发上翻郑依婷发过来的几个本子。

席与风说要借地方休息一下，他也不好出言赶客，便空出房间给他。

许是休息好了，江若前脚刚出来，席与风后脚也来到客厅，在沙发的另一边坐下。

江若发现自己看不进去了，两段对话翻来覆去看了十分钟，大脑还是空白的。

他干脆拿起手机看房子。郑依婷提醒他是时候换个住处了，这一片品流复杂，私密性差，要是被狗仔跟踪拍到，又得大做文章。

江若翻了一会儿租房网站，察觉一道视线投过来，紧接着是一句疑问："要搬家？"

既然席与风语气平常，江若便也装作什么事都没发生："嗯，公司要求的。"

"是该换了。"席与风说，"不过住在这里，生活很便利。"想来是对刚才下楼轻易就找到药店产生的感慨。

江若手背被烫伤的皮肤又莫名开始发痒。

"没办法。"手背在沙发巾上蹭了蹭，江若说，"总要做出取舍。"

"想好了？"

"嗯。"

过了一会儿，席与风说："你把要求告诉我，房子我让助理留意。"

江若下意识拒绝："不了，我——"

却被席与风打断："江若。"

第十四幕

五分钟

为补偿前两次的“不欢而散”，江若隔天又约陈沐新一起吃饭。

两人都是演员，共同话题很多。这回从新拿到的舞台剧剧本开始，又聊到几个新剧本。

陈沐新建议江若考虑许导的新电影，理由是：“许导作为评委，在《演员的花路》看过你的表现，对你的戏路、表现力等都有比较清晰的了解，他一定经过慎重的评估，才会邀你出演。”

江若点头：“道理我都懂，就是有点担心自己驾驭不了这么复杂的角色。”

“沈清不也很复杂吗？你照样驾驭得很好。”

沈清是《皮囊》男主的名字，一个沦落欢场逢迎卖笑的男人。

江若说：“那是因为沈清和我有相似之处。”

“和你一样好看？”陈沐新说着，学戏里吊儿郎当的纨绔，抬手要摸他的脸。

这是他们讨论剧情的时候常用的转换视角的方式，即经常上一秒还在现实中，下一秒就变脸入了戏。卫楚琳管这无缝切换叫“演员的自我修养”。

而这回，许是没准备好，江若下意识躲开，神色是来不及掩饰的慌乱。

场面一时尴尬。

陈沐新的手在半空中举了一会儿，到底放下了。

两人安静地吃了会儿菜，江若忽然道：“上回，你问我——”

“等一下。”陈沐新插话道，“让我先说，可以吗？”

江若点了点头。

“其实我知道，你不讨厌我。”顿了顿，陈沐新说，“但也没把我当朋友。”

陈沐新放下筷子，盛了碗汤，递给江若，在江若又要客气推让的时候，说：“你不必有负担。”

他给自己也盛了汤，干杯似的用汤碗碰了碰江若面前的碗。

“正所谓‘我干杯你随意’。一切顺其自然，就足够了。”

虽然没有达到最初的目的，但这顿饭吃完，江若有种心里的大石头落地的感觉。

只是事情一茬接着一茬，江若这边刚把要进组拍戏的陈沐新送走，准备把剩下的几天用来看房子，那边麻烦人物再度出现。

江若从楼上下来，正给周昕瑶打电话问她在哪儿，走到巷口就看见周昕瑶挥舞着铃声大作的手机，喊：“快点吧弟弟，这儿晒死了！”

而她身边站着的人衬衫西裤，单手插兜，不是席与风又能是谁？

枫城的初秋，太阳仍是毒辣，周昕瑶墨镜、帽子、口罩捂得严严实实，还是担心紫外线穿透布料把自己晒黑，看见江若下来，忙不迭转身回车上。

“既然有人陪你看房子，那我就先走了啊！”

言罢油门一轰，绝尘而去，徒留江若呆立原地。

不多时，听见身后车门打开的声音，江若扭头看过去，席与风站在打开的后座车门旁，也看着他。

站在太阳底下对视，很容易产生一种焦灼感。

好在这回席与风一反常态地有些着急。

“江若。”他喊他，“你答应过，再给我一点时间。”

等车行驶到路上，江若才反应过来，自己并没有答应过什么。

只是没有回答，因而被对方视作了默认。

也是在上车后不久，周昕瑶发来消息：你们出发了吗？

江若趁机问她：姐，你是不是和他串通好了？

周昕瑶：没有，我到的时候他已经在那儿了，刚打完招呼，你就来了。

江若将信将疑：是吗？

看得出席与风很累，眼下的青色好像比上次见面时深了些。

后座宽敞，本来两人中间隔着半米距离，席与风把找好的房源资料递给江若，都要伸长手臂。

然而不知道什么时候起，这距离渐渐缩短，直到衣料相触。

明明是凑过来看资料，中途却打起了瞌睡，席与风偏着脑袋，身体也松弛下来，形成一个窝在座椅里的姿势。

这是江若第一次见席与风用这样随意的姿势“瘫”在车上。

一时蒙然，他不自觉地动了一下，于是听到席与风带着几分疲惫的声音：“别动，我休息五分钟。”

就五分钟，不给实在显得冷血无情。

哪怕后来其实远远不止五分钟。

江若翻完了所有的房源资料，用夹在上面的笔圈了几处心仪的，指示老刘往城东开时，小声问:“他……我说席总，这阵子很忙吗？”

“是的。”老刘稍稍侧头，“集团内部刚稳定下来，有很多地方需要席总出面打点。”

江若小幅度地点了下头，没再问什么。

不是对席与风的示好全无动容。

在这漫长的“五分钟”里，江若也做了一些自省。

他想:那样高傲的人，能为朋友做到这些，我是不是应该觉得足够，应该感到满足?

是不是我太贪婪，跟电影里的沈清一样，明知世上的好事不可能都让他碰到，却既想保持人格自由，又想获得一份真挚的感情。

可是，他也不想因为心软或者感动，自己把枷锁套回去。

这才是真正意义上的不公平。对自己，对对方，都不公平。

看完房子回去的路上，江若向席与风表示了感谢，并希望他以后有空多待在家里休息，不必为这些小事特地跑一趟。

对此席与风说:“这不算小事。”

江若不置可否。

而到楼下后，席与风又开始借着施予的恩惠，给自己谋私。

这回要的不是一顿饭，而是让江若把他的微信加回来。

理由很充分:“把刚才那个中介的联系方式推给你。”

江若没有理由拒绝，却也不想总是这样落入圈套似的，被他一步一步击溃防线。

于是把人加回来之后，江若当着席与风的面，点开他的头像放大。

连惊讶都懒得装，江若举着手机，抬头看他:“那我能不能知道，席总为什么拿我的电影海报当头像?”

席与风抿唇，又是那副随便你怎么想的表情。

江若得不到答案，耸耸肩，当着他的面点开右上角三个点，接着手指悬在“删除”两个字上，意图很明显。

席与风这才上前一步，试图阻止。

不过没轮到他出手，屏幕画面一变，有电话打进来。

江若愣了下，见是未知号码，直接按挂断。

拇指再度靠近“删除”键，这回仍然没有来得及点下去，那个未知号码再次打进来，江若“啧”了一声，又按挂断。

后来没再打来，但胁迫逼问的兴致已经被冲淡。江若退出微信界面，没办法地看了席与风一眼。

像在说——我都给你放水了，你真不打算说点什么？

席与风的注意力却已然被刚才的“骚扰电话”带跑，问：“最近是不是经常有陌生号码给你打电话？”

江若：“……”

算了。

连无力感都渐渐习以为常，江若想，难怪需要时间，再久一点，我怕是能靠自我攻略把疙瘩给解开了。

后来的一个月，席与风还是会抽空来见江若，通常会事先发条微信，然后在楼下等。

江若也不再回避，两人很少出门，经常在屋里各忙各的，或者各自休息。

偶尔出去吃饭，也挑席与风精神好的时候。他手头的城投项目正在收尾阶段，能腾出空来往这边跑，已经不容易。

江若把房子找好了，位于城东某住宅小区的一套两室一厅，房主需要时间收拾，定在这个月底搬家入住。

对此江若给安何打过电话，告诉他新住处的地址，说两室的其中一室是为他留的。

电话里安何笑嘻嘻地应了，被问到最近怎么样，他支支吾吾说不出个所以然，只说老家也待不住了，可能会回枫城。

江若最近的行程也几乎都安排在枫城，包括几个广告和杂志封面的拍摄，以及许导新电影的试镜。

试镜那天，正好席与风约他见面，索性送他去试镜地点。

本以为最多一个小时就能结束，没想到许导见江若演出了他想要的感觉，又临时让他试了其他几场戏，并当场展开讨论，为让角色贴合江若本身的特质，改动了剧本的部分细节。

虽然这样做无异于敲定江若为男一号，但一下子耽搁了好几个小时。江若匆忙回到车上的时候，天已经快黑了，席与风在车上睡了很不舒服的一觉，正对着笔记本电脑看文件。

刚坐稳，江若就说：“抱歉，临时多试了几场戏，耽误了点时间。”

席与风合上笔记本电脑，问：“试镜结果怎么样？”

江若故作深沉地思考了下：“十拿十稳吧。”

席与风扬唇：“恭喜。”

“谢谢。”

过了一会儿，席与风问：“那是不是意味着，又要开始忙了？”

江若愣了下，说："忙不好吗？你看你不也是整天这个项目那个饭局的，忙得要命。"

"不一样，我是没办法。"席与风说，"你可以不用这么忙。"

江若大概能明白他这样说的原因，还是耐心说明："我不这么忙的话，曝光度不够，很快就不会再有导演邀戏，然后就会闲在家里。"

"多休息，也没什么不好。"

许是想到江若无戏可接，在家里闲得发慌的那段日子，沉默在两人之间蔓延，各自隐痛。

江若看向窗外，心里莫可名状地难受。

好像还是盲目乐观了，这世上有很多事情，就算在时间面前，也是无解。

那天之后，两人有近半个月没见面。

正好都忙，江若权当这是冷静期，全身心地投入到舞台剧的排演中去。

由于下个月就要登台演出，而到时候江若还要和《皮囊》剧组跑一趟海市的电影节，为保证演出万无一失，排练进度不得不一再加紧。

这天结束排练，又快到晚上十点。

在休息室把练功服换下来，拿上包正要走，兜里手机响了。

拿出来一看，是从前在星回舞团的朋友宋诗韵，江若忽略心底泛起的一点失落，轻快地接了起来："喂，宋姐，今天怎么想起给我打电话？"

与他相比，宋诗韵在电话里的语气僵硬得有些奇怪："小江，你最近是接了个歌舞剧吗？"

"是啊，这圈子还真小，这么快就传到你耳朵里了。"

"那剧团知道你之前……毕竟你当年是因为什么离开这个圈子的，大家都知道。"

听了这话，江若一怔。

"宋姐你不是知道我是无辜的吗？"

"都是过去的事了，我只是怕影响星回的名声。"

江若懂了："宋姐你大可以放心，我出门在外从不提星回舞团的名字，更不会提那个姓彭的。"

对面静默片刻，说："你不是在影视圈混得好好的？先前我以为你没戏拍才给你介绍剧团。"

"我知道，虽然没能成，但我还是很感激你。"江若不想旧事重提，"跳舞是我的本行，要不是当年……我也不可能离开舞台，另谋他路。"

"……嗯，我知道了。"

这通电话莫名其妙地开始，又莫名其妙地挂断。

回去的路上，江若右眼皮跳了几下，无端地产生一种危险逼近的预感。

他打开手电筒小心谨慎地下楼。这几天总是会排练到很晚，他没让小沈跟来。

第二天排练时，江若也格外注意脚下，生怕临登台出什么扭脚之类的岔子。

直到晚上，一切风平浪静，他才松一口气，心说多半是一朝被蛇咬，十年怕井绳，想太多了。

然而就在他放松警惕的时候，黑暗中一道身影悄悄跟上从剧团后门出来、正往外走的江若。

并在他行至通往马路必经的一条小道时，突然从旁边的树丛中蹿了出来。

江若不是没想过，会再次见到彭伟彬。

只是没想到会在这个时候，这种地方。

当确认眼前看似面容周正，实则神色间满是奸邪猥琐气息的人，就是在他重拾对未来的希望时将他拉入深渊的罪魁祸首，江若不由得后退两步。

像是被江若嫌恶的模样刺激到，彭伟彬霎时收了笑："这么久不见，你还是这么怕我啊？"

江若皱眉，眼神冷漠："不是怕你，是不想恶心到把晚饭吐出来。"

彭伟彬笑两声："我的小若若，你以前可不是这么说的。以前你多黏着我啊，围在我身边师兄长师兄短的，现在有了更厉害的人撑腰，就不稀罕师兄了？"

江若瞪着他，不说话。

这表情让彭伟彬找到了他以前生起气来的影子，看起来凶，实则没什么威慑力。

于是彭伟彬观察似的凑近："可是我怎么听说，你已经没人撑腰了？不然那个演技节目怎么会没拿到冠军？不然怎么用得着跑来这种偏僻地方，排这种无人问津的歌舞剧？"

深秋的风自背后吹过来，让江若不由得毛骨悚然。

能对自己近期的动向如此了解，想必来之前早有准备。

保持镇定的同时，江若开始观察周围地形："关你什么事？"

"怎么不关我的事？"彭伟彬咬牙道，"出狱之后我就在找你，你不是在剧组就是在节目组，电话也打不通，还真有大明星的范儿啊。"

江若总算知道这阵子总打来电话的未知号码是怎么回事。

他的眼神也暗了几分："原来是你。"

彭伟彬露出得意的表情。

"我就说，这种下三烂的手段，除了你没人使得出来。"江若冷笑，"知不知道骚扰也可以立案的，你是不是牢饭还没吃够啊？”

彭伟彬瞪大眼睛：“你——”

“最近的派出所离这里不到三百米，你可真会选地方。”

说完，趁彭伟彬慌神地四处张望，江若撒腿就跑。

他哪里知道派出所的位置，只管顺着小路往灯光最亮的地方跑，保姆车就停在那边的停车场。

虽然不知道彭伟彬这次找来的目的，但想来没什么好事。虽然留下来未必打不过彭伟彬，但怎么说自己也是个公众人物，万一明天上了新闻……

这边歌舞剧的门票已经售出，那边许导的电影也在做开拍准备，这个节骨眼上万一……

江若一边拼命地跑，一边停不下来地思考各种可能性。

天太黑，离最近的光源还有段距离，穿越灌木丛的时候脚下没留神，绊到一块半埋在土里的石头，江若重心失衡，身体猛地前倾。

眼看就要摔倒，从旁闪出一个身形高大的男人，张开手臂，将他牢牢扶住。

嗅到熟悉的味道，刹那间放松紧绷的身体，江若脑中反而后知后觉地一阵嗡鸣。

极其刺耳又绵长的噪音，掺杂着身后被警察制服的彭伟彬的叫骂声。

隐约听见“你竟然玩阴的给我设陷阱”，又听见嗤笑“这么快就找到下家了”，以及疑问“他知不知道你以前判过刑”。

全身的血液仿佛凝固，江若摇了摇头，想要反驳，忽然一双手自两边拢上，各罩住一边耳朵。

像是把那些要将他伤口剖开的利刃阻隔在外，连同那些锥心刺骨的疼痛。

可奇怪的是，温柔的抚慰却能穿透铜墙铁壁，经由耳膜抵达每一根脆弱的神经。

江若听见席与风说“没事了”，还有“我在”。

一个小时后，坐在询问室里，已经将事情经过讲述完毕的江若，听到警察口中的名字，神色近乎茫然。

“宋诗韵……她是我朋友，也是之前待过的舞团的同事。”江若问，“她怎么了吗？”

警察回答：“具体情况还需要调查，只是根据报案人提供的证据显示，她一直有在打探你的状况，并且和彭伟彬保持着密切的联系。今天你会去剧团排练，也是她告知彭伟彬的。”

信息量太大，江若只好挨个捋：“你们怎么知道，她打探我的状况？”

“是报案人提供的证据。”

“那你们又是怎么知道，彭伟彬会在那个时候出现在那里？”

“也是报案人提供。”说着，两名警察对视一眼，“兴许他那边一直有人在跟踪。”

“跟踪”两个字让江若没来由地心惊。

他想了想，还是出言确认：“报案人，指的是？”

答案不出所料。

警察说：“就是外面那位席先生。”

从派出所出来，已近凌晨。

坐在车上，江若仍有些恍惚，听见有人叫他名字，缓慢地转过头。

席与风看了他一会儿，说：“宋诗韵还没被逮捕，她知道你的住址。这几天，先去我那里住吧。”

仿佛开启了某种防护机制，好半天，江若才弄明白这句话的意思。

他觉得不妥，可眼下想不到更好的处理方法。

又因为太累，实在不想再受打扰。江若想了想，还是点头：“那麻烦你了。”

这晚，江若回到市中心那套大平层。

席与风的声音中有一种尘埃落定般的安稳：“睡吧，有事叫我，我就在外面。”

可惜江若并没能睡个好觉。

许是受到惊吓的关系，他刚睡着不久就无故醒来，然后就再也无法入眠。

他睁大眼睛看着天花板，想了很多事情，又好像什么都没想。

随着天际线一点一点泛白，隐约有脚步声靠近。江若闭上眼睛，却还是被对方发现是在装睡。

干燥的掌心贴在额头，片刻又松开。他听见席与风说：“舞团那边我帮你请了假。这几天在家好好休息。”

随后，脚步声远离。

为了照顾江若，席与风把方姨叫来了。

江若推开房门出去，就闻到饭菜香味，被方姨拉着手带到餐厅坐下，连筷子都塞到手里，才回过神，不太好意思地说：“我自己来。”

方姨见到他就高兴，笑得眼睛都眯成缝：“小风今天早上才跟我说你回来了，我什么都没来得及准备，路上去超市买了只鸡，就着急忙慌地来了。”

江若先是愣了下，本想告诉方姨他并没有“回来”，可方姨说完就起身往厨房去了，没给他开口的时间。

而那种被一双看不见的手操控着往前走的感觉，经过整晚的发酵，前所未有地鲜明。

类似重蹈覆辙的不安情绪，也在血液中飙升到了最高浓度。

老旧筒子楼里阴暗的房间，星回舞团排练厅狭小的后台，以及脚下这处金碧辉煌的樊笼……所有人都在试图控制他，试图让他变得听话，抛弃自我意识，直到忘记挣扎。

席与风循着目标地点，在超市门口找到人的时候，江若正站在烟酒柜台前，弯腰看里面陈列的商品。

察觉到有人，他偏头看席与风一眼，直起腰，眼神全无惊讶，反而有种意料之中的淡然："你来了。"

席与风以为他只是出来透气，没想到上了车，江若从口袋里摸出一包烟。

"你说过会教我抽烟。"他问，"现在能不能兑现？"

盯着他手里的烟看了会儿，席与风说："你不适合抽烟。"

然后伸手要去接，却不及江若抽手快，眨眼就将烟塞回口袋里。

把脸转向窗外，江若咕哝道："不教算了。"

反正不是第一次被拒绝。

反正已经无数次，被拒绝探听他的世界。

出门不到两个小时的江若，又被原路带回市中心的豪宅。

车停在地库。打开车门，阴冷的空气灌进来，江若猛打寒战，"砰"的一声，又把车门关了回去。

"就在这里吧。"他对正要下车的席与风说，"我有几个问题想问你。"

"回去再说。"

"方姨在呢，你应该不想她听见吧。"

稍作思考，席与风收回放在门把上的手，并示意司机回避。

并非什么难于启齿的话题，老刘前脚刚下车，江若后脚就开口："昨天，你怎么知道彭伟彬会在那里？"

席与风的回答也干脆："我有找人留意他的消息。"

"从我向你坦白他做了些什么之后？"

"嗯。"

"那宋诗韵呢？"

"也一并查了。"

"包括名单上的其他知情者？"

“嗯。”

“为什么不告诉我？”

“没有必要。”

话音落下良久，江若忽地笑了一声。他在笑自己善变。这种被对方了如指掌的感觉，让他愕然，进而恐惧。

“那我呢？”江若听见自己问，“你怎么会知道，我在那里？”

分明是个简单的问题，席与风却良久不答。

显是听出了什么，知道这个问题，问的不仅是昨天，还有今天，以及过去的很多天。

而沉默，有时候就是最好的答案。车里过分安静，以至于江若能听见心脏往下坠的声音。

他替席与风回答：“因为，你背着我开了共享位置。”

“我——”

“让我猜猜，是在我被你弟弟绑架之后开的，对不对？”江若抢话道，“理由是为了我这个‘招财童子’的安全，防止这类事情再度发生？”

能说的都被说完了，席与风抿了抿唇，不得不承认：“是。”

车外也很静，偶有住户驾车归来，车灯一晃而过，须臾又恢复沉寂。

江若在这个时候再度开口：“可是后来，我们结束合作了。”

他语速很慢，像是唯恐稍微快一点就会自乱阵脚：“我以为我自由了，为什么你不告诉我？为什么，还在用它查看我的行踪？”

这一刻，毫不夸张地，江若觉得当初那个以为终于获得自由，可以堂堂正正地站在阳光下的自己，像个笑话。

兴许没想到事态会如此发展，席与风面上罕见地出现一丝仓皇。

而他下意识的否认，适得其反地把江若积压了许久的情绪悉数掀翻。

“不只这件事。”江若看着席与风，用一种经历无数次失望后的灰败眼神，“你凭什么——”

即便再竭力冷静，说到这里，江若还是哽咽了下，如同吞进一口微凉的空气。他的嗓音不自觉发颤：“凭什么，什么都不对我说，却要我没有任何秘密？这就是你交朋友的方式？”

席与风愣住了。

他本能地察觉到江若又要离开，去拉他衣服。他说：“我只是想保护你。”

“没错，你想保护我，但你更想再度掌控我。”江若反驳道，“你那么自负，以为我想要什么，就自顾自地给我，不用问我意见，甚至不需要说明理由……你有没有把我当朋友？你连退让，都得心应手得像在投资。因为你很清楚，会收获远高于投入的回报。”

握着他衣服的那只手紧了紧，席与风却生出一种无力感。

因为江若说的每一句，都像一把手术刀，精准地将他的动机解构剖析。

不过还有更深层次的原因。

江若深吸一口气，将泪意压回去：“我真的很感谢你救我，谢谢你对我好，你对我那么好……可我不想被你掌控。

“我不想再尝试去弄懂你，总是要去猜你各种举动背后的意义。你也很累吧？我不想看到你这么辛苦。”

连续几个“不想”，如同压在洞外的石块，层层叠叠将出口堵死。

眼看光线一点一点被收走，席与风却束手无策，只能抓紧江若的衣服。

“我可以给你。”他说，“只要你想要，我都——”

“席与风。”江若久违地喊他的名字，“我知道自己想要什么，可是你呢，你知道自己想要什么吗？”

席与风再度怔然。

“你太过居高临下，不该这样。”说到这里，江若自嘲地笑了下，“也许是我不该。这世上可以融洽相处的关系有千千万万种，兴许只有我这么麻烦，好处占尽，还妄想其他。”

江若每说一句，席与风的心脏就下沉一寸，明明握在掌心，好像也快要抓不住。

席与风只知道如果再强行挽留，江若可能真的会恨他。他不得不慢慢地松了劲，放开那好不容易攥在手心的一切。

“咔嗒”一声，车门打开，更沉重的空气扑进来，像无声的压迫。

江若再次深呼吸，接着一脚跨出车外，整个人从封闭的空间脱离。

站在外面，江若手扶车门，看着座椅上被留下的手机，说：“以后不要再帮我。你不是救世主，我也不想再……抱有任何侥幸。”

和席与风相处的每一分每一秒，都像在溺水。

可他不是他的浮木。

他是穿梭在天外的风，本就不该为任何人停驻。

两天后，警方发布关于彭伟彬和宋诗韵犯罪行为的调查结果。

由于当场从彭伟彬身上搜出刀具、绳索、迷药等作案工具，判定其有故意伤人动机，加之有肇事逃逸的前科，已移交检察院立案起诉。

而宋诗韵与嫌疑人勾结，提供受害人的行踪信息，属于帮助伤人的共犯。但她主张自己受到胁迫，如今还在接受调查。

席与风来到派出所的时候，听说受害人两分钟前刚离开，偏头朝外面看了一眼。

旁边的施明煦问："现在追应该还……"

"不了。"席与风收回视线，"我们是来提交证据的。"

他把这两天刚收集全的关于彭伟彬出狱后的违法行为，包括聚众斗殴，批发、销售迷药等可考的证据，全部交给了警察。

警察大约也是第一次见这种把证据整理好送上门的报案者，翻了翻那沓资料，说："本来还担心伤害未遂不够立案，这下齐活了。"

席与风问："江若……我说受害人，今天来做什么？"

"来见那个姓宋的共犯。"警察说着感叹道，"他们明星碰到这种事，不都爱发到网上煽动一波，顺便卖个惨什么的吗？他倒是淡定，只想问问那姓宋的为什么要这么做。"

"他得到答案了吗？"

"没有，那姓宋的不肯见他。不过即便不见，差不多也能猜出来，无非嫉妒，见不得别人比她好。您这边不是查到，当年这位江先生殴打那个彭伟彬的视频，就是她放到网上的吗？这种事我们这儿见多了，人对人的恶意，来得就是这么容易。"

从派出所出来，原本想回公司，在施明煦的提醒下想起这周的会议已经全部后延，席与风静默一阵，说："去锦苑。"

其实除了必要的应酬，席与风已经不再踏进欢场。

因此进到锦苑，置身其中，他有一瞬甚至不知道自己该往哪个方向走。

在二楼开了个包厢，却觉得里面闷，待不住。席与风摸一支烟走到外面，站在走廊的栏杆旁，垂眼看向一楼大厅。

他想起初见江若，就是在这个地方。

那张面孔上近乎挑衅的笑容，至今记忆犹新。

起初是觉得他有趣，欣赏他懂进退、知深浅，有一种知世故而不世故的灵动狡黠。

后来发现他的坚韧、无畏，经历过那样的事情，对热爱和梦想仍然执着而纯粹。

直到回到住处，席与风都没想出答案。

方姨到门口迎接，往他身后看一眼："今天小江也不回来？"

席与风不知该如何解释，索性说："他进组了，近期都不会回来。"

说完觉得这话熟悉，好像曾经说过类似的话。

见席与风的脸色似比前天回来的时候还要灰败几分，方姨说："要不，我给小江打个电话……”

“不。”席与风说，“别去打扰他。”

不去打扰，是他现在唯一能为江若做的事。

之后的几天，席与风几乎夜夜都会去锦苑。

从出生到现在，即便遇到困难，他也极少产生退却心理。可这次他很清晰地认识到，自己的行为是在逃避。

逃避方姨担忧的眼神，逃避空无一人的房间，逃避没有一丝光亮的黑夜。

不同的是，身在纸醉金迷的场合，他不喝酒，不与人聊天，很多时候只是点一支烟，静静地站在二楼走廊的栏杆前，目光落在楼下毫无特别之处的一个定点。

这天周末，锦苑人来人往，宾客盈门。

席与风在包厢里坐了会儿，起身走到外面，摸出一支烟拢火点上，听见走廊侧边拐角处传来对话声。

两个男的，其中一个声音很小，应该是这里的服务生，另一个醉醺醺还大舌头，声音莫名熟悉。

“席总？你说那个席总？……嗐，他总往这儿跑，还能有什么原因？无非跟前头捧的那个小明星闹掰了，打算找个新的捧呗。

“江若？他和席总都什么时候的事了，早分道扬镳了！

“说起来啊，这个江若，你别看他现在在电视上人模狗样的像个明星，私底下可是个为了钱什么事都做得出来的臭——”

没说完的话被号叫声取代。

张绍元被一股大力拽着衣领几乎吊起来，卡着脖子的窒息感让他霎时瞪圆眼睛，慌乱中只来得及看清来者何人。

“席，席总……”

席与风嘴里衔着烟，即便把人拎着还是居高临下的姿态，面容冷峻得颇有凶神恶煞之感，吓得张绍元大气也不敢出。

“张总刚才说江若怎么了，我没听清。”席与风冷声道，“不如当着我的面，再说一遍？”

张绍元本就出气多进气少，又呛了口烟，话都说不清楚：“我没……没我骂自己呢。”

又拎了一会儿，直到手中的人脸色涨红发紫，几乎命悬一线，席与风才松开手。

张绍元扑通一声坐倒在地，大喘几口气伸手想借个力，才发现刚才的服务生早就跑了。

阴暗角落只剩下两个人。席与风弯腰的时候，张绍元还是怕得手脚并用往后缩，哪怕身后就是墙壁。

他忘不了自家公司是怎么被眼前的人轻松搞垮的，好不容易东山再起，他自是不想又因为失言招来祸事。

于是未等席与风开口，张绍元就主动交代："席总，我错了，我知道错了。江若……不，江先生跟我其实没什么瓜葛，不过是我没来得及给他那个叫安什么的朋友赔钱，江先生来跟我要。钱我当场就给他了，您当时不是都看到了吗？我刚才就打嘴炮，胡说八道呢，您放心，我以后绝对不在外面乱说，再乱说就让我烂嘴巴！"

此话一出，席与风眉宇蹙起。

张绍元以为他不满意，把诅咒升级："那我要是乱说，就让我，让我断子绝孙，家破人亡，妻离子散——"

席与风眉间褶皱更深，听不下去似的打断："你是说，江若和你没有关系？"

夜晚，黑色的越野车行驶在城市的车流中，借由夜色的掩盖，化作一抹幽灵般的残影。

约莫四十分钟后，车停在城东一个年代较新的住宅小区门口。

找了处不碍事的位置靠边停，驾驶座的车窗降下，伸出一只肌肉线条流畅的手臂。

衬衫袖口挽起，指间夹了支点燃的烟，席与风却不抽，而是搭在车窗边，任由白烟扩散在初冬微寒的空气中。

如果没记错的话，今天是合同上约定的房屋交付时间的第二天，江若应该已经搬过来了。

从这个角度，依稀能看见江若新家所在的那幢楼的轮廓，虽然看不清具体是哪一间。

一支烟燃至尽头，又点了一支。

这回抽了两口，沉缓的呼吸间，席与风仍注视着那幢楼上几扇亮得不分明的窗户。

许是凑巧，又或许他来的时间刚好，第二根烟燃到尾声时，三五成群的一帮人自小区门口走出，伴随着欢声笑语。

这群人里有男有女，无一例外都身材高挑，气质卓然，若不是在夜晚，说不定早就被路人认出，围上来求合影。

路灯下，席与风看见周昕瑶，还有《莺飞》的女主角唐佳念，以及《日月荆山》的男女主——陈沐新和卫楚琳。

当然一眼瞧见的，是穿着去年那件米灰色羽绒服，像要融化在暖黄灯光下的江若。

应是邀请朋友来新家玩，他笑得眉眼弯弯，一会儿和周昕瑶说悄悄话，一会儿又和唐佳念大声密谋什么，引得众人都凑过去听。

席与风坐在车里，远远看着，除却被隔绝在热闹之外的寂静，还感受到一种类似懊丧的、极度低迷的情绪在蔓延。

这些人，并不曾如他济江若于微时，却能让江若笑得如此开怀。

而他，分明无意践踏，却还是在盛怒之下说出那么过分的话，做了那么糟糕的事。

把朋友们挨个送上出租车，江若转身时，余光瞥见停在不远处道路旁的一辆车。

他脚步顿了顿，不由得多看两眼。

不过那一片没有路灯，看不清车牌。江若回过神来只当自己太敏感，毕竟在枫城这种显贵云集的地方，开同款车没什么稀奇。

况且上回，他把话说得那样决绝，那个人有什么理由跑来这里？

今天江若搬家，顺便请许久不聚的几位朋友一起吃饭。

吃的是火锅，简单方便，事后把锅碗瓢盆一股脑塞进洗碗机即可。

听着机器“哗啦啦”地运转，江若享受着科技的进步带来的幸福感，然后打了个饱嗝，心想明天怕是要围着舞台多跑五六圈。

第二天有拍摄，江若早早起床，先拿起新手机回了几条微信消息。

他出门前，接到快递员的电话，说有个同城闪送，问他在不在家。

江若说在，快递员说马上到。

五分钟后，江若在新家门口签收了一个方方正正的纸箱，掂了掂，还挺沉。

好不容易翻到搬家时随手丢在房间床头柜抽屉里的裁纸刀，江若一面割开纸箱上缠裹的胶带，一面想着难不成是谁漏送的乔迁礼？

纸箱打开，里面放着一个长方形木盒。

江若心头一紧，手也猛然顿住。

那木盒的盖子一碰就翻开，露出明黄色的金属瓶盖，和棕色的瓶身。

江若还记得，这酒瓶的底部也刻了一圈字母。

当时害怕动摇不敢去看，如今亦然。

于是下意识松开手，不再触碰。

年底，两人在意外的场合见了意外的一面。

起因是安何决定回枫城认祖归宗，一份亲子鉴定拿出来，震惊的不只孟家，整个圈子都抖了三抖。

原本是好事，可不知怎么的，这边流落在外的亲生子好不容易找着家，那边在孟家待了近三十年的养子，却吵着要和“孟”这个姓氏脱离关系。

按照外界流传的说法——孟家的真少爷回来了，自然没了假少爷的容身之处。毕竟血缘分亲疏，回头那些股份、继承权什么的，哪还有养子什么事？

继而开始感叹——孟潮这么多年为孟家做牛做马，临到头多半落个净身出户的下场，真是可怜啊。

接到安何电话的时候，江若正演完一场从台上下来，听见安何的声音都带了哭腔，忙拿卸妆棉在眼睛上抹了两把，对着镜子一照勉强能见人，衣服都没来得及换，就拎起羽绒服从剧院后台冲出去。

循着地址来到孟家宅邸，江若说明来意，对方显然早就收到通知，听说他是安何的朋友立刻放他进去，老远就听见此起彼伏的喧闹声。

经过连日的信息轰炸，孟家上下仿佛笼罩在乌云中，尚未走近便有森冷之感。

院中有一棵枝干虬曲的树，孟潮跪在一旁，腰杆挺得笔直。他的正前方，一对中年男女站在门廊下，应是孟家老爷和夫人。

安何一只手被孟母拉着，脚尖朝前跨出一步，似要走向孟潮，却因受牵制左右为难。

江若心知这是人家的家事，自己于情于理都不该插手，于是径直走到安何身边，低声问他还好吗。

安何咬着嘴唇，摇了摇头。

江若问他：“现在是什么情况？”

原来是安何前脚认祖归宗搬回孟家，孟潮后脚就要离开孟家，摆脱和安何的兄弟关系。

眼下便是孟潮坚持要走，两位长辈不答应，安何夹在中间不知该如何自处的场面。

江若听完叹了口气：“那你把我叫来，我也帮不上忙啊。”

安何眼睛一眨，眼泪就滚下来了：“我，我找不到别人了……”

这一年发生了天翻地覆的变化，他一个人根本无法面对。

江若只好轻拍他的背：“好了，别急，无论如何我都会站在你这边的。”

孟潮嘴上说要走，其实并没有直接撒手。

自知报答不尽孟家二老的养育之恩，他把身上所有的股份、职务，连同车子、房子全部归还，并主动在二老面前跪下，说什么时候他们消气了，他再走。

孟岚回来劝也没能打破僵局，直到另一人赶来，四两拨千斤的一句“天这么冷，还是进屋说吧”，才总算把孟家两位长辈劝进屋。

孟潮说过不再踏进孟家半步，就信守承诺地跪在原地。

席与风陪他站了会儿，见他不肯起，便搬了张椅子来坐。

孟潮啐道：“你大爷，又不是给你跪的。”

席与风冷眼睨他：“这就是你对救兵的态度？”

两人在萧瑟寒风中聊了几句。

被问到是否下定决心，孟潮说：“还能怎么办？”

某种程度上说两人境遇类似，把看似光鲜亮丽的生活，都活成了寄人篱下的样子。

席与风又问：“没有不甘心？”

这些年孟家的生意几乎都是孟潮在操持，他看似吊儿郎当不上心，实则比任何人都希望孟家好，以报答二老的养育之恩。孟家是半路出家经商，能在这么短的时间内发展到如今的规模，孟潮这些年的领导和决策功不可没。

“要说不甘心，那肯定有点，谁还没有个创造商业帝国的梦想呢。”孟潮在揶揄席与风的同时自嘲，“我要是怕了，岂不丢人。”

席与风点头：“你想清楚就好。”

“话说，你们公司有没有适合我的岗位？”

“怎么？”

“你不会真见死不救吧？”

“先把简历发过来，看看再说。”

“你——”

傍晚时分，门再度打开。

安何送江若出来，心思却放在门外跪着的人身上，视线不住地往孟潮那边飘。

孟母显是得知了江若这些年对安何的照顾，拉着他的手千恩万谢地送到门口，恨不得留他在家吃饭。

江若借口还有工作，道了别就要走。

孟潮跪着和安何挤眉弄眼，还有空提醒席与风：“喂，江大明星要走了。”

有风吹过，光秃秃的树枝四下招摆，发出沙哑的摩擦声。

席与风站起来，然后看着江若转身，自不远处的石板小路上擦身而过，始终目视前方，一个眼神都没给他。

各大颁奖典礼扎堆的年末，娱乐圈工作者们很难不产生一种“坐下吃饭都是奢侈”的紧迫感。

江若也是如此。剧团那边因为之前的几场效果好，赶在年前又增加场次，江若每周至少要演三场，幸好这次去海市的行程提前向团长报备过，不然连两天时间都腾不出。

临出发前的一场结束后，江若刚从后台出来，就被蹲守在此的影迷剧迷团团围住。

大冷天的都不容易，江若确认还有一些时间，便留下给粉丝们签名。

其间有粉丝同他攀谈，问他是不是入围了金际奖，江若一边签名一边说：“是啊，谢方圆入围最佳男配，不过别抱什么拿奖的希望啊，我权当去长见识。”

粉丝笑着说：“知道啦，明年等你拿最佳男主角。”

又签了一会儿，人群外传来一阵骚乱，隐约听人在喊“着火了”。

围拥的人群顿时四散，江若在推挤下险些摔倒，混乱中察觉到一只手扶了他一把，待他站稳抬头正要感谢，哪还找得到人？

只恍惚捕捉到人群中的一个颀长的背影，西装外面披大衣的装束，在观影者当中并不常见。

江若刚要追上前，小沈穿过人群走过来：“江老师您没摔着吧！时间差不多了，咱们出发去机场吧。”

“……好。”

等江若扭头再去看时，那道身影已然消失在夜色中。

枫城某剧团后台着火事件，因并未造成人员伤亡，发现及时也没带来什么损失，只在当地掀起小范围的讨论。

江若是在赶往颁奖礼现场的路上，听小沈提了一嘴，才知道是有人在后台点香薰蜡烛，不小心碰到易燃物引发的事故。

听完就算，当下最重要的事，还是先把今晚熬过去。

之所以用“熬”这个字，是因为昨晚站在风口上给粉丝签名，又连夜赶飞机，加上这阵子连轴转几乎没有休息，江若抵达海市的当晚就发起了烧。

虽然及时服了感冒药，但伤寒到底有个恢复的过程，临上台前，化妆师给江若脸上扑了厚厚一层粉底，还刷了几下腮红，依然不能完全遮住他苍白的病容。

也因为这突发状况，江若坐在颁奖礼台下频繁走神，进行到颁发最佳男配角的奖项时，台上的颁奖嘉宾喊了三遍他的名字，他才怔然回神，在众人的掌声中慢吞吞地站起来。

这场颁奖礼是电视台和网络同步直播，江若领完奖就因身体不适提前退场，因此不知道网上就他领奖时拉着脸疑似“耍大牌”，已经展开了好几波热烈讨论。

回到酒店，江若倒头就睡。

他已经好多年没有发过烧，这一次来势汹汹，睡到天蒙蒙亮才醒。

清晨六点半，口干舌燥，江若不得不爬起来找水喝。

喝下半杯水，他才觉得自己活了过来。江若回到床边，看着床头放着的奖杯，不禁陷入“我是怎么把这东西拿回来”的思考中。

头还疼着，脑袋里乱七八糟的片段串不连贯，江若掏出手机，打算给小沈打个电话。

点亮屏幕，无数条未读消息。

来自各界的亲朋好友都在祝贺他拿奖。想着等会儿统一回复，江若往上翻，停在一个用《皮囊》的宣传海报当头像的人给他打来的两通未接语音通话上。

换手机之后，他一并换了手机号码，微信号却没换。

也没把之前加回来的人删掉。

像是知道他在看手机，犹疑的半分钟工夫里，那头发来三个字：醒了吗？

江若手一抖，拍了拍对方。

江若心道糟糕，还没来得及撤回，语音通话再次打了进来。

印象中，席与风很少给他打电话，连微信消息都几乎不回。

可能真的有什么要紧事？

这么想着，江若思忖片刻，还是按下了接通键。

对面很安静，似乎在休息室之类人少的地方。许是没想到会被接通，通话界面读到第七秒，对面才出声：“……江若？”

嗓音沉哑，带着一种试探般的不确定，让江若莫名一怔。

他很轻地“嗯”了一声，问：“什么事？”

然后，听见那头的人呼出一口气。

“你没事吧？”席与风问他，却自己回答，“没事就好。”

接下来，是长久的沉默。

久到江若看见天际线翻出一抹白，天空由深灰变成浅灰。

“你有什么事吗？”眼看通话时长接近三分钟，江若不得不提醒，“要是没事的话，我就——”

“别挂。”席与风说，“给我一点时间……真的只要一点。”

江若抿了抿唇，看一眼墙上的挂钟。

“五分钟，够吗？”

“够。足够了。”

可他这次只要五分钟，江若纵然再坚定，也没有不给的理由。

只是没想到，席与风要这五分钟，是为了讲故事。

不过他不屑用“我有一个朋友”打掩护，而是开场便切入正题：“我的出生就是一场笑话……这不是夸张，是事实。”

稍作停顿，席与风用比夜色还沉的嗓音接着道：“当年，我的母亲是富商之女，嫁给出身寒门的席成礼，是名副其实的下嫁。”

一个标准的爱情故事的开头。

当年的乔葭月满心欢喜，以为找到了值得托付终身的人，就算要帮助丈夫到处拉投资，还要用自己的人脉帮他进入上流圈层，也全不计较。

在她的帮助下，没落的席家有了再起之势。席成礼事业扶摇直上，人也忙碌起来，最直观的变化就是回家的次数越来越少。

可渐渐地，乔葭月发现，席成礼忙不仅是因为工作。

尤其在生下席与风之后，产后抑郁让乔葭月一度敏感到极点，连给席成礼打电话超过三声没接，她都要胡思乱想。

疑神疑鬼数千日夜，终于在三年后，也就是席与风三岁那年，乔葭月通过私家侦探查到席成礼常去的一个地址，把她的丈夫，和曾被她视为闺密的萧茵，捉奸在床。

后来乔葭月才知道，早在她和席成礼在一起之前，这两人就好上了。

席成礼和她结婚为了什么，一目了然。

那时，萧茵已经怀有身孕。

本可以选择离婚，带着孩子回娘家继续生活，在三十不到尚算青春的年纪，乔葭月大有可能觅得一段真正的良缘。可她不服输，说什么都不肯退出。

一场旷日持久的“战争”，就此拉开序幕。

本是有理的一方，就算打离婚官司，乔葭月也会是胜者。可她偏偏心高气傲，输给萧茵已经挫了她的锐气，她不屑使那些一哭二闹三上吊的把戏，又想不到别的法子，只能在一些无谓的事情上下功夫。

比如让方姨做各种席成礼喜欢的菜，叫他回来。

比如利用从前的人脉，布下眼线，让他们看见席成礼就通知她，她好追过去堵人。

再比如，对席与风更加严格，要求他各科成绩都名列前茅，样样都不输同龄人，然后拿他做借口让席成礼回家给予奖励。

而作为父亲，作为一个长期被妻子压迫，被外人耻笑得抬不起头的丈夫，席成礼给席与风的奖励是什么？

他会趁乔葭月服下抗抑郁的药物陷入昏睡，把席与风带到空无一人的储藏室，拉上窗帘，关闭所有的光源，锁紧门窗，把席与风一个人留在里面。

席成礼把他心中的怨气、受到的屈辱，全部发泄在一个不满十岁的孩子身上。

还明令禁止家中的帮佣把席与风放出来。

于是经常是乔葭月睡多久，席与风就被关多久。有时候乔葭月昏睡十几个小时，席与风就从白天被关到黑夜，乃至又一个白天。

在席与风的印象中，妈妈总是在沉睡。

偶尔神志清醒，也对他漠不关心。只在某些特定的时间，她会带着他去找席成礼。

有时候去公司，有时候去萧茵的住处。

到地方，乔葭月会说一些不堪入耳的话，他只能在旁边听着，不能走开。

他们母子俩无疑是不受欢迎的，无论到哪里。

有一回，席与风被乔葭月安置在公司一楼大堂，他口渴想找水喝，走到茶水间附近，听见员工们聚在一起谈笑，说他才像私生子，说他的出生是一场天大的笑话。

这是席与风第一次学着隐藏自己的情绪，乔葭月回来后见他眼睛红，问他怎么了，他摇摇头，什么也没说。

后来，在不断的“实战”磨炼中，席与风总结出一套属于自己的生存法则。

他开始很少待在家里，放学后不是流连在学校操场，就是泡在图书馆。

和孟潮成为朋友之后，席与风又多了个去处，就是孟家。

孟家有很多很多的书，就算一个星期读一本，他这辈子都读不完。

他慢慢长大，乔葭月再难控制他，席成礼也没办法再关他，反而开始畏惧这个总是冷漠地看着他的儿子，鲜少碰面，还会和颜悦色地问席与风的功课情况。

因为席与风的个头已经比他还高，也因为那个不像私生子的私生子是个无用的草包，他怕辛苦打下的江山无人继承，怕百年后无颜面对列祖列宗。

可在这占据人生初始的漫长黑夜中，席与风已经习惯了黑暗，再难分辨出昼夜更替，时光流转。

他意识不到什么时候该睡，什么时候该醒。即便躺在床上，大脑和身体都无法松弛，只好闭上眼睛，假装入眠。

他甚至练出了一种将呼吸调整得与沉入睡眠时无异的本领。

许多年来，这套技巧被他练得炉火纯青。他骗过了高中时期的舍友，骗过了朋友孟潮，出国留学之后，周末宿舍里开派对，有人担心吵到关着房门的他，合租的同学说：“他睡觉死沉，雷都打不醒。”

他甚至骗过了自己，以为自己早已适应了黑暗，不需要光。

讲到这里，江若听到自己很轻地呼出一口气。

之所以轻，是因为不想错过席与风说的每一个字，每一个曾经历过的瞬间。

声音通过电话信号的压缩，变得有些远。

忍不住把免提改为听筒模式，将手机贴在耳边最近的地方。

席与风说："你是第一个，发现我在装睡的人。"

听到这句话，江若不由得想到那天，席与风送他一间舞蹈室，告诉他："你眼睛里有光。"

原来不在乎，并不代表不渴望。

后来发生的事情，江若或有所耳闻，或亲眼看见。

席与风讲述的，是他不知道的那些。

"我的母亲，死在我十九岁那年。"席与风说，"我从国外赶回家时，她已经到了弥留之际。最后一天她是清醒的，她立下遗嘱，把股份转给我，让我不要想念她。我没有保护好她，我必须变得强大。"

江若却很清楚，此刻听到的，并不是一个众人眼中强大的男人轻易会说的话。

席与风彻底卸下防备，甚而有些语无伦次：

"我不想你有事。

"我恨极了自己的无能为力，我要把身边的一切牢牢掌握在手中。

"你说得对，我傲慢又自负，习惯了居高临下，总以为一切尽在掌握。

"每当回想起那天，我都会觉得，当时的我，是那么面目可憎。"

江若知道他说的是哪一天。

因而一霎屏住呼吸，唯恐错过接下来的说明。

"对不起。"席与风语速和缓，语气却诚恳而坚定，"即便现在已经晚了，我还是想告诉你，那样做，是因为不想失去你这个朋友。"

此时太阳已经升起，而江若好像还浸泡在月光下沁凉的湖水里，每一次呼吸，都能嗅到潮湿、酸涩的气息。

原来他也会暴露弱点，原来他并不是无所不能。

心脏软到连对面的静默都不忍心打断，继而等到席与风找回思绪，再度开口。

"寄过去的酒，看到了吗？"

江若下意识摇头，过了一会儿才反应过来对方看不到，不由失笑。

然后，在席与风看不到的地方，他又偷偷地点了点头。

怎么会不想看？

拿到那瓶酒的当天，江若就失眠到半夜，不得不爬起来，把那酒瓶拿到灯光下，分辨刻在瓶底的诗句。

幸好这首西语诗江若也曾读过，觉得熟悉，循着印象上网查阅，果不其然是那首——

He intentado utilizar la confusión, el peligro, no le sorprenderá.

我试图用困惑、危险、失败来打动你。

江若正要开口，在听筒里听见航班信息播报的背景音，忙问："你……你在哪里？"

没等问完，耳边忽然没了声音。

放下手机一看，通话已然挂断。再打过去，无人接听。

握着手机在酒店房间里来回走了几圈，江若扑跳到床上躺下，没过两分钟鲤鱼打挺坐起来，继续打。

还是没人接。

刚刚才把席与风搞懂的江若，又开始不懂了。

甚至想上网搜索搜索——道完歉就挂电话，是什么意思？

是在报复我一开始没接他电话吗？可他不是这么小气的人啊。

江若纠结得磨后槽牙，点开微信界面再确认一眼。

最近的一次语音通话结束在三分钟前，通话时长十五分零八秒。

也不是在做梦。

难不成是因为超时了，觉得占了便宜，所以不好意思？

第十五幕

来不及

等到收拾停当坐上前往电影节的车，江若才从小沈那里得知昨天颁奖礼现场外有名艺人被群众扔了鸡蛋。

现场的娱记们很快把消息发到网上，起初为了卖关子故意隐去那名艺人的姓名，一时猜测四起，当晚所有拿奖的艺人无一幸免，都被提及。

其中“黑脸”走人的最佳男配角江若，成了网友的重点怀疑对象。江若后来细翻朋友们发来的消息，发现其中确有几个问被砸鸡蛋的是不是他。

江若恍然：“原来是这样。”

怪不得席与风那么着急给他打电话，问他有没有事。

心又软了几分，像被烤化的棉花糖。可还是联系不上人，江若着急，让小沈给施助打个电话，问问席与风这会儿是否在忙。

施助接了，答道：“席总今天没来公司。”

江若忍不住凑到话筒前：“他去哪儿了？”

“海市，昨晚连夜走的，说临时有事。”

江若一愣，又打给方姨。方姨说席与风昨天就没回来，只在下飞机后给她打了个电话，说在外地，并告诉她手机快没电了，联系不上的话不要担心。

“也不知道什么事走得那么急。”方姨在电话里叹气，“连个充电器都没空回来拿。”

江若也叹气，心说要是能知道他在哪儿，我现在立刻把充电宝给他送过去。

想到在语音通话里听到的航班播报，江若眉头皱得更紧——

他不会飞到海市，在机场打完电话，又飞回枫城去了吧？

不，不应该。席与风那么冷静一男的，做不出这种冲动的事。

还是着急。

江若伸长脖子朝前看，远远看见场馆的圆顶，尝试问小沈：“你说我能不能以身体不适为由，向庄导请个假？”

“为什么要请假？”

“反正就是个跟看片会差不多的场合，少我一个也不少……”

小沈用高深莫测的眼神看着他："您是不是忘了，自己是电影的男主角？"

"……"

江若泄气地坐回去，退而求其次地说："那帮我改签一下机票，要电影节之后最近的飞枫城的航班。"

同一时间的枫城，从海市来的航班落地，席与风下飞机后，先在机场休息室眯了一会儿，然后直奔公司。

昨晚看到新闻后他就给江若拨了电话，连着两通没被接听，他方向盘一打，直接开车往机场去。

走得匆忙，席与风除了人、手机、身份证，什么都没带。

到海市才发现手机快没电了，临时找地方充电怕来不及，便按照事情的要紧程度先给江若打电话，确认江若没事才安心。

回过头来想，席与风都觉得这种行为堪称莽撞，一时脑热贸然冲过去，极有可能给江若增添负担。

至于那"五分钟"，或许也是冲动的结果。

先前在孟家，席与风就对孟潮坚决的态度有所触动，后来在电话里听见江若充满抗拒的语气，不由得想到那天在他新家楼下看见他对朋友笑得那样开怀，面对自己时却态度冷漠，一个眼神都吝啬。

这感觉好比涨潮时，看着海水一浪比一浪近，生存空间被一寸一寸挤压，临到头猛地一个大浪过来，顿时将他逼到了不得不自救的境地。

他怕再不说，就真的来不及。

也正是因为没有面对面，席与风才有把从未示人的那个软弱的自己和盘托出的勇气。

中途一度不确定电话那头的人还在不在，稍作停顿，听到微弱而均匀的呼吸声，席与风才定神继续。

也万分庆幸，是在说完最重要的那句话之后，手机才自动关机。

连上车载充电器，停在某个红灯前，手机开机，席与风拿起来看一眼。

原来早就超过了五分钟。江若一直没喊停。

看到后来江若连续打过来的几个语音通话，席与风踌躇片刻，打字回复：刚才没电了。

便放下手机。

并非不想回电话，也从施明煦处得知江若找过他，只是考虑到这个时间江若应该在参加电影节，不便打扰。

除此之外，席与风承认，他是有意拖延。

他已经把能说的都说了，真正的掏光底牌，把选择权交到江若手中。

因而有一种等待审判般的无力感，畏惧远大于期待。

江若似乎确实在忙，一直到下午，都没回复消息。

也没打来电话，弄得席与风另起不安的情绪，点开微博，看见江若的粉丝团于三分钟前更新的现场照片，松了一口气。

晚上有场应酬，方姨正好说要回主宅那边拿东西，席与风让老刘去送，并让方姨干脆在那边住一晚，省得赶夜路。

方姨心领，并在电话里道："明天我顺路跑趟菜市场，小江爱吃我做的腊肉，今年多做些。"

席与风看一眼日历，"嗯"了一声。

饭局订在锦苑，都是一些来往多年的合作伙伴，谈天叙旧的同时，不免推杯换盏。

散场的时候，席与风才迟滞地觉得头重脚轻。昨天一宿没睡，今天又忙碌一天，任是铁打的身体也熬不住。

何况他只是个再普通不过的人。有一些勇气，不代表从不后悔；有杀伐果断的时候，偶尔也会心生犹豫。

一路昏沉，直到开回市中心，被鸣笛的喧闹声吵醒，席与风睁开迷蒙的眼，看见指甲盖大的冰晶状物体落在车窗玻璃上，才知道下雪了。

这是枫城今年的第一场雪。

记得江若在前段时间的采访里被问到，初雪时想和谁在一起。

席与风拿出手机，点开下午看过的那张照片。

照片上的江若身着剪裁合体的西装，微笑着冲镜头打招呼，从容不迫的姿态，在人群中耀眼夺目。

他现在在海市，周围熙熙攘攘，都是喜欢他的人。

没在楼下逗留，席与风乘电梯直达顶层。

一层只有一户，从电梯口到大门口需要经过一条走道。

不确定是否是错觉，迈出电梯的时候，席与风似乎听到一些动静。

灯火通明，席与风怀着疑惑，步步走近。

按说这种情况，心里至少有几个猜测，或者一个范围，得到结果的时候，才不至于惊讶。

可是席与风没有，他毫无预设地走过去，在“结果”呈现眼前时因为擅自跳过中间步骤，直接愣住。

在距离不到两米的地方，厚重的双开门前，男孩穿着和照片里一模一样的西装，等在那里。

他似乎等了有一段时间，可能正在休息，背靠着墙借力。看见席与风，他立马站直身体，受到惊吓似的睁大眼睛。

两人对视一会儿，到底是江若沉不住气，说：“你回来了。”

他的声音不复往日清亮，略微沙哑，许是受了风寒，说完还轻咳一下。

也正是这声咳嗽，把席与风从恍惚中拉了回来。

他走上前，垂首输入指纹，问站在身旁的人：“怎么不先进去？”

“嘀”的一声，门打开，同时传来江若的声音：“这又不是我家，我总不能……”

总不能随便进去。

席与风在心里帮他补全后半句，还没来得及体会怅然，又听见江若说：“可这里是我朋友的家，我等在门口，应该没问题？”

很难说清此刻的感受。

像是做好坠落准备的人，被一把拽回安全地带。又像雪铺在地上，没等到堆积，就融化成水。

握在门把上的手不由得一紧，席与风站在那里，一时没有其他反应。

而沉默落在江若眼里，再不是紧锁心扉的闭口不语。

晚些时候，两人坐在餐桌前，一人一碗面。

海市那边的电影节刚结束，江若就赶往机场，今天除了早餐，粒米未进。

席与风则整晚没合眼，应酬局也没顾上吃东西，正好陪江若一块儿吃点。

配菜是方姨准备在冰箱的冷菜，香肠、火腿片、卤鸡蛋，切片装盘即可食用。

江若饿坏了，这顿饭吃得颇有些狼吞虎咽，面条快见底的时候才放慢速度。

“怎么突然回来了？”

“你是不是去海市了？”

两道声音几乎同时，江若扑哧一笑，席与风也扬了下唇角，让道：“你先说。”

江若拿了张纸巾擦嘴，再开口时语速稍缓：“你去海市，怎么不跟我说？”

“电话里没来得及。”席与风说，“也不想打扰你。”

江若的关注点在前半句，咕哝道：“明明说了那么多，怎么会来不及……”

席与风没听清：“什么？”

“没什么。”江若放下纸巾，坐直身体，“那既然都到了，干吗又着急回枫城？”

按席与风的能耐，想查出他住在哪间酒店，何其容易。

沉默片刻，席与风说：“不想再吓到你。”

对此江若有些百口莫辩：“我有那么不经吓吗？”

“刚才在门口，你也被吓到了。”

“我那是在打瞌睡。”

“等了很久？”

“没有，就一小会儿。”

“为什么不给我打电话？”

“……”

“嗯？”

饭后，江若收拾碗筷，席与风和他一起。

事实证明，某些家务并不适合两个大男人一起做。

两碗一碟加两双筷子，足足洗了半个小时。

其间摔碎了一只碗，锅盖也哐啷掉地。

大雪纷飞的夜晚，用来睡觉实在浪费。

两个人继续刚才未完的话题。

“昨晚你来电话的时候，我已经睡了。”脑袋枕着合拢的双手，江若说，“颁奖礼提前退场，是因为发烧，现在没事了。”

也是在赶回枫城的飞机上，江若才知道昨晚他拿奖时“黑脸耍大牌”在网上掀起了不小的舆论风波。

幸而他在《莺飞》里表现出众，郑依婷让公关部门下场，趁着这波热度放出了谢方圆的高光片段剪辑，营销号跟风转发，看过的路人无不惊叹。

大众对有实力的人总是无限包容，因此“黑脸”变成了“恃才傲物”，毕竟“耍大牌”也得有底气。

当然，互联网上网友那么多，总有不同的声音，有人认为江若的奖是买来的。

“不用在意网上的言论，能拿到奖，说明你足够优秀。”

“不过能拿这个奖，是沾了会跳舞的光。”

“舞跳得好，也是因为你努力。”

江若眼睛发亮：“我决定，立刻把你拉进我的夸夸群。”

席与风问：“夸夸群是什么？”

“一天二十四小时换着花样不停夸我的群。”

“……”

“怎么，不想进？”

“你拉我。”

江若笑得肩膀直抖：“逗你的，你以为真有这个群？”

席与风再度：“……”

一场雪，从年底下到年初。

剧院对元旦当天的演出非常重视，提前半天召集演员们到现场，进行最后一次彩排。

除了舞台布置，新年新场次的服装也有所改变。作为领舞之一，江若自是也拿到了新服装——白色宽松裙裤和领口开得很大的一件罩衫。

这两年江若拍过的杂志封面数不胜数，对这种极省布料的清凉装束见怪不怪，他排练结束拿到服装就先换上了，外面套一件长羽绒服，在休息室和其他演员一起吃盒饭。

吃到一半，小沈进来，在他耳边说了点什么，江若三下五除二往嘴里扒几口饭，扯一张纸巾边擦嘴边说：“各位慢慢吃，我有事出去一趟。下午散场都别走，请大家喝奶茶！”

在一众“谢谢江哥”“江哥万岁”的呼声中，江若挥挥手，快步往外走。

他的保姆车停在剧院外的停车场。

穿过雪后萧索的林荫道，越过一片渺无人烟的广场，站在车前，江若稍稍平复了呼吸，才伸手去拉车门。

席与风问他：“吃过了？”

江若点头：“你要来也不提前说一声，早知道也给你订一份。”

“不用。”席与风说，“下午还有事，路过这里顺便来看看。”

江若挑眉：“这回是真的路过？”

席与风淡淡地“嗯”了一声。

由于“前科累累”，江若并不怎么相信。

他给席与风倒了杯温水，并趁席与风不注意抬手碰了下他的额头。

温度正常，看来没有被传染。

而江若因为身体前凑，露出了掩在羽绒服里大开的领口。

眉心顿时隆起，席与风问：“穿成这样不冷？”

顺着他的视线低头看，想着席与风还不知道罩衫和裙裤中间还漏一截腰，江若说：“场馆里有暖气，而且跳起来的时候热都热死了，怎么会冷？”

席与风又看一眼江若露在外面的脖颈和锁骨，不再多言。

并不宽裕的一点时间，两人坐在车上，透过窗户赏雪。

其实没什么看头，正午太阳出来，被铲到道路两旁的雪堆也开始融化，路旁的常青树被风一吹，藏在叶片之间的雪扑簌簌往下掉，远看如同一处小型雪景。

也算达成了和初雪有关的愿望，江若单手托腮，胳膊肘撑在桌板上。

之后将近一周，江若都忙得脚不沾地，果真只能靠电话和席与风保持联系。

舞台剧的最后一场落幕，江若原本有两天休整时间，孰料临时接到一档访谈节目的邀请。

郑依婷那边一合计，播出时间正好在春节期间，既能给今年参加纳城的《皮囊》做宣传，又能借舞台剧的余热巩固一下江若不求虚名的艺术家人设，两全其美，这节目必须上。

江若就上了。

由于是临时救场，对台本和彩排的时间很有限，江若精神高度集中，两天没怎么合眼，录完节目后整个人都在打飘。

他推掉节目组共进晚餐的邀请，在小沈的指引下走到一辆黑色的商务车前，手脚并用地爬上去。

被问到想吃什么，江若咂巴两下嘴，说："想睡觉……回家，睡觉。"

席与风便将人送回了新租的房子。

江若抬胳膊朝外面指："客厅有电视，你先看一会儿……我就睡一个小时。"

事实上睡了两个多小时。

醒来的时候天已经黑透，江若顶着惺忪睡眼从卧室出来，席与风果然在看电视，看的是之前他参加的《演员的花路》，好巧不巧地播到《沉默的爱》那期。

顿时精神抖擞，江若冲上前抢了席与风手里的遥控器，说："不准看这个。"

换了一档喜剧类节目。

晚餐是寿司。江若搬到这里之后点过几次外卖，选了其中口味最好的一家日料店，照着席与风的口味点了两个清淡的拼盘。

吃完已经是夜里十点，喜剧节目都播到第三期。

此刻两人都不困，睡过一觉的江若尤其精神，点开一部电影，音量调低，边看边和席与风说话。

主要聊今后的一些安排。

《悬崖》刚在厦市拿下金际奖最佳影片，明年《皮囊》会参加纳城主竞赛单元，关注度上升给江若带来的压力日益增长，春节后许导的电影，他必须交上一份完美的答卷。

席与风认真聆听，并不对江若的选择发表意见，只提醒他不要太拼，应该把身体健康放在第一位。

江若听了大翻白眼："也不知道是谁，忙工作忙到发烧。"

席与风递过去一个"彼此彼此"的眼神。

后来话题又绕回去，江若问："这两年也演了不少角色，你最喜欢哪个？"

席与风深深看他一眼，答案尽在不言中。

江若假装没懂："他们说我演的角色都和我本人很像，是这样吗？"

"不像。"席与风说，"你就是你。"

"真的？"

"嗯。"

"我还挺想接一些和我本人反差大的角色。"

"以后可以尝试。"

"下次去吃烧烤，你不准留在车上，要跟我一起进店。"

"……"

"行不行？"

"……行。"

次日周末，江若决定在家休息。

他的休息方式无非是吃东西，看电影。

挑了部歌舞电影，江若坐在沙发上看了会儿，不由自主地随着音乐的节拍和旋律扭动身体。

乍响的手机铃声打断了江若的动作。

是席与风的电话。那头的人不知道说了些什么，让席与风自接起电话就阴沉的脸色更冷了几分。

放下手机的同时，席与风松开手，站起来，说："有点事，我先走了。"

江若问："公司里的事？"

"不是。"

"那你要去哪里？"

"医院。"

"在医院的，是你的……父亲？"

"嗯，有人闹事。"

说着，席与风拿起丢在沙发上的大衣。

待他穿上，转身，发现江若也站了起来，拿起同样被丢在一旁的羽绒服。

“我和你一起去。”江若比他还快地走向门口，“放心，我不会添乱，到地方我就在车上等你。”

话是这样说，等到了医院，施明煦着急忙慌地迎上来说明情况，席与风一面走一面听，乘电梯到达顶层单人病房，径直推门进去。

里面窗帘大开，席成礼一身病号服坐在轮椅上，比刚进医院时胖了，却显得虚浮。

看见席与风，席成礼没好气地说：“想见你一面比登天还难，倒是听说你弟弟在这儿，立马就过来了。”

席与风走到桌前，拿暖壶倒水：“席望尘做事不着调，我担心他冲撞你。”

“冲撞？”席成礼又哼一声，“他再不着调，能有你狠，把亲生父亲，软禁在医院？”

水流声停，席与风捧着水走过来，送到席成礼嘴边。

他没有回答席成礼的问题，而是说：“这里每天来来去去那么多人，你以为其中有多少是真的关心你？

“他们都巴不得你早点死。”

似是被席与风的话震慑住，席成礼嘴唇一抖，险些被呛到。

他不是不知道外面变天了，也不是不清楚现在他的命运掌握在席与风手上。只是久居高位养成的习性，让他难以接受这处处受制的现状和一眼望得到头的惨淡生活。

可他更怕死。

人在遇到危险时，总能迅速判断形势。

咽下冰凉的一口水，席成礼说：“你弟弟……席望尘早就不想跟你争，他只想要回属于他们的股份，那是他们母子安身立命的根本。”

席与风淡声道：“属于他们？我怎么记得，席家的一切都来自乔家，倘若真走到瓜分财产的地步，和那位姓萧的女士，又有什么关系？”

席成礼睁大眼睛看席与风，似是没想到他如此绝情。

看懂他的意思，席与风说：“绝情的是你，你不是很信那些所谓的因果报应？”

他直起腰，将水杯放回桌上：“是你身体力行地教会我，为了想要的东西，可以不择手段。

“你且在这儿安心躺着，别再动歪脑筋，否则我不介意让席家改姓。反正我从来也不在乎姓席还是姓乔。”

到病房外，刚才不知道躲哪里去的萧茵母子俩现身，看见席与风，席望尘瑟缩着往后退，萧茵则昂首挺胸地上前：“席与风，你站住……你给我站住！你手里拿着的是什么？席成礼把房子过户给你了？”

席与风压根没打算理她，避之不及地绕过去。

冷漠的态度轻易挑起了萧茵的怒火，她加快脚步上前，伸手要去拉他，被突然从旁边走道拐出来的人挡住去路。

江若张开双臂，拦在萧茵面前："别碰他。"

席与风愣了下。他没有想到江若会出现在这里。

后来席与风让江若先去楼下等，并且拉上施明煦守在一旁，江若才犹豫地退到楼梯口，时不时探出脑袋看这边的情况。

说是单独聊两句，其实席与风和萧茵没什么可讲的。

至多算是给她一次忏悔的机会。

然而萧茵是什么人，二十多年前她就罔顾廉耻，如今走投无路，又何必伪装。

眼看到手的荣华富贵没了，她今天带着儿子混进医院，是想求席成礼替他们母子俩谋条生路。

直到确认席与风手里的是房产转让协议，萧茵顿时清醒。现下他们母子俩在席与风眼里，无异于一根手指就能摁死的两只蚂蚁。

理智告诉她该做小伏低，甚至跪地求饶，可她咽不下这口气。

她破罐破摔地哼道："想要的东西都到手了，现在可以毫无顾忌了吧？"

席与风冷眼看她，不说话。

萧茵最恨他这副冷漠的样子，让她想起乔葭月，那个高高在上的千金小姐，总是昂着头用眼角睨她，仿佛在说——我才是正经的席夫人，你算个什么东西？

可正牌夫人怎么了，还不是输给我？

生了个好儿子又如何，还不是无福消受这泼天富贵？

"任你再有本事，你妈还不是死在我前面？"萧茵笑起来，在最狼狈的时候，将毕生最得意的"成就"道出，"她拼了命地想要席成礼看她一眼，席成礼的眼里却只有我。"

她笑得几近疯狂："乔葭月穷其一生得不到的东西，我萧茵唾手可得……就凭这一点，她这辈子都比不过我！"

到楼下，那猖狂又绝望的笑声，仿佛还回荡在耳畔。

不知何时下起了雨，席与风抬眼望着黑压压的天空，直到一柄伞罩在头顶。

偏过头，看到江若伸手出去接雨，然后被凉得迅速缩回手。

"出门的时候天色就不好，果然下雨了。"江若也扭头，看着席与风，语气轻快地说，"幸好带了伞，我们走吧。"

路上，席与风问江若，愿不愿意跟他去个地方。

江若看一眼席与风手上的几张纸，问：“你家？”

他记得方姨曾说过，席家的主宅是席与风的生母所留。

这个“家”是哪个“家”，不言而喻。

席与风“嗯”一声，江若便道：“好啊，我正想看看你长大的地方。”

位于城南的宅邸有段日子无人居住，沿着山路上行时，车窗外的雨声都显得荒凉。

屋里更是空旷，分明打扫得窗明几净，却让江若有一种踩下去会尘土飞扬的错觉。

一楼接近地面，弥漫着些许潮湿气味。

席与风进屋先把窗户开一条缝，客厅的灯也打开，老式水晶灯在地面投射出斑驳光影。

江若站在他身侧，和他一起看向窗外落在雨中的一棵常青树。

不多时，席与风往屋里走两步，又转身，沉静如水的目光投向江若。

江若明白，是在问他要不要上楼看看。

木质楼梯扶手圆润光滑，脚踩上去发出轻微的嘎吱声。

席与风的房间在二楼走廊尽头，推开门进去，入目是肃杀的白色。

所有家具都罩了防尘布，空气里弥散着比楼下更浓重的腐朽气息。

却几乎没有席与风身上的味道。江若在房间里转一圈，停在书桌前，问：“你没在这里抽过烟？”

席与风正拿起书柜里的一本书，闻言抬头：“那时候还不会。”

“是在国外学的？”

“嗯。”

“十九岁之后？”

“嗯。”

顿了顿，江若又问：“不让我抽烟，是不希望我变得跟你一样……”

虽然没把那个词说出来，但是两人都心知肚明。

无非伶仃，或者孤独。

甚至是麻木。

放下手中的书，席与风走到窗边，隔着玻璃往外看，却没把窗户打开。

好像早已习惯自我封闭的生活，寂静，黑暗，是他的常态。

可是现在不同了。

他让另一个人，走了进来。

江若走到席与风跟前：“我们出去吧。”

席与风垂眼，低声说：“阁楼还有间储藏室，要不要——”

“不要。”江若想都没想，就拒绝了。

“我不会逼你吃红烧肉。”他很轻地眨了下眼睛，眸底似有水光，“也不会因为好奇，让你待在会勾起不堪回忆的地方。”

回到一楼，在沙发上坐了一阵，席与风才想起来问江若，怎么会知道红烧肉的事。

江若摆弄着手玩：“方姨说过你喜欢吃红烧肉，可我和你一起吃的第一顿饭桌上就有红烧肉，你一筷子都没伸。”

席与风不说话了。

红烧肉是席成礼爱吃，他还格外嗜甜，每次都要加很多冰糖。

小时候，为了喊席成礼回家，家里总是会做这种含糖量翻倍的红烧肉。为了不被外人指摘，乔葭月每次都借口说“是小风要吃”，一来二去，连方姨都弄混了。

没承想会被江若发现。

席与风笑了声。

收完房，本来打算回去，临出门接到方姨的电话。

方姨听说他们都在主宅，忙说自己马上到，让江若务必留下吃顿饭。

两人便又回到沙发上。

下雨天，懒病发作的最佳时期，适合窝在家里看电影。

客厅有电视，江若拿遥控器打开，随便挑了一部。清脆鸟鸣伴随着柔美的背景乐，金黄的太阳爬上树冠，将整间屋子照亮。

席与风掀眼一看，*Pride and Prejudice*，《傲慢与偏见》。

几乎是下一秒，江若就抢答般地解释：“随便挑的，没有指桑骂槐的意思啊。”

完美诠释什么叫一朝被蛇咬，十年怕井绳。

席与风失笑的同时，不免怅惘。

抿起的薄唇张开，席与风说：“过去的那些……对不起。”

江若愣了一下。

自然知道“那些”指的是先入为主的印象、轻蔑的揣测，以及随之而来的错误判断。

可是……

“不是说过了吗？那些并非你的本意。”视线落在电视屏幕上，江若说，“而且，我从来没有怪过你。”

电影播放半小时，江若坐不住，去厨房泡了两杯茶。

泡完才想起茶多酚会引起失眠，递过去的手又收回来，席与风接了个空。

“你就喝白开水吧。”江若安排道，“茶我来替你尝尝。”

尝着尝着人就躺下了，找了个舒服的姿势。

席与风想起，江若总说他像猫。

眼下分明是江若，更像一只赖在温暖的地方不肯走的猫。

语气也慵懒：“你们做生意的，应该知道礼尚往来？”

“当然。”

“那你也说说，是什么时候想起要道歉的？”

席与风领悟能力有所提升，沉吟片刻，答道：“听到你说不图谋什么的时候。”

江若愣住须臾，问：“周姐的单身派对，你也在？”

席与风说：“当时我在隔壁休息，和你们只有一门之隔。”

“那要是你不在那里，没听到，是不是就不会……”

“不是。或许会多花点时间，最终还是会做出同样的决定。”

席与风用绷到极限的弓弦来形容那时的自己。

“迟早会绷断，你的那句话，让注定的结局更快到来。”

说到这里，就不得不提及闹得尽人皆知的取消婚约事件。

席与风把过程说得轻描淡写，包括联系常住洛城的外公，到后来逼迫席成礼在协议上签字，以及用股份换取孟家谅解，好像一切都顺理成章。

可哪怕没有目睹，不懂商场争斗，江若也能猜到其中的凶险，但凡出现一点差池，都可能万劫不复。

虽然最终席与风赌赢了，但经历这番山摇地动，他损失的何止是股份和金钱，那些看不见的创伤和打击，需要耗费无数精力去修补，才能够重回正轨。

难怪他总是那么累。

这下躺都躺不住，江若坐起来，认真地看着席与风。

“值得吗？”江若问，“如果赌输了，失败了，怎么办？”

席与风沉声说：“赌输了也不算失败。”

江若眨眨眼，说：“就算真输了也没关系。”

他打开手机银行，给席与风看自己近半年的收入：“郑姐说，拿奖之后我的身价又涨了，日进斗金不是梦。”

实际上席与风哪里要谁养，哪怕丢了工作，光靠手上的股票基金，他都能过得衣食无忧。

过了一会儿，方姨来了，进厨房准备晚餐去了。

等饭吃的空闲，席与风带江若去逛外面的庭院。

雨已经停了，水汽混杂着泥土和草木芬芳，充满大自然的味道。

院中有石桌、石凳，擦干净坐上去，席与风点了支烟慢慢地抽，察觉到落在身上的视线，他偏过头，用眼神询问江若——怎么了？

“没怎么。”江若说，“我只是在想，过去的你，会不会坐在这里发呆，或者看书？”

席与风说：“会。不过很少。”

很小的时候会坐在这里等乔葭月回来，总是等不到，他便习惯了独处，多数时间都待在自己的房间里，如无必要一步也不迈出。

江若眼珠一转：“那……你会不会坐在这里，读别人写给你的信？”

眉梢微挑，席与风问：“你怎么知道？”

“难道你从来不照镜子吗？”江若被他凡尔赛到，“这张脸学生时期就很能打了吧。”

席与风如实告诉他，那时候他不关心这些，确实收到过，但都没拆封。

江若听了直摇头：“说不定就此错过一段美好的校园恋爱呢。”

席与风没说话，衔着烟，意味深长地看他。

江若被他看得发毛：“你看我干吗？”

“在想你会不会也收到信。”

“行行好吧，你念高中的时候我还是小学生！”

“小学生，应该会写字了。”

“……这是重点吗？”

江若对席与风小时候的事感兴趣，方姨正好乐意讲，饭桌成了两人的聊天局。

方姨说，席与风也曾调皮过，四岁爬树险些摔断腿，还趁大人不注意爬上屋顶，保姆、管家几个人忙活半天，又是架梯子又是绑绳索，才把他从屋顶抓下来。

又说他从小就聪明，上课睡觉都能考年级第一，学什么都很快，就山腰上住着的那户局长家的孩子，小提琴学了三年还在拉锯子，席与风上手半年就能拉出动听的乐曲。

听到这里，江若眼睛发亮地看向席与风：“你还会拉小提琴？”

席与风老底都被掀干净，早就坐不住，借口吃饱起身遁逃。

吃完，江若留下陪方姨收拾碗筷，继续刚才的话题。

方姨说：“其实啊，小风不喜欢这个屋子，把它抢过来，无非因为是夫人留下的，算是个念想。”

江若点头：“嗯，我明白。”

“所以呀，我得待在这儿，替他把这房子守住了。”

“您不是已经搬去市中心了？”

“只是暂时搬过去，照顾小风。我一个老太婆，何苦打扰年轻人的生活。”

“这怎么能叫打扰？他需要您。”

方姨放下洗干净的一只碗，笑眯眯地看着江若：“他需要的不是我。”

江若愣了下。

“还记得之前我说，他很像他的母亲吗？”方姨说，“夫人也是这样，看起来冷冰冰的，好像什么都不在乎，其实心软着呢。日子过一天便少一天，听我这个过来人的话，别总觉得来日方长，珍惜当下，准不会错。”

第十六幕

是风停下来的温柔

因着还有行程，当晚江若返回自己的住处。

次日一早，前往摄影棚的路上，江若收到郑依婷发来的几张照片，背景是医院，主角是他和席与风。

江若猛一个激灵，立刻打电话过去，心虚地喊："郑姐……"

郑依婷开门见山："该撤的都撤了，但是因为措手不及速度慢了些，还是有不少网民吃到了一手瓜。"

江若当场滑跪："我错了。"

郑依婷接着说："不过这种照片不算什么，两个人同撑一把伞，是在医院碰到，寒暄几句。回头让小沈替你发条微博，晒下最近在吃的补药。"

江若又站起来了："姐，你说话能不能不要大喘气？"

"不吓唬吓唬你，你下次还玩先斩后奏这一套。"

"也不能叫先斩后奏吧，这不才刚刚……"

郑依婷笑了："那是好事啊，以后我这边经手席总的投资，要是亏了心里也不虚。"

"那还是要拜托姐姐您替他掌掌眼。"江若也笑起来，"要是真亏了，他不肉疼我肉疼。"

虽然是虚惊一场，郑依婷还是叮嘱江若今后在公共场合要谨慎行事，毕竟之前就有他带资进组的传言，这种事总归影响不好。

江若应下了。

挂断电话，他转头就在那堆照片中挑了张只拍到两人背影的，设置为朋友圈相册封面。

第一个发现的还是周昕瑶。

她发来一长串感叹号，问：你们和好了？

江若回复：是啊，多亏周姐的单身派对门没关严实。

周昕瑶装傻：你在说什么呀，我完全听不懂呢。

实际上江若知道周昕瑶这样做的原因。无非曾受席与风恩惠，能帮就帮一把，权当报答。

最后传统艺能环节，周昕瑶很夸张地盛赞江若："我江弟弟是菩萨下凡，普度没人气的臭男人来了。"

江若被她逗笑，说："与其说是给他一次机会，倒不如说是我给自己机会。"

一个让风，为我停留的机会。

今年春节在二月初，节前，江若约卫楚琳吃了顿饭。

主要是为了感谢她介绍剧团的工作，江若在那几场演出中收获颇多，成天和舞蹈演员们在一起切磋磨炼，自觉舞技都大有精进。

约人的时候，江若就预料到陈沐新可能会跟来，吃饭那天果不其然，姐弟俩都来了。席间陈沐新偷偷给江若发消息，说他跟来是怕卫楚琳心直口快，把气氛搞僵。

显是多虑了。卫楚琳如今和周昕瑶走得很近，想必是周昕瑶同她科普过了，她对于席与风的事反应并不是很激烈，只不过嘴毒惯了，总归要敲打两句。

卫楚琳一脸恨铁不成钢："你看你，有颜有实力，初进娱乐圈缺资源能理解，现在你片约不断，哪还用得着别人帮忙？"

江若说："姐你这话说的，我能参演舞台剧，还不是靠你帮忙牵线？"

卫楚琳还是听不下去："《演员的花路》你演得多好，怎么最后被一个资源咖抢走了冠军？"

江若节节败退。

一顿饭吃下来，江若没和陈沐新多说什么，但一切尽在不言中。

一月末，枫城又下了场雪。

比之前那场还要大，导致部分道路封锁，直接打乱了江若的某些计划。

雪后初晴的一天，江若给席与风打电话，问他晚上什么安排。

席与风把问题抛回来："我根据你的安排来安排。"

江若很是受用，仗着对面看不见自己笑得见牙不见眼，扯谎道："我晚上跟人约了吃饭，你不用等我。"

席与风问约了谁，江若没编好，一时没答上来，倒是席与风沉吟片刻，问是不是陈沐新。

这下江若更止不住笑："你怎么这么小气？"

"你想和他合作？"

"没有啦，放心吧。"

江若告诉席与风，他已经和陈沐新说清楚了，现在他们是朋友。

席与风又开始咀嚼“朋友”这个词，江若忙喊停：“好了，你够了啊，我就跟你说一声今晚没空，你不用提前回。”

席与风不是傻的，听江若在电话里支支吾吾，就知道有猫腻。

况且，还有直接推送到手机上的开门提示。

今天有晚间例会，开完七点半。没有参加公司高层的晚宴，席与风乘电梯直接下到停车场，坐车往市中心去。

站在家门口，他特地等了一会儿才伸手按指纹，给里面的人时间，也给自己缓冲的余地。

即便如此，推开门，他还是被眼前的景象弄得恍神。

实际上大体没有变化，只是相比以往多了些东西。

原本空无一物的电视柜上放了座“最佳男配角”的奖杯，沙发上除了随手丢下的外套，还出现一只橘猫抱枕，餐桌上则摆了一台成色很新的咖啡机。

阳台的变化最为明显，十几盆植物挨着边放成一排，高低错落，葳蕤成荫；舞蹈室的灯也亮着，站在门口就能看见那盆白龟位置调整过，被放到离窗户更近的地方。

分明都是新添入的物件，风格也千差万别，却有一种莫名的和谐，仿佛它们本来就该在这里。

尚未来得及细看，只听一阵慌乱的脚步声，江若自主卧里跑出来，惊得两眼瞪圆：“你怎么回来了！”

席与风见他一身居家打扮，脚踩一双蓝色棉拖，眼神不自觉柔和几分。

“被放鸽子了。”他索性也扯谎，“家里有饭吃吗？”

自然是有的。

方姨昨天刚来过，留下几道菜。江若打开冰箱去取，唯恐旁人看见什么似的用身体挡，姿势别扭极了，反倒让席与风看见了置于冷藏柜下层的一个礼盒。

明天是他的生日，看来生日蛋糕已经提前落实了。

被打乱计划，江若多少有点不爽。

吃过晚餐，他一面继续整理搬来的东西，一面嘀嘀咕咕，一会儿说“这么早回来干什么我还没收拾好”，一会儿说“这么早回来干什么都没惊喜了”。

总之都怪席与风不好，没事这么早回来干什么？

席与风自认理亏，卷起衬衫袖口，帮忙一起收拾。

江若的东西其实不少，一年前之所以能一趟搬走，是因为大部分东西都留在出租屋，这边只留了常穿的衣物和生活必需品。

现在不同，江若买了房子，但等待装修的过程实在漫长，之前的出租屋合约到期，找房子又麻烦，一个人住也无聊，索性把全部家当打包带来了。

甚至某些不该出现的东西。

从行李箱里拿出那只姿态奇特的玩偶，席与风盯着它看了良久，直到正在收拾衣柜的江若扭头看过来。

“你是不是知道这玩偶谁送的？”江若问。

席与风淡淡“嗯”一声。

江若一脸正经：“那我可以把它放在床头吗？”

席与风没说话，手腕一动，玩偶沿抛物线飞起，“啪嗒”，掉在床尾的地板上。

江若大笑出声。

后来，这个玩偶被安置在江若专门用来放朋友礼物的盒子里。

而被他用气泡膜里三层外三层包得严严实实的一瓶酒，被放在了舞蹈室的窗台上，和另外一瓶并排。

拿干布擦拭瓶身的时候，江若摩挲着自己送的那瓶酒上的字母，忽然想到什么。

“这上面的字，你是怎么看懂的？”

席与风手肘后撑斜倚扶手，闻声抬眼看过去：“你怎么看懂的，我就是怎么看懂的。”

江若：“……我是靠上网看懂的，难道你也是？”

仿佛能看到江若一个字母一个字母输入手机时认真的样子，席与风笑了声。

听在江若耳朵里就很有些嘲讽意味，他站起来，把酒瓶举到席与风眼前，命令道：“读！”

席与风就读了。

西语出音婉转，声调起伏，加上席与风低沉略带沙哑的音色，以及刻意放慢的语速，将两句诗念出了旋律般的悦耳效果。

是风停下来的温柔。

后半夜，江若捧着插了三根蜡烛的蛋糕回到舞蹈室，在跃动的烛光中，对席与风说“生日快乐”。

从不过生日的席与风配合着吹灭蜡烛，猜测道：“每根代表十岁？”

江若摇头：“不，每根一岁，你今年三岁。”

席与风笑了声。

听说江若没把租的房子退掉或者转租给别人，而是留下了，席与风问：“还想搬回去？”

“主要是不想违约，那房子我也挺喜欢的。”

席与风当即掏出手机，要给施助打电话，把那套房子转到江若名下。

江若眼疾手快地抢走他的手机：“大半夜的，还让不让人睡觉了？”

“那白天打。”

“我买不起。”

“我买。”

江若简直头大：“前脚刚夸你学会尊重人了，后脚你又动用资本家的糖衣炮弹轰炸我，怎么长大一岁反而倒回去了？”

天亮之前，江若还是顺了寿星的意，从席与风那里拿了件东西。

两人越发默契，江若摊开手，席与风就知道他要什么，回到卧室，从床头柜抽屉里拿出一个首饰盒，摆在江若掌心。

打开，里面躺着一条精致的脚链。

江若拈起脚链，让它在灯光下闪着微芒，递向前。

雪化尽的时候，恰逢春节。

初六晚上，江若接到安何的电话，说人在机场即将登机，来要个银行卡号，顺便道一句后会有期。

吓得瘫在沙发上的江若一蹦老高：“登基？孟家给你整那么大排场？”

安何在电话里笑得停不下来。

三言两语搞清楚了，安何是在孟家的安排下出国念书，由于瞒着孟潮，不便让人来送行。

原本两条路摆在安何面前：一条是留在枫城，孟潮离开孟家；另一条是他出国，孟潮留下。安何毫不犹豫地选择了后者。

“管理公司什么的我又不会，家里不能没有他。”安何分析得头头是道，“我离开的话损失最小。”

对于朋友的选择，江若向来不多置喙，只是叹息：“你好不容易才找到亲生父母。”

也好不容易才找到真诚待他的人。

安何倒是想得很开：“这阵子我一直在家陪他们。再说出国念书而已，又不是不回来了。”

“至于孟哥……”安何声音低下去，“我离开，就当给他一个重新选择的机会。”

江若察觉到安何对孟潮的称呼又换了，并且发现安何把选择权完全交给了孟潮，其含义不言而喻。

一时百感交集，颇有一种看着总是任人拿捏的小屁孩长成有主见的大人的惆怅。

离别在即，江若不想把气氛弄得太悲伤，思来想去，给了句友情提醒："听说那边水质不行，容易导致脱发，你好好保重。"

安何："……"

刚蓄起的眼泪登时收了回去。

后来得知席与风大学就是在敦城念的，江若又微信安何，让他不要慌，秃头这事多半还是看基因。

然后星星眼看着席与风，说之后想去探望安何，顺便去他的学校逛一逛。

席与风自是应下。

年后初八，许导的电影《秋凉》开机，江若带着写满批注的剧本进组，两人的旅行计划暂且搁置。

进组前，江若留下一块价值六位数的男士手表，说得到一笔飞来横财，不知道该怎么花。

席与风欣然收下，并问："这是补送生日礼物？"

江若说："其实……还有别的礼物。"

席与风："什么？"

其实能猜到是什么。

相识两年有余，他只向江若要过一件东西。

可江若显然没准备好，犹豫一下，还是说："再等等。我想把它最漂亮的样子送给你。"

许是开机的日子选得吉利，又或许席总隔三岔五送来的果品慰问起了效果，这次拍摄尤为顺利。

甚至在辗转四五个外景拍摄地，全国各地到处跑的情况下，因为进度提前得到宝贵的三天假期。

时值草长莺飞的三月末，江若当天就飞回枫城，等在席与风公司楼下，给了他个扎扎实实的惊喜。

《秋凉》五月杀青，正赶上纳城电影节开幕。

江若第一次出国，难免紧张。原本席与风打算和他一起去，机票都订好，临出发前席与风手头的一个项目出岔子，需要他出差去一趟北洲。

只好紧急调整，最后决定席与风先飞北洲，江若之后一天飞兰国，把奖拿了，席与风忙完立刻来与他会合。

这安排没什么好说的，唯有一点——

送席与风去机场的路上，江若问：“你就这么确定我会拿奖？”

席与风则反过来问他：“这回怎么不怕我给你买奖？”

江若一反常态地认真思考了下：“要是纳城也能买奖，得花多少钱啊？”

说白了，江若此行信心不足。

倒不是对《皮囊》和庄导没信心，而是对自己。

在旁人眼中他起点算高，参演的第二部电影就担纲主演，而多的是天赋极高的演员，在这行打拼数十年，却因为天时地利人和难以占全，从未登上过权威领奖台。

因此坐在纳城影节宫里，台上的颁奖嘉宾宣读到最佳男演员，江若虽然入围，却没有最终摘得桂冠，松掉自入场起就悬着的一口气的同时，江若首先感觉到的是轻松。

即便他的表演尚显稚嫩，达不到完美的标准，他已竭尽全力，问心无愧。

何况在这辉煌灿烂的行业里，他才刚刚起步，眼前的每一级台阶都是他的上升空间，头顶的星星就是他能够到的无数次机会。

而上天似乎格外眷顾历经磨难的人，在《皮囊》剧组众人坐到屁股疼，笑到脸发僵，以为今天将要颗粒无收时，纳城最佳影片奖，如同象征着幸运的陨石，砸在了他们的头上。

江若整个人都蒙了，目睹庄导走上领奖台，连他对着话筒说了些什么都听不清。

后来到后台，江若才从同伴口中得知，庄导特地感谢了他的男主角，也就是江若，说他像缪斯一样，为他的电影奏响了华彩乐章。

消息很快传回国内，华语电影时隔多年再度拿下最佳影片奖，无异于一颗重磅炸弹投入内娱。

回到酒店，江若久违地本人登录微博大号，发了张和《皮囊》剧组成员在现场的合影。

评论数量以秒计时疯涨，随手一刷，其中一条吸引了江若的注意。

是一个有些眼熟的 ID，经常活跃在江若的超话。

发出的评论却尖锐，带上前阵子江若被圈外大佬捧红的“黑料”截图，问他这是真的还是造谣。

按说这种评论应该直接删除，或者不予理会让它沉掉，可江若尚未从轰鸣的掌声中脱离，鬼使神差地就打算回应一下。

他让对方点评他在电影里的表现。

那名粉丝显然守在微博上，回应很快，说“演得很好”。

江若回复：谢谢，以后还会更好。

对于外界的声音，他心中自有一杆秤，足够分清哪些可以听，哪些无关紧要。

作为演员，他要做的是敬职敬业，将角色诠释到位。只要不违法乱纪，不违背社会公德，其余的都是他的私事，别人管不着。

巧的是，江若这头刚退出微博，那头席与风发来消息，说就快到酒店，问他住哪间房。

江若平复不久的心脏再度狂跳，顾不上回复，直接冲出房间往楼下跑。

此次纳城之行全程保密，没想临近尾声出现意外，几名国内的记者闻风前来蹲点，在酒店大堂把江若逮个正着。

摄像机和话筒齐齐对准，这帮娱记非但能说会道，接收消息的速度也堪称一流。

先是问江若对没拿到最佳男主角是否遗憾，紧接着就替江若坐实了遗憾，问他刚才在微博回复粉丝是不是因为心情不佳，还问他忽略粉丝的提问，是不是不在乎那些传闻，认为有话题度总比没有的好。

江若哭笑不得，简直不想开口回应。

而这时，前方远远驶来的一辆车，给了他遁逃的理由。

同时让他想到，来之前和席与风约定好的事情。

他们约好要一起去洛城看望外公，再飞敦城，走一走康桥；也约好一起去江若的老家，看一看他曾经起舞的练功房。

他们约好趁金象奖开幕，去港市坐摩天轮，不管拿没拿奖，回来都要去电影院看一场电影，然后在附近找一家烧烤店，吃顿夜宵。

以及席与风不知道的，江若在心里偷偷应下他曾经提过的要求，预备给他跳一次《无名》。

道路的那头，瓦蓝的天空下，伫立的翠柏旁，车门打开，一个男人自后排下车，衬衫西裤的寻常装束，被他穿出了区别于旁人的优越气质。

江若再也等不及，丢下一句“不遗憾，不在乎，心情很好”就挤出人群，快步向前，脚链在踝骨旁轻盈摆晃。

而那头，席与风也一眼看到他，第一反应是抬手示意他慢点跑，注意来往车辆，然后把另一只手上捧着的花束往身后藏了藏，欲盖弥彰。

可江若已经看见，也知道，这是独属于他的褒奖，是在告诉他——即便全场的掌声都属于别人，我手中的鲜花也只为你盛放。

从没有哪一刻如此清晰地知道，他们还有很多很多个以后。

他是他眼中，唯一的最佳男主角。

——正文完——

彩蛋一

瘾

从纳城回来之后，江若亲身体会了一夜成名的滋味。

作为获得最佳影片奖的电影的男主角，即便没有拿到影帝，业务能力也得到了权威认可，加上先前通过影视作品和综艺积攒下来的人气打底，江若一时风头无两，各大商务代言的要约雪片般纷至沓来。

据说连先前登封面的杂志都卖到脱销，郑依婷乐得合不拢嘴，立刻着手修改商务报价。怎么说也是未来影帝，出场费至少得和身价匹配。

倒是江若，起初对自己的人气变化没有明确的认知，还跟从前一样戴个口罩就游走于各大公共场合。

有一回他去水果店买西瓜，和旁边的大婶交流了下挑瓜心得，没说几句就被旁边大婶的女儿认出，嗷一嗓子把整条街上的路人都喊了过来，不大的水果店被围得水泄不通，江若给众人挨个签名，才得以脱身。

晚上把切片的西瓜端上桌的时候，江若同席与风说了这事，后者眉头一皱，就要给安排保镖。

被江若拦住了，理由是："上回那两位保镖大哥站那儿跟山似的，我网上的官方身高比实际多两厘米，对比太强烈容易被发现造假。"

说的是被席望尘绑架后，席与风给安排的那两名黑人保镖。

把席与风听笑了："你不矮。"

江若就让席与风站起来，用手比画："我才齐你鼻子，听说个子高的人呼吸到的空气都比我们矮子的新鲜——唉！"

实际上江若净身高一米七九，按我国男性平均身高来看，委实不算矮。

并且这身高适配的角色范围很广，比如江若新接的角色——一名相貌阴柔却野心勃勃的政治家。

按照剧本设定，《秋凉》的主角高扬幼年时家境贫寒，经常有上顿没下顿，营养不良导致个头不高。许导当时对江若说："你哪怕再高一公分，这个角色都不一定是你的。”

复杂而有深度的角色大概率不完美，因此过分高大英俊的男演员反而难争取到好的机会。

而就算是架空题材的影片，灵感也来源于现实。想要贴近角色，最快的方法就是从外部特征入手，了解该角色的行为习惯并加以模仿。

不堪回首的童年养成了高扬沉默寡言的性格，他最喜欢做的事就是独自一人站在夜晚的楼顶吹风，顺便点一支烟，让火星如信号灯一般在夜色中明灭。

终于有了学抽烟的理由，江若在和许导沟通后，选定高扬可能会抽的几种烟，各买一包。

晚上席与风回来，看到的就是五颜六色的烟盒在餐桌上一字排开的景象。

江若从房间出来，指间夹着根没点燃的烟，双手抱臂，神色慵懒地倚在门边：“等你很久了，席老师。”

江若的烟折成两段掉在地上，他垂臂将它捡起，手指捻一下烟草，送到鼻尖闻了闻，评价道：“还挺香的，为什么点燃就那么呛？”

席与风抽走他手里的半截烟，说：“小孩不能抽烟。”

江若乐不可支：“又来了。”

席与风没回答。

高扬体重一百斤出头，瘦到近乎病态，江若最近有在减肥，饿得烟都夹不住，扭头就见席与风站起来走进厨房，打开了冰箱。

“你干吗去？”江若问。

“弄点吃的。”席与风答。

鉴于去年有一回席与风徒手触碰砂锅盖的危险行为，江若非常不放心他进厨房，爬起来蹑手蹑脚往厨房去。

走到跟前，江若还是觉得迷幻，席与风做饭——听起来实在很天方夜谭。

厨房很大，没有为了美观做不实用的开放式。

推拉门没关严实，在餐厅就能看见席与风站在灶台前的背影。

宽阔挺直的肩背，比例极佳的身型，浴袍腰带系得松垮，袖口往上卷几道，露出一截线条流畅的小臂。

似乎在煮面，灶台上架着一口汤锅，旁边放着一只面碗。升腾缭绕的热气里混着几缕苍白的烟雾，是席与风点燃一支烟，衔在唇边。

他用筷子在锅里翻搅，时而加半碗凉水进去。动作慢条斯理，优雅得像只猫咪。

江若没忍住，推门走上前。

锅里沸水的翻腾声盖住脚步声，席与风先是愣了一下，然后偏过头，说：“快好了。”

本就不擅长下厨的席与风动作更加迟缓，抬手打开上层橱柜，费了点时间把漏勺翻出来，下锅捞的时候面都软了，在汤碗里结成一坨。

即便如此，江若还是忽略了超标的碳水摄入量，很给面子地吃光，汤也一滴不剩地喝完。

放下筷子，立马效仿乖乖把饭吃完的小孩，摊开手向老师要奖励。

席与风自顾自把烟碾灭，没搭理，气得江若哼一声，扭过身去。

把碗筷收回厨房，席与风回来的时候，看见江若把他的笔记本电脑搬到餐桌上，正在试密码。

0000，8888，6666，都不对。

0127，也不对。

江若扭头看一眼席与风，后者神色平淡，仿佛料定他猜不到。

瞬间激起了江若的斗志，他斟酌片刻，不太确定地输入 0819，画面一变，解锁成功。

还没顾得上体会此刻心情，更来不及看清屏幕上的内容，肩膀忽然被按住，紧接着一个大力，身体被翻转，面向偷袭者。

席与风一脸坦然，哪怕腾出一只手把电脑合上的动作，已经将他出卖。

江若被制住动不了，但不妨碍他笑得狡黠：“让我猜猜你在看什么。”

席与风目光沉沉地看着他，还是不言语。

“我的杂志封面？不对，原片我都发给你了。”江若灵机一动，“你不会在看‘送这个朋友感动哭了’之类的吧？”

时值盛夏，离江若的生日已经不远。

席与风笑一声，几分不屑，似在说——我有必要看这？

那就不是。

如此一来，江若心里有了计较。

天赐良机，不敲诈勒索点什么实在可惜。

江若试图打商量：“我猜对了，你教我抽烟，怎么样？”

席与风微微挑眉，一脸“你尽管猜，猜对了算我输”的笃定。

江若连密码都猜对了，自信心爆棚地说：“你是不是在搜，如何煮面？”

席与风没回答，只是松开了手。

江若忙转过身，打开半合的笔记本电脑，定睛看屏幕。

——如何学会抽烟。

如何学会抽烟?

“你怎么学会的就怎么教我呗。”江若无语地问，“为什么要上网搜？”

席与风说：“不记得怎么学会的了。”

理直气壮的态度。

江若实在没法，板着脸不情愿地浏览网页内容，然后在看到底部大剌剌的“大众养生网”几个字时，一秒破功，笑道：“原来席老师当年学抽烟，是为了养生呢。”

即便没猜对，席与风还是肩负起了老师的责任。

江若鼻腔联动喉咙，缓慢地吸进一口，然后微张开嘴，将白色的烟雾以更慢的速度吐出。

初学者很难掌握吐息的力度和频率，江若唯恐自己抽出“七窍生烟”的效果，问席与风他现在难不难看。

席与风带他到镜子前，让他自己看。

镜子如同画框，两个人落在其中。出奇的寂静，让烟草燃烧的噼啪声都能被听清。

之后回想，挑剔如江若都不得不盛赞这是一堂无可挑剔的抽烟教学课。

学会了又开始发愁：“等电影拍完，要是戒不掉了怎么办？”

席与风说：“我和你一起戒。”

“真的？”江若来了精神，“那到时候我们比赛，看谁戒得快。”

席与风“嗯”一声，算作答应。

面对一个烟龄超过十年的老烟枪，江若满怀信心，认为自己绝对不会输。

孰料马失前蹄。

年末从《秋凉》剧组出来，江若已然抽烟成瘾，一闲下来就不得劲，习惯性地摸裤兜找烟。

许导感谢他对艺术的奉献，杀青后特地送了一箱戒烟贴、戒烟糖，江若用了，效果微乎其微，没烟抽的时候总是感觉百爪挠心。

他给自己定了个计划，第一个月减少到每天两根，第二个月每天一根，第三个月逐渐减到不抽。前半程磕磕绊绊，计划立了又破，破了再立。

倒是席与风，凭着铁一般的原则和雷打不动的自律，说戒就戒。自江若从剧组回来，他就丢掉了身上仅剩的半包烟和打火机，之后整一个月，一根烟丝都没碰，极大地打击了江若的自信心。某天他实在忍不住，揪住席与风的衣领猛摇：“为什么你戒烟这么容易，我就这么难？！”

毕竟答应当人家的老师，席与风教人教到底，给江若制订了一套新的计划。

有一回参加圈内聚会，桌上有人发烟，发了几圈江若就拒绝几次，晚上回到家大哭，说美味珍馐近在咫尺却不能享用，比没得吃还要惨。

后来通过持续努力，江若逐渐减少了抽烟的频率。

旁人问起戒烟心得，他一本正经地说：“我是拿出了考舞蹈学院时破釜沉舟的决心。”

彩蛋二

如果

江若和席与风的洛城之行，定在《秋凉》上映后的第一个秋天。

两人都忙，时间总是对不上。这回是趁江若跟随品牌方出国拍摄，正好席与风结束一个项目有两天假期，便陪着一起去了。

广告在户外拍了一整天，成片出来效果超出预期。天空是瓦蓝色，棕榈树叶尖微垂，江若穿一身暖色系风衣步入其中，像是走进一幅色彩浓郁的油画。

收工时江若拒绝了品牌方负责人共进晚餐的邀请，说另有安排。

负责人顺着他的视线看向停在路边的一辆车，立刻心领神会，让“江老师尽管去忙，等回到国内再约”。

已是傍晚，坐上车时，日落偏斜的光正照进车内，带着夏末没来得及带走的几分燥热。

车子刚发动，江若就打开后座的折叠镜，开始卸妆。

间或指使身边的人，“棉签递给我”“再来一片湿巾”。

被问到干吗这么急，江若边用湿巾擦眼线，边回答：“第一次见长辈，至少得大方得体。”

席与风说：“这样就很好。”

江若拿开湿巾，偏头：“你确定？”

卸到一半的眼线晕开两团，江若的眼睛本来就大，这下几乎占据半张脸。

席与风抬手去摸他眼尾，不出意外地糊了一手黑。

江若拿了张新的湿巾给他擦手，然后对着镜子咕哝：“我还挺喜欢今天这个妆的，显得轮廓立体，特别上镜。”

“那就不要卸。”

“都卸一半了……”

看见席与风掏出手机，像是要联系什么人，江若警惕地问：“在联系品牌方的化妆师？”

席与风“嗯”一声。

"人家忙了一天没吃饭，这个点把人叫来不合适。"

"我问他月薪多少。"

"……你不是要把人挖过来吧？"

"嗯。"

江若一把抢走席与风的手机："你这动不动砸钱的习惯什么时候能改改？"

席与风轻飘飘一眼扫过来："你这动不动抢人手机的习惯也得改。"

"就抢。"江若反以为傲，"我不仅会抢手机，还会抢电脑呢。"

席与风笑一声。

在江若的阻止下，这回席与风没能发挥他的"钞能力"。

为防下次出现同样的状况，江若苦口婆心："你这样会让我觉得自己像古时候的佞臣，怂恿皇帝大动干戈，劳民伤财了。"

席与风觉得他这比喻不恰当："伤的是我的财。再说，赚钱就是为了花。"

江若捂住耳朵抵御糖衣炮弹："我的意志力比纸还薄，尤其面对金钱。你再这样诱惑我，我极有可能丧失事业心，变成一个躺平摆烂的废物。"

席与风巴不得他真的躺平："那先把股份转让协议签了。"

说的是一个多月前，席与风给江若的生日礼物——一份集团高额股份，以及一辆百万豪车。

车江若咬牙收下了，股份却是说什么都不肯要。

眼下旧事重提，江若撇嘴："那车我开着都心惊胆战，生怕剐蹭到哪儿，股份更烫手，我可拿不住。"

也不是不领情，江若叹一口气，说："我发现，你是真的不懂送礼物的艺术。"

以前的脚链，后来的那瓶酒，再到最近的生日礼物，分明都是出自一腔温柔，却都因为骨子里的强势，送出了一种"由不得你不收"的硬塞既视感。

对此席与风不置可否，只问："那该怎么送？"

江若眼珠一转："比方说，迂回一点，给礼物冠上由头。"

席与风恍然地点头："我明白了。"

"什么？"

"好笼络住你，让你心甘情愿为我赚钱——你想让我变成躺平摆烂的废物。"

江若笑起来："我倒是想，你能给我机会吗？"

当然不能。

论事业心，席与风比江若有过之而无不及，抵达外公乔望鹤的住所，进屋刚寒暄几句，就切入正题，聊起集团的海外经营。

施明煦一早就到了，起初江若以为他过来是为了工作，后来几人围着餐桌坐下，江若听见他也喊乔望鹤“外公”，才意识到什么，问席与风：“原来施助是你的……”

“表弟。”席与风接话。

江若看看这个又瞧瞧那个，一脸难以置信。

乔望鹤见了笑道：“他们兄弟俩不太像，难怪小江你看不出来。”

何止是不太像，一个是杀伐决断的领导，一个是谨慎妥帖的执行者，简直天差地别。

况且按照席与风平时对施明煦公事公办的态度，谁能想到他俩是亲戚？

江若消化半天，才说：“确实不像。”转而又看向施明煦，“我这人嘴上没把门的，之前没有唐突到您吧？”

施明煦惶恐不安：“没有没有，我还怕唐突了您。”

乔望鹤哈哈大笑：“何必这么生分。”

晚饭是中餐，家中的阿姨是枫城人，烧得一手好菜。

饿了一天的江若胃口大开，吃得颇有风卷残云之势。老一辈都认为能吃是福，因此乔望鹤很是欣慰，力邀江若常来走动，说看到他食欲都变好了。

饭后，乔望鹤让江若跟他去一趟书房。

没让席与风一起来，想必是有什么话要交代。

江若心有惴惴地跟进书房，毕恭毕敬地站在书桌前，凝重的表情把乔望鹤逗笑。

他拉一张凳子让江若坐：“别紧张，就是随便聊聊。”

乔望鹤说，他的伴侣去世得早，两个女儿嫁人后，就再没像刚才那样，一家人围坐在一张桌子上吃饭。

江若说：“您还有两个外孙呢。”

“他们俩别的不像，对待工作的拼劲倒是如出一辙。”乔望鹤摆手，“明煦在纽城工作的时候也就偶尔来一趟，小风更是一年到头见不着人，小时候还会迫于他母亲的威压来陪我这个老头子，后来连电话都鲜少打来。”

“他嘴上不说，其实心里还是很惦记您的。”江若说，“这次也是抽出空特地来看您。”

乔望鹤说：“是我三番五次打电话，让他把你带来给我瞧瞧。”

这事江若不知道：“他向您提起过我？”

“当然，他说你是一名优秀的演员，舞跳得也很好。”

江若有点不好意思：“也没那么好……”

“我相信小风的眼光。”乔望鹤看着江若笑，“他认可的人定然非同一般。”

从书房出来的时候，兄弟俩正坐在沙发上谈公事。

施明煦率先合上笔记本电脑站起来，江若忍不住逗他：“施助这是要去哪儿？”

施明煦满脸写着“二位请便我就不打扰了”，丢下一句“出去透透气”，扭头就跑。

江若走到沙发前：“你平时对你表弟是不是太凶了？看把人吓的。”

席与风说：“这叫公私分明。”

“可你私下也在使劲压榨他啊，总是半夜把人叫起来做事。”

“这是助理的职责。”席与风说着站起来，看江若一眼，“你在为他打抱不平？”

“我可不敢。”江若摊手，“席总大公无私，岂容我等平民质疑。”

席与风笑了声。

江若的目光在他脸上转两圈，得出结论：“仔细看，你们兄弟俩还是有点像的嘛。”

“哪里像？”

“都是高眉深目的浓颜系。”

席与风眉头一皱，江若就知道他在想什么。

江若笑得眼睛弯起：“不过还是你比较帅。而且由奢入俭难，尝过鲍参翅肚，哪还看得上清粥小菜？”

来前没空倒时差，这会儿两人竟都不困，一起到外面散步。

途经便利店，江若进去买了瓶饮料。他是冰饮狂热爱好者，有冰水绝对不喝常温的。

结账的时候看见柜台里摆着的烟，冷不丁想起很久以前偷拍到的一张照片，回去的路上，江若点开微信，找到那条私密朋友圈，给席与风看：“瞧瞧你自己，连抽烟都帅得要命。”

席与风扫一眼那照片。

他想了想，说：“既然你觉得——”

“不行。”江若连忙打断，“我只是缅怀一下，没让你抽回去。抽烟有害健康。”

说着长按保存，然后点进相册意犹未尽地再看几眼，给这张照片标了个红心。

回去的时候，施明煦正在院中打电话，听那黏糊口气，对面应该是他新交的女朋友。

看见他俩，施明煦本打算让地方回避，江若冲他做了个手势，让他就待在这儿，转而和席与风绕到后院，指向贴在墙边的一架爬梯：“听说你小时候会爬屋顶，现在还行不行？”

这梯子是被乔望鹤带着逛院子的时候发现的，眼下江若为给施明煦腾地方，才跑到这犄角旮旯来。

本也就是一句玩笑话，席与风却当了真，手一伸脚一抬，三两步爬了上去。

江若：“……”

只好先把饮料抛上去，然后也顺着梯子向上爬。

即将到顶时，席与风弯腰伸出手，江若抓着他的手脚底一蹬，攀上云时打了个摆子，扶着席与风将将站稳。

屋子是平顶，方便席地而坐。

江若在面向月亮那面的边缘坐下，双脚悬空，足尖轻晃。

迎着秋夜微凉的风，在庭院草木摇动的沙沙声中，他拧开瓶盖，一口冰饮灌下肚，惬意地眯起眼睛。

席与风在他身侧站着，开口道：“外公跟你说了些什么？”

“终于问了啊，”江若弯唇笑起来，“我还以为你不想知道呢。”

其实也没说什么，只讲了讲二十年前席与风来到这里发生的事。

说他那时候虽然就已经少年老成，但还是会保留孩子气的一面，喜欢吃炸薯条之类的垃圾食品，打开电视就为看《变形金刚》。

那时候席与风在学琴，乔葭月对他严格，要求他一天都不能落下练习。每当练完琴从房里出来，席与风看向乔望鹤的眼神，都仿佛在期待一句赞扬，“有进步”或者“辛苦了”都好。

可是他没等到。大人们的世界太复杂，让本该直接表达的关心湮没在阴霾之下。

时隔多年，江若替乔望鹤转达：“外公告诉我，你拉琴很好听。”

席与风先是一愣，而后垂眼，几不可闻地“嗯”了声。

洛城建筑物多低矮，因此从屋顶能看到远处的一条河，在夜的光影中泛起细密的涟漪。有人在河边拉手风琴，悠扬的乐声轻易让时光潺潺倒流。

这氛围实在适合回忆往事，可往事于他们俩总是难以启齿。

只好夹缝中求生般地拣出不那么沉重的部分，江若问席与风学琴时有没有发生过什么有趣的事。

沉吟片刻，席与风说：“我曾经因为和人打架，把琴房的钢琴弄坏。”

起因是同校有个嘴碎的男同学也在这儿学琴，某天课间休息，他躲在琴房和其他人说席家的闲话，其中牵扯到席与风的母亲乔葭月。空穴来风的传言说得不堪入耳，被刚好路过的席与风听见了，当即冲进门一拳挥了上去。

江若惊讶："那也不至于就把钢琴弄坏吧？"

"孟潮那会儿也在。"席与风接着说，"他学的是钢琴，正愁没机会翘课，就顺势参与进来，然后——"

江若了然："然后顺势把钢琴砸了？"

"嗯。"

想到去年孟潮贸然闯到他住处寻找安何，江若点头："是他能干出来的事。"

尽管对方人多势众，他们两人还是把散播谣言的男同学揍得鼻青脸肿，这一架算是打赢了。后来席与风和孟潮被叫了家长，赔偿医药费和一台新钢琴，才了事。

然而众所周知，琴房并不只有一架钢琴，老师之间互相调一下课，琴就空出来了。孟潮的逃课目的非但没能达成，还因为惹恼老师，受到课时翻倍的惩罚，别的同学放假出去玩，他只能在琴房里苦哈哈地练琴。

听到这里，江若扑哧笑出声："这就叫偷鸡不成蚀把米。"继而猜测，"你和孟潮就是这样认识的？"

"两家一直有往来，我和他早就认识。"席与风说，"不过这件事之后，才和他熟悉起来。"

江若明白了："这就叫近墨者黑。"

席与风看他一眼，似在问——这是在骂谁？

江若看懂他的表情，歪着头笑："没想到啊。"

"什么？"

"先前方姨说你小时候调皮我还不太信，没想到，你比我想象中还要调皮。"

"这不叫调皮。"

"我知道。"江若先抬一条腿，手一撑站了起来，在更近的位置看向席与风，"只是觉得，那时候的你好可爱。"

大抵是第一次被人用这个词形容，席与风眉梢微微一颤："可爱？"

"是啊。"江若点头，"和其他小孩一样，会叛逆，会冲动，会为了维护母亲大打出手。"

说白了就是更有人味。人是感性动物。

席与风亦听懂江若的言外之意："意思是，现在不可爱了？"

江若又笑起来："你怎么还自己跟自己比？"

从洛城回来，江若又跑了几个行程，才得空去电影院看新上映的《秋凉》。

江若软磨硬泡，劝得席与风放弃包场，走进人满为患的电影院。

甚至给席与风派了个买爆米花的任务，自己去机器上取票。

周末人多，取完票回来，席与风还在柜台前排队。

他今天没穿正装，黑色休闲裤搭灰色毛衣，单手抄兜，姿态闲适，倒是消减了几分平日里的沉肃。

但依然和周遭氛围格格不入。

江若走上前，说："爆米花要大份。"

席与风一眼扫过来，在问——你吃得下？

江若信心十足："我们两个人呢。"

然而席与风不喜甜，后来爆米花还是几乎都进了江若的胃。

经过长期的"脱敏治疗"，江若已经勉强能够在熟人面前正视银幕上的自己。

《秋凉》中的高扬命运多舛，虽然性格和江若相去甚远，但某些重叠的经历总能共情。

尤其是不被理解、站在世界的对立面的时候。

电影到尾声，背景乐戛然而止，镜头换至仰拍角度，高扬蹲在敞开的行李箱前，把从小到大获得的奖状、证书、锦旗，一件一件往里放，此刻的静默仿佛也喧杂至极。

拎起行李箱，开门出去，到路边打车，司机问去哪里，高扬一霎犹豫。

戏外的江若随之屏息，不多时，察觉到手边一点令人安心的温热。

有一次，在某场代言的发布会上，有记者问江若，常戴在脚腕上的饰品是不是有什么特殊意义。

江若大方承认："是啊。"

由于江若带头放任自流，公司上下逐渐不再插手关于江若私生活的新闻。

因此前段时间，一张江若和某席姓企业家走在洛城街头的照片在网上传开，掀起一番热烈讨论。

吃瓜群众对此颇多揣测，众说纷纭，唯有一点达成共识——这个男人，必然就是传说中江若的圈外朋友了。

媒体自然不会放过深挖的机会，当场便抛出观点，"脚链寓意束缚"。

"别这么刻板印象。"没让对方说下去，江若口吻轻松道，"难道就没有想过，脚链也可以象征安全感？"

回头江若把这事说给席与风听，席与风眉头一皱，拿起手机就要去处理。

还是被江若拦下了："让他们猜去吧，免费送上门的话题度，不要白不要。"

席与风看着他，似在问——真的不介意？

江若回答："真的，一点流言蜚语都听不得，怎么在娱乐圈混？"

话是这么说，席与风还是不放心。回去的路上，就电话联系了郑依婷，让她着手把江若的经纪约从公司分出来，为他单独成立工作室，各部门人员配齐，公关和安保尤为重要。

江若一脸"又来了"，嘴上也不饶人："快，所有镜头给到这边，看席总施展他的'钞能力'！"

前排开车的老刘都没憋住笑。

由"钞能力"想到别的，江若问："如果，我说如果，当时你赌输了，变得一无所有，还会来找我吗？"

席与风抬头，深深看他一眼。

没有答案，却让江若高悬的心，没来由地缓慢落了下来。

世人总爱做假设，如果那天没有出门，如果今天没有下雨，如果当时选择另一条路，如果从未遇见他……最后惋叹，可惜没有如果。

而江若不觉得可惜，感慨与之截然相反。

"太好了。"他叹息。

太好了，没有如果。

他们始终会相遇。

彩蛋三

孤岛

《秋凉》于次年元月在港市上映，同年入围金象奖。

这不是江若第一次被提名最佳男主角，因此他抱着重在参与的平和心态，出发前一周还在剧组拍戏，闲暇时间不打听一同入围的竞争对手，也不关心当天走红毯穿哪家的礼服，而是注册了个号潜入旅行网站，研究当地美食。

看到感兴趣的截图发给席与风，紧接着拨过去一个视频。

接通后江若说："上次是一个人去的，《悬崖》拍摄结束之后，还在码头遇到一个粉丝。"

席与风正坐在会议室里，手机画面里露半张脸，另一只手还在翻阅桌上的文件："这次会遇到更多粉丝。"

"这不是重点好吗……"江若简直要被工作狂打败，"重点是一个人，一个人！"

经提醒，席与风反应过来，转脸看向镜头。

江若这才露了笑，撑着下巴歪着脑袋与屏幕那头的人对视。

然而即便做好计划，干他们这一行，多的是意外状况。

江若在拍的这部戏是和《皮囊》的导演二次合作，戏份不多的男二号。由于是动作片，打戏占比重，为了呈现出好的效果，剧组演员们尽量不用替身，能上的都自己上。

进组前，江若特地报名散打班突击培训一个月，饶是如此，还是因为常年练舞的关系动作偏柔，少了点拳拳到肉的打击感，动作指导曾断言："江老师上学的时候肯定没打过架。"

江若便请教上学的时候打过架的席与风，让他透露一些心得。

席与风说："我就打过一次。"

"不是打赢了吗？"

"嗯。那也不必用看小混混的眼神看我。"

江若笑起来："这是崇拜的眼神好不好。"

席与风给出的意见是攻其不备，打其痛点。人身上脆弱的部位那么多，有的是地方下手。

江若懂了："原来这就是席总的经商之道，难怪无往不利呢。"

席与风："……"

总之，实战经验在表演中没发挥什么作用，打戏部分还是花了比预计多很多的时间去拍摄。

因此江若出组后没赶上回枫城，只好直飞港市参加颁奖礼。

原本说好机场碰面，在港市落地，江若才从施明煦那里得知，席与风手头正在推进一个大项目，这边箭在弦上已经下定材料投入生产，那边合作方却临时变卦。为减少损失，席与风不得不亲自出面处理，目前正进行到重新拟合同的部分，还需要他审核并签字。

哪怕不懂集团的经营，江若也能从施明煦的描述中听出这件事的严重性，因此并未就此发难，让施明煦赶紧协助席与风把事情处理好，就挂断电话。

当然，理解不代表没有怨气。赶往颁奖礼现场的车上，江若翻了翻手机备忘录里的旅行攻略，深深叹了口气。

随行的小沈见他愁眉不展，还以为他在为拿奖担心，做报告般地从角色人设、导演风格、影片口碑，以及往年获奖作品的共性几方面入手，条理清晰地论证了一点——这次的拿奖概率极大。

江若认真听完，陷入沉思："我在想……"

小沈接话："您不用想太多，就像郑姐说的，以后的日子还长，能入围已经很厉害了。"

"不不不。"江若摆手，"我在想，以你的能力，只让你做助理实在屈才。"

小沈愣了下。

"别慌，这是在夸你。"江若拿起手机，"我跟郑姐说一声，要是你愿意，回去就往经纪人方向发展吧。"

入行的第四年，江若已经能在面对重要场合时波澜不惊，甚至能在席与风无法陪伴在身边的烦闷中，分心考虑助理的职业规划。

这次颁奖礼唐佳念也来了，她去年出演一部悬疑片的女主角，初上大银幕就被提名最佳新人。

两人在后台碰面，一袭优雅裙装的唐佳念使劲揉胸口顺气："怎么办，明知道拿奖机会渺茫，还是好紧张。"

江若抱着瓶冰水悠哉地喝："与其浪费时间紧张，不如想想结束之后怎么对付那帮记者。"

"他们会问和电影有关的问题吗？"唐佳念猜测，"怎么办？我是第一次拍电影。"

江若作为过来人般地摇头："不，他们会问你和男主角的绯闻是不是真的。"

唐佳念："……那确实该好好想想。"

这晚，金象奖共颁发 21 个奖项。

最佳新人奖花落别家，唐佳念微笑着鼓掌送上祝福。而当台上主持人宣布本届最佳男主角是江若时，她按捺不住地从座位上一跃而起，转身张开双臂，给后排的友人送上一个结结实实的拥抱。

除此之外，许导还凭借《秋凉》获得最佳导演奖，颁奖礼结束后，剧组成员聚集在港口附近的一家餐厅，举杯庆祝。

应付完守在门外的记者，已近凌晨。坐在回酒店的车上，江若给席与风发了条消息，等了几分钟没有得到回复，猜他还没忙完。

不由得叹了口气，江若恍惚觉得捧在手里的星光奖杯都暗淡几分。

到酒店乘电梯上楼，小沈说给他点了份醒酒汤，让他留心敲门声，江若应下，无精打采地刷卡进房间。

累了一天，先躺平休息一下。

顺便拿起手机点进微信，来自各界好友的祝福消息一股脑涌入，江若挨个回复，点到陈沐新的消息界面时，房门被敲响。

应该是醒酒汤送上来了，江若喊一声："放在门口就行。"

停顿两秒，敲门声再度响起，不紧不慢的三下，莫名有种不罢休的固执。

江若没办法，只好翻身下床，走到门边还留了个心眼，警惕地问："请问是哪位？"

门外还是没动静，不多时，江若的手机响了。

迫不及待地按下接通键，电话那头传来熟悉的低沉嗓音。

"是我。"席与风说，"开门。"

看见江若面颊上不自然的红晕，席与风眉心微蹙："喝酒了？"

江若像个讨赏的小朋友，举起奖杯给席与风看。

席与风温柔地说："很棒。"

把奖杯放回去，江若双手托腮，看着席与风走到桌前打开小冰箱，折回来，将刚拿出的两瓶冰水放在床头。

清醒许多的江若问："事情都解决了？"

"嗯。"

“又没顾上吃饭？”

“在飞机上吃了点。”

“飞机上能有什么可吃的？”江若把奖杯放回床头，去拿手机，“给你点个外卖，我也蹭一口。”

席与风问：“不是想出去吃？”

他还记得那些美食攻略。

“我是很想出去啊，可是那帮记者还在楼底下。”江若摆摆手，“明天再去吧，我都安排好了，跟着江哥走，绝对饿不着。”

席与风笑了声。

解锁手机的时候，席与风正凑在一旁看，屏幕点亮时正停留在和陈沐新的聊天界面，对方发来的小熊撒花表情包格外惹眼。

江若反应极快，不问自答：“他就是恭喜我拿奖，我正要回一句谢谢。”

席与风看他一眼，像在说——我问了吗？

“不管你问不问，我都要把话说在前面。”江若笑着说。

席与风不置可否，仍是一副淡淡的表情。

江若用手机点完外卖，回了几条微信，继续在网上社交。

拿奖之后他发了条微博，语气很官方，今天很高兴，感谢导演感谢剧组云云。

评论里都在祝贺他成为新晋影帝，江若翻着翻着，恍惚才生出些拿奖的实感。

想到颁奖礼之前小沈给他细数的历年获奖者，尤其是男演员，几乎都是在娱乐圈几经沉浮，沉淀多年，才在临近不惑之年登顶。而他才二十多岁，在众多前辈当中尚算新人，这份殊荣落在旁人眼中，难免引来争议。

顺着话题点进去，已经有营销号带头挑起话题，剪了一段江若在电影里的视频，让网友们对新晋影帝的演技打分。

江若很难不好奇，刚要点进评论区，被席与风抽走手机：“别看了。”

“还早呢，外卖还没到。”江若说，“我刚拿了奖有底气，无论他们说什么我都不会怀疑自己。”

席与风没说信也没说不信，把手机朝两米开外的单人沙发上一扔。

江若懒得动，曲线救国地伸手拿了席与风放在床头的手机。

刚解锁就看见界面停留在某营销号发出的以江若为主角剪辑的视频，往下划，热评里几条夸江若的评论都被点了赞。

嘴角不由得扬起来，江若单手握拳做话筒状送到席与风嘴边：“采访一下这位粉丝，如何看待此次江若摘下影帝桂冠？”

席与风先是一愣，到底是配合了，思索片刻后说：“实至名归。”

第二天午饭吃的是煲仔饭，江若翻遍攻略找到一家街边老字号，黄底红字的粗糙招牌，成色老旧的塑料桌椅，被鞋底磨褪色的地面，轻易让人想起 20 世纪 90 年代港片里的氛围。

江若很是新鲜："总觉得下一秒就会有'古惑仔'提着砍刀路过。"

席与风第一次进这种人来人往的市井餐馆，自坐下起脸就紧绷着，一言不发。

江若以为代沟出现了，试图科普："啊，或许你没看过这个系列的电影，'古惑仔'就是——"

"看过。"席与风拿过一旁塑封的菜单纸递过去，仿佛一刻也不愿多待，"点菜。"

江若到底没为难他，点了两份煲仔饭、两杯奶茶，吃完不多逗留，站起来就走。

到外面问同行者的感受："怎么样，至少味道还不错吧？"

席与风一脸"你开心就好"，不予评价。

江若笑嘻嘻的："好啦好啦，晚上去高级餐厅，开个安静的包间，好不好？"

下午去坐摩天轮，假期人多，排队半小时。

排的时候被盯上了，后面两名同行的女孩打量这边无数次，其中一名终于鼓起勇气上前："请问你是不是江若？"

江若露在口罩上方的眼睛弯起："我要是说不是，你信吗？"

女孩们开心地跳起来，祝贺他拿下最佳男主角，说非常期待他以后的作品，江若给她们分别签了名。

周遭路人听见这边的动静，纷纷围拢过来。幸好这时已经排到他俩，席与风先一步登上观光舱。

摩天轮缓慢转动，江若连忙跟上。

隔着玻璃窗，江若向粉丝们挥手告别。直到舱体升空，喧腾止息，地面上的人变成密密麻麻的黑点，他抬头望一眼，说："听说在摩天轮的最高点许的愿望都能实现。"

这种没有科学依据的传言席与风自是不信，但他还是在摩天轮转动至最高点的时候许了愿。

观光舱开始下行，江若偏过头问他："你许了什么愿？"

席与风不言，意思是没有许愿，江若意料之中地撇撇嘴，说："那我也不告诉你。"

摩天轮转了两圈，下来的时候，天色些微变暗，暮色霞光灌进目及之处的所有空间。

他们自人群中挤出去，没走多远，江若福至心灵地回身，正逢亮灯的时刻，闪烁的霓虹落在眼睛里，像乌云散去，析出满天繁星。

江若兑现承诺，和席与风去往山顶可以欣赏到璀璨夜景的西餐厅，并在结账的时候瞅了一眼那数字，感叹“你们有钱人当真穷奢极欲。我是不是该多请几顿饭？你要高兴了，说不定什么都能答应”。

一时静默。

江若察觉到席与风的呼吸变得深沉，似有一种唯恐一碰就消失的小心翼翼。

“不需要让我高兴。”语气却笃定，席与风看着他，“你要什么，我都答应。”

虽然这个承诺十分具有诱惑力，但江若克制住了自己，没有蹬鼻子上脸提什么过分要求。

他只希望席与风能趁着两人难得撞一起的假期，陪他回一趟老家。

先前听说席与风为老家福利院捐款，江若每年都让他捎带一份的同时，一直心心念念想去看看那边的孩子。

小城市没有直达的航班，两人先从港市飞枫城，再转机。

中间有一个多小时的空当，席与风在候机大厅和下属开视频会议，江若闲着没事，跑到外面商铺区消磨时间。

逛到一家书店，门口杂志架正中的显眼位置，放着那本以江若为封面的时尚杂志。

江若看过这套的原片，样刊估摸着也送到工作室了，就没打算翻看。

他最近又开始读诗，在后排书架前转了一圈，拿了本散文诗集，正要去收银台结账，看见杂志架前站了个人。

一个穿着连衣裙的女人，肩背开阔，站姿挺拔，一看就是跳舞的。

那女人盯着以江若为封面的杂志看了会儿，偏头的时候与江若的视线对个正着，先是一愣，而后神色复杂地别过脸。

似是想装没看见，女人握住肩上的包带，扭身欲走，却被身后的人喊住。

“宋姐。”江若出声唤她，“你就没什么要对我说的吗？”

半个小时后，江若回到候机大厅，席与风的视频会议刚好结束。

被问到去哪儿了，江若回答：“逛书店。”

席与风见他两手空空：“没买书？”

江若怔了下，这才想起把那本散文诗集给忘了。

他想了想，说：“回枫城再买吧，行李太多不好带。”

飞机准点起飞，在正午时分落地。

转车前往下辖县区还要近两个小时，席与风提前差人准备了车，面生的司机开车载着二人一路向北，宽敞的公路渐渐收窄，高耸林立的楼宇也被甩在身后。

福利院位于县城的工业园区旁，离镇子不到十公里。刚下车，就见一名戴眼镜的中年女人快步迎上，自我介绍说是福利院的院长。

由于来前知会过，没有弄那些列队欢迎的尴尬场面。院长引着二人进到里面，边走边介绍这里是宿舍楼，那边是食堂，食堂后面有个刚建成的操场，孩子们都喜欢在那里玩。

又说小县城近两年发展得不错，进驻了几家外资企业，成片工厂拔地而起，解决了当地居民的就业问题，也带动了经济发展，近来往这边捐助物资和来当义工的人都多了起来。

提到义工，江若不免担心再有赵勇刚那样的人混入。

他委婉地提出疑问，院长说："上次那件事之后，我们重新规范了义工的录用准则，加强对来访者的身份审核，各处安装的监控也二十四小时运转，保障孩子们的安全。"

江若点点头，表示放心。

因着是保密行程，两人没有大张旗鼓地和孩子们面对面交流，在院长办公室翻阅了这几年的捐款分配情况，便打算告辞。

到门口，听见身后传来喧闹，江若回头，看见几个小孩躲在廊下的石柱后探头探脑，对来客充满好奇，哪怕他们其中有的天生耳聋，有的有视觉障碍，还有的下肢残缺要靠拐杖行走。

被抛弃的孩子大多先天不足，自出生起就比普通孩子缺失很多。

车上，席与风拿出一份新的捐赠计划书，主要投入在医疗保险方面，对福利院里可通过后天治疗获得改善的孩子予以帮助。

江若认真翻一遍，轻轻地呼出一口气。

被问到怎么了，江若笑道："现在不用我开口，你都知道我想做什么。怎么办，在你面前真的一点秘密都没有了。"

席与风不置可否地说："看看有没有什么要补充的。"

"没有。"江若合上计划书放在一边，"我先替孩子们谢谢席总啦。"

以前江若喊"席总"，十有八九沾点揶揄嘲讽，这回却诚意十足。

周末镇中心小学校没课，岗亭的保安大叔正要换班，听江若他们说是老校友想进去逛逛，登记完身份证，就放他们进去了。

校园的林荫道有种独特的宁静，让步入其中的江若想起许多无足轻重的往事。

他一边走一边告诉席与风，这处凉亭是风水宝地，放学之后大家都争这块地方玩耍，男孩玩卡牌，女孩跳皮筋；那边那棵树枝叶茂盛，四季常青，能容下十几个人躲雨；还有综合楼后面的活动板房，其中一间曾经是舞蹈室，不过只有上午开放，下午会被学画的占领。

他没提舞蹈社团的事。社团因他而起，又因他没落，和他那段不堪的经历一样不值一提。

然而路过综合楼下的荣誉墙时，江若意外地看见了自己的照片和名字。

许是为显真实，用的竟然是小学时期的蓝底证件照，照片上的小男孩穿校服、戴红领巾，对着镜头笑得灿烂。江若依稀记得那是他三年级的时候，一个秋日的午后，老师说这张照片会贴在学生证上，一直用到小学毕业。

如今看这照片，只觉自己的笑容刻意里透着几分憨傻，加上婴儿肥的脸颊肉乎乎，看起来实在不怎么机灵。江若忙用手去遮挡，然而晚了一步，他看见席与风唇角微扬，已然将十几年前的他看得真切。

江若悻悻放下手，嘀咕道："笑什么？"

席与风说："可爱。"

江若怀疑他这句"可爱"是在以其人之道还治其人之身，便说："没有会爬房顶的小朋友可爱。"

席与风掏出手机把荣誉墙上的证件照拍下来，江若阻拦不及，索性提出等价交换："我也要看你小学时期的照片。"

"没有。"席与风说。

"怎么会没有？"江若催促，"拿出来，快拿出来！"

"真没有，我不喜欢拍照。"

"那中学时期的呢，证件照、毕业照什么的，总有吧？"

看来今天非得交出点什么不可，席与风没办法，手机打开浏览器，登上学校网站，按年份搜索往期新闻，在距今十几年的一则表彰通知的页面上，找到一张同样是蓝底的证件照。

江若眼疾手快地夺过席与风的手机，长按图片保存，再切到微信发给自己。

做完这些，江若掏出自己的手机，边点开图片边说："你们学校的网站挺稳定啊，十几年前的照片都……"

他说着声音渐弱下去。

同样穿着素净保守的校服，同样全校男生统一的寸头，席与风靠他那优越的骨相和偏差毫厘都不够完美的五官，硬生生在这烂大街的普通扮相里杀出一条血路，不知道的还以为这是哪个男明星的精修照。

江若默默地盯着看了会儿，问：“那会儿你得有十六七了吧？”

“十六。”席与风答。

江若叹气：“难怪有人给你写情书。”

这颜何止是能打，打遍全校无敌手也不夸张。

举起手机放到自己的照片旁，江若强行挽尊道：“我那会儿还没长开，你看我现在……”

像是知道他的心思，席与风看着他：“现在也可爱。”

春夏之交，在这座东部沿海的小镇，阳光渐有毒辣之势。

本打算逛一圈就走，走近活动板房，发现曾经作为舞蹈室的那间房居然开着门，江若忍不住伸头进去瞅一眼，然后背过手向席与风招了招：“没人在，快来快来！”

跟着江若走到空荡荡的屋里，席与风才反应过来他俩现在像什么——像逃课的学生。

江若显然没这个自觉，进门先摸摸墙边装的一排扶手，又蹲下来研究地面，手指戳了戳：“是防滑地板，还很新。”

他在这所学校的时候，这间教室上午是舞蹈房，下午是画室，每天早上到这儿都要先打扫。

现在好了，舞蹈室是专用的，不用再替那些美术生收拾到处乱丢的画纸。

江若心说，如果我在的时候就有这样的环境，让我一天二十四小时跳舞，都不会觉得累。

这样想着，他走到教室中间，挺直脊背，脚尖踮起，习惯性地开始做脚腕旋转。

是跳舞前的热身动作。

似曾相识的场景，让人轻易产生时光倒回的错觉。

江若扭头看向窗边，阳光透过玻璃变成浅金色，像一层昭示着岁月更迭的滤镜。席与风双手抄兜站在那里，目光沉沉地落在他身上，是一种无声的关注。

须臾的恍神后，江若嘴角上扬：“想不想看我跳舞？”

事实上，席与风对舞蹈知之甚少，他不懂动作的难度划分，也不懂肢体表达的艺术，只觉得跳起舞来的江若，美得叫人想伸出手，却又不忍触碰。

他好像在经历四季，抑或是人生中的高峰与低谷。

炎热的时候，他在高温里膨胀、融化，物质从密到稀，如同经历一场宇宙大爆炸；当进入冬天，他行走的速度逐渐缓慢，好比溪水凝固，他慢慢停下来，蜷缩身体，沉入一场不知何时会醒来的冬眠。

而后迎来春天，破晓时分的一束光聚焦在他身上，他又变成一颗等待破土发芽的种子，在小小的一方世界里冲撞、挣扎，拼命向上伸展，想要长成一棵不畏风雨的参天大树。

席与风想起当年第一次看江若跳舞，就能在他身上看到毁灭与重生这两种既矛盾又统一的特质。

他是那样安静，可以把自己缩在黑暗中最狭窄的角落，闭着眼睛，做着五彩的梦，静候雨过天晴。

他又是那样坚强，单薄的身体里仿佛蕴藏着巨大的能量，足够他一次次重新站起来，足够他破釜沉舟、颠覆命运。

最后一个大跳收尾，席与风下意识地伸出手，把江若扶住。

江若额头挂满汗珠，不住地喘气，说太久不跳这支舞，练了几个月也不过差强人意。

又说云里前桥这个动作，从前他可以连续做好几个，现在做一个都费劲，真是不服老都不行。

听得席与风笑一声："你都老了，我岂不是该入土了？"

江若忙打断他："呸呸呸，不准说这种不吉利的话！"

在窗边席地而坐，江若左手随意拨弄脚腕的细链，有一搭没一搭地讲学舞的时候发生的琐碎故事。

讲在舞蹈室摔过的跟头，讲第一次上台紧张到呕吐，讲他练完舞最喜欢吃的路边摊炸串，也讲吃胖后再想瘦回去有多难。

江若说："我曾经以为，离开这里前往枫城舞蹈学院，是我人生中最好的时刻。"

他以为人生中前十几年的被嘲笑、不被理解，还有任人宰割的惶惶不安，已经够苦了。所以他格外心疼福利院那些小孩，无非是因为从他们身上看到了当初无力与命运抗争的自己。

"其实我没那么高尚，我怨恨过，嫉妒过，也问过老天爷，凭什么别人可以风平浪静地长大，凭什么偏偏让我一次又一次地遭遇这些？"

江若呼出一口气，说："可是遇到你之后，我才发现，人生中最好的时刻，说不定还没有到来。"

江若的声音很轻，是处在幸福中的人回溯过往的平静。

话题忽转，江若问："刚才我跳得怎么样？"

席与风似乎还没回过神，静默片刻，才说："很好。"

江若不太满意："怎么像在夸下属……"

饶是如此，江若还是按照原计划："这支舞，送给你。"

席与风愣了下，似是不明白"送"的含义。

"先前说好了给你当生日礼物。"江若说，"不能再叫《无名》了，你给它取个新名字吧。"

席与风没急着取名，而是问："你想好了？"

刚才看江若跳那支舞，他的内心不可谓不震撼。

他以为江若这辈子都不会再跳这支舞。

江若却说："还需要想吗？"

虽然江若在这里的过往遍布疮痍，这支舞之于他的意义也不全然光明，但是……

"当年离开这里的时候，我曾发誓再也不回来。不过从现在起，不管是以后回老家，或者跳起这支舞，我首先想到的是你。"

江若仰面看席与风："你用美好的经历，替换了那些不堪的过去，为我抚平了缺憾。"

他们没有留在当地过夜。

回机场的路上，江若把来时在机场碰到宋诗韵的事说了，席与风当即皱眉："她又想干什么？"

江若告诉他，这回应该是偶然碰到，宋诗韵看到他跟耗子见了猫似的，扭头就跑。

"不过还是被我叫住了。"江若说，"我实在想知道，她当初为什么要做那种事。"

只是得到的答案让他有几分泄气，和当时警察揣测的一样，宋诗韵说，她只是看不惯他总是站在人群的中心，被万众瞩目，更见不得他总是能逢凶化吉，结交好运。

席与风听了脸色更差："就该把她一起送进去。"

"那就妨碍司法公正了。"江若耸肩，"而且，她说的也没错。"

在席与风过分清明的一道目光下，江若笑着说："我指的是'结交好运'这件事。"

先前没留意，后来仔细一想，和席与风相遇之后，无论事业还是生活，碰到的都是好事情。

对此席与风不甚赞同："是谁几次三番地不要我出手帮忙？"

江若觉得冤枉："好好想想，我都是怎么拒绝你的？"

席与风就想了想——

"以后每次遇到这种情况，你都要帮我吗？你能帮我一辈子吗？"

他复述得一字不差，江若忍不住翻白眼："你看，重点又歪了。"

席与风看着江若，用眼神问——那重点是什么？

江若拿他偶尔的迟钝没办法，亲自解答："重点是帮忙吗？"

回到枫城，江若请周昕瑶吃饭。

飞港市之前，周昕瑶曾在微信跟他打赌，说他这次必拿最佳男主角，江若怕希望越大失望越大，不敢夸口，因而这顿饭算是愿赌服输。

刘导在大西北拍戏，周昕瑶赶到饭店看见席与风也在，笑道："席总亲自坐镇，是怕我把若若吃穷吗？"

其实江若也没想到席与风会跟他来。昨天他告诉席与风要请周昕瑶吃饭，席与风只随口应了一声，今天他算着时间换衣服出门，推开房门就看见席与风穿戴整齐，已经等在门口。

这会儿席与风还是老样子，没回应周昕瑶，只说："点菜吧。"

菜陆续上桌，边吃边聊。

几乎是江若和周昕瑶在聊，从获奖感受到最近接拍的新戏，又说到护肤心得，根本停不下来。

上到甜品，席与风默不作声地把自己那份推到江若面前，聊上头的两位才想起这桌上还有第三个人。

周昕瑶又想笑，结果席与风还是八风不动，眼皮都没抬一下，一副"你们开心就好"的样子。

周昕瑶喜欢热闹，更喜欢凑别人的热闹，拿出手机给他们俩看她小号的最新关注。

"风雨时若……这谁啊？"江若问。

"你和席总的超话。"

江若瞪大眼睛，不敢相信。

"真的。"周昕瑶往下翻给他看，"这是你们俩吧？"

超话里最新的帖子配了一张照片，港市的摩天轮，角度有点偏，周围的人都被做了虚化处理，因此一眼就能看到站在舱门口的席与风。

两人又聊起了娱乐圈乱象，说某新晋小花因为被曝出恋情掉商务，又说某爱豆出身的男歌手被拍到和女生出入酒店，粉丝大规模脱粉回踩……

说着就扯到席与风身上，周昕瑶问他："作为明星的知己，席总做好成为社会公敌的准备了吗？"

席与风抬眸，不咸不淡地"嗯"了声。

不过江若情况不一样，他虽然是男明星，但几乎没有女友粉，打开超话除了路透图都是影评、视频剪辑之类与作品相关的内容，比起捕风捉影的感情生活，他的粉丝更关心他的事业。

况且江若私下低调，一年到头大部分时间都待在剧组拍戏，走的是稳扎稳打的实力派路线，如今又拿了影帝，不需要靠花边新闻维持话题度。

吃完饭后，两位明星逛街，席与风接到一个工作电话，和他们兵分两路，转去楼道的僻静处。

周昕瑶说这边有家美容院不错，江若问：“三楼那家？”

“是啊，你怎么知道？”

“我去过。”

“你竟然会去美容院？”

“唐佳念带我去的。”

不知何故，江若圈内友人多数是女性，周昕瑶感慨：“你也太招女孩子喜欢了。”

回去之后，席与风从冰箱里拿了冰水，走过来，在江若旁边坐下。

“今天那家商场，我还记得上回在那儿看到你和——”

江若说到一半忽觉不妥，立马收声。

席与风却来了兴趣，视线转到江若身上，一副愿闻其详的样子。

江若一边别过脑袋装傻，一边伸手去够席与风拿来的冰水。

席与风抬起手臂，把冰水举高。

江若坐着够不着，站起来去抢。

席与风也站起来，拿着水瓶的手举过头顶。

碍于身高差距，江若在原地跳几下，还是够不着，气得跺脚：“我自己去拿！”

冷峭的一道目光自斜上方落下，席与风用威胁的口吻问：“说不说？”

没坚持多久，江若就无奈地投降：“上回和朋友去那儿吃饭，看到你和孟小姐在婚纱店……”

说到这儿就够了，席与风眉心微蹙，说：“后来没订成。”

礼服没订成，婚也没订成。

江若是知道的。

况且这事都过去两年了，江若若无其事地“嗯”了一声。

他有所隐藏的时候不敢直视对方的眼睛，席与风也是知道的。

于是席与风稍作犹豫，再次开口：“你——”

江若空着的那只手飞快抢过冰水：“拿到了！”

席与风张了张嘴，到底没能说完。

拿奖后进的第一个剧组在海市，是一部公益性质的短片，因为时长的关系一个月就拍完了。

杀青前一天，同在海市参加完一场走秀的周昕瑶来探班，听说席与风这两天在国外出差，主动提出陪江若好好放松一下，并且把行程都安排好了。

“去看电影怎么样？”周昕瑶说，“我听说最近有部不错的悬疑片，看完一起吃饭，再去上回那家美容店做脸。”

江若：“嚯，一条龙服务。”

“嗯哼。”周昕瑶挑眉，“包你满意。”

落地枫城后，江若第一时间给席与风发消息，对面回复说还在忙，要明天才能回。

路上老刘也口径一致，说席总人不在枫城，这阵子天南海北地跑，忙得脚不沾地。

江若便放心地和周昕瑶出去浪了。

吃完火锅，离电影开场还有点时间，周昕瑶拉着江若去买衣服。江若说自己有衣服穿，周昕瑶非要给他挑一套西装，说是补给他的生日礼物。

江若：“姐，我上次生日是十个月前。”

“是吗？”周昕瑶不以为意，“那就当提前送你今年的生日礼物。”

这种情况下，如果还没察觉到不对劲，未免太迟钝。

“姐，你是不是——”

“就这件。”没等江若说完，周昕瑶就替他拍板决定，“别脱了，穿着走，旧衣服找个袋子装起来。”

“……”

等到地方，发现正是之前《悬崖》试映会所在的老剧院，江若更觉其中有猫腻。

正欲再问，周昕瑶说要去洗手间，拎着包跑了。江若一个人在厅外回廊下站了会儿，还是走了进去，里头不出意料一个人都没有。

环视一圈四周，江若摸出手机，拨打席与风的电话。

席与风的手机铃声是系统默认，乍一响起就方向明确。

顺着隐约的声音走到放映厅门口，江若同时嘴角上扬，几乎收不住笑。

厅内顶部亮着一圈昏黄的氛围灯，银幕上是一片空旷海面，走近一些仿佛能听见海浪被风吹动的轻响。

只见前排靠边的位置，有一个人站了起来。

他转过身来，白衬衫黑西裤的一贯打扮，将他衬托得尤为清朗。

江若一时愣怔。

恍惚觉得，这个人好像已经在这里，等自己很久了。

他们看了一场电影。

近期上映的口碑最好的电影，江若看得很投入。除了作为观众感受故事，现在的他亦能从表象透视内里，看到一部电影背后凝聚着多少人的血汗辛劳。

电影结束，从剧情中抽离，江若站起来，眼看后排那么多空座位，才想起这是包场。

他问席与风花了多少，席与风说：“没多少。”

江若还是觉得浪费：“早知道把我的朋友们都叫来一起看。”

许是怀疑“朋友”的范围，席与风看他一眼：“来也不让进。”

这下江若确定了：“你果然买通了周姐！”

席与风不承认也不否认，只说：“回家再说。”

回家的路上，江若悄悄检查车上能藏东西的地方，扶手盒，手套箱，一处都没放过。

什么都没找到。

实在不相信搞这么大场面就为庆祝他杀青，乘电梯的时候，江若拐着弯问：“你不是说出差？”

席与风“嗯”了声：“上午刚回来。”

“所以这是临时起意？”

席与风不说是也不说不是。

进屋后放下车钥匙，江若就伸长脖子往餐厅方向看去。

桌上空空荡荡，什么都没有。

说不清当下的心情，松一口气的同时，又好像有点失落。

不过到底不算要紧事，江若往沙发上一瘫，打个哈欠，困意翻涌。

如同松了劲的弹簧，先前的拍摄榨干了江若的精气神，这会儿回到最安全舒适的地方，理所当然地想睡觉。

迷迷糊糊地，听到席与风说：“去房间睡。”

江若没办法地坐起来，眯着眼睛脚步虚浮地往房间走。

腿一碰到床，人就直挺挺栽倒下去。江若对这张床太过熟悉，伸手就捞到自己的枕头，顺便摸到压在枕头下面的东西。

拿出来一看，是卷成圆柱状的一张纸。

不完全只是一张纸，握在手里沉甸甸的，里面好像包着什么东西。

江若登时清醒了。

“席与风。”

“嗯。”

“我枕头下面，是什么东西？”

“信。”

“……你写了什么？”

“自己打开看。”

约莫三分钟后，江若推开半合的卧室门。

客厅只亮着一盏落地灯，餐桌正中点了几支蜡烛，火光摇曳。

席与风正在往杯子里倒酒，江若走到桌边：“哪有信一个字都不写的？”

“不是还有别的？”席与风说。

江若往他手心里塞了什么。

是一把钥匙，能够开启某个保险箱，里面装着席与风的一切。

晚些时候，困意全消的江若摆弄那把钥匙，问席与风：“你是什么时候和周姐串通好的？”

席与风说：“这不叫串通。”

至多算请外援。

江若懂了：“难怪上次吃饭，你也跟来了。”

接着又问这招谁出的，搞得他的心仿佛坐过山车似的在巅峰和低谷间上下起伏，被死死拿捏住。

席与风解释说，原本把行动定在剧院，后来想到某人曾说过“期待比拥有更快乐”，才临时改到家里。

“那是一句台词。”江若说。

席与风便坦白道：“是我想在家里。”

不知怎的，“家”这个字的意义好像和从前有所不同，江若把脸埋住，好一会儿才抬起来，又抛出一个问题：“那你是怎么想到……要给我这个？”

席与风说：“不能让你白白被我压榨。”

江若提议道：“那你多给我发点奖金就好。”

席与风睨他一眼，似在说——你觉得像话吗？

江若哈哈大笑。

后来，江若在周昕瑶的“威逼利诱”下，承认他也有给席与风准备惊喜的打算。

不过对比之下手段显得拙劣太多——他学刘导剪了个短片，里面都是他手机镜头下的席与风，与其说是短片，更像汇报工作的PPT。

周昕瑶听了捏紧拳头：“意思是我家老刘的求婚方式很拙劣？”

江若连连摆手：“没有没有，对人不对事。”

再后来，江若在名为“风雨时若”的超话里，看到新发的一张动图。

是他某天从录影棚出来，先是冲路边等待的粉丝挥手，然后走向前方等着他的一辆黑色商务车，眉眼生辉，比太阳明亮。

与之匹配的文案是——“余生我走向你，每一分每一秒。”

其实那时候，江若刚把绞尽脑汁写完的信放在席与风枕头底下。

这封信以“席总”开头，主要目的在于征求意见：既然是送给你的，那支舞改名叫“风”，怎么样？

回信来得很快，以“舞蹈家”开头，回复说：好。

江若还在信里说：最近经常梦见一望无际的海，我是漂在其中的一座孤岛。

回应他的是席与风的“我也是”。

他们是浮沉在海里的两座孤岛，偶然相遇，试探，摸索，碰撞……最终确定对方与自己棱角契合，是生来缺少的灵魂碎片，是相遇相知的一生知己。

江若闭上眼睛，呼出沉重而漫长的一口气。

至此他终于可以确定，人生中最好的时刻，已然来到。

彩蛋四

软柿子

安何做了一个奇怪的梦。

他梦到自己在一望无际的田野里奔跑，手上拎着一兜种子。阿妈让他把种子种下，说过半年就能把西瓜拉到镇上去卖。

安何喜欢吃西瓜，也喜欢种西瓜。

他跑得很快，风在耳边“呼呼”地吹，麦穗蹭着裤子“唰唰”地响。

忽然，安何觉得手上的袋子变轻了。他放慢脚步，在田间停了下来，低头看去，那布袋不知何时破了个洞，里头的种子正流水一样地往外漏。

愣神的工夫，隐约有轻快的乐声传来。安何抬头去看，只见那无边的旷野从中间被劈开，不远处的空地上出现一架三角钢琴。

一名身穿燕尾服的男人坐在钢琴前，手指按动琴键。

他一直弹一直弹，安何手里的种子就一直漏一直漏，无穷无尽一般。

睁开眼睛，面前的人形轮廓边缘逐渐清晰，安何在一双深褐色的瞳孔里看见呆滞的自己。

“《降 B 大调第十七号钢琴奏鸣曲》。”男人看着他说，“你也考过级？”

安何眨一下眼睛，很慢地摇头。

他看见男人站直身体，宽阔的肩舒展开，个子很高。

男人说：“待会儿有人来送餐，你可以待到下午三点。”

安何想了想：“你不吃吗？”

“不吃了，得去上班。”

说着男人把外套披上，转身欲走。

安何立刻伸手抓住他。

抓的是西装下摆。

男人笑着摸出手机：“留个号码。”

安何报出一串数字，很快听见手机响了一声。

手机也不知道落在哪里。

循着声音到处翻找，这边好不容易找到手机，那边男人已经要走了。

安何慌张起来，又要去拦他。

这举动落在男人眼里，扭捏得有些滑稽。

男人努努嘴，指着一张名片。

他嘴角仍噙着笑："放心，我跑不掉。"

人走之后，安何拿起名片，得知男人名叫孟潮。

孟潮，有点耳熟，却想不起来在哪儿听过。

通过了微信好友申请，安何给他以姓氏备注为"孟先生"。

事实上这不是两人第一次见面。

第一次是在医院，安何刚经历完一场手术，住院三周后办理出院。

身边能照顾的朋友忙工作没法陪同，安何自己在缴费柜台前排队，一边随着队伍缓慢向前挪，一边扒拉手里的小本子。

他有用纸笔记账的习惯，每笔收入和支出都写下来，睡觉的时候压在枕头底下，时刻做到心里有数。

看着上个月刚入账的"欠江哥三十万"，安何正计算得用多少年还清，没留神往前多走两步，脑袋磕了下前面排队的人的后背。

那男人比安何高，扭头看他时是俯视角度。

看清男人面孔的瞬间，安何不由得呆住，一句"对不起"愣是没说出口。

当时的孟潮也愣了好一阵，两人一瞬不瞬地看着对方。

最后是孟潮先回过神。他扬唇笑了下，带几分轻佻地问："我们是不是在哪里见过？"

第三次见面是通过微信沟通。

正好安何今天没有排班，早早就去到锦苑，站在门廊外等。

孟潮临时有事，来得比预计晚。车交给泊车门童，往锦苑大门走，老远就看到身材瘦弱的男孩等在门口。

忽然抬头，对上孟潮看过来的视线，安何微微张开嘴，像是要喊他，又像是想笑一下。最后他只是抬手，冲孟潮小幅度挥了挥。

乘电梯上楼时，孟潮问他等了多久，安何摸出手机看一眼："两小时零十六分。"

孟潮就没见过这么实诚的。

换作别人，见他这么久不来，要么去别处寻乐子，要么早就一个电话打过来。

进到房间里，孟潮问安何吃饭没，安何说没有，问他想吃什么，安何想了想，说：“都行。”

孟潮脱下西装外套扔在沙发上：“我不喜欢听别人回答随便，或者都行。”

安何肩膀一耸，像是被吓到，垂眼很努力地思考了下，才重新回答：“那面条，可以吗？”

一刻钟后，安何盘腿坐在地毯上，抱着碗意面埋头苦吃。

孟潮本来不饿，看他吃得狼吞虎咽，嘴角都沾了酱汁，忙又伸出舌头舔掉，莫名咽了口唾沫。

安何似有所觉地抬起头，举高手中的碗：“你要吃一点吗？”

孟潮额角一抽，索性站起来往洗手间去：“我先洗个澡，你慢慢吃。”

出来的时候，安何已经吃完了，背对孟潮趴在地上捣鼓什么。

走近一看，是在擦地毯上小拇指指甲盖大小的一滴汤汁。

原本因为加班心情烦躁的孟潮顿时笑出来。

安何抬起头，眼神迷茫地看着他。

安何很早就知道自己不好找工作，此前也当过临时工，但孟潮不过是安何的第二位老板。

第一位是个品行低劣的老男人。

虽然后来他的朋友江若帮他把钱要回来，但这次经历给安何造成了莫大的心理阴影，包括但不限于担心白干活，以及对接近他的人充满戒心。

这次又和孟潮约在锦苑，去的路上安何抱着手机和江若发消息。江若担心他碰到坏人，安何想起孟潮掏钱时的爽快，说：放心吧，这回的老板靠谱。

江若回复：这世上哪有靠谱的老板？

安何笑起来。

孟潮事先交代过服务生，到锦苑门口安何就被放行。

在大厅等了一会儿，人没等到，先碰到了老流氓。

张绍元见到安何就走了过来，嬉笑着同他打招呼。

想起那晚的不愉快，安何身上浮起一层鸡皮疙瘩，站起来就要走。

“我有事问你，上回替你要钱的那个……”

张绍元不依不饶地追上来，甚至要拉安何的胳膊。

巧的是这时候，孟潮推门而入，一眼就看见这场面。他当是安何约了别人，礼让地做了个“您请”的手势。

正要扭身离开，看见安何面目仓皇地朝他走过来，因为挣不开那男人的桎梏，脸涨得通红。

生怕孟潮就这么走了，安何急于求救，脱口而出地喊：“哥哥！”

奉行顺其自然的人生宗旨，从不屑强求的孟潮，一反常态地从别人手里救了人。

上楼之前，孟潮在三楼的公共吧台坐了会儿，其间喝杯小酒，给朋友打了个电话。

安何全程垂着脑袋，孟潮到哪儿他跟到哪儿，孟潮打电话他就转身回避，双手捂住耳朵不偷听。

把孟潮给逗乐了，挂断电话，他直接哼笑出声。

“这么怕我？”孟潮躬身靠近他，声音也压低，莫名的危险，“那刚才谁给你的胆子，管我叫‘哥哥’？”

在安何残存的四岁前的记忆中，他是有个哥哥的。

很厉害的哥哥，会弹琴，会踢球，而且个子很高，会把他抱起来，让他去摘树上的果子。

他很想念哥哥，现实中也认过几个哥哥，后来除了江若，其他的都跑了。

孟潮问他有没有正经工作。

安何说：“有，我在酒吧当服务生。”几秒后补充，“也当群众演员。”

孟潮猜测：“你这演技，只够演尸体吧？”

安何觉得他料事如神：“你怎么知道我演过尸体？”

孟潮笑了声。

安何告诉他，自己有一个真正的演员朋友，长得美，会跳舞，演戏也很有天赋。

“那你会什么？”孟潮问。

安何正色道：“会让人开心。”

孟潮又笑了。

后来很长一段时间，孟潮都没说话。

安何只能听见孟潮的声音，看不见他的表情。

“我曾经有个弟弟。”他语调沉缓，“如果他现在还活着，应该二十一岁了。”

安何今年也二十一岁，可是生日不详，他也不确定孟潮的弟弟比他大还是比他小。

他们只有三百六十五分之一的可能性同年同月同日生。

安何对数字敏感，在小本子尾页的年历上记录了所有亲朋的生日。这天翻到时，顺便问孟潮：“你的生日是哪一天？”

孟潮手上把玩着酒店的打火机，浑身散发着慵懒。

闻言他动作一顿，像是觉得这问题难以作答：“……为什么问这个？”

安何说：“要记下来，我记性不好，会忘掉。”

“记下来，然后？”

“我会给你准备生日礼物。”

“如果那时候，你已经没给我打工呢？”

“那就算啦。”

“可是我想收礼物。”

像是听到不可思议的话，安何抬头瞥孟潮一眼，仿佛在问——你就这么缺？

孟潮闷声笑。

第五次见面，孟潮把安何带到自己在外面的房子里玩。

市区的一套公寓，孟潮不喜欢太大的房子，显得冷清。安何也觉得小房子好，不容易迷路。

半夜，安何起来去觅食。

半个小时都没回来，孟潮趿了拖鞋走到厨房门口，看见安何左手锅盖右手筷子，面条摊放在锅盖里，狼吞虎咽吃得正香。

给孟潮也盛一碗，也拌上牛肉酱。

坐到餐桌上，被问到是不是很喜欢吃面，安何点头：“小时候从田里回到家，大家都吃过了，我就自己煮面吃。”

被问到父母呢，安何咬着筷子含糊道：“他们都忙。”

他没告诉孟潮自己不是他们亲生的。因为他上回在锦苑听人说，孟潮也不是那家的亲儿子。

难怪周末都不回家。

不过孟潮好像不介意被戳痛处。饭后，他看着安何又翻起小本子，忽然说：“我没有生日。”

安何眨了眨眼睛。

孟潮后仰身体靠在椅背上，半真半假地挑眉：“要不，你给我选个日子？”

严格来说，安何也没有生日。

他身份证上的生日是一月二十二日，当年的阳历春节。当年四岁的他被人贩子拐卖到山村，醒来后连自己的名字都不记得，生日是办户口时养父母随便填的。

算是找到两人身上的共同点，安何对孟潮随口的一句话上了心，洗澡的时候都在琢磨这事。

孟潮平日里虽然散漫，倒也并非不务正业的纨绔。

手头有个项目正推进到紧要关头，趁没有睡意，他捧着笔记本电脑到客厅，处理了几封邮件。

合上电脑，天已经蒙蒙亮。

孟潮拿了换洗衣物，进卫生间冲澡。

出来的时候看到安何正跪坐在地毯上，帮他叠脱下来的浴袍。

让孟潮一时恍惚，好像看到许多年前，那个刚上幼儿园的小孩，也是这样坐在床边帮他叠衣服。

叠得一塌糊涂，袖筒都塞领口里，还奶声奶气地向他讨赏："哥哥快看，我是不是超级厉害？"

画面一晃，安何闻声转头，看见孟潮先露了笑："我想好了，我生日是一月二十二日，你就是一月二十一日。"

似是为终于想到办法而欣喜，清晨的阳光洒在他眼睛里，闪着细碎的光。

他说："你的生日在我前面，我就不会忘掉。"

后来，孟潮真向安何讨要生日礼物。

安何懒洋洋打了个哈欠："可是，你的生日还没到。"

孟潮说："提前预支。"

"那，你想要什么？"

"搬过来，给我做饭。"

孟潮发现安何也有一双狗狗眼，轻易让人觉得他很可怜，还很好骗。

安何思考片刻，说："可是，我只会煮面。"

孟潮笑了："我又不是找保姆。"

自十岁起，孟潮就很少做梦。

他的夜晚总是漫长而冷清，像十岁那年深秋的夜晚，头顶是萎靡的灯光，脚下是婆娑的树影，他独自一人走在路上，前方的道路如同张大的兽嘴，他不辨方向，却不得不继续前行。

然而近来，孟潮开始频繁陷入梦境。

场景是黎明之前，周遭雾气弥漫。一个小孩蹲在不远处的空地上，他走近，轻轻拍小孩的肩膀，小孩却不肯回头，哭得一抽一抽地问："你怎么才来啊？"

每当做完这个梦醒来，孟潮总会睁着眼发很久的呆。

这个时候，安何会抬手在他眼前挥动，问他是不是把魂弄丢了。孟潮不答。

说来奇怪，论长相安何不算顶顶好看，性格甚至有些木讷，可孟潮和他待在一起，就是很开心。

孟潮想过替安何把外债还清，毕竟三十万对于他来说不算大数目。

然而安何不愿意接受。在这件事上，安何有自己的原则，他坚持通过自己的劳动挣钱还债，拒绝不义之财。

孟潮对此很是意外："老板良心啊。"

安何拍自己左胸："是啊，刚补好的一颗良心。"

搬到孟潮的住处之后，安何要陪吃饭，陪看电视，陪聊天，可谓是大包大揽。

有次孟潮在外应酬完回来，安何扶着他去洗澡，他晃晃悠悠站不稳，还不让碰，迷迷瞪瞪地看着安何，问："你是谁？你怎么会在我家？"

安何说："我是你弟弟，当然在你家。"

孟潮听了这话，露出生气的表情："你还知道回来？"

安何就"嗯嗯嗯"地应着，把孟潮往淋浴房里推，有时候还会帮他搓背。

其实安何隐约能意识到，自己和孟潮的关系，和其他人的关系不太一样。

具体哪里不同，他又说不上来，只觉得孟潮看向他的眼神总是很深，好像在看他，又好像在透过他看另一个人。

那时候的安何不知道这是一种情感投射。他没怎么念过书，理论知识和表达能力一样匮乏，只觉得孟潮虽然爱说话但其实很孤独，每次和他在一起，都会被感染得有一些难过。

他知道，孟潮是需要他的。

四岁以后的安何经常被需要着。养父母需要他来当他们的儿子，需要他帮他们种田，需要他赚钱寄回家盖瓦房，等到他们老了，安何还要为他们养老送终。

朋友江若说他是大怨种，安何觉得也不完全是。他那一辈子都没出过大山的养父母，甚至不知道买卖人口是犯法的。安何寄钱是为了回报他们的养育之恩，如果有一天养父母被警察逮捕，他也不会阻拦。

强扭的西瓜不甜，人必须懂得认命。

至于亲生父母……安何早已记不清，也没抱希望能找到他们。

只是猜测，他们应该是很好的人，毕竟他记忆里的哥哥是那样好的一个人。

"你真有个哥哥？"

而听到这件事，孟潮的反应是皱眉，几分诧异地看向安何。

安何本就随口一提，见孟潮的表现不像是为他高兴，含糊道："我那时候还小，江哥说可能是我的幻想。"

孟潮点头，没再追究，转而问起了别的：“江哥，就是你那个演员朋友？”

安何来枫城三年，就处了这么一个朋友，提到他就来劲：“他叫江若，搬来之前我一直和他住在一起。”

孟潮打开手机，搜索名字，再递过去：“是不是这个江若？”

安何惊喜道：“是啊，你也认识他？”

“何止认识。”孟潮笑了，“他认识我一哥们儿。”

安何不敢相信：“真的吗？”

“我为什么要骗你？”孟潮笑了笑，告诉他，“还有更巧的。我比你大六岁，我哥们儿也比他大六岁。”

安何“哇”了一声：“好有缘啊！”

所谓的缘分还不止于此。

刚入夏那一阵，孟潮和安何见面的次数变少，原因是他母亲身体不舒服。

听说孟潮的母亲也做过心脏手术，连吃的药都和他差不多，安何觉得这个世界实在很奇妙。

他在微信上把这事告诉朋友江若，对方好像情绪不高，回复：你管生同样的病叫缘分？

安何回了个大笑的表情，问为什么不算。

回头仔细一想，好像确实不算。

他和孟潮是什么关系？一种说不清道不明的关系。他们互相需要对方，却没有任何羁绊维系，总不能因为他喊孟潮“哥哥”，或者孟潮让他搬过来的一句玩笑话，他就真成了孟潮的弟弟。

趁孟潮忙碌，安何跑了趟影视城，江若正在那里拍戏。

古装戏偏赶在夏天拍，艰苦程度可想而知。

中场休息的时候，江若把宽大的袖子卷起来，汗津津的手捏一把安何的脸，评价：“那姓孟的把你喂得不错。”

安何嘿嘿笑：“又不是养猪，对了，孟哥认识你公司老板。”

江若面上几分窘迫：“哦，这么巧啊。”

安何问是不是为了那三十万，江若说不是，是为了出名。

许是看出安何不太相信，江若告诉他，自己很清醒。

安何还是不信。

就像他辛辛苦苦种的那些西瓜，最终都要拖到镇上去卖。为了避免到时候舍不得，他只能拼命给自己洗脑——这瓜一点都不甜。

可是江若却问他："安何，你喜欢烟花吗？"

喜欢吗？

安何也问自己。

回去的路上接到孟潮的电话，问他怎么不在家，安何瞄一眼时间，说："五分钟后就在了。"

出租车在小区外停下，安何脚步匆忙地下车，转身，看见站在门口的男人。

视线相撞的那一刻，孟潮的眼睛笑成两弯月牙，一只手从西装裤兜里伸出来，学安何等他时的样子，挥了挥手臂。

两人肩并肩走进林荫小道，安何吞咽一口空气，听见胸腔里"咚咚"的心跳声。

刚补好的心脏就是有劲啊。

进屋后，孟潮并没有说什么，而是坐在沙发上闭目养神，排解疲惫。

孟潮低声说："我妈又住院了。"

安何想起第一次碰到孟潮是在医院，也是他的母亲住院，便问："是因为心脏不舒服吗？"

孟潮点点头，又摇摇头，想说什么却无从说起。

这天之后，两人几乎天天待在一起。在阳台上无所事事地看川流的人和车，他们站的位置紧挨栏杆，孟潮问安何怕不怕掉下去，安何因为对未知的恐惧，紧张地攥住孟潮衣服下摆。

孟潮顿时没了兴致。

他意味不明地笑一声："怎么，怕我失手把你推下去？"

安何的反应，让孟潮想起十七年没见的弟弟。

孟泽刚走丢的那阵子，母亲的状态很糟糕，看他的眼神总是充满怀疑。

连外面的人都说，孟家那个没有血缘关系的大儿子，怕是早就生了取而代之的心思。他有太多方法让弟弟幼年丧命，再伪装成失手，多么容易。

他们说得有板有眼，浑然忘了孟潮那时候也只是个十岁的孩子。

纵然这个孩子处境尴尬，也曾因为父母的冷待难过不已，可当六岁的孟潮踮起脚尖，看着摇篮里熟睡的婴儿时，脑海里最初形成的念头，也不过是要当个好哥哥，将弟弟保护好而已。

孟潮痛恨一切不被信任的关系。

冰箱里的食物吃完了，在安何的提议下，孟潮和他一起驱车前往超市，推一辆购物车，往里面装东西。

安何看到吃的就眼睛发亮，扫荡般地掳了大把鸡鸭鱼肉农副产品，最后购物车满得都快推不动，结账的时候安何有些不好意思，说明道："这些，够我们俩吃好久。"

到地下停车库，孟潮把满满两大袋东西拎到车上，安何推着空车去归还，说还有一块钱押金等着他去取。

一去就是十来分钟。孟潮坐不住，下车等，半天等不来人，摸出手机打电话，无人接听。

跑到地面上去找，购物车归还点哪里有安何的影子？望着周围往来不绝的人，孟潮顿时慌了神。

似曾相识的场景。他清楚地记得不过转身取饮料的工夫，那个穿着蓝色棉衣的小孩就消失在人群里，他在偌大的商场里四处奔走寻找，大声喊他的名字，也无济于事。

仿佛被一股巨大的力量袭击，孟潮瞬间精神溃散，险些站不稳身体。

就在这时候，他的肩膀被人从后面拍了一下，同时传来一道声音："你怎么在这里？"

孟潮不知道自己是怎样转过去的。

"我不是故意的……"孟潮颤声说，"我不是故意把你弄丢的。"

安何呆住几秒，眼神逐渐变得清明。

他忽然明白了一些事情。

"你没把我弄丢。"安何呼出一口气，"我不是就在这里？"

之后安何告诉孟潮："我去还购物车的路上看到一家果汁店，那家的西瓜汁是鲜榨的，没有色素和添加剂。"

孟潮笑："是你自己想喝吧。"

安何被戳穿也不恼，一本正经地说："你也想喝的。"

反正哥哥和弟弟，肯定会喜欢同样的东西。

有些改变在悄无声息地发生，正如在全无察觉的情况下，安何开始羡慕那个让孟潮失魂落魄的弟弟。

甚至开始假装自己就是那个弟弟，听着耳畔一声声"对不起"和"都是哥哥的错"，大度地回应"没关系"。

"没关系。"安何说，"你都说了你不是故意的。"

被充分信任让孟潮感到安心，一直紧绷着的神经终于放松下来，他缓慢地合上眼睛。

安何却在吃得很饱的情况下失眠了，心脏跳出震耳欲聋的动静。

脑袋也不消停，里面不断地重演孟潮找到他时，犹如珍宝失而复得的神情。

原来这就是被在乎，被珍惜。

他不会用烟花那样浪漫的意象形容一段稍纵即逝的关系。如果非要比喻，安何觉得孟潮是瓜田里最大、最圆的那颗西瓜，哪怕他拼命地告诉自己这瓜一点都不甜，不如拿去换钱，可每当看见，还是会诚实地流下口水，想把它摘下来，藏进被窝里。

他也没有江若宁为玉碎、不为瓦全的骄傲和骨气，从小到大，旁人对他最多的评价就是尿包、软柿子，总是任人拿捏，逆来顺受，被怎么欺负都不会生气。

夏天的尾声，受够了闷在屋里的局促，趁项目收尾空闲多，孟潮带着安何到处去玩。

两人没走太远，枫城就有许多好玩的地方。除了锦苑，孟潮参与投资的度假村、格调雅致的清吧、闹市区的电影院、附近的公园，甚至孟家的集团大楼，两人几乎把能去的地方都去了个遍。

孟潮是生意人，朋友多、社交圈广，安何与他相反，交际圈窄得像个原始人，手机通信录里的号码不超过十个。

有次孟潮带他去一家新开的酒吧，中途离开了下，去包间和朋友碰头，聊完回来看见一名穿着热辣的女孩坐在安何身旁的卡座里，不知在说些什么，正倾身凑近观察安何，吓得安何连连后撤，险些从椅子上摔下来。

孟潮赶到的时候，安何像见到救星一样拉住他，然后呼出一口气，仿佛回到了安全区域。

被全身心依赖的感觉很不赖，孟潮拍拍他的手，抬头佯作呵斥："你怎么跑这儿来了？不怕我回家打你小报告？"

那女孩坐直身体，跷着腿一脸没趣地晃了晃玻璃杯中的酒："该怕的是你吧？"

从两人的对话中，安何了解到这个女孩是孟潮的妹妹，名叫孟岚。

没有血缘关系的兄妹俩相处起来更似朋友。孟潮嘴上说着少喝点，孟岚续了一杯又一杯他也懒得阻止；孟岚更放得开，告诉安何她哥之前的逸闻。

"酒都堵不住你的嘴？"孟潮摆起兄长架子，"论黑历史，你不比我精彩？"

孟岚朝安何递了个眼神，像在说——你看，他也知道这是黑历史。

为了避免话题不受控制，孟潮起了个头，讲小时候的糗事。

孟岚说，她这辈子唯一一次下厨做饭，是家里阿姨把食材洗好、切好，调料都装在碟子里，只需要按照步骤开火下锅再关火盛出。就这么简单的傻瓜式步骤，她却烫伤了手，端着汤碗出去的时候脚下一滑摔了一跤，连汤带碗砸一地碎片。

孟潮听了嗤笑："这也不算糗啊，是你能干出来的事。"

“听我说完。”孟岚慢悠悠道，“我摔在地上，眼一抬，面前站着一个男的。”

孟潮不笑了，问什么时候的事，孟岚说高中那会儿。

“那时候你总是把他往家里带，你在房间打游戏，他在楼梯间看书，我听见他打喷嚏，就……”

说着孟岚摆手：“算了，没什么大不了，毕竟他都不知道是做给他喝的。”

安何听得云里雾里，也不知道故事里的“他”是谁，只大概知道这是一段关于暗恋的故事。碎的也不只那只汤碗。

孟潮的故事轻松一些。

他说自己青春期叛逆，干过的出格事两只手都数不完。其中能逗人一笑的大概是初三那会儿他为了偷懒逃课，砸坏了琴房的一台钢琴。

“琴房不可能只有一台钢琴吧？你怎么想的。”孟岚笑，“这事我有点印象，那会儿他是不是也在？”

孟潮点头：“是他和人发生矛盾先动的手，不过我也不全是为了帮他。”

孟岚想了想：“那是春节前后？”

孟潮垂眼不语。

传闻孟家最小的儿子就是在年节期间走失。彼时街上车水马龙，熙来攘往，孟泽累了不想走路，孟潮便把弟弟抱起来放在长椅上，让他不要乱跑，自己去排队买饮料。谁想不过五分钟工夫，再回来时，拿着气球的小孩就不见了。

自此，每年的这个时候，孟家夫人都情绪低落，连带着身体欠佳，轻则卧床静养，重则旧疾复发。十几年来，全家上下都笼罩在这挥之不去的沉雾中。

这回安何还是似懂非懂，只觉得孟潮好像很难过。

于是轮到安何的时候，他想着讲点有趣的，搜肠刮肚好不容易想到一个。

“小时候有一次，我一个人去镇上卖瓜，碰到隔壁村的叔叔，他说用珍珠跟我换瓜，一颗珍珠换一个瓜。”

孟岚猜测道：“珍珠是假的？”

“当然不是真的。”安何面露窘态，“我捧着珍珠回去，被爸爸结结实实打了一顿，他说这是塑料珠子我还不信，往水盆里一丢，好家伙，涂色层都掉干净啦。”

本以为孟潮听了会笑，没想到他非但没笑，回去的路上还一直板着脸，一声不吭。

安何以为他酒劲上来了，从地下车库到电梯口，一路扶着他。

孟潮确实喝了不少酒，他紧紧攥住安何的手，唯恐他跑了似的。

“以后被欺负了要告诉哥哥。”喝醉的孟潮眼神却清明，他看着安何，郑重地说，

“哥哥帮你报仇。”

静默几秒，安何小声说：“不用报仇啊。”

安何不想自己在他眼里显得很可怜，他想要的从来都不是同情。

“不用报仇。”安何又重复一遍，“我现在很好。”

江若从剧组杀青回到枫城，安何和他一起吃了顿饭。

其间孟潮打来三个电话，一个问他去哪儿了，一个问他吃了没，还有一个问他什么时候回来。

最后一个安何接通后还没来得及说话，就不小心按到挂断。孟潮立刻又打过来，佯作凶狠：“你敢挂我电话？”

安何笑得见牙不见眼。

有小本子还不够，安何买了份印着“福”字的挂历，挂在大门背后，每天起床第一件事就是跑去把前一天划掉。

他还在挂历上做记号，中秋、国庆、重阳、圣诞，每个都打上五角星。

“到时候我会送你节日礼物。”他告诉孟潮。

孟潮笑说这像极了公司给员工派发节日福利，又问：“那生日礼物呢？”

安何说：“别急啊，还有好几个月呢。”

孟潮本就耐心不足，只觉时间难熬。

安何给他找事情做，拿起手机：“江哥的新剧上了，走啦走啦，一起去控评。”

自从江若开始活跃在荧幕上，孟潮的微博账号就时刻处于被征用的状态。安何时不时给他发来一个链接，让他帮忙点赞。

不白点，安何给他做饭，他想吃什么就做什么。

孟潮点着点着不由得吃味：“你管他叫哥哥？”

说的是安何的追星小号，头像是江若的剧照，各大品牌方、剧组官博，包括营销号那里都有他的身影。

“我一直叫他江哥啊。”安何说。

孟潮指着他的微博简介——永远支持江若哥哥！

安何“啊”了一声：“不能叫他哥哥吗？”

“不能。”

“为什么？”

“你说呢？”

当着孟潮的面，安何把简介改成了“永远支持江哥！”，并叹一口气，评价孟潮此番行径：“你好小气啊。”

等待的时间里，在孟潮的组织下，安何等四人首次成功会晤。

亲眼确认江若和席与风相处融洽，安何很替他高兴，心想江哥就是厉害。

孟潮却觉得那两人在揣着明白装糊涂，实在看不下去。

他就不一样了。

趁安何去吧台看调酒，孟潮主动与江若攀谈，欲要绕过安何，替他把债还了。

江若拒绝了，说这是他和安何之间的事，和其他人没关系。

原话不太中听："说到底你是安何的什么人？"

孟潮心里一沉，脸上笑容不减："你就这么确定，我不是真心帮他？"

江若嘴上说着未雨绸缪，表情却极为肯定，似在反问——不然呢？你难道会帮他一辈子？

孟潮从来不去想一辈子有多长，他的人生早已在十岁那年停止。

是安何给了他生日，让他对未来有了一丝微妙的期待。

这天深夜，他从梦中惊醒，安何进来倒水给他喝。

迷迷糊糊地，孟潮看见一道熟悉的身影走过来，他伸手去抓，问他："你去哪里了？"

安何知道他又被魇住了，轻轻拍他后背："我回来了，我就在这里。"

孟潮还是问："你去哪里了？为什么不回来找我，听我弹琴？"

安何觉得自己在和十岁的孟潮说话："琴都被你砸坏啦，你让我去哪里听？"

孟潮说："对不起。我只是……太想你了。"

他问安何，愿不愿意和他待在一起。

安何说："我们现在不是就待在一起吗？"

孟潮摇头："要一直这样待在一起。"

像亲兄弟一样。

安何答应了："好啊。"

时间一跃到年底，公司事多，孟潮开始频繁加班，假期也被占用，他在办公桌和会议桌之间往返不停。

偶有假期，他还被父母安排去相亲。

母亲的原话是："眼看你妹妹都快嫁人了，你这个当哥哥的也该抓紧。"

孟岚即将和席与风结婚的事，连安何都知道。

"我和岚姐加了微信。"安何说，"她会叫我陪她逛街。"

孟潮深知妹妹秉性："别跟她走太近，她交往过的男人能从城东排到城西。"

安何想不通："那她为什么还要结婚？"

"不甘心吧。"孟潮说。

联系先前孟岚讲的那个故事，安何茅塞顿开。

他在小本子上画了个三角形，每个角都被一个火柴人占据。

孟潮一看就乐了："你还知道三角恋呢？"

安何心说：我当然知道啊。

我还知道你也要结婚了呢。

上个周末孟潮没来，安何去酒吧打零工，途经一家高级酒店，透过干净明亮的玻璃窗，看见孟潮和一个女孩坐在靠窗的最佳位子，气氛融洽，谈笑风生。

晚上下班经过酒店，又看到孟潮，在同样的位子，和另一个女孩。

这打扮，这场景，桌上还有牛排和红酒，总不至于是在谈生意。

应景的是，站在门口恍神的工夫，安何目睹了一场大戏——

一名四十上下，身穿华丽裙装的妇女，揪着一个年轻女孩的头发从酒店正门出来，早已等在那里的两名保镖模样的人得了命令，二话不说就对那女孩拳打脚踢。

酒店保安上前劝阻，那妇女非但不停手，反而更嚣张："做错事的时候，她就该知道会有这么一天！"

渐渐有路人驻足围观，众人出奇一致地都在叫好，说这被打的女孩活该。

也有骂这男人窝囊的，竟然连面都不敢露，算什么男人。

安何躲在墙角打电话报警，等到警车抵达才离开。

之后的几天，孟潮都没回来。

直到江若遭遇绑架，孟潮打来电话告诉他这件事，又过一个星期，两人才在医院碰面。

江若出院了，身体状况转好，却神色恹恹，眉间积了一团散不开的愁绪。

回去的路上孟潮开车，听说安何替他将问候和礼金带到，由衷地说了句"谢谢"。

"最近公司里忙，脱不开身。"孟潮说，"等闲下来，带你去看电影。"

"什么电影？"

"新上的那部电影，有江若，你不知道？"

"哦，哦。"安何反应过来似的点头，"好啊，看江哥的电影。"

到住处，孟潮先睡了一觉。

安何不知他如此疲累的缘由，只躺了下来。

可是孟潮家的床垫实在太好睡，安何眼皮发沉，一个不留神就睡了过去。

醒来的时候，孟潮正看着安何。

他眨一下眼睛，安何就跟着眨一下，他不眨，安何就也睁大眼睛，像在进行一场无声的比赛。

最后是孟潮喊了停。

他问安何："你是不是听说了什么？"

安何缩了缩脖子："没，没有。"

他回答得太过干脆，反而有猫腻。

孟潮便直截了当地问："你是不是听说，我也要结婚了？"

安何含糊地应了一声："你饿吗？要不要吃东西？"

转移话题的方法过于拙劣，孟潮笑了声，继续看着安何。

孟潮看着他，语气有几分无奈："我白天忙着赚钱，晚上还要抽空应付家里安排的相亲，挨个给她们讲道理——不要相信婚后能处出真感情，臭男人不值得相信。"

安何眨了下通红的眼睛，挤出一滴温热的液体。

他也不知道自己为什么要哭，磕磕巴巴"你"了半天，憋出一句："你，你才不是，不是臭男人。"

"嗯。"孟潮失笑，"你这么想是因为你是我弟弟。"

安何罕见地流露出一点委屈："可是……你有好多弟弟。"

说着又要掉眼泪，脑袋因为缺氧发晕，安何勉强能听见孟潮的声音。

"可是哥哥只想要你一个弟弟。"

良久，安何才找回自己的声音。

他将信将疑地问："真的？"

孟潮揩去他眼角的泪："那还能有假？"

安何抿住唇，表情严肃地思考着什么，过了一会儿才再次开口："那，那那个弄丢了的弟弟呢？"

问出这个问题，几乎用去了安何全部的勇气。

孟潮也能感觉到。顺着脸颊摸到鬓角，他轻轻抚摸安何的头发："是时候和他告别了。"

人不能总是停留在过去。

他和孟泽相识四年，分开十七年，见不到的时间早已多于作为兄弟在一起的时间。有些人注定是生命中的过客，记忆无法抹去，生活却在不断向前。

是安何把他从梦魇中解救出来，还给了他对未来崭新的期待。

"可是，他很可怜。"安何说。

孟潮拈起一簇头发，让发尖柔软地戳在指腹："我就不可怜吗？"

安何看着他："你也可怜的。"

孟潮笑了："我哪里可怜？"

"不知道。"安何坦诚道，"就是觉得，你也很可怜。"

他经常会想，孟潮是怎样度过这十七年的。一个人，怎么可以在自责和懊悔中度过六千两百多天？

"那你能让我不那么可怜吗？"孟潮问。

安何没有犹豫地点头，重重点了好几下。

孟潮又笑了，这回是真的笑，眼睛都弯了起来。

他发出一声叹息："你不是他……幸好，你不是他。"

当初孟潮是被押着去相亲的。

第一场相亲就碰到个合适的对象，那姑娘刚入席就坦白说自己来相亲是因为拗不过父母，无奈应付一下。她和孟潮一拍即合，一顿饭的时间，两人就将婚前协议如何草拟，婚后如何在互相配合的情况下保持个体自由，都做了计划。

孟潮甚至回家后就告诉母亲他和相亲对象看对眼了，孟母也没想到会这么顺利，当晚就开始张罗婚事。

没承想后来出了岔子，那姑娘打电话给孟潮，说不能和他结婚了，并解释她之后的思考。

姑娘的一番话触动到了孟潮。他由此想到，自己在这里看似苦心地安排一切，却从来没想过问问别人的想法。

因而之后的几次相亲，孟潮当真抱着应付了事的心态，让姑娘们退避三舍，再不敢联系。

和孟岚逛街时，孟岚告诉安何："我哥这些年不容易，自从我弟走丢之后，他在家里的处境就……爸妈知道不该怪他，可言语行动上很难不迁怒，毕竟外面人人都说我弟丢了，他是唯一的受益者。"

安何还从孟岚那里得知了孟潮被领养的原因。

那年孟家生意不顺，先是遭合作伙伴背叛，之后生产线出问题损失大批原材料，恰逢一名流水线上的工人受伤落下残疾，两个月不到，孟家光赔偿款就给出去七位数。

彼时孟家老爷子尚在，他找了位当地有名的先生帮忙算了一卦，那位先生说家中几位八字过软，若想渡过难关，须得找一名命格硬的孩子养在身边平衡气运。

虽说是迷信，可任是书香门第世代读书人，进了生意场也没办法不信天不信命。况且噩运缠身前途未卜，不如死马当活马医。

然而领养孩子并非易事，况且当时孟家夫妇还未生育。一家子跑遍周边的福利机构，为办手续四处打点关系，最后终于在枫城郊区一家福利院里选中一名男婴，取名孟潮。

说来神奇，自从孟潮来到孟家，孟家的经营状况逐渐转好，半年不到就扭亏为盈。

孟潮本人也争气，从小到大除了有些顽皮，挑不出别的毛病，孟家的生意如今都靠他打理。

让人不禁慨叹，如果没有亲生儿子孟泽走丢这件事，孟潮在孟家的处境或许会好很多，至少不那么像寄人篱下，也不会被外人明里暗里说风凉话。

用孟岚的话说："他现在怎么做都不对，抛下孟家自己打拼，会被指责白眼狼没良心，在孟家掌握权力，又会被恶意揣测——看吧，当年孟家真少爷走丢肯定跟这养子脱不开关系。"

"就连我爸妈，这些年都对他芥蒂颇深，再深厚的养育之恩，也经不住日复一日的磋磨。"

听了孟岚的讲述，安何才对孟潮的不易有了直观的了解，同时开始明白，孟潮为什么会说"幸好"。

幸好，安何想，幸好我不是他。

哪怕曾经羡慕过，现在的安何却无比庆幸，自己不是那个让孟潮痛苦了十七年的弟弟。

和孟岚在外面吃过午饭，安何原想趁喝茶的时间同她聊点别的。

孟潮有句话没说错，安何就是爱操闲心。他想着如果能让孟岚明白什么叫强扭的西瓜不甜，劝得她放弃勉强来的婚姻，等百年后走到奈何桥上，回望自己乏善可陈的一生，也算做过一件功德无量的好事。

当安何正要开口时，孟岚手机响了。

接通后没多久，孟岚就站起来，眉飞色舞道："我去接个人。"

以为是孟岚的朋友来了，安何端起桌上的咖啡，打算等下他就借故先走，不打扰人家小姐妹聚会。

孟岚回来的时候安何刚把整杯咖啡灌下肚，嘴里还含着一大口，听见声音转身时，模样看起来十分不聪明。

不过意料之外的，孟岚带回来的不是小姐妹，而是一名面容和善、打扮优雅的中年女性。

孟岚介绍道："妈，这是我朋友安何。"

安何却好像没听到似的，愣在那里。

孟岚的母亲也看着他。

不知过去多久，一阵笑声打断了两人的走神，孟岚指着安何的嘴：“快咽呀，咖啡都流出来了！”

这天，孟潮在下班的路上给安何打电话，告诉他今晚自己要回家一趟。

安何“哦”了一声，问他：“那你什么时候回来？”

孟潮笑了。

到了孟家主宅，孟父和孟母出去散步还没回，孟岚在家。

被问到今天怎么没出去浪，孟岚揉着肚子说：“别提了，一下午喝两壶茶，都给我灌饱了。”

说到今天约了安何逛街，孟潮眉头一皱：“他不善交际，你自己爱怎么玩怎么玩，别总拉着他。”

听得孟岚翻白眼：“得了吧。”

孟岚告诉孟潮，今天妈妈正好在外面和朋友吃饭，吃完他们一起喝了下午茶。

孟潮惊道：“妈妈和安何一起喝茶？”

“是啊。”孟岚扬眉，颇有邀功之意，“我这不是在帮你嘛，你是不知道——”

孟岚拉长语调卖关子，孟潮收到暗示，当即掏出手机给她转了笔不菲的“开口费”。

收了钱的孟岚立马开口：“你是不知道，他和咱妈特别投缘，可能是因为长得像？妈请他喝茶，还点了一桌点心，说他太瘦了，让他多吃点。”

孟岚习惯了被人围着转，说着不免吃味，撇嘴道：“两人光顾着聊天直接把我晾在一边，瞧那架势，好像他才是亲生的一样。”

晚上回到自己的住处，安何已经睡下了，听到声音起床：“你知不知道，已经很晚啦。”

孟潮“嗯”一声，问他今天去哪儿了，安何瓮声道：“和岚姐逛街了，还见到了你的……妈妈。”

这是孟潮第一次听安何喊妈妈。安何管养母叫阿妈。

“你喜欢她吗？”孟潮又问。

“喜欢啊。”安何回答，“她好温柔，好漂亮，一定是个很好很好的妈妈。”

不知为何，听着这一声声的妈妈，孟潮产生了一种拥有的一切都不属于自己的、前所未有的陌生感。

心跳得很快，源于假象即将被撕开，美好的事物终将倾覆的恐慌。而之前被他刻意回避的灰暗地带，正一点一点地显山露水，向他围拢过来。

孟潮问安何是什么时候被卖到山村，又问他为什么会得心脏病。

安何迷迷糊糊，有一搭没一搭地说：“四岁吧……医生说，可能是外界因素造成的，也可能是先天的，就是父母遗传……”

察觉到孟潮的紧张，安何安抚他：“没事啦，现在它很健康，你听——”

扑通——扑通——

“像不像在喊，哥哥，哥哥。”

你听，每一声都在说，哥哥。

后来安何曾不止一次后悔没有把心声付诸言语。

人心尚且隔着肚皮，没说出口的话，又有谁能听清？

不过当时的他并不知道发生了什么，只发现孟潮开始疏远他，对他的态度也变得冷淡。

孟潮开始不接安何的电话，偶尔接起来也只是淡淡一句“在忙”，也不说多久忙完，什么时候可以再打过去。

安何本就听话，孟潮不让他联系他就不再打电话，乖乖等在家里。

一等就是许多个东升西落过去，挂历上又添无数道斜杠，迟钝如安何才察觉到孟潮是在躲他。

如同过山车爬升到顶点突然俯冲而下——毫无预兆，没有缓冲，心脏还悬吊在最高处，身体却已经坠入谷底。

安何茫然极了。

他为什么要躲我？

是家里出了什么事吗？

安何给孟岚打电话，孟岚说家中一切都好，然后问安何有没有空，一起出来喝茶。

“不是我想喝，那天喝完茶之后我妈就总念叨你，我是替她约你呢。”孟岚说。

安何不擅长拒绝，加上存着亲近孟潮家人的心思，到底答应了。

孟母和上回一样，对他亲切和蔼，一面往他碗里夹菜一面问他几岁，生日是几月。

听到安何说二十一岁，孟母眼睛一亮，又在听说他的生日在一月份后，眼神顿时暗下去。

安何没有告诉她这个生日是养父母随便填的。他忽然想到孟潮的生日被安排在自己生日的前一天，便告诉孟母：“我和孟潮也是朋友，他现在有生日了。”

临分别前，安何还不忘提醒：“就在下个月，阿姨您千万要记得给他过生日啊。”

误打误撞办成另一桩好事，安何很高兴。他想打电话，怕孟潮不接，便改发微信，贴一个嘴角咧到耳朵根的笑脸表情。

晚上孟潮来了，喝得醉醺醺。

安何挤了热毛巾给他，问他最近是不是很忙。

孟潮含糊地“嗯”一声，安何立刻点头：“我就知道。”

我就知道，你不是故意不理我。

窗帘缝隙漏进来一道狭长的光束，落在孟潮身上是霜的颜色，他开口道：“今天出去了？”

“嗯。”说到这个安何就开心，“吃了好吃的，还见到了你妈妈。”

“我妈妈？”孟潮又笑一声，“她不是我妈妈。”

没等安何弄懂这句话的含义，孟潮问：“你想不想找到自己的妈妈？”

“想啊。”安何回答，“怎么会不想？”

他是被拐卖，又不是被抛弃。他的亲生母亲，一定也很想他。

很久以后，安何才意识到那天的孟潮，是怀着怎样的心情。

也明白了那份被留在床头的亲子鉴定报告书，不是无心，而是孟潮故意。

他在逼迫安何做出选择。

而选择的代价，已经在那晚被言明。

那晚之后，孟潮再也没有找过他。

安何一连数天不给他答案，或许还在犹豫，又或许和他一样，无从抉择。

拿到亲子鉴定报告的当天，孟潮买了盒烟，在办公室里一根接着一根地抽。

他戒烟许多年，起初有些不习惯，呛得一直咳嗽。

让他想起当初学抽烟的契机，是听到有人在背后议论他，说他明明不是孟家人，倒是会摆少爷架子，要是真少爷还在，哪容他这个假少爷作威作福。

当时孟潮唯恐理解错，还翻成语词典查了下“作威作福”的意思。

不过他也知道，自己出身福利院的事情并非从孟家人口中传出。

毕竟大家都长了眼睛——孟家从上到下都是线条柔和的温软长相，唯独出了他一个五官深刻的浓颜系。孟家书香世家，文学、音乐、绘画总要喜欢一项，唯有孟潮，看书必犯困，起笔鬼画符，钢琴弹得一般，砸琴倒是干脆。

最早曾有传言说孟潮是孟家老爷在外面的女人生的，孟父何等高风亮节，哪能容忍此等污蔑，某次聚餐时当着众人的面澄清说孟潮并非私生子。

通过排除法佐证猜测，这下所有人都知道了——孟家的长子孟潮是收养的，和孟家根本没有血缘关系。

抽完烟，孟潮在洗手的时候看了下镜子，确实一点都不像。

稍一恍神，他眼前浮现出另一张面孔——巴掌脸，线条流畅的轮廓，小却丰润的唇，小狗一样的下垂眼。

继承了孟父孟母的所有显性特征，甚至没必要去做亲子鉴定。

孟潮对着镜子笑了一下。

他从未想过以假乱真，但自取其辱的事，这些年还真没少做。

傍晚回到孟家主宅，孟岚闻到他一身烟味，嫌弃地捏鼻子："居然让我吸二手烟，讨厌。"

孟潮说席与风抽了十几年，孟岚非常双标地耸肩："可他抽烟帅啊。"

用餐前，孟岚把孟潮拉到外面走廊角落，问他："今年春节你在哪儿过？"

孟潮问："有区别吗？"

"有啊。"孟岚说。

孟潮过了好一会儿才反应过来。

餐桌上，孟潮摸出手机低头看一眼，没有新消息。

孟母瞧见他心不在焉，发话道："听说最近公司忙，辛苦了。我让刘妈每天都煲汤，你记得回来喝。"

孟潮愣了下，方又拿起筷子，"嗯"了一声。

不是察觉不到孟母对他的关心，他也知道这关心多半出于愧疚。

当年孟泽走丢，孟母情绪崩溃之下，曾抱怨过孟潮，甚至和外人一样，怀疑过他是故意的。

其实这些年，孟潮不止一次想过，如果孟泽真的回来了，他该怎么办。

他理智地规划着——

我要善待他，把最好的都给他，并且和他保持距离，不让他怀疑我的动机。

如果可以的话，希望他能够帮我澄清当年的事。

毕竟我从未存心把他弄丢。

然而人只能在祸不及自身的时候维持理智。

任孟潮做足准备，计划到每一个细节和转折，也无法预料事情会往最坏的方向发展。

在这之前，他不再从安何身上寻找安慰。

他甚至曾庆幸，他们俩不是同一个人。

结果就是，在他挥别过去抬首向前的时候，老天跟他开了个天大的玩笑。

这年的春节在二月初。

阳历一月二十日，孟潮被母亲喊回家。

进门时家中一片宁静祥和，父母围坐案几旁喝茶，孟岚在厨房向刘妈学做菜，时而传出轻快笑声。

让孟潮松一口气的同时，又有一种刀始终悬在头顶的惴惴感。

安何竟是到现在都没有做决定。

席间孟潮和父亲聊公司年底的收尾工作，孟岚打岔说："好好吃饭，再谈工作没收饭碗。"

孟父笑着说那便不谈，孟母适时插话，对孟潮说："明天也回家吃饭吧，听说是你的生日。"

半晌后，孟潮才问："您怎么知道？"

"是你那位姓安的朋友说的。"孟母笑着道，"他千叮咛万嘱咐，叫我一定记得给你过生日。"

"那他……没有跟您说别的吗？"

"别的？"

"你们近来有没有联系？"

"没有。我让孟岚去过几次电话，他都说没时间。"

说到这里，孟母很是遗憾："我看到那孩子就觉得投缘，好像在哪里见过。以后如果有机会，不如把他带到家里来玩？"

晚上睡前，孟岚还打趣说："妈妈都发话了，还不快请人家回来做客？"

孟潮扯了下唇角，无言以对。

夜里他做了个梦。

场景依然是黎明之前，小孩蹲在前方的空地上哭，身影在浓郁雾气中若隐若现。

这回没等到他走近，那小孩就站了起来，飞快地转身。

孟潮没看清他的脸，只看到他近乎怨恨的眼神。

"你为什么不来找我？"他的声音像一柄尖刀，穿过迷雾锐利地刺过来，"你是不是，也希望我消失？"

孟潮在梦里不断地说，不是的，不是的。

我比任何人都希望你好好的，希望你回来。

所以把选择的权利交给你。我把自己绑在绞刑架上，等待你的审判。

可是一月二十一日过去，二十二日也过去。

除夕，春节……直到天气变暖，安何也没出现。

孟潮耐心告罄，回到自己在外面的住处，安何已经不在。厨房收拾得像没人用过，窗帘紧闭，衣柜空了一半，仿佛凭空消失一般。

把安何可能去的地方都找了一遍均无果，打电话也始终占线，孟潮不得已，找到了安何原来住的地方——如今只有江若在住的出租屋。

江若似乎刚拍完戏回到枫城，对孟潮仍是带着戒备加敌意，挡在门口不让进。

孟潮便自己推门挤进去，四处搜寻一圈没见到安何，江若理所当然地说："他把东西都搬你那儿去了，还回这儿干吗？"

"那他有没有和你联系？"

"这话该我问你。"

江若问出什么事了，孟潮偏过头，看见安何房间的墙上有张年历。

他记得，安何在他俩住处的门后也贴了年历，过去一天就划掉一天，一直划到除夕。

他想，世界上怎么会有这么傻的人，我把选择权交给你，你却反过来等我决定。

既然如此，迈出第一步的不是我就是你。

临走前，孟潮告诉江若："他是孟家流落在外的真少爷，也是我……法律层面上的弟弟。"

似是听到远方传来的声音，距离枫城两千多公里的一块农田里，正在犁地的安何莫名地打了个喷嚏。

按说枫城以南天气应该越发温暖，可安何却极少在枫城感冒。

或许是水土不服吧，他想，毕竟枫城才是我的家。

收拾好工具往回走的路上，安何开机刷朋友圈。

江若在三分钟前发了张"麻了彻底麻了"的柴犬表情包，似在表达对他"离家出走"的无语，安何屏息划过，唯恐手滑点赞。

往下翻，孟岚发的好像是同一只狗，不同的是那狗眼眶含泪，头顶一行字——只是沙子进眼睛了。

孟岚和席与风解除婚约的事，安何是知道的。

他的"避世"决心并不彻底，一天最多二十三小时关机，空闲时蹑手蹑脚地打开，瞧瞧是否有人联系。

那天半夜他刚开机，孟岚的语音通话就跳了出来，安何一个手抖按下接通键，退出已经来不及。

“他要退婚，他竟然要跟我退婚！”电话里的孟岚歇斯底里，“他到底想要什么！”

安何尽力安慰：“你很好，可是喜欢这种事不讲道理，他不会因为你很好就喜欢你啊。”

孟岚要崩溃了：“那我该怎么办？”

安何感情经历有限，只能想到：“努力忘记他吧。”

虽然真的很难。

第二天是个晴天。

播种之前，安何在耕完的土地里加了基肥，然后一面撒种子，一面念念有词——

这颗给江哥，这颗给阿爸阿妈，再放一颗大的在孟家门口，替他孝敬亲爸亲妈。

家里的瓦房已经盖好，阿妈说了，以后卖西瓜的钱都给他娶媳妇用。

安何站在田埂上，望向远处蓝天白云下的瓦房，心想不知旁人会不会喜欢这里。

晚上隔壁孙大爷的儿子娶亲办酒，安何跟阿爸一起去出礼，一边被满桌乡亲围着夸，一边塞了满嘴盐水煮大虾。

散席时忙了一晚上的孙大爷亲自把他们送到门口，又是一顿夸：“咱们村出去的年轻人，数小安最有出息，才几年啊就给家里盖了这么大的房子，以后你们老两口可享福喽！”

安何听得脸热，在心里说——您是不知道，我还欠着三十万外债呢。

回去的路上，安何翻出随身携带的小本子，就着路灯微弱的一点光看账单。

往后翻几页，出现了一幅简笔画。画上两个火柴人，肩并肩躺在草地上，一个说“张嘴”，一个说“啊——”

是幻想中的夏天，抱半个冰西瓜，用勺子你一口我一口，很快就吃光了。

如果能种出更大的西瓜就好了。

他让阿爸先回去，自己去田里看看。

月朗星稀，晚风拂过空寂的田野，吹来阵阵虫鸣。

其实没什么可看的，肥已经施下去，能做的都做了，接下来只能听天由命。

外面信号比屋里好，安何蹲在田边刷了会儿手机。

起身的时候，手机忽然连振动带响铃，安何吓一跳，拇指不偏不倚按到接通键，声音从两个方向传进耳朵时，安何怔怔抬头。

近年村里修了水泥路，可路灯并没有布到田地里，因而其实看不清楚来人的模样。

但是安何想起孤舟和潮水，想起那个手中的西瓜种子一直漏一直漏的梦。

梦里弹钢琴的人的模样，足够他将模糊的轮廓补全。

原来十七年也不足以忘记。

回去的路上，两人都没说话。田埂泥路坑坑洼洼不好走，安何打着手电，时不时扭头确认身后的人是否跟上，十分钟的路硬是走了半个小时。

阿妈身体不好早早躺下，听说有城里来的贵客，坚持披衣下床，给客人泡茶。

安何没说这是谁，只说他吃过了来的，让阿爸阿妈先去睡觉。

然后他走向厨房，抱一捆柴，将干稻草点了火丢进灶膛，轮胎大的木锅盖一掀，开锅烧水。

他下了锅面，猪油打底加酱油做汤，面盛进去撒一把葱花，端到孟潮面前。

“我不会做别的。”他知道孟潮肯定没吃饭，“凑合吃一点吧。”

孟潮没有接碗的意思，凝视着他：“我大老远过来，是为了吃饭？”

安何抿唇不语，把碗往前再递了递，孟潮还是不接。

面快坨了，安何在旁边的小凳上坐下，挑起一筷子面条塞嘴里，自己吃。

刚吃两口，就听见孟潮喊他：“安何。”

安何吞咽的动作顿了一下。

“安何。”孟潮又喊他一声，嗓音疲惫而低哑，“你是不是故意的？”

来的路上，孟潮做了许多心理准备。

他以为安何会不理他，会哭，会像梦里一样责怪他，用带着怨恨的眼神。

可是安何没有。

安何静静地看着他，为他引路，带他回家，在灰扑扑的厨房里，用本该不沾阳春水的手抱起一捆木头，熟练地生火，烧水，为他煮一碗面，在他拒绝之后默默坐下。

然后安何说：“不是。”

孟潮无法相信他的话。

“那你为什么要跑？”

“……我没跑。”

“两千多公里，这里离枫城两千多公里，你说你没跑？”

孟潮抬高音量，安何缩了下肩膀：“真的，我只是……”

“只是什么？”

被逼问到没办法，安何闭了下眼睛，不得不给出回答：“我只是，怕你后悔。”

其实一月二十一日那天，安何曾去找过孟潮。

他想给孟潮过生日。

安何去到孟家的集团大楼，在大厅等电梯的时候，听到旁边两名来应聘的年轻人闲聊八卦。

“听说了吗？孟氏现在的掌权人不是他们家的亲儿子。”

“不会吧，他们豪门不是最在乎血统吗？”

“在乎也没办法，真少爷很小的时候走丢了，生死未卜的，就剩下假少爷，只好‘传位’给他。”

“那这个假少爷，一定很怕真少爷突然回归吧？”

“反正要是我，肯定恨不得真少爷从这个世界上消失。”

“哇，你好毒啊。”

“人不为己天诛地灭嘛。”

…………

安何终究是没乘电梯上去，也没有联系孟潮。

他自认头脑简单，不够聪明，暂且还没适应身份的转变。

他没想到认回亲生父母，会给孟潮带来如此严重的危机，也没想过会让他们俩的关系变得水火不容，势不两立。

可是孟潮却说：“我有什么好后悔的？该消失的是我。”

他欠身，强迫安何看自己。

“那是属于你的东西，本来就是你的位子，你现在因为怕我后悔躲到这种地方来，把命运交给我，就不怕自己后悔吗？

“你清醒一点，好好想想，说不定我真的想要你消失，说不定我早就知道你是孟泽，说不定当年，我是故意把你弄丢。

“我算什么？一个被抛弃的孤儿，一个撞了大运被富人收养的吉祥物，一个做错了事必须用一辈子去弥补的罪人，你至于为了我，至于为了我……”

孟潮语速很快，到最后才逐渐放慢。

“拜托你，好好想想，”声音也低下来，孟潮近乎颓丧地垂头，“别把选择权还给我。”

安何第一次知道世界上真的有那么多无能为力的事情，往左边走是错，往右边走同样是错。

也是第一次知道，原来心理的疼痛可以超过身体，让眼眶发酸，视线模糊。

安何不想回应他的“拜托”，也不想去想，他本能地去捂住被撕开的伤口，不要孟潮疼，也不要自己跟着疼。

“别这么说自己……”安何摇头，尝到眼泪的味道，“你别这么说自己。”

他眼中的孟潮从来不是吉祥物，不是罪人，也没有做错任何事，不会被抛弃。

而听到这话的孟潮受到撼动般，身形猛然一颤。

“那我应该怎么做？”孟潮问，“我该把你送回去，还是该阻止你和他们相认？”

那双笑起来像月牙的漂亮眼睛，如今裂开道道缝隙，每一道缝隙中都盛满浓稠的痛苦，仿佛再晃一下就会彻底溃散。

他问安何：“我应该怎么做？你教教我，好不好？”

太久没有这么近，近到能听见对方发着抖的呼吸。

因此安何恍惚一瞬，听见了来自心底深处的求救声。

他听见孟潮说，你救救我。

你救救我，好不好？

孟潮只在这里待了一夜，两人都睁着眼睛睡不着。

后半夜虫鸣渐息，许是觉得安静比吵闹更可怕一些，安何突然问：“你是怎么过来的？”

孟潮望着房梁，说：“飞机转大巴。”

安何摇了下头：“我是问，这些年你是怎么过来的？”

沉默良久，孟潮才开口：“就这么过的。”

“是不是……很难熬？”

“不难。在有钱人家吃穿不愁，接受最好的教育，怎么会难熬？”

“可是你——”

“没有可是。”孟潮偏过头，视线掉转到安何身上，“如果你的同情心这么泛滥，不如多心疼心疼自己……至少我没有因为没钱耽误治疗，也没有因为负债要去打零工。”

“我过得很好。”

天快亮的时候，安何换了个面向墙壁侧躺的姿势，一动不动，像是睡着了。

孟潮脚刚碰到地面，衣摆被人从身后攥住。

他知道安何没睡着，可是孟潮还是将布料从安何手心里一点一点抽了出来。

接着他站起来，身体霍然挡住从窗户透进的光线。

走之前，孟潮说：“你别总是那么好欺负，行不行？”

那是春末夏初时一个微凉的清晨。

而下一次见面，是在三个月后，孟家主宅。

这段时间里，安何静下心什么都不想，只顾埋头种瓜。

他每天往田里跑，施肥，杀虫，研究光照对西瓜生长的影响，闲暇时就坐在田埂上，看头顶蓝天、远处群山，让平地而起的风撩动头发，穿过胸膛。

西瓜成熟的时候，他摘下两个最大的用网兜套着，登上了前往县城的大巴车。

他给阿爸阿妈留了封信，讲他在枫城做心脏手术的事，也讲他早就知道自己不是他们亲生的。之所以从来不说，是因为阿妈身体不好，既然现在好多了，他也算尽了赡养义务，以后每个月给家里打的钱会减少。

安何没在信里责怪他们。他们在大山里待了一辈子，只想着要个儿子防老，有了钱也是存起来盖瓦房给他娶媳妇，哪怕他根本不需要。

这封信，安何拜托了隔壁孙大爷的儿子，让他有空帮忙念给养父母听。他们不识字。

哪怕安何其实知道这些话当面说比较好。

为了西瓜，安何下了大巴车后直奔火车站。

十个小时的动车，抵达枫城已是傍晚。

出站走了一阵，才发现手中一个西瓜裂开了一道一指宽的缝。

天气炎热，裂开的西瓜撑不了多久就要腐坏变味。

安何犹豫了下，到路边放下手里的网兜，对着西瓜拍张照片，给江若发过去。

江若没有立刻回，安何发消息告诉他：下次再给你带，这个我先吃啦……

然后他在路边找了家肯德基，点了个甜筒，坐下吃西瓜。

一个人吃不了那么多，安何分了一些给隔壁桌看着西瓜口水都快流下来的小朋友。

吃完他拎着另一个瓜继续走。

孟潮离开之前留下一个地址。

循着地址找到城东一幢三层小楼前，安何隔着铁栅栏朝里面望，心想要不然还是放下瓜就跑吧。

这样想着，他把网兜放在门口，正要转身时，忽闻“咔嗒”一声，里面的门开了。

身穿白衬衫黑西裤的孟潮站在那里，看向他的眼神，平静得好像早就知道他会在这个时候出现在这里。

记忆中的哥哥直到此刻才与眼前的人完全重叠，而安何想的却是，他怎么又瘦了？

接下来的一段日子，堪称天翻地覆。

安何被孟潮拉进屋，得知他就是孟泽时，孟岚瞪大眼睛半晌说不出话，孟父也愣在那里。

孟母反应最激烈，先是上前细看安何的脸，又拉过他的手端详。安何察觉到她掌心冰凉，指尖都在发抖。

随后她两眼翻白晕过去，被送进医院的时候还紧紧拉着安何的手。

幸而在医生的照料下，孟母很快就醒来。她虚弱到一份文件都拿不起，听孟岚读亲子鉴定的结果时，眼泪流了满脸。

十八年的思念爆发在一朝一夕。孟母拉着安何近乎语无伦次，一会儿问他饿不饿要不要吃饭，一会儿说对不起都是妈妈的错，一会儿又问他怎么这么晚才回来。

安何也哭，说不饿，说妈妈没错，又说他也不想这么晚，西瓜刚刚成熟他就立刻赶来了，路上还裂了一个，好难过。

最后那个完好的西瓜，被一家人切开分食。

孟母吃着又要掉泪，孟父递纸巾给她。孟岚仰头望天，佯作无事地称赞："这瓜真甜啊，我弟弟就是厉害。"

安何住回了孟家。二楼他的房间保留了十八年，孟母为他置办了新床和晒得香喷喷的被褥，睡惯硬板床的安何当天晚上就爬起来，悄悄给床垫翻了个面。

即便被问起，安何也没有把被拐卖后的经历和盘托出。

他只告诉妈妈，养父母对他很好，让他吃饱穿暖，供他念书，是他自己不争气，没考上大学。种西瓜则是他的爱好，他很享受种瓜得瓜的过程，一点都不觉得辛苦。

光听这些，孟母就又鼻子发酸。

她问："那后来呢，回到枫城之后呢？"

安何说："我在这里遇到了很多好人，有帮我筹钱做手术的江哥，有带我玩的岚姐，还有……"

说着，他抬眼在屋内寻找，可惜并没有那个人的身影。

"我听孟岚说了，孟潮也待你不错。"孟母轻拭眼泪，颇为感慨地说，"从前我将你走丢的事迁怒于他，还以为他不会欢迎你回来。"

安何急于帮孟潮澄清，忙道："他对我很好，怎么可能不欢迎我？"

孟母这才露了笑，抬手抚摸安何的头发。

"他毕竟是你哥，对你好是应该的。"

可就是这样一个好哥哥，自孟母出院后，就再也没有回过家。

安何不知该以什么理由给他打电话，去问孟岚，孟岚也没办法："你们俩这段时间还是别联系了。"

这段时间是多久？安何想，只比一辈子短一点点吗？

后来孟家打算给安何改回原名入户籍，这是大事，孟母把孟潮叫了回来。

一家五口坐下商量，孟潮坐在安何对面的位子，全程没有看安何一眼。问到他，他也不发表意见，只说安何作为当事人，决定好了告诉大家即可。

刚散会孟潮就着急走，说公司里还有事等他去处理。

安何落在后面，慢吞吞地跟到门口，听见母亲带有几分愧疚的声音："当年的事，妈妈不该怪你……希望以后你还像从前一样对你弟弟。"

某一瞬间，安何以为孟潮会反驳，比如说，他不是我弟弟。

可是孟潮没有。

他很低地"嗯"一声，说："我知道了。"

然后大步离去。

安何试图回忆起从前是怎样和孟潮相处的，可他那时候还太小，记忆不清晰。

孟岚拿来家庭相册给他看，他看见自己小时候的样子，还有总是陪在他身边，不是拉着他的手，就是把他抱起来举高高的孟潮。

"跟亲兄弟一样。"孟岚感叹，"我还记得那时候你俩总是不带我玩，气得我直哭。"

安何不记得这些，他一瞬不瞬地盯着照片看。

无论在哪里，无论是什么样的天气，哪怕上一秒刚从树上摔下来，弄得满脸泥，照片上的两个人都笑得那么开心。

初秋的某个晚上，孟潮结束一天的工作，开车回到自己的住处。

从电梯里出来，过道灯应声而亮，抬眼看见门口蹲着的人，他脚步一顿，然后没看见似的绕过，开门进屋。

安何也跟了进来。

他其实带了钥匙，但是没用上，门锁已经换了。

勉强收拾好情绪，安何走进厨房。这里倒是和他离开的时候没区别，孟潮从不下厨，酱油和醋都分不清。

安何打开冰箱，刚要把剩下的半筒挂面拿出来，孟潮走到厨房门口："你在干什么？"

安何说："煮面。"

“我吃过了。”

“我吃。”

“你家里没饭吃？”

“那也是你家。”

孟潮笑一声：“原来是听妈妈的话，给哥哥送温暖来了。”

他不由分说地往外拉安何。

安何力气不及他，被拽得脚下踉跄，到大门口时，抬手扒住门框，才不至于刚进门就被请出去。

孟潮看着他，脸色阴沉得可怕：“出去。”

安何摇头。

孟潮又命令：“手松开。”

安何还是摇头。

拉扯间，安何口袋里的一张照片掉在地上。孟潮弯腰捡起，看见上面印着两个男孩的笑脸。

孟潮深呼吸，却还是觉得喘不上气。

他终于还是妥协了：“你不该来这里。”

安何难得倔强一回，可惜不得要领，心里难受得要命，表现出来却成了委屈。

“你是我哥哥。”安何吸了吸鼻子，“我为什么不能来这里？”

我们明明那么亲密，为什么现在却只能避之不及，变成比陌生人还要陌生的关系？

“为什么？”孟潮又笑一声，“是你选的。”

安何说：“你也有参与。”

孟潮神色微变：“我没——”

“你有。”安何第一次打断他的话，“你心里愧疚，所以希望我选择回到孟家。可是，你从来都没有做错什么……我也从来，从来都没怪过你。”

孟潮还是把安何送了回去。

两人一路无话。车窗玻璃隔绝喧嚣，窗外霓虹透进来，孟潮看见安何静静地坐在那里，滑过脸颊的泪都悄无声息。

让他想起小时候，他偶尔厌烦待在家里，和同龄朋友在外疯玩一整天，回去时便会看到年幼的弟弟坐在门口的石墩上，一张小脸上满是未干的泪痕，抽噎着问他：“哥哥你去哪里了？为什么不带我一起？”

那时候是心烦不愿意哄，现在是想哄却不能伸手触摸。

孟潮想，就算我没有做错什么，也从来算不上一个好哥哥。

这天之后，安何生了一场病。

先是因为换季感冒，咳嗽到嗓子沙哑，蔫蔫的，没食欲，很快就发展到高烧不止，白天一针刚打下去，晚上又烧到神志不清。

孟母心疼儿子，请了医生二十四小时守在家里。

她开始经常对着佛像念经，祈求佛祖把灾难都降到她身上，不要再伤害她苦命的孩子。

其间孟家与安何的养父母取得了联系。看在安何的分上，也为给安何积福泽，孟家不打算追究他们的责任。

但是对人贩子决不姑息。为此孟潮特地跑了一趟安何养父母的居住地寻找线索，并在警方的帮助下确定了罪犯的身份，现已进入逮捕阶段。

处理完事情，孟潮连夜赶回枫城。

到家已是深夜，孟母披了衣服出来，见他面容疲惫，忙叫阿姨给他热一碗汤。

孟潮说不喝，扭身就要上楼去，孟母说："你弟弟今天比昨天好了许多，已经喝过汤发了汗睡下了。"

听了这话，孟潮才稍稍放下心，在餐桌前坐定。

半个小时后，先送母亲回屋，孟潮拾级而上，正碰到站在楼梯旁打哈欠的孟岚。

"不是都跟你说了没事，还着急赶回来。"孟岚神色懒懒地倚着立柱。

孟潮没答话，径直走到安何房门前，轻轻转动把手，推开门，探身进去。

安何睡觉的时候喜欢开着灯，因而孟潮能借着灯光看见床上的人。

睡着的安何显得很安恬，他抿着唇，长而浓密的睫毛随着呼吸起伏，轻易让人想到童话书里不知人间疾苦的小王子。

如果没有那十八年，他的弟弟应该一直躺在这里，吹不着风，淋不着雨。

关上门，孟岚问："你们打算怎么办？就这样掩耳盗铃地相处下去？"

孟潮琢磨了下"掩耳盗铃"这个词，说："这是我唯一的选择。"

孟岚沉默了。

她联想到自己，天时地利优势占尽，却败在了人没选对。而这边恰恰相反。

临到头只能叹一声造化弄人。

"有件事我一直很好奇。"作为旁观者和知情者，孟岚发问，"如果当时他不回孟家，你会怎么做？"

这个问题让孟潮一时茫然。

不是没想过，只是想得很浅，因为知道不可能发生，就算安何头脑发热，他也会想尽办法让安何不要仓促决定。

安何已经失去那么多，他没有资格替安何选择后半生要怎么过。

可是如果，如果可以自私一回的话——

“我会带他到一个没有人认识我们的地方，什么都不管。”

在家人的照料下，安何很快好了起来。

中秋那天，孟家久违地举办了家宴，除了孟家的亲戚，还邀请了几位生意场上的朋友。因而次日，孟家失踪已久的小儿子回归的事，就在圈子里传开了。

安何并不关心这些。

宴席上，他总是不由自主地在人群中寻找孟潮，他看着孟潮与其他人把酒言欢，看着年轻男女围在孟潮身边，他们在聊什么，安何听不见也不想听。

安何知道，母亲又开始张罗着给孟潮找老婆了。

这回不是相亲，而是直接介绍。孟潮一周回来一次，每次饭桌上，孟母都会问他某家的姑娘怎么样，要不要把人约到家里吃顿饭。

孟潮也不再像以前那样一口回绝，而是模棱两可地应下，说会好好考虑。

这天真把人请到家中，女孩被安排坐在孟潮身边。

席间孟母提醒孟潮给女孩夹菜，女孩红着脸说谢谢，长辈们纷纷打趣——马上就是一家人了，何必这样客气？

“一家人”三个字，让安何的心脏倏然被揪紧。

送客的时候安何没去，他站在二楼的拐角，听见孟潮的脚步声走近，忽而一顿，带着几分匆忙地往另一个方向走。

安何喊他：“哥。”

孟潮停下脚步，转身，眼神平淡地看着他，仿佛在问——有事？

安何酝酿半天：“你是不是，要结婚了？”

似曾相识的问题，只不过上回是孟潮主动提起，这回是安何忍不住发问。

得到的答案却截然不同——

“是啊，我都快三十了。”孟潮说，“总要结婚的，我总是要离开这个家的，你才是父母的儿子，好好照顾他们。”

孟潮转身就走。

听见身后的急促脚步声时，孟潮还当安何要说点什么。

没想到安何径直追上来，扳着他的肩膀让他转身，紧接着拉住他。

“你能别走吗？”

孟潮不得不咬紧牙关，腾出一只手制住安何作乱的手。

安何又问了一遍：“你能不能别离开这个家？要走我走！”

也是在这时候，他们的视线一瞥，看见楼梯下方的人影。孟母站在那里。

“你们在聊什么？”

孟潮正欲回答，被孟母厉声阻止：“我问的是孟泽！”

她对这个养子，始终无法完全信任。

而“孟泽”这个名字响在耳边，犹如棒喝。安何紧张得要命，可他已经下定决心。

他抖着唇回答：“没发生什么，我只想要……哥哥留在家里。”

在很短的时间里，安何想起很多事情。

他们本该一起长大，偶尔的厌倦永远会被深刻的依赖打败，所以哪怕分开十七年之久，他们兜兜转转还是相遇。

安何吞咽一口空气，仿佛这一刻，世间万物都能成为他取之不竭的勇气。

他终于开口：“我不想让哥哥走，我想让他留在家里。”

他抬起头，看向孟潮。

孟潮也看着他，隔着只要伸手就能触碰到彼此的距离。

安何转头对母亲说：“我从来都不恨他。你们也不要恨他，可以吗？”

孟家经历了一场比安何回归时有过之而无不及的动荡。

孟母始终认为孟泽被洗脑了，这孩子太单纯，她坚持是孟潮怂恿孟泽这么说，而孟潮没安好心，动机不纯，他留下会威胁到孟泽的安全，最好的方法就是暂时让他们保持距离，观察一段时间再说。家里经历了几次争吵，孟母旧疾发作，差点进医院。

孟父懂一些急救常识，给孟母喂下去两颗保心丸，又给她做了心脏按压，不多久人就醒了。

醒来之后她就开始哭，无声地掉眼泪。

孟父摸不着头脑地问怎么回事，话音还没落，孟潮就扑通跪了下来。

“我从来没有伤害安何的心思，何况我和安何……之前就认识。”

听到孟潮的话，孟父不知想到什么，霎时瞪圆眼睛：“好你个逆子，我们把你养大，悉心栽培你，让你事业有成，我们哪里对不起你？你是不是早就知道了他的身份，所以故意接近他！故意让我们不好过！还敢说当年不是故意把你弟弟弄丢？”

孟父气急败坏，向来儒雅的他抄起桌上的烟灰缸，对着孟潮就要砸下去。

孟潮腰杆挺得笔直，全然没有要躲开的意思。

倒是安何扑到他身前，张开双臂：“哥哥从来没有伤害过我，他也从来都不知道我是你们的亲生儿子！他对我很好，一直对我很好，要是没有他，我都不知道家在哪里。”

他明明害怕得嘴唇煞白，浑身都在发抖，却还是很坚定地说：“要打就打我，不要打他。”

因为安何也有心脏病，孟母担心他情绪起伏过大，让孟父住手，然后带着安何上楼去。

回到房间，安何一直竖着耳朵听楼下的动静，确认孟潮没有挨打，才放心。

孟母自觉欠小儿子良多，自是不会苛责于他，只是委婉地问安何：“是不是你哥让你这么说的？”

“不是。”安何摇头，“是我自己要这么说的。”

孟母不相信。毕竟都知道安何性子绵软，孟潮那么聪明，岂能不知道要想成事只要拿捏住安何就行？

孟母换了个问法：“你哥是不是威胁你了？比如……不听他的话就把你从家里赶出去？”

安何还是摇头：“没有。是哥哥告诉我身世，把我送回来，哥哥不会做这种事。”

听着安何一口一个“哥哥”，孟母心情复杂。

她甚至开始想，是不是一开始就是错的，不该收养孟潮，不该让这两个孩子成为兄弟。

孟母尝试劝导：“你们小时候就很亲，妈妈懂你对你哥的依赖。”

孟母心疼地拉着他的手直掉泪，觉得孩子命苦，自己的命也苦。

“妈妈别哭。”安何抬手为母亲擦眼泪，“我是不是不应该回来？现在大家都不开心。”

孟母听不得这话，抱着安何拍他后背：“不，你要回来的，你是妈妈的宝贝。你听妈妈的话，大家就都开心了，好不好？”

母亲走后，安何拿出小本子计算，如果听话，五个人当中至少有两个人不会开心，怎么能叫“都开心”呢？

他给在外面玩的孟岚发消息，孟岚惊到连发好几条语音，问怎么这么突然，为什么不趁她在家的时候行动，她也好搭把手。

安何回复：事出突然，下次我叫你。

然后他放下手机，躺在床上，心想下次要把江哥也叫来，让江哥告诉妈妈，哥哥对我有多好。

如果哥哥那位姓席的朋友也能来就好了。

正想着，手机响了，看见久违的“孟潮”两个字，安何先是愣了下。

孟潮就发来一句话：不要害怕，接下来交给我。

安何把这句话翻来覆去读了好几遍，直到看不清屏幕上的字迹。

好像本来没什么，被他这么一说，他才后知后觉。毕竟安何胆小得尽人皆知，在这之前他干过最出格的事就是偷吃自家田里的西瓜。

还有一点委屈。

抬手揩了把溢出眼角的液体，安何本打算回复“我不怕”，改成“知道吗你一百三十七天没回我的消息了”，最后还是删了个干净，只发了个常用的嘴角咧到耳朵根的笑脸表情。

害怕，难过，委屈，都比不过高兴。

终于迈出了这一步，安何高兴得想喝酒，想唱歌。

之后的几天，孟家硝烟弥漫。

孟父、孟母兵分两路好言相劝，结果一个都劝不动，孟父那边先按捺不住再度发火，让孟潮滚出孟家，以后那些继承权什么的想都不要再想。

本是威胁的气话，谁知孟潮竟借坡下驴应下了，当场把车钥匙和房本拿出来放桌上，说“辞呈已经写好马上发到邮箱，回头户口迁出的时候还请父亲配合”。

这波操作直把孟父气得脸红脖子粗，大骂“孽障”。

可是孟家的产业如今都靠孟潮打理，孟父还想着提前退休颐养天年，如果孟潮作为最高决策者就这么走了，公司谁来管？

孟潮虽然贪玩，但从小到大都有着超乎同龄人的理智，如今面对利益竟还如此决绝，让人难免心惊。

孟父气急道：“我平时是怎么教你的？你的担当呢？责任心呢？”

孟潮说：“所有手续由我来办，爸妈只需要在上面签字。”

“你还知道我们是你爸妈？”孟父骂道，“百善孝为先，我看你书都读到狗肚子里去了，要把我们活活气死！”

于是孟潮就在门外跪下了，说等爸妈消气，什么时候他们不生气了，他再滚。

说出去的话，泼出去的水，事已至此，孟父、孟母大眼瞪小眼，站在门口和孟潮对峙。

场面一时僵持不下，安何求情都不管用。

近日寒潮来临，屋外北风凛冽，安何情急之下给江若打电话，接通后没忍住哭腔，吓得江若立马赶了过来。

后来孟岚从外面赶回来，孟家父母情绪缓和些许。再后来孟潮的朋友席与风也来了，当着外人的面到底不想弄得太难看，孟父、孟母在轮番劝说下才回了屋。

安何也被母亲带了进去。

听说这位江先生就是为安何凑手术费的朋友，孟母激动得差点当场认干儿子，拉着江若的手千恩万谢，又听说江若是演员，竟动了投资一部戏请他当男一号的念头。

江若收下谢意，说：“安何是我朋友，互相照顾是应该的。投资还是谨慎点的好，如今影视行业不景气，要是伯母投资亏了，我还怎么跟安何继续交朋友？”

一句四两拨千斤的玩笑话，让孟母露出了这几天以来的第一个笑容。

那边的江若用手机翻和安何的旧照给孟母看，一派其乐融融，这边的孟岚白眼差点翻上天。

其实孟岚已经从阴影里走出来了，至多有点不甘心，因而她翻白眼的动作，安何并没有往心里去。

此刻安何的注意力全部集中在屋外，那棵枝干虬曲的树下，一道跪姿笔挺的身影上。

进屋之前，孟潮递过来一个眼神，安何知道他是在说——我没事，你先进去。

怎么会没事？

安何趁无人在意这边的动静，悄悄往窗边挪了两步。

透过玻璃，他能更清楚地看见孟潮，同时看见不知从哪里搬来一张凳子坐在孟潮面前的席与风。

安何当然知道席与风是孟潮搬来的救兵，可还是有点不满地想——又不是给你跪的。

孟潮从下午跪到半夜，孟母到底心软，让家里阿姨给他送饭，安何抢着要去送，孟父看不下去：“让他吃完了赶紧滚，不想再看见这个白眼狼。”

安何没送成，孟潮也没吃，继续跪到天亮才走。

走之前对着屋里的养父母，磕了三个响头。

准确地说是被抬走的。

天寒地冻跪了十几个小时，任是铁打的身体都扛不住。

看着孟潮在席与风的搀扶下艰难地上车，安何险些泪洒窗台。

他想起自己当群众演员的时候演过一位后宫娘娘身边的小太监，那位娘娘被皇后责罚跪在雪地里，一个时辰不到就倒下了，孩子也没了，后来整个人就病蔫蔫的，很快在皇帝那边失了宠。

好在孟潮身体好，不至于落下病根。

看着孟潮发来的在医院边挂点滴边喝粥的照片，安何没那么想哭了。

“我变丑了。”孟潮在语音里说。

“那叫憔悴。”安何说，“会帅回来的。”

想到那位失宠的娘娘，安何又补充一句：“就算你不帅了也没事。”

孟潮回了个嘴角咧到耳朵根的表情包。

一个月后，安何已经无法满足于微信交流，也受不了在家里时刻被监视。

他想去找孟潮，哪怕就见五分钟。

虽然态度有所缓和，但孟家父母还没松口。并且除了阿姨，还额外指派孟岚在家看着他，不让他出门。

对于这种软禁，安何束手无策，能想到的唯一办法就是翻窗偷溜出去。

这天夜里，安何趴在门板上听声音，确认大家都睡下了，背上早就准备好的包，打开窗户，探身出去张望。

和站在窗下抬头往上看的一道视线撞个正着。

孟岚不知道什么时候来的，监狱长似的双手叉腰：“就你这小胳膊小腿的，也不怕摔折了？”

安何哆嗦着将一条腿伸到窗外：“姐姐你让开点，我，我不想砸到你。”

最后还是孟岚给他开的门，放他出去。

把人送到路边，孟岚吐槽：“你们俩可真是，从小到大都不让人省心。”

安何把自己身上的外套脱下来，给她披上：“天气预报说明天会下雪，姐姐小心着凉。”

孟岚先是一愣，随即别开脸，不甚自在地哼道：“臭小子，现在才知道收买我。”然后推着他上出租车，“快去快回，不然就等着给你亲爱的姐姐收尸吧。”

半夜，天空就飘起了雪花。

安何顶着一头没化尽的雪出现在孟潮新住处门口时，孟潮几乎以为自己在做梦，直到安何用手在他眼前挥了挥，他才如梦初醒。

屋里开了暖气，安何很快就缓了过来。

他一边搓手一边环顾四周，得出结论，虽然这里比较大，但还是原来的房子更温馨。

墙面贴了幅挂历，安何走近了看，确认是自己买的那幅，笑得眯起眼睛。

孟潮担心他感冒，催促他去洗澡。

这里没有换洗衣物，安何只好穿孟潮的睡衣。裤腿、袖子都长一截，洗完澡还冒着热气的安何盘腿坐在沙发上，像个偷穿大人衣服的小朋友。

他把自己带来的东西一样一样从背包里往外拿。

都是食物——面包、蛋糕、各色小零食……这些日子安何吃到许多好东西，每样都给孟潮留了一份。

让孟潮想起小时候安何去上幼儿园，每天回家都会给他带吃的，有时候是卡通小饼干，有时候是一颗牛奶糖，都是幼儿园下午的加餐点心。

那时的孟潮经常感到困扰，因为这些食物很常见，家里又不是没有。

如今才知道珍贵。世上有这样一个人，他愿意把所有好东西都分享给你，不求回报，怎么能不用力珍惜？

被塞了一肚子零食的孟潮温声问："爸妈有没有为难你？"

安何缓慢摇头："没有啊，你看我都胖了。你不能再瘦了，不然别人还以为我欺负你。"

孟潮说："是我一直在欺负你。"

小时候让他哭，现在还总是让他哭。这哥哥当的，失败极了。

"你没有欺负我。"安何却说，"是我胆子太小了。"

孟潮反应了一会儿："那天你没睡着？"

安何有点不好意思："我不是故意偷听的，是你们说话太大声。"

"哦，你竟然装睡，小骗子。"

安何觉得羞耻："你才是骗子，装作不理我，其实早就准备好了，就等我忍不住上钩。"

孟潮认下这个罪名："我需要你和我一起面对。"

"好啦好啦。"安何也后怕，"我也不是一直那么胆小，这不就支棱起来啦？"

"是啊。"孟潮还记得当时震惊的心情，附和道，"小泽真勇敢。"

知道小时候大家都这么叫他，安何耳朵发烫，有来有往地说："哥哥也很棒啊。"

孟潮一直对自己认知清晰。

他年幼被视作累赘丢弃，能被孟家收养在旁人看来何其幸运，因此他自懂事后没有一天不是活得如履薄冰，唯恐哪里做得不够好，又会被弃如敝屣。

所以安何的出现之于他，既是救命稻草，也是因果宿命。

可惜后来安何还是被送出国去了。

孟潮是最后一个知道的。

他推掉了晚上的应酬，一遍一遍地给安何打视频电话，半夜才通。

屏幕上出现画面的瞬间，孟潮急问："你在哪儿？"

安何刚到住处接上网络，十几个小时的飞机让他有点蒙："在，在国外。"

孟潮几乎用吼的："不是说了接下来交给我？谁让你到处乱跑了？"

安何被吓得一抖，拿着手机进到洗手间里。孟母还在外面帮他收拾随身物品。

"我没乱跑。"摸了半天才把灯打开，安何被乍亮的光源刺得眯了眯眼睛，"我就是……出来旅游。"

"那什么时候回来？"

"两，两年后吧。"

短暂的沉默。

正当安何吞一口唾沫，准备承受怒火时，孟潮再度开口，声音却低了下来："两年。十八年不够，还要再加两年。"

安何的心霎时揪紧："只有两年而已，很快的。"

孟潮问："是他们逼你的？"

"不是，没有，是我自己选的。"安何忙解释，"这些年，你承受了那么多压力，我不想看到你又为了我失去更多东西。"

孟潮笑一声，全无情绪似的冷漠。

"你还是那么好欺负。"他说，"你就不怕这一切都是我导演的一出戏，就不怕你不在的时候，我把你的家产全都夺走，让你一无所有？"

"我不怕。"安何斩钉截铁，"你不会的，你不可能这么做。"

孟潮不说话了。

安何总是能察觉他没有安全感时的表现，也总是能及时给予足够的信任，将他安抚。

又停顿一会儿，孟潮问："你出国干什么？"

"……上学。"

"学什么？"

安何喉咙发涩，仰头望天："可能是，英语吧。"

"英语。"孟潮重复一遍，说，"那回来吧，哥哥也能教你。"

可是安何出国不是为了学英语。

他当然知道爸妈把他送到国外的原因——距离有时候不会产生美，但一定会消磨情绪。

他也有自己的打算。孟岚用亲身经历做示范，说父母最终都拗不过孩子，再坚持一下就会雨过天晴。

事情已经走到这一步，总不能前功尽弃。

况且，孟潮与孟家的牵绊那样深，他们始终是一家人。

安何也预料到孟潮会生气。

但没想到他这么生气。

刚到绅国的那几天，有孟母陪在身边，安何不敢造次，乖觉地扮演好孩子。

等到孟母走了，他开始联系孟潮。

然而孟潮并不理会他，发出去的消息都石沉大海。

连孟潮回到孟家与父母理论的事，安何也是听孟岚转述。

“哥当时可凶了。”孟岚清清嗓子，学孟潮的语气，“‘他中文都说不利索，你们让他出国学英语？’”

安何觉得丢人，非常后悔找了这么个理由，当天就在小本子上把“防患于未然”抄写五十遍，边抄边念，保证下回不会说错，还拍了张照片发给孟潮，孟潮没搭理。

安何吃饭看着手机，学习拿着手机，睡觉也把手机抱怀里。并没有用，孟潮接收不到他发的脑电波，就是不回。

急得安何坐立难安，又怕死缠烂打惹人嫌，委婉地发了句：其实我英语还可以的。

然后发了一段两秒的语音。

刚发出，对话框上方就出现“正在输入中”的字样。

被安何抓个现行，他立马语音电话拨过去。

孟潮接了却不出声，听筒里传来他略显急促的呼吸。

安何终于和哥哥通上电话，委屈得想哭：“你是不是，还在生气？”

孟潮确实在生气，只不过不是生安何不告而别的气，而是气自己没出息，就这么按捺不住非要点开语音？

他粗声道：“你说呢？”

安何慌了神：“那，那要怎么办啊？”

“给你个选择，现在立刻马上回来——”

“不行啊，我已经在上课了。”

这次通话的结果是两人彻底破冰。

其实安何对绅国这个食物很难吃的国家没什么好感，语言不通以及生活习惯方面的差异让他变得更宅，除了上课基本不出门。

他问孟潮：“江哥说这里水质不好，会导致秃头，是真的吗？”

“真的。”孟潮说，“头发很快就会掉光光。”

安何说：“可是江哥说，席总以前就在敦城留学。”

孟潮哼一声：“你怎么知道他没有戴假发？”

安何抱着枕头笑得满床打滚。

孟母把安何安顿好就回国了，之后每半个月来一次，每次待三到五天。

开春的时候，听母亲说孟潮已经回到公司做事，安何点头说："那很好啊，我不会管公司，有哥哥在就好了。"

孟母看了他一会儿："你和你哥最近——"

"我饿了。"安何生硬地打岔，"妈妈这次带了什么好吃的呀？"

晚上关好房门，安何躲在被窝里和孟潮打电话："今天妈妈来了。"

"嗯。"

"家里还好吗？"

"嗯。"

"你不高兴？"

"嗯。"

"为什么？"

"你不觉得，这样并不值得开心？"

这一瞬间，安何是难过的。

他想，时间为什么过得这样慢，两年，八个季度，现在才过去一季，八分之一。

他小心翼翼地试探："哥哥你最近想不想吃面条？"

"想啊，当然想。"

"想的话，怎么办？"

"找人喽。"孟潮说，"小张，小王，小李，都在我通信录里存着呢，你说我找谁煮给我吃？"

安何明知他满嘴跑火车，还是着急："不找，谁都不找。"

孟潮故意说："要找的。"

安何把电话挂断，改拨视频。

接通后，屏幕上出现安何急切的脸："哥哥不要找他们，找小泽吧。"

孟潮告诉安何，他和以前的朋友没有那么亲。

安何点头："我也有朋友。"

孟潮眯起眼睛："那个张绍元？"

"不不不，他不是。"安何连连摆手，"他是我第一个老板……虽然他没给钱，后来是江哥帮我要回来的。"

孟潮啐道："这个老东西。"

安何说："你也不小啦，都快三十啦。"

孟潮警觉："你嫌我老？"

"不是不是。"安何否认，"我就随口一说。"

沉默一阵，孟潮有些艰难地开口："那我跟他，谁比较——"

"他不是好人。"安何瞪大眼睛，"你干吗要拿自己跟他比？"

待弄清楚张绍元干了些什么，孟潮觉得自己确实不能跟他比。

孟潮给席与风打电话："你之前收拾过张绍元？"

"怎么？"

"再收拾一次，带我一起。"

席与风笑一声："这家伙到底得罪了多少人？"

挂电话前，席与风道："根据你目前的状态，给你两个建议。"

"什么？"

"一是买机票飞趟敦城。"

"我的情况你不知道？根本走不开。"

席与风："那就只能建议你尽快去做一次心理测评。"

孟潮："……"

回头孟潮问孟岚："我看起来很不正常吗？"

孟岚听完他最近的事迹，沉吟片刻，说："你知不知道果戈理书中的泼留希金？"

向来对文学不感冒的孟潮："什么普希金？"

孟岚从书架上抽一本书，翻开，指着上面的一句话——"泼留希金就像一切鳏夫一样，急躁，吝啬，猜疑了起来。"

孟潮念了两遍才明白什么意思。

孟潮也不是没想过飞敦城，只是公司这边他撒手三个月，正是走不开的时候，加上父母两双眼睛盯着，他去隔壁市出个短差都瞒不过，更别说出国。

不过好在，安何很忙。

安何每天要学英语，学画画，视频一周一次，发消息也只是三言两语。

这样好，孟潮想，是该让自己忙起来，不要总惦记着大洋彼岸的人。

这样时间或许会过得快一些。

入秋那阵，远在他乡的安何感冒了。

有点发烧，但没到不能自理的程度。恰逢孟母前几天刚来过，安何不想让她担心，没把生病的事告诉任何人。

但还是被孟潮发现了。

视频的时候，安何刚接通就猛打三个喷嚏，孟潮立刻让他躺下休息。

被监视着吃了药，喝完一杯温开水，安何蜷在被子里，一只手伸在外面握着手机。

“放下手机，睡觉。”孟潮说。

“不……”

“不睡觉想干吗？”

安何眨了下眼睛：“想看着哥哥。”

孟潮便找了个合适的位置，把手机架在一旁。

药效很快上来，安何打了个哈欠，忽然想到和孟潮刚认识的时候。

他哼一段旋律，问：“这是不是叫……《降 B 大调第十七号钢琴奏鸣曲》？”

孟潮：“嗯，钢琴业余八级考级曲目。”

那时候孟潮十岁，被这曲子折磨得痛苦不堪，小孟泽就坐在一旁陪他练琴，为他加油打气。

安何已然不记得四岁时发生的事，但仍记得这个旋律。

也记得那个梦境。他迷迷糊糊闭上眼睛：“好久没听哥哥弹琴了……想听。”

安何没想到，随口的一个愿望，孟潮竟放在了心上。

次日下雨，安何上完课从学校出来，撑伞走在雨里。

他租的房子在学校附近，步行仅需几分钟。平时他不喜欢在外逗留，总是下了课就往回赶，想着给孟潮打电话，趁那边还没到深夜。

这次安何难得有闲情漫步雨中，空着的那只手摸出手机。

潮，泽，都和雨水有关，他莫名地想把这雨景拍下来，发给孟潮看。

他举起手机时，镜头正对前方。

起初以为是看错，安何用力眨了下眼睛，视线从屏幕移动到现实里。

看见刚刚还在想着的人就这样出现在眼前，安何的第一反应不是震惊，也不是欣喜，而是——

“下雨天，怎么不带伞啊？”

说完他上前一步，伞举高，把孟潮纳入伞下。

伞是明黄色，光透过伞面落在人脸上，有种奇异的温暖。

仿佛雨过天晴。

进屋后，孟潮先去洗澡，安何帮他整理带来的东西。

等到孟潮擦着头发从卫生间出来，安何已经把折叠钢琴摊放在桌子上，凭着久远的一点肌肉记忆，弹了一段《小星星》。

孟潮走过去，带着他弹了一首《两只老虎》。

安何笑个不停，问孟潮是不是太久没弹，退化到只会弹儿歌了。

孟潮睨他一眼，把手指掰得咔咔响，双手落在黑白琴键上，又弹了一首世界名曲——《小兔子乖乖》。

安何一边拍手一边摇头晃脑跟着唱，还现场改词："就开就开我就开，哥哥回来了，我就把门开。"

孟潮问他怎么瘦了，安何说："这里的东西太难吃啦——可是你也没把自己养胖啊。"

"我有肌肉。"孟潮说。

两人开始聊最近的生活。

安何说："我想起一件事。"

那时他刚上幼儿园，孟潮小学三年级。因为人缘好，总有小朋友来他们家玩，其中多是女孩，和孟潮同龄。

某天孟母开玩笑地问安何，让他看看这里面有没有他喜欢的小姐姐，以后给他当嫂子。

小安何问："什么叫嫂子？"

孟母解释说："就是你哥哥的老婆。"

小安何当时就哇哇大哭，说不要嫂子，哥哥不可以有老婆。

因为别人都说，等哥哥有了老婆，就不要弟弟了。

安何四岁之前的记忆少得可怜，能挖出这样一段着实难得。

他自己也觉得神奇："没想到啊没想到。"

孟潮笑了："这么高兴？"

"当然高兴。"安何说，"我好幸福啊。"

过去的十几年他过得颠沛流离，能活着已经费尽力气，从未想过会有这么一天，幸福离他那么近，近到触手可及。

破晓时分，孟潮交换故事，讲笑话般地告诉安何他为什么"命格硬"——他进福利院时就身患肺炎，后来又生过几场对于婴儿来说致死率极高的病，能存活下来无异于大难不死，以至于后来听说孟家想收养一名命格硬的孩子，院长立刻就想到了他。

安何看到孟潮眼角一点光芒，鼻子顿时酸得厉害，安何闷声说："没关系，我是软柿子。"又说，"对不起，让哥哥等了这么久。"

不只这大半年，还有过去的十八年。他把一切都忘了，留下孟潮一个人。

孟潮也说没关系。

他早已习惯等待，等待有人要他。

也正是因此，他忍受不了安何为他牺牲，忍受不了分离。

“该说对不起的是我，这么久才把你找到。”

次年一月，新年伊始，孟潮就提醒安何，别忘了生日礼物。

言语中颇有对“惯犯”的不信任：“前两年就没给。”

安何对此很有信心：“这次一定！”

等到一月中旬，发现安何开始暗戳戳打听二十一日那天他忙不忙，孟潮嘴上说着不确定，心里却已经确定。

到二十一日凌晨，安何说自己手机快没电了要失联一下下，孟潮看破不说破，下了班就驱车前往机场，在路上得知最近的一班从敦城飞往枫城的航班因天气原因延误。

这是今年枫城的第一场雪。

因而当穿着雪一样的白色羽绒服的安何出现在人群中时，孟潮远远看着，很难不有一种冥冥中自有天定之感。

好像无论走散多少次，只要地球是圆的，他们就终会绕回原点，走到一起。

上车后，安何还有点蒙：“你怎么知道我今天回来？”

孟潮则转移话题：“想不想哥哥？”

安何点头：“想了。”

“想跟哥哥一起玩？”

“除了玩，还想和哥哥一起，做很多很多事情。”

因为大雪，从机场回去的公路拥堵，车子停在路中间动弹不得。

安何趁这时间告诉孟潮，过完年他不回绅国了，转学手续已经办好，之后他会在枫城继续学业。

孟潮还是那个疑问：“学什么，英语吗？”

安何的脸又是一红，不搭理他，摸出小本子一通乱翻。

过了一会儿，他忍不住挑起话题：“今天是你的生日。”

孟潮“嗯”一声。

“礼物你已经收到了。”

“嗯。”

“明天是我的生日。”

“嗯。”

“你……”

“我？”

安何急了：“你怎么——”

孟潮见好就收，笑了起来。

原本打算留到明天的，可是他的宝贝弟弟显然等不及。

另一只手伸进口袋，摸到一个盒子，孟潮说：“从现在开始，不可以再忘记。”

像是有所感应，安何坐直身体，郑重地点头：“好的，哥哥。”

如果让安何用两个词语形容哥哥之于他的意义，安何的回答是——信任和唯一。

毕竟不只从现在开始，和孟潮经历过的所有的故事，都闪亮得如同天上的星星。

而如果有人再想让他们分开，“软柿子”安何的回答一定是——不可以，不可以，不可以。

“差点忘了，祝哥哥生日快乐。”

“就这样？”

“还有，祝哥哥永远陪着我。”

“嗯，你也是。”

“你是谁？”

“安何唯一的哥哥。”

“我是孟潮唯一的弟弟。”

“谁准你直呼哥哥的名字？”

“我错了……哥哥，哥哥，哥哥。”

“乖。”

彩蛋五

参与感

这年春天，江若攒够了钱，打算在枫城置办一处房产。

还在剧组拍戏的时候，他就拜托朋友帮他留意合适的楼盘。

朋友分两派，一派是以周昕瑶为首的激进享受派，认为买房就该一步到位，越大越好，装修也该把品质放第一，免得住进去不满意又要改；另一派是安何这样的保守省钱派，认为房子能住就行，装修也可以慢慢来，剩下的钱存银行，如今经济形势不好，有存款才有底气。

江若觉得两边都有道理，结合了优缺点，买下城东发展中板块某新小区的一套洋楼顶层，价格和面积都适中，还能多一间做书房，刚刚好。

房子是现房，买下即可进场搞装修。

设计师很专业也很负责，经常到工地现场指挥检查。饶是如此，江若作为房主也不当甩手掌柜——毕竟是自己的第一套房子。拍完戏的休整期，他几乎没睡懒觉，每天大清早就往新房跑。

席与风也跟他跑过几趟，见他一会儿撸起袖子给工人搭把手，一会儿拿着手电钻亲自上，觉得他操心太过。

“有时间不如休息，我给你找个全包的装修团队——”

江若没让席与风说完，把从空调出风口拆下的一块挡板递过来：“帮我拿一下。”

席与风：“……”

检查完，把出风口旁的灰尘擦干净，挡板安回去，江若边从梯子上下来边说：“能自己动手为什么要请人？自家装修也需要参与感嘛。”

席与风伸手去扶他，那不置可否的表情像是在说：你高兴就好。

江若当然高兴。

他从小动手能力就强，换个灯泡、修个水龙头什么的不在话下，连玩游戏都偏爱装修类，一直梦想着有一个自己的家。

这天木工进场，江若起了个大早，早餐也没吃就晕乎乎地开车上路，在主干道行驶时被后面的车撞上来，整个人因为惯性冲出去又被安全带拽回座椅，江若才彻底清醒。

江若本没打算把这起不算严重的追尾事故告诉席与风，谁承想那会儿席与风刚好打来电话，江若正在跟后车车主交涉，交警也在场，混乱的声音传到电话那头，席与风当即察觉到情况不对，驱车赶了过去。

正值早高峰的主干道颇为拥堵，等席与风赶到时，事情已经基本解决，现场只留下在拍照取证的保险理赔专员，以及相谈甚欢的两位车主。

原来后车车主的车是新提的，上路不到一周还不适应，并非故意引发事故。

横竖有车辆保险，江若也没有责怪他，两人如实向交警交代了事情始末。江若着急去新房给木工开门，后车那位姓陈的车主听说他在装修，顺嘴一问，发现两人竟买了同一小区的房子。

陈姓车主说："我买那里的房子，主要看中交通方便，还有小区环境好。"

江若表示赞同："我也喜欢那里的环境，远离高架桥，安静。"

"而且那一片的规划很合理，后续附近会盖小学。"

"原来陈先生是在为以后孩子上学做打算。"

"那倒不是，我是不婚主义，也不打算要孩子。"

"家里人不催？"

"我念中学的时候就开始给他们做思想工作了，这么多年过来，他们也接受得差不多了。"

"陈先生很有先见之明，我辈楷模啊。"

…………

一旁的席与风单手插兜听两人聊天，其间不动声色地打量这位陈先生。

这人瞧着四十上下，戴眼镜，蓄着短短的两撇胡子，笑起来眼角纹路明显，一身休闲西装衬得他身材不错，多半经常锻炼。

个子也算高，不过席与风目测了下，和自己比还是差一截。

这段马路边的聊天以理赔人员收工走人宣告结束。

分开之前，陈先生从车里拿了张名片双手递给江若："不撞不相识，交个朋友。"

席与风瞥了一眼，某酒店大堂经理。

江若没有名片，陈先生就笑说："那我只能被动地等您联系我了。"

回去的路上，江若就把人家微信加上了。席与风用眼神问他为什么要加那个人，江若说："好歹是邻居，以后也好有个照应嘛。"

由于车子送修，席与风派老刘每天接送江若，自己开车上下班。

起初几天，江若还时不时给席与风发照片分享装修进度，偶尔抱怨工人难沟通，做事不仔细，席与风对此从始至终只有一个态度——不如找个全包的装修公司省心。

渐渐地，江若很少在席与风面前提有关装修的事。某天席与风回过味来，打开微信，发现江若上一次给他发施工进度是在五天前，而点开江若的朋友圈，就在五分钟前，江若刚发了一个小视频。

视频里工人正在铺贴地板，镜头移到另一侧，是那位陈先生正蹲在地上检查木板，察觉到有人靠近，他抬头笑说："我就说嘛，选这款准不会错。"

短短半分钟的视频，席与风看了三遍。

看完他就向助理询问下午的工作安排，得到"没有安排"的回答后，便拿起外套，提前下班。

他没有回家，而是直接开车往江若的新房去。到地方，地板还在继续铺，那姓陈的已经不在了。

江若看到席与风很是惊讶："你怎么来了？"

席与风给他一个眼神，似在说：我不能来？

"能来，当然能来。"江若带席与风去看已经铺好地板的房间，还有墙漆，"怎么样，我选了好久才定下的颜色。"

席与风的关注点却不在地板，而是看向窗边的一盆绿色植物。

江若顺着他的视线看过去，说明道："是陈哥送我的，说是可以帮助除甲醛。"

席与风眼神微变。

这才几天，"哥"都喊上了。

直到晚餐时间，见席与风胃口不佳，早早放下筷子，江若才察觉到异样。

他观察席与风的脸色："你不会又……了吧？"

席与风后仰靠在椅背上，神色疏懒："又怎么？"

见他不承认，江若也不勉强，耸肩道："没怎么，可能是我想多了。"

第二天周末，江若没看到司机老刘，席与风说他告假，拿起车钥匙："我送你去新房。"

到地方，江若掏出手机欲联系陈先生过来帮忙，被席与风拦住。

"只有他能帮上忙？"席与风神色隐有不满，"我不行吗？"

江若一拍手："我就知道，你果然……"

席与风不作声，不承认也不否认，江若反而笑起来，推着他进刚铺完地板的房间："看看，怎么样？"

席与风语气不咸不淡："昨天不是看过了。"

"你根本没认真看好不好。"江若非要他看，"这可是专门给你留的房间，别人都没有。"

听到江若刻意加重语气强调"别人都没有"，席与风眉梢一挑，看向江若。

江若被他看得不好意思，别开脸道："我干活去了，你要是有空就来帮忙啊。"

两人协助安装师傅安装厨房电器，工作效率奇高。

目睹席与风卷起袖子帮着抬油烟机的罕见场景，江若忍不住摸出手机拍了张照片，发到私密朋友圈，命名为——参与感。

傍晚，江若和方姨视频，开后置摄像头让方姨参观他的新厨房。

"亮堂又干净，真不错。"方姨在屏幕里笑得眼睛都眯起来，"就是这灶头少了点，做中餐不太方便。"

江若说："反正我很少在家，开火做饭的机会不多。"

晚些时候陈先生来串门，重点欣赏了地板的整体效果，并询问一旁的席与风："席先生还满意吗？"

席与风愣了下。

从陈先生口中得知，这地板和墙漆的材质颜色，是江若观察过他的喜好千挑万选定下的，席与风总算明白过来。

后来被问起，江若的回答十分理所当然："既然给你留了房间，当然要按照你的偏好去装修，不然像你这么挑剔的人要是不愿意住，我不是白忙活？"

席与风："……"

竟无法反驳。

"所以我找了陈先生帮我参考，他和你在审美上很相似——"

说到一半，江若意识到什么，忙捂住自己的嘴巴。

然而已经晚了，席与风几乎无意义地轻哼一声："很，相，似？"

"这不是重点！"江若简直要抓狂，"你怎么又来了！"

"我又怎么了？"

"不要明知故问！"

"先吃饭。"

"好吧好吧，这种事有总比没有好，重在参与。"

"……"

沉默持续不到三分钟，江若猛然想起："可是你还没回答，喜不喜欢房间的布置呢？"

席与风觉得他才是明知故问:“你说呢?”

“我怎么知道。”

“喜欢。”

“那你明天还送不送我去新房?”

“送。”

“那等装修结束，我可不可以请陈先生吃饭?他帮了我不少忙。”

“……可以。”

“那你到时候跟我一起……”

“嗯，先吃饭。”

“好嘞!”

——全文完——

图书在版编目（CIP）数据

传闻 / 余醒著. — 广州 : 广东旅游出版社,
2023.4
ISBN 978-7-5570-2963-0

Ⅰ. ①传… Ⅱ. ①余… Ⅲ. ①长篇小说 - 中国 - 当代
Ⅳ. ①I247.5

中国国家版本馆CIP数据核字(2023)第031863号

出 版 人：刘志松
总 策 划：刘运东
责任编辑：林保翠
特约编辑：金　宏　刘雪华
封面设计：recns
责任校对：李瑞苑
责任技编：冼志良
出版监制：王兰颖　代琳琳

传闻
CHUAN WEN

广东旅游出版社出版发行
（广东省广州市荔湾区沙面北街71号首、二层 邮编：510130）
联系电话：020-87347732
天津鑫旭阳印刷有限公司
（地址：天津宝坻经济开发区宝中道北侧5号2-3号厂房）
联系电话：022-22458633
680毫米×970毫米　16开　25.25印张　500千字
2023年4月第1版第1次印刷
定价：49.80元

本书如有错页、倒装等质量问题，请直接与印刷厂联系换书。